Tanja Heitmann

EMERICK

TANJA HEITMANN

EMERICK

UND DIE SCHLAFENDE
WÄCHTERIN

Lesen was ich will!
www.lesen-was-ich-will.de

Von Tanja Heitmann liegen im Piper Verlag vor:
Stoneheaven
Emerick

Originalausgabe
ISBN 978-3-492-70579-0

Satz: Kösel Media GmbH, Krugzell
Gesetzt aus der Adobe Garamond
Druck und Bindung: CPI books GmbH, Leck
Printed in the EU

Und die Eselin sah den Engel
Numeri 22, 23

PROLOG

Ein Nachtflug über schwarzblauem Wasser, kein Licht seit weiter Strecke. Nur Wellen, darüber der wolkenverhangene Himmel und dazwischen weht der Wind. Wie ein unruhiger Geist bläst und lärmt er, ohne etwas zu erreichen. Denn an den unzähligen dunklen Schwingen, die blitzschnell über das Wasser ziehen, kann er nicht einmal zupfen. Sie sind zu fein, selbst für den Wind.

Dann taucht unvermittelt zwischen den Wellen die Spitze eines halb eingestürzten Hochhauses auf, die erste Landmarke seit Langem. Immer mehr Erinnerungen an die Stadt, die hier früher gestanden hat, ragen aus der Flut, bis es auch erste Anzeichen von Leben gibt: Hausboote, die an den Dachrinnen der schief aus dem Wasser ragenden Bauten festmachen und Kolonien bilden, die durch Stege miteinander verbunden sind.

Fast scheint es, als böte auch diese Ecke der Welt nicht mehr als versunkene Ruinen. Doch nach und nach zeigen sich erst Inseln im Wasser, dann taucht festes Land auf, voller Trümmerstücke, ausgeschlachteter Autowracks und Müll, bis schließlich Amsterdam in Sicht kommt, die Stadt am Wasser, die wie durch ein Wunder erhalten geblieben ist. Und mit ihr gibt es Licht in der Dunkelheit.

Es ist jedoch nicht das Licht, nach dem die Schar auf ihrer langen, entbehrungsreichen Suche Ausschau hält. Die mögliche Beute, die sie in diese verlorene Gegend gezogen hat, strahlt ein anderes Licht aus, viel lockender, viel nährender.

Die Schar dreht ab, fliegt über ein Feld aus Hausruinen bis hinaus vor die Stadt, wo es Land, Bäume und versumpfte Felder gibt und wo plötzlich ein hochherrschaftliches Haus auftaucht.

Und über diesem Haus erstrahlt taghell das Zeichen, nach dem die Schar so lange gesucht hat.

Endlich.

1

GLITZER

»Keiner von euch Drecksäuen packt mich an. Habt ihr das verstanden? Kein einziger! Ich weiß genau, was ich durchs Fenster gesehen habe! Da waren lauter geflügelte Monster, und sie waren von einer solchen Dunkelheit erfüllt, dass sie sich sogar vorm schwarzen Himmel abgezeichnet haben. Und das sage ich verflucht noch mal nicht, weil ich scheißverrückt bin. Es ist die Wahrheit, und deshalb verpisst euch!«

Jasna stoppte mitten im Lauf, als das Gebrüll sie wie ein Vorbote der Apokalypse traf. Ausgerechnet jetzt, dachte sie. Das war wohl die Strafe dafür, dass sie über Station 7 abkürzte, anstatt den offiziellen, aber umständlichen Weg durchs Hinterhaus zu nehmen. Und natürlich war es auch ein Denkzettel dafür, dass sie mal wieder viel zu spät dran war, Zeit vorm Spiegel verplempert hatte. Ihr war allerdings nichts anderes übrig geblieben. Die zu Tode erschöpfte Gestalt, die sie aus tief in Schatten liegenden Augen angestarrt hatte, wollte einfach nicht hinter einer extra Schicht Make-up verschwinden. Und Professor Leopold entging nichts, schon gar nicht Assistentinnen, die wie Zombies aussahen. Er würde nachfragen – und sie wollte ihm auf keinen Fall davon erzählen, dass sie mit Herzrasen und Atemnot im Bett gelegen und an die Decke gestarrt hatte, in der festen Überzeugung, etwas war gekommen, um sie zu holen.

Dem Gebrüll nach zu urteilen, hatte Jasna nicht als Einzige eine schlimme Nacht hinter sich.

»Zur Hölle mit euch!«, schmetterte es in einer Lautstärke, dass der bröckelige Stuck von der Decke rieselte. Lastage House war alt – und die ewige Feuchtigkeit gab dem Gemäuer den Rest. »Ich werde jeden einzelnen von euch Ärschen in Stücke zerreißen und auf den Fetzen rumtrampeln, bis sie mit diesem widerlichen Plüschteppich verschmolzen sind.«

»Da ist jemand nicht nur stinksauer, sondern auch noch kreativ«, murmelte Jasna. »Eine vielversprechende Mischung.«

Vorsichtig spähte sie um die Ecke. Dabei ahnte sie bereits, wer im Hauptflur einen Auftritt der besonderen Art hinlegte. Trotzdem schockte sie der Anblick der spindeldürren Vigga, die gerade einem jungen Pfleger namens Morton einen Kinnhaken verpasste – und zwar so heftig, dass Morton, obwohl er bestimmt das Doppelte an Kampfgewicht auf die Waage brachte, gegen die Wand prallte. Die wellige Rosentapete, an der er Halt suchte, rutschte mit ihm zu Boden.

Wie es aussah, war Morton nicht Viggas erstes Opfer. Eine Pflegerin, deren Name Jasna auf die Schnelle nicht einfiel, betastete tiefe Kratzspuren an ihrer Wange, während sie aus einem Sicherheitsabstand auf das Mädchen in der beigen Stationskluft einredete. Ihr kraftloses »Psst, Mäuschen, ist doch alles gut« ging in Viggas übernatürlich lautem Gefluche unter.

Der dritte Pfleger im Bund schlich sich unterdessen von hinten an Vigga heran, vermutlich wollte er sie in den Schwitzkasten nehmen. Der Idiot hatte offenbar nicht die geringste Ahnung, dass Vigga auch hinten Augen hatte.

Jasna wollte dem Pfleger eine Warnung zurufen, doch es war bereits zu spät.

Vigga rammte dem Mann ihren Ellbogen in den Solarplexus. Während der Pfleger sich vor Schmerzen krümmte, fuhr sie herum und prügelte wie von Sinnen auf ihn ein, bis er endgültig in die Knie ging.

Dabei sah an dem Mädchen mit den buschig abstehenden Haaren nichts nach einer Kämpferin aus. Vigga war nur durchschnittlich groß und so dürre, dass sich Venen und Muskeln unter ihrer Haut abzeichneten. Ihr Gesicht wirkte viel älter als das einer Achtzehnjährigen, besonders wenn sie stundenlang reglos dasaß und ins Leere starrte – was sie meistens tat. Deshalb hätte Vigga eigentlich auch auf Station 4 in die Abteilung der »Lebenden Toten« gehört. So nannten sie die jugendlichen Patienten, die sich von einem Leben in ihrem Körper verabschiedet hatten, meist, nachdem ihnen etwas Schreckliches zugestoßen war. Bei Vigga war es jedoch etwas anders, sie hatte nämlich immer wieder mal einen ihrer berüchtigten Aussetzer, bei denen sie übernatürliche Kräfte entwickelte und verdammt sauer werden konnte, wenn ihr jemand in die Quere kam.

So wie jetzt.

»Was stehst du hier rum und glotzt? Raus aus der Gefahrenzone, und zwar sofort!«, knurrte eine Männerstimme hinter Jasna.

Schuldbewusst zuckte sie zusammen. Das Spektakel hatte sie so sehr gefesselt, dass sie tatsächlich ihre Rückendeckung vergessen hatte.

Ein Pfleger, der wegen seiner massiven Schutzkleidung wie ein Tigerdompteur aussah, polterte an ihr vorbei, ein Paar Nylonfesseln schwangen in seiner Hand. Als ob die tobende Vigga ihn nah genug an sich ranlassen würde, damit er ihr Fesseln anlegen konnte. Bei der Frau half höchstens ein Betäubungsschuss aus sicherer Deckung.

»Angriff bringt nichts«, rief Jasna dem Pfleger zu, der sich in Position brachte. »Wir müssen sie ablenken.«

Der Pfleger schnaufte. »Die Zeit der Samthandschuhe ist vorbei, das kleine Miststück hat schon genug Unheil angerichtet.«

»Wenn Vigga in diesem Zustand ist, kann sie zwischen Freund und Feind nicht mehr unterscheiden.«

»Das ist gut, denn ich bin nicht ihr Freund.« Mit diesen Worten stürmte der Pfleger los.

Abwartend lehnte Jasna sich hinter der Ecke gegen die kaltfeuchte Wand, um das anbahnende Unheil nicht mit ansehen zu müssen. Stattdessen lauschte sie dem Kampfgeschrei, das schlagartig abbrach. Dann ertönte ein Knacken, das fies nach einem zerbrechenden Holzstück klang, wobei es sich wohl eher um einen Knochen handelte. Darauf folgte Gewimmer, das vermutlich von dem Tigerdompteur stammte, denn Vigga startete bereits ihre nächste Schimpftirade darüber, dass der Nachthimmel voller Monster sei – und wer etwas anderes behauptete, könnte was erleben.

Jasna öffnete ihre Tasche und checkte ihre Uhr, die im Seitenfach steckte. Mittlerweile war sie schon neun Minuten zu spät. Mistmistmist. Notgedrungen gab sie ihren Platz an der Wand auf und rückte ihre Tasche zurecht, die an einem Riemen quer über ihrer Brust hing. Dann trat sie auf den Hauptflur, auf dem sich inzwischen drei Pfleger vor Schmerzen krümmten. Besonders den Nylonfessel-Mann hatte es hart erwischt, seine Schutzkleidung hatte auf Vigga allem Anschein nach wie ein rotes Tuch auf einen Stier im Zerstörungsmodus gewirkt.

Die Pflegerin mit dem zerkratzten Gesicht entdeckte Jasna als Erste, während Vigga zu sehr damit beschäftigt war, ihre ungebrochen brodelnde Wut an einer eh schon morschen Tür auszulassen.

»Du … Mädchen«, sagte die Pflegerin, die sich hinter einer Kommode in Sicherheit gebracht hatte. »Geh und hol Unterstützung.«

Ich bin heute Morgen wohl nicht die Einzige mit einer Findungsstörung, was Namen anbelangt, stellte Jasna fest. »Ich mache Meldung, wenn ich auf dem Weg nach unten jemanden treffen sollte. Aber jetzt muss ich weiter, Professor Leopold erwartet mich.« Mit zügigen, aber betont lässigen Schritten eilte sie durch den Hauptflur, der in früheren Zeiten bestimmt prächtig ausgesehen hatte mit der Seidentapete an den Wänden und den Schirmlampen. Doch nun sah man vor lauter Schimmel kaum noch das Rosenmuster der Tapete, und von der einstigen Lampenpracht kündeten auf dieser Stationsebene bloß noch lose Kabel, die aus der Wand raushingen.

Selbst als Vigga sie ins Visier nahm, behielt Jasna ihr Tempo bei. Obwohl die Hände des Mädchens blutig waren von ihrer Wüterei, ballte sie sie zu Fäusten. Allem Anschein nach reichte es bei Vigga noch für eine weitere Runde.

»Ich sehe dich«, knurrte Vigga, um dann zu schreien: »Genau wie ich diese geflügelte Brut gesehen habe, wie sie über Lastage House geflogen ist. Ich sehe alles, verdammt noch mal!«

»Da bin ich aber beruhigt«, sagte Jasna. »Wenn du mich siehst, kannst du mir ja aus dem Weg gehen, ich habe es nämlich eilig.«

Vigga blinzelte irritiert, dann entschied sie, dass es sich um eine Herausforderung zum Kampf handelte. Ihr Verstand war unter der Turbohitze ihrer Wut anscheinend auf die Größe eines Stierhirns eingeschmolzen.

Begleitet von einem Getöse aus Verwünschungen stürzte Vigga sich auf Jasna, die stocksteif dastand und dem Angriff erst in letzter Sekunde auswich. Dabei stolperte sie über den benommenen Morton, der sich gerade aufrappeln wollte. Er ging sofort wieder zu Boden, als ihr Knie ihn an der Schläfe traf. Jasna hingegen fing sich, kam zum Stehen und nestelte am Verschluss ihrer Tasche herum.

»Willst du mich für dumm verkaufen? Drehst mir den Rücken zu und glaubst, ich merke nicht, dass du was im Schilde führst«, knurrte Vigga, vielleicht zehn Schritte entfernt. »Aber klar, du hast was vor, wie die anderen. Versuch's ruhig, ich werde es dir schon zeigen!«

Jasna sparte sich eine Antwort, sondern griff in ihre Tasche und fand als Erstes ihre Uhr, die fleißig mit jeder verstreichenden Sekunde tickerte. Innerlich seufzend tastete Jasna weiter.

»Du bist genauso verdreht wie die anderen Arschlöcher hier«, klagte Vigga hinter Jasnas Rücken. »Ihr glaubt, ich weiß nicht, was hier gespielt wird, dass wir alle es nicht wissen. Dabei wisst ihr nix! Gar nichts! Ihr seid blind!« Ihr Gezeter war nun schon deutlich näher als zehn Schritte, wahrscheinlich war der Abstand auf sieben oder eher sechs Schritte geschrumpft, während Vigga sich in ihre Tobsucht immer mehr reinsteigerte.

Die extra Schicht Make-up hätte ich mir sparen können, dachte Jasna, als ihr der Schweiß ausbrach. Der ganze Kleister würde ihr übers Gesicht rinnen und die tiefen Schatten unter ihren Augen freilegen. Dann würde sie Professor Leopold nicht nur erklären müssen, warum sie sich nach ihrem Gespräch über die Wichtigkeit, als seine Assistentin stets überpünktlich zu sein, verspätet hatte, sondern auch, warum sie aussah wie eine Mondsüchtige.

Gut drei Schritte von Jasna entfernt hatte sich Viggas Geschimpfe in ein Schreien verwandelt, dem nichts Menschliches mehr anhaftete. Es war, als würde allein schon seine Lautstärke wie eine Attacke gegen Jasnas Rücken prallen. Als sie den Atem des Mädchens im Nacken spürte, wirbelte sie herum, allerdings nicht, um ihrer Angreiferin auszuweichen. Stattdessen hielt sie ihre hohle Hand vor den Mund und pustete hinein.

Verblüfft hielt Vigga inne und für einen Sekundenbruchteil entspannten sich ihre Gesichtszüge, als silbriger Glitter die Luft erfüllte. Dann drangen die feinen Partikel in ihre Augen und Atemwege ein. Mit einer Mischung aus Niesen und Wehklagen rieb sie sich das Gesicht, wobei sie blutige Schlieren von ihren Fäusten hinterließ. Ihre Kampfeslust verpuffte endgültig.

Die Pflegerin gab ihr Versteck hinter der Kommode auf, griff sich die am Boden liegenden Nylonschnüre und schlang sie um Viggas Handgelenke, während das Mädchen sich tränenfeuchten Glitter aus den Augen wischte.

»Vigga mit nichts als einer Ladung Glitter entgegenzutreten, ist so was von unvorsichtig«, schimpfte die Pflegerin mit erstaunlich wenig Dankbarkeit. »Mal davon abgesehen, dass du auf Station 7 nicht das Geringste zu suchen hast. Du heißt Jasna, richtig?«

Jasna seufzte. Dass die Pflegerin sich ausgerechnet jetzt an ihren Namen erinnern musste. Glücklicherweise erwartete die Frau keine Bestätigung, sondern fing an, mit dem Ärmel ihres Kittels Viggas inzwischen knallroten Augen zu säubern. Zumindest schien sie in dem aufgelösten Mädchen keine Feindin zu sehen. Der Pfleger in der Schutzkleidung, der sich gerade auf alle viere hochstemmte, wäre bestimmt nicht halb so umsichtig mit Vigga umgesprungen.

Auch Morton setzte sich auf und schüttelte benommen den Kopf, was seltsam aussah. Eigentlich hätte er als Sieger aus dem Kampf hervorgehen müssen, er hatte nämlich ein Kreuz wie ein Boxchampion. »Was war das denn für eine Nummer?«

»Entschuldige, ich wollte dich nicht treten«, sagte Jasna.

Morton schüttelte den Kopf noch immer, als wolle er überprüfen, ob darin etwas gelockert war. »Vergiss die Sache mit dem Tritt. Ich meine, dass du abgewartet hast, bis Vigga ganz nah hinter dir war, bevor du dich umgedreht hast. Volles Risiko. Eine Sekunde später, und sie hätte dir den Schädel eingeschlagen.«

»Da habe ich ja noch mal Glück gehabt.«

»Und dieser Glitzerstaub … Was sollte das?«

»Wenn nichts hilft, hilft Zauberei.« Jasna reichte dem jungen Mann eine Hand, um ihm auf die Beine zu helfen. »Nee, im Ernst: Den Glitter habe ich dabei, weil ich auf dem Weg zur Beschäftigungstherapie bin. Es wird gemalt, gebastelt und … Das heißt, das wird es nicht mehr lange, wenn ich nicht sofort loslaufe. Kommst du allein klar?«

Morton winkte ab. »Ich bin der jüngste von fünf Brüdern, es braucht mehr als eine Kopfnuss, um mich auszuknocken. Außerdem kommt da drüben schon die Kavallerie.« Er deutete auf ein halbes Dutzend Securityleute, die angelaufen kamen.

Erleichtert machte Jasna ein Daumen-hoch-Zeichen, dann sprintete sie los, während die Uhr in ihrer Tasche unerbittlich tickte.

2

SPIELSTUNDE

»Sieh an, meine werte Assistentin Jasna.« Professor Leopolds Stimme klang wie ein gemütliches Schnarren aus der guten, aber längst vergangenen Zeit. »Wie schön, dass Sie uns heute noch mit Ihrer Anwesenheit beehren. Ich stand schon kurz davor, einen Wecktrupp loszuschicken. Ist letzte Nacht wohl wieder mal spät geworden, was?«

»Bitte entschuldigen Sie, Professor.« Jasna stockte. Während sie die vier Stockwerke von Lastage House im Eilschritt hinabgestürzt, im Foyer an einer Gruppe Freigänger vorbeigeschlittert und im Laufschritt durch den vom nächtlichen Regen noch nassen Park geeilt war, hatte die Uhr in ihrem Kopf so laut getickt, dass sie gar nicht dazu gekommen war, sich eine passende Ausrede zu überlegen. Dass sie die verbotene Abkürzung über Station 7 genommen hatte, würde Professor Leopold bestimmt nicht gütiger stimmen, also beließ sie es notgedrungen bei ihrer mageren Entschuldigung.

»Sie haben eindeutig zu wenig Schlaf abbekommen – und zwar schon seit mehr als nur einer Nacht«, sagte der Professor nachdenklich, während Jasna sich von der Hoffnung verabschiedete, ihr Make-up hätte den verschärften Bedingungen im Kampf gegen Vigga standgehalten. »Ihnen wird die Fülle des Lernstoffes doch wohl nicht zusetzen? Manchmal vergesse ich, dass Sie erst siebzehn sind. Sie dürfen keineswegs überfordert werden.«

»Das bin ich auch nicht annähernd«, stellte Jasna mit so viel

Nachdruck klar, wie sie es einer Respektsperson wie Professor Leopold gegenüber wagte. »Ich lese mich nur manchmal fest, dadurch ist die Nacht dann leider zu kurz.«

»Festgelesen, soso.« Professor Leopold rieb sich das Kinn. »Auf Ihrem Zimmer unterm Dach haben Sie von dem Durcheinander auf den Stationen heute Morgen also nichts mitbekommen?«

Jasna beschloss, auf Nummer sicher zu gehen und sich ahnungslos zu geben. »Was war denn los?«

»Es hat eine Art Massenhysterie gegeben. Vermutlich kursierte gestern Abend eine unheimliche Geschichte über geflügelte Unheilsboten, die einige unserer Bewohner in Angst und Schrecken versetzt hat.«

»Tatsächlich? Was es nicht alles gibt«, sagte Jasna.

Also echt, nun tu mal nicht so schafsköpfig. Du weißt genau, um was es geht. Wen willst du mit der schwachen Nummer eigentlich täuschen?

Die schneidende Anklage, die Jasna zusammenzucken ließ, kam hinter einer Kiste hervor.

Im nächsten Moment stolzierte eine schneeweiße Langhaarkatze, eine Türkisch Angora, um genau zu sein, um die Ecke und warf Jasna aus ihren Bernsteinaugen einen herablassenden Blick zu. Das Biest hörte auf den Namen Loreley und war nicht nur der Überzeugung, Herrscherin über Lastage House zu sein, sondern hielt Jasna für etwas, das in einer idealen Welt quiekend unter ihren Krallen sterben würde.

Dir ist doch an der Nasenspitze anzusehen, dass du die dunkle Bedrohung ebenfalls gespürt hast, giftete Loreley weiter. *Heute Morgen sind Späher über Lastage House hinweggeflogen, und niemand weiß, ob sie gefunden haben, wonach sie ausgeschickt wurden. Aber stell dich ruhig dumm, ist kein großer Verlust.*

Es fühlte sich an wie ein Schlag in die Magengrube, wie immer, wenn Loreley sie kalt erwischte. Gleichzeitig bemühte Jasna sich um ein ausdrucksloses Gesicht, geradeso, als habe sie nicht das Geringste gehört. Es fehlte ihr noch zu ihrem Glück, dass jemand mitbekam, dass sie eine Antenne für Katzenbeleidigungen hatte.

Dein Schauspiel ist armselig, nicht auszuhalten, verkündete Loreley und stolzierte mit erhobenem Schwanz durch den Türspalt hinaus ins Freie. Jedes einzelne Katzenhaar an ihr verkündete Verachtung für so viel menschliche Schwäche, wie Jasna sie verkörperte.

Jasna presste die Lippen zusammen, um der Katze nicht »arrogante Mäusequälerin« nachzurufen.

»Nun kommen Sie endlich rein und sperren Sie die Novemberkälte aus«, sagte Professor Leopold, der von dem Clinch natürlich nichts mitbekommen hatte. »Der Geruch von verrottetem Laub macht mich immer ganz melancholisch. Als würden die Trauerweiden nicht reichen, die überall im Park stehen, egal wohin man sieht.«

Wie erwartet gab die Tür ein rostiges Quietschen von sich, bei dem sich einem die Fußnägel aufrollten. Alles in Lastage House quietschte, knarrte oder ächzte unter der Last der Jahre und der Verwahrlosung. Davon blieb auch das viktorianische Gewächshaus nicht verschont, in dem die Beschäftigungstherapie – die von allen nur die »Spielstunde« genannt wurde – zweimal die Woche stattfand. Dass diese Stunden nicht im Haupthaus abgehalten wurden, passte zu Professor Leopold, wie er sich überhaupt in vielem von seinen Kollegen und Kolleginnen unterschied. Ihm ging es nicht in erster Linie darum, die Krankheitsbilder der Bewohner von Lastage House zu beheben oder sie mit Medikamenten zu unterdrücken. Stattdessen konzentrierte er sich darauf, die Fähigkeiten und Interessen seiner Patienten zu unterstützen und, wo es möglich war, ihr Leben schöner zu gestalten. Viele aus der Kollegschaft warfen ihm deshalb hinter vorgehaltener Hand vor, kein klinischer Psychologe, sondern bloß ein Gute-Laune-Onkel zu sein. Soweit Jasna das beurteilen konnte, schadete ein Plus an guter Laune niemandem, der Ärzteschaft von Lastage House eingeschlossen.

Trotz des hohen Alters und der Schäden durch Die große

Flut machte das Gewächshaus nach wie vor einen imposanten Eindruck, auch wenn von seinem kunstvoll geschmiedeten Metallgerüst die grüne Farbe abplatzte und keine Glasscheibe ohne Sprung war. Der Rest wurde von Efeuranken zusammengehalten. Die Blumenkübel, in denen früher Orangenbäume und andere exotische Pflanzen wuchsen, gab es schon lange nicht mehr. Sie waren zusammen mit allem anderen Verspielten und Prunkvollen verschwunden, als die Familie van Blomen Lastage House als Wohnsitz aufgegeben hatte. Der Gebäudekomplex mit seinem weitläufigen Park war in ihrem Auftrag in eine Heilanstalt umgewandelt worden, für Minderjährige, die – wie es offiziell hieß – »an Geist und Seele« erkrankt waren. Dazu gehörten nicht nur psychisch Kranke, sondern auch Kinder und Jugendliche, denen durch Die Flut übel mitgespielt worden war und die über diese Erfahrungen nicht hinwegkamen. Viele hatten ihre Familie verloren, waren heimatlos geworden und hatten auf ihrer Suche nach einem neuen Leben schlimme Dinge erfahren. Wer zu angeschlagen war, um sich in der Welt dort draußen auf eigene Faust durchzukämpfen, fand in Lastage House Unterschlupf.

Das Haus war eine großzügige Leihgabe der Familie van Blomen, obwohl von den beiden Flügeln nur der linke benutzt werden konnte, während der rechte Der Flut zum Opfer gefallen war. Das gut erhaltene Haupthaus hatte früher repräsentativen Zwecken gedient – was offenbar ein unschlagbares Argument dafür war, es allein der Ärzteschaft vorzubehalten. Jasna kümmerte sich nicht um das unzufriedene Murren der Pfleger, mit denen sie zusammen unter dem Dach in ehemaligen Bedienstetenkammern untergebracht war, obwohl im Haupthaus angeblich Salons mit Kristalllüstern und Kaminöfen leer standen. Ganz im Gegenteil, sie war froh, überhaupt ein Dach über dem Kopf zu haben – und dann auch noch eins, durch das es nicht reinregnete.

»Jasna, da bist du ja endlich!«

Die achtjährige Aurelia stürmte heran wie ein Kugelblitz,

allerdings nicht, um sich Jasna zur Begrüßung in die Arme zu werfen, sondern um ihr die Tasche abzunehmen und sofort die Nase reinzustecken. Die weißblonden Haarsträhnen fielen dem Mädchen ins Gesicht, was es jedoch nicht störte, dafür war Aurelia zu eifrig mit dem Inspizieren des Tascheninhalts beschäftigt. Als sie den Beutel mit den Glitzerresten hervorholte, biss Jasna sich auf die Unterlippe.

»Tut mir leid, Lia, mehr habe ich nicht. Du wirst es mir bestimmt nicht glauben, aber der Silberstaub ist als wichtiges Instrument bei einer Geheimaktion draufgegangen.«

Aurelia – oder Lia, wie sie von Jasna liebevoll genannt wurde – sah sie aus ihren unfassbar strahlend seegrünen Augen an. »Weiß ich doch«, sagte sie ernsthaft, ehe sie das Interesse an Jasna endgültig verlor und mit dem silbrig schimmernden Beutel an ihren Tisch zurückstürmte. Dort wartete bereits eine Zeichnung auf sie, die dringend beglitzert werden musste.

Neben Jasna hüstelte jemand. »Manchmal könnte man meinen, Lia sei in Wirklichkeit richtig im Kopf. Wenn sie nicht gerade etwas völlig Verrücktes daherredet, wie heute beim Frühstück, als sie einen Aufstand gemacht hat, weil der geriebene Apfel im Porridge vor Schmerzen schreien würde.« Frederik schaute so erwachsen drein, wie es einem Sechszehnjährigen mit Flaumschnurrbart und Pickeln möglich war. Wie auch sonst trug er einen abgelegten Kittel von Professor Leopold und ruckelte an einem nicht vorhandenen Brillengestell, wie der Arzt es tat, wenn er etwas Bedeutsames sagte. Nur dass Professor Leopold eine Brille zum Ruckeln trug.

»Dann hat Lia mal wieder nichts gegessen?«, erkundigte sich Jasna.

»Nun, unser Stations-Nesthäkchen hat auf gutes Zureden einen Becher Milch getrunken, obwohl – ihrer Meinung nach – damit ebenfalls etwas nicht stimmte. Angeblich litt der Milchmann, der sie am Morgen frisch angeliefert hatte, unter schlimmen Rückenschmerzen. Faszinierend, wirklich faszinierend.« Eine von Professor Leopolds Lieblingsfloskeln, nur dass sie aus

Frederiks Mund fast noch authentischer klang. »Was soll ich sagen? Unser Mädchen hat die besten Storys auf Lager.«

Das stimmte. Lias lebhaftem Geist reichte die Realität nicht aus, deshalb dichtete er jeder noch so kleinen Nebensächlichkeit etwas hinzu. In ihrer Welt wandelten längst Verstorbene unter den mächtigen Trauerweiden, die den Park einfriedeten. Die Räume von Lastage House sprachen miteinander – meist ging es wohl um Tratsch über die Bewohner, eine Vorstellung, die Jasna wenig schmeckte. Es musste ja nicht unbedingt von Zimmer zu Zimmer gehen, was sie des Nachts in ihrer Kammer trieb. Außerdem flimmerte laut Lia die Luft vor lauter Zeichen, Farben und Symbolen, die das Mädchen voller Begeisterung während der Beschäftigungstherapie malte. Sie war mit Abstand eine der enthusiastischsten Patientinnen in der »Spielstunde«, allerdings eine, die in ihrem weißen Malkittel und dem hellen Haar fast durchscheinend wirkte. Sogar ihr Gesicht war blass wie das einer Porzellanpuppe.

»Das mit dem Essen muss sich dringend bessern«, sagte Jasna. »Sonst löst Lia sich irgendwann in Luft auf, man kann ja jetzt schon durch sie hindurchsehen.«

»Ist notiert.« Frederik schrieb auf eine Serviette etwas mit einem unsichtbaren Stift. Richtige Stifte waren ihm nicht erlaubt, er neigte dazu, sie sich in die Ohren zu stecken. Tiefer, als gut für ihn war. »Möchtest du den Rest von meinem Frühstücks-Rapport während unseres Rundgangs anhören? Einige der anwesenden Personen«, er hüstelte, um klarzumachen, dass es sich seiner Meinung nach bei den Teilnehmenden um komplett Irre handelte – ihn als einzige Ausnahme natürlich ausgeschlossen, »haben sich mal wieder selbst übertroffen. Besser, die Wasserstände unserer speziellen Lieblingsklienten zu kennen, bevor man ihnen gegenübertritt, möchte ich meinen.«

Jasna nickte geistesabwesend.

Es war wichtig, dass Frederik beschäftigt war. Dann kam er nicht auf die Idee, Farbspachtel auf ungesunde Weise zweckzuentfremden oder Kursteilnehmer mit selbst erstellten Diagnosen zu beglücken. Das letzte Mal, als Frederik unbemerkt zu Hochtouren aufgelaufen war, hatte Jeremias sie und den Professor gerade mit der Behauptung beschäftigt, dass die schwarze Farbe auf seinem Bild nicht aus der Tube in seinen Händen, sondern direkt aus seiner Seele stammte. Während Jasna und Professor Leopold mit Engelszungen auf den verstörten Jungen einredeten, wanderte Frederik zwischen den Leinwänden umher, bis er ein Opfer für seine Diagnosewut gefunden hatte. Leider war die sonst so sanfte Rosamunde nur fünf Minuten lang gewillt, sich sein Gerede anzuhören. Dann knallte sie ihm ihre Farbpalette vor die Brust. Tagelang mussten sich alle Frederiks Dauerlamenti über den versauten Kittel anhören, bis Professor Leopold ihm einen neuen schenkte.

Die meisten Kursteilnehmer saßen in der Ton-Knet-Ecke und lebten sich an der geschmeidigen Masse aus. Dabei kam häufiger etwas heraus, das nach echter Kunst aussah, als Jasna je gedacht hätte. Sogar Orson, ein Schrank von einem Kerl, der beim Essen Probleme hatte, einen Löffel in den Pranken zu halten, war eifrig am Werkeln. Seine Zunge hing im Mundwinkel, während er seinen Tonklumpen hingebungsvoll bearbeitete.

Frederik blinzelte. »Ihhh. Was Orson da produziert hat, ist …«

»Zweifelsohne der schiefe Turm von Pisa«, unterbrach ihn Jasna hastig. Der Pfleger, der Orson in die »Spielstunde« begleitete, für den Fall, dass er ausflippte und das Glashaus in Hulk-Manier niederwalzte, grinste schief.

»Quatsch, nix Pisa.« Frederik schüttelte den Kopf. »Das ist ganz eindeutig ein … «

»Ein echter Turm. Nicht zu übersehen. Immer weiter so, Orson.« Jasna brachte es nicht über sich, Orsons Schulter zu tätscheln, solange er mit glänzenden Augen die in die Höhe ragende Tonwurst betrachtete. »Was gibt es Neues bei den Leinwänden?«, fragte sie Frederik, bevor der sich am Thema ›Turm oder nicht Turm‹ festbiss.

Gleich blickte Frederik todernst drein. »Rosamunde sollte sofort des Kurses verwiesen werden.«

Innerlich zog Jasna eine Grimasse. Jede Woche die gleiche Leier, seit dem Farbpaletten-Attentat. »Das hatten wir doch schon, Frederik. Rosamunde tut dir nichts, wenn du dich von ihr fernhältst. Professor Leopold hat sogar einen Kreis um ihren Arbeitsplatz gezogen, den du nicht überschreiten darfst – zu euer beider Schutz«, fügte sie rasch hinzu, weil die Unterlippe des Jungen vor Empörung bebte.

»Ich brauche nicht in Rosamundes Nähe sein, um zu erkennen, dass sie nur Unsinn veranstaltet. Es sollte ihr verboten werden, Arbeitsmaterial aus dem schmalen Budget der Anstalt für einen solchen Mist zu verschwenden. Schau dir ihr Bild an!« Frederik fuchtelte mit dem Zeigefinger vor Jasnas Nase herum.

»Wenn du nicht willst, dass ich dir in den Finger beiße, nimmst du ihn sofort weg.«

Frederik verschränkte schnell die Hände hinterm Rücken. »'Tschuldigung, aber wenn es um Rosamunde geht, ist es vorbei mit meiner Beherrschung. Dass eine Koryphäe wie Professor Leopold diese Unperson überhaupt in seinem Wirkungsfeld duldet, ist schon schlimm genug. Aber ihre Schmierereien bringen das Fass zum Überlaufen.«

Jasna zuckte die Achseln. »Ich weiß echt nicht, was du hast. Rosamunde ist richtig begabt, ihre Bilder werden in den Besucherräumen im Haupthaus ausgestellt und haben sogar schon Käufer gefunden.«

Rosamundes Spezialität waren verträumt wirkende Städtelandschaften, obwohl sie die erste Hälfte ihrer neunzehn Lebensjahre in einem Keller eingesperrt verbracht hatte und danach direkt nach Lastage House gebracht worden war. Im Besucherraum lagen Stapel von Bildbänden, in denen alte Fotografien von internationalen Städten zu sehen waren, bevor diese entweder von Der Flut verschlungen worden waren oder seitdem bloß noch aus krummen und schiefen Überbleibseln bestanden. Nur war Rosamunde noch nie im Besucherraum gewesen, weil sie nie Besuch bekam. Und wenn man sie fragte, woher sie die Spanische Treppe in Rom oder die Skyline von

Manhattan kannte, lächelte sie bloß. Das Gleiche galt für Fragen, woher sie wisse, wie das Kinderzimmer von Professor Leopold ausgesehen hatte oder ein heute längst verrottetes Baumhaus, von dem der Pfleger Morton manchmal bei Tisch erzählte. Gemalt hatte sie diese Orte trotzdem, so detailreich, dass Morton ihr noch immer einmal die Woche Schokolade als Dankeschön für das Baumhaus-Bild vorbeibrachte.

Jasna suchte die Reihen nach dem schmalen Mädchen ab. »Ehrlich gesagt freue ich mich immer besonders darauf zu beobachten, wie ein neues Kunstwerk von Rosamunde entsteht.«

Frederik gab ein verächtliches »Pfffh« von sich und weigerte sich, Jasna zu begleiten, als sie hinter das Mädchen trat, dessen Ebenholzhaar zu einem schlichten Zopf geflochten war.

»Guten Morgen, Rosamunde«, grüßte Jasna. »Hat dich die Muse heute schon geküsst?«

Rosamunde schaute lächelnd an ihrer Leinwand vorbei. »Muse?«

»Muse, Inspiration, Eingebung. Du weißt schon, der Quell aller Ideen.« Als Rosamunde weiterhin fragend lächelte, versuchte Jasna es anders. Rosamundes innere Welt war vielleicht erfüllt von lebendigen Bildern, aber in der äußeren Welt verfügte sie nicht einmal über genug Worte für eine normale Unterhaltung. »Was malst du gerade?«

Statt einer Antwort deutete Rosamunde bloß einladend auf ihre Leinwand.

Jasna durchschritt den roten Kreis, den Professor Leopold auf den Boden gemalt hatte, um sich das Bild anzuschauen. Nur war da nichts. Zumindest glaubte Jasna das, bis sie in dem Weiß auf Weiß, das Rosamunde mit dicker Ölfarbe auftrug, eine Struktur erkannte. »Es schneit.«

»Ja«, flüsterte Rosamunde, als wollte sie die Flocken nicht erschrecken. »Es schneit sogar sehr doll. Und das ist auch gut so.«

»Warum?«

»Dann bleibt es unter dem Schnee verborgen.«

Jasnas Gedanken überschlugen sich. »Hast du vielleicht auch von den Vögeln gehört, die heute Nacht über Lastage House ihr Unwesen getrieben haben sollen?«

»Ich male keine Ungeheuer«, sagte Rosamunde schlicht. »Und etwas wie das hier will ich eigentlich auch nicht malen. Siehst du, was ich meine?«

Ein Schauer breitete sich über Jasnas Rücken aus, während die gespachtelten Farbtupfer vor ihren Augen zu tanzen begannen. Da war etwas unter all dem Weiß, nicht mehr als eine Ahnung, doch es reichte es, um vor ihrem geistigen Auge ein Bild entstehen zu lassen: ein altes Gebäude, eine Ruine, um genau zu sein. Unwillkürlich zog sich Jasnas Brust zusammen, und sie glaubte, wieder im Bett zu liegen, während die Panik in ihrem Inneren immer stärker wurde. Ein vertrautes Gefühl, das auch nach all der langen Zeit nicht an Intensität nachließ. Die Ruine … die sie niemals hatte wiedersehen wollen. Woher wusste Rosamunde von diesem Ort? Und wusste sie, dass Jasna ihn kannte? Letztendlich war es egal, solange die Ruine hinter einer weißen Schicht verschwand.

»Vielleicht solltest du noch mehr Farbe auftragen«, sagte Jasna leise, wie um zu verhindern, dass was auf der Leinwand vom Schnee verborgen war geweckt wurde.

Rosamunde nickte, dann machte sie sich wieder an die Arbeit mit einem Ausdruck auf ihrem ebenmäßigen Gesicht, als würde sie träumen, während sie Schicht um Schicht die Farbe auftrug.

Auf Zehenspitzen verließ Jasna den Kreis und atmete erst einmal tief durch. Das Gewächshaus mochte während der »Spielstunde« von Leichtigkeit und lebendigem Treiben erfüllt sein. Trotzdem durfte man nie vergessen, dass die Schützlinge in Lastage House oft dunkle Geschichten in sich trugen. Manche handelten von den Abgründen, in die sie geblickt hatten, andere wiederum öffneten sich wie ein finsterer Schlund mitten in ihrem Inneren und brachen hervor, meist dann, wenn man nicht damit rechnete.

3

SCHNEEWEISS

Jasna fuhr zusammen, als Frederik sie von der Seite anstupste. »Himmel, Frederik, schleich dich nicht so an«, raunzte sie den Jungen an.

Beleidigt spitzte Frederik die Lippen. »Wir sind heute Morgen wohl etwas dünnhäutig, was?«

»Es ist wegen Rosamundes Bild, das hat mich …« Jasna brach ab, sie wollte vor Frederik nicht zugeben, dass ihre Fantasie ihr einen Streich gespielt hatte. Dass sie ein altes Bauwerk gesehen hatte in einem Bild, das in Wirklichkeit nur aus weißen Tupfen bestand.

»Da hast du's! Ich habe dich gewarnt, dass Rosamunde nur Unsinn produziert.« Frederik nickte eifrig, was bei seinem dürren Hals die Befürchtung aufkommen ließ, dass er abknicken könnte. »Aber wenn du reines Weiß so beeindruckend und künstlerisch wertvoll findest, dann habe ich einen Tipp für dich. Für die Kunstrichtung der Leere haben wir nämlich einen ausgesuchten Spezialisten in unserer Truppe.«

»Wen meinst du?«

»Ach, komm schon, stell dich bitte nicht extradumm«, schmollte Frederik. »Wen soll ich schon meinen? So viele Genies haben wir schließlich nicht.«

»Ehrlich gesagt, halten sich die meisten in der ›Spielstunde‹ für verkappte Genies. Wie wäre es also mit einem Namen?«, hielt Jasna dagegen. Professor Leopold sah bereits mit gerunzelter Stirn zu ihnen rüber, der Mann hatte einen untrüglichen

Instinkt dafür, wenn einer seiner Schützlinge aus dem Gleichgewicht geriet. Und Frederiks rechte Schulter begann schon zu zucken, was bedeutete, dass eine seiner Sicherungen am Schmoren war. Wenn Jasna das nicht schnell geradebog, würde ihr Mentor übernehmen. Dann würde sie dastehen wie eine Anfängerin, die selbst mit einem der harmloseren Kursteilnehmer überfordert war.

»Hör mal …«, setzte Jasna zu einem Ablenkungsmanöver an, nur leider war Frederik bereits so richtig in Fahrt.

»Du willst einen Namen?«, raunte er. »Bei allem, was mir lieb ist, in dieses Fadenkreuz gerate ich lieber nicht. Nein, danke. Mit Farbpaletten attackiert zu werden, ist schon grenzwertig genug, mehr Aufregung brauche ich in meinem Leben nicht. Das überlasse ich liebend gern den neugierigen Nasen – und damit meine ich dich, jawohl, Fräulein Jasna! Plappere ruhig weiter rum über Namen, die man besser nicht laut ausspricht, obwohl ich dir dringend davon abrate, weil niemand, wirklich niemand, *seine* Aufmerksamkeit erregen will.«

Seine? Jasna stutzte, denn paranoides Gequassel zählte eigentlich nicht zu Frederiks Spezialitäten. Und seine Anspielung, dass er bedroht werde, konnte nur ausgemachter Unsinn sein. An der »Spielstunde« nahmen lediglich Kinder unter zwölf Jahren von Station 1 und die als für ihre Umwelt ungefährlich eingestuften Jugendlichen von der 2. teil. Von Station 4, wo die schwierigeren Fälle untergebracht waren, gab es bloß wenige Ausnahmen, wie etwa Orson, dem ein Betreuer zur Seite saß. Frederiks Andeutung, er könnte Probleme bekommen, stellte Jasna deshalb vor ein Rätsel.

»Wir reden von jemandem in diesem Raum, richtig?«, versicherte sie sich. »Du weißt schon, einer Person aus Fleisch und Blut.«

»Natürlich tun wir das, ich hab schließlich keine Macke.« Frederiks Augenlider zuckten inzwischen im Sekundentakt. Höchste Zeit, das Gespräch in andere Bahnen zu lenken.

»Okay«, sagte Jasna, »gehen wir das Thema anders an: Heute

malt also noch jemand in Schneeweiß. Und das an so einem grauen Novembertag, an dem die Welt nur aus Matsch und welkem Laub besteht. Das ist doch wirklich interessant. Mal sehen … « Sie redete weiter, bis ihr Blick tatsächlich an einer weißen, weil komplett leeren Leinwand hängen blieb. »Alles klar, du meinst Emerick, der mal wieder untätig rumhängt. Warum sagst du das nicht gleich?«

»Du sollst *seinen* Namen nicht laut aussprechen! Er darf nicht wissen, dass ich über ihn rede.« Frederik wollte ihr allen Ernstes den Mund zuhalten, doch Jasna fing sein Handgelenk in der Luft ab und drückte es nieder. »Aua, das tut weh«, beklagte er sich.

So schnell, wie Jasna zugepackt hatte, gab sie Frederiks Handgelenk auch wieder frei. »Sorry, war bloß ein Reflex.«

Merklich beleidigt straffte Frederik die Schultern, aber das Zucken und Beben hatte dank des kleinen Schrecks aufgehört. »Wie auch immer, ich werde jetzt dringend woanders gebraucht. Wenn ich mich nicht täusche, hat soeben Professor Leopold nach mir verlangt.«

Jasna verkniff sich die Bemerkung, dass sie nichts gehört hatte. Ein rascher Blick zum Professor verriet, dass er gerade mit Lia beschäftigt war, die Glitzerstaub in die Augen bekommen hatte. Das war die Chance, aus der verfahrenen Situation rauszukommen. »Tatsächlich, die beiden könnten dringend Hilfe gebrauchen, Professor Leopold sieht noch eingeglitzerter aus als Lia.«

»Unmöglich, dieses Kind. Man sollte ihr eine Zwangsjacke verordnen.« Die Aussicht, Professor Leopold zur Rettung zu eilen, ließ Frederik sein schmerzendes Handgelenk vergessen. Er wollte schon kehrtmachen, blieb aber stehen. »Wir setzen unseren fachlichen Austausch dann später beim Abendtisch fort, ja?«

»Selbstverständlich«, sagte Jasna. »Das wird wie immer der Höhepunkt meines Tages.«

Frederik rückte sichtlich beglückt seine unsichtbare Brille

zurecht, dann lief er zum Waschbecken, um ein nasses Handtuch zu besorgen, während die blinde Lia gerade einen vollen Farbtopf vom Tisch stieß. Trotz des Durcheinanders warf Professor Leopold Jasna einen nachdenklichen Blick zu, der sie nervös machte. Als würde er in diesem Trubel sie und nicht seine Patienten im Auge behalten. Dieser Morgen war nicht ihr Freund, so viel stand fest. Und da sie nichts zu verlieren hatte, beschloss Jasna, Emerick einen Besuch an seiner Staffelei abzustatten.

4

DER LIEBLINGSPATIENT

Emerick war ein weiterer von Dr. Leopolds Lieblingspatienten. Nicht etwa, weil er wie Rosamunde künstlerisch begabt oder wie Lia ein Sonnenschein war. Ganz im Gegenteil. Der Arzt war, um es mit seinen Worten auszudrücken, »fasziniert von Emericks schillernder Persönlichkeit«. Was bedeutete, dass der Junge kompliziert war. Und faszinierend kompliziert zu sein, kam in Lastage House mit seinen seltsamen Bewohnern einer Olympialeistung gleich.

Da es in der »Spielstunde« meist mehr als genug zu tun gab, machte Jasna für gewöhnlich einen Bogen um den Jungen, der höchstens ein oder zwei Jahre älter war als sie. Deshalb fühlte es sich auch komisch an, als sie jetzt auf Emerick zuschlenderte, darum bemüht, ihre Annäherung ganz zufällig wirken zu lassen. Obwohl sie nur ein paar Schritte trennten, nahm Jasna sich die Zeit, hier »Hallo« und dort »Wirklich klasse, das Bild« zu sagen, selbst wenn manche der Bilder nicht mehr als wüstes Chaos zeigten. Gelegentlich drückte sie auch eine Schulter, wo Berührungen erlaubt waren, während sie sich bei anderen komplett zurückhielt, solange sie am Malen waren. Ein normaler Rundgang, so wie immer, nur heute eben mit einem kleinen Umweg. Doch egal wie locker sie sich gab, sie hatte die ganze Zeit über das Gefühl, dass Emerick sie nicht nur beobachtete, sondern genau wusste, was sie vorhatte. Dass er vermutlich sogar still in sich reingrinste, während sie ihren Eiertanz hinlegte.

Shit, dachte Jasna. Frederik hat mich mit seiner Paranoia voll angesteckt.

Oder war es möglich, dass Emerick ihre Unterhaltung trotz der Distanz belauscht hatte?

Nur wenn er Kräfte à la Super Dumbo hat, beschloss Jasna. Sie wollte erleichtert ausatmen, aber irgendwie schluckte sie bloß mit einem gewissen Unbehagen.

Vielleicht wäre es keine schlechte Idee umzudrehen. Sie hatte noch nie mehr gemacht, als Emerick höflich zur Begrüßung zuzunicken, und sollte es auch jetzt dabei belassen. Schließlich stand dieser Morgen unter einem schlechten Stern, da sollte sie ihr Schicksal nicht unnötig herausfordern.

Dummerweise warf Jasna noch einen Blick auf Emerick, weil sie einfach wissen musste, ob er wirklich grinste. Er kniete gerade, um nach einem runtergefallenen Pinsel zu greifen.

Jasna stutzte.

Die meisten Kids in Lastage House trugen die übliche Anstaltskleidung, die aus blauen Hemden, Hosen oder Röcken oder beigen Overalls bestand, die man aus den Beständen eines ehemaligen Internats übernommen hatte. Die meisten kamen nämlich nur mit der Kleidung an, die sie am Leib trugen, oder wuchsen im Lauf der Zeit aus ihren eignen Sachen raus. Da viele der Kinder ihre Eltern bei Der Flut oder später auf der Flucht vor den Wassermassen verloren hatten, brachte auch selten jemand neue Sachen vorbei.

Auf den ersten Blick sah es so aus, als ob Emerick im Standardoutfit steckte. Doch aus der Nähe erkannte Jasna, dass er über dem Hemd einen Wollpulli trug, ein richtig edles Stück, trotz einiger gestopften Stellen. Als er sich aufrichtete, bemerkte sie schmal geschnittene Hosen, wie sie das Partyvolk im Ausgehviertel Leidseplein trug. Seine waren allerdings einen Tick zu kurz – was möglicherweise einem Wachstumsschub geschuldet war, so schlaksig hochgesprossen wie Emerick wirkte, fast, als sei er noch nicht richtig in seine beachtliche Größe reingewachsen. An seinen Füßen saßen Lederstiefel anstelle der üblichen Clogs, die sogar Jasna trug – wenn auch mit Widerwillen. Ihr Erspartes war nämlich für ein Paar speziell für sie angefertigte Stiefeletten mit Absatz draufgegangen, mit denen sie unmöglich bei der Arbeit aufschlagen konnte.

Jasna war derart in Emericks Outfit versunken, dass sie zusammenzuckte, als er sich räusperte.

»Und?«, fragte Emerick. »Alles so, wie es sein sollte?«

Verblüfft stellte Jasna fest, dass sie zum ersten Mal seine Stimme hörte. Er hatte einen beinahe verblassten englischen Akzent, womit sie bei seinem Vornamen nicht gerechnet hatte. Aber kamen sie nicht alle von irgendwo anders her? Angeschwemmt von den Wassermassen, die einen Großteil des Kontinents überflutet und bloß einige heillos überlaufene Inseln zurückgelassen hatten? Viel interessanter war allerdings, dass der Kerl ganz schön direkt war, was sie als Herausforderung nahm.

Jasna deutete auf sein schwarzes Haar. »Da ist dringend ein neuer Schnitt fällig.«

Emerick strich sich die Fransen aus der Stirn. »Kommt sofort nach ganz oben auf meine Prioritätenliste.«

»Am besten hinter den Punkt ›Endlich mit dem Bemalen der Leinwand anfangen‹ setzen«, fügte Jasna an.

»Ist das etwa ein Angebot, mir Model zu stehen?«, fragte Emerick.

Jasna zog eine Augenbraue hoch, nur um es sofort wieder bleiben zu lassen.

So ging man mit Typen um, die einen ziemlich frech an der Bar anflirteten. Mit Jungen aus Lastage House tat man so etwas nicht. Niemals. Auch wenn Professor Leopold ihr beigebracht hatte, das Wort Patient zu vermeiden, änderte das nichts daran, dass über Emericks Krankenakte in Großbuchstaben die Diagnose Schizophrenie stand. Das bedeutete, dass der Junge phasenweise nicht zwischen der Realität und Wahnvorstellungen unterscheiden konnte. Gut möglich, dass er Stimmen hörte, die ihm unablässig etwas zuflüsterten, bis er ihrem Willen nachgab.

Oder dass er die Welt um sich herum wie durch einen Schleier aus Illusionen sah, dass er die »Spielstunde« für einen Trick hielt, um ihn in Sicherheit zu wiegen, damit er nicht bemerkte, dass er in Wirklichkeit in der Falle saß. Soweit Jasna das beurteilen konnte, schienen die Symptome bei Emerick zwar gerade eine Pause einzulegen, weshalb er ohne Betreuer an der »Spielstunde« teilnahm, aber die Erkrankung war gerade bei jungen Menschen nicht zu unterschätzen. Das wusste Jasna dank der vom Professor ausgeliehenen Wälzer, die sich in ihrer Dachbodenkammer stapelten. Davon abgesehen war es ihr peinlich, dass Emerick ihren Klamottencheck bemerkt hatte. Schließlich wollte sie selbst auch nicht ausgelotet werden.

»Das war irgendwie ein verkorkster Start, lass uns noch mal anfangen«, sagte Jasna. »Ich bin rübergekommen, weil du anscheinend keine Idee hast, was du malen könntest. Dabei ist ein dröger Novembertag wie heute doch eigentlich perfekt, um sich ein bisschen künstlerisch auszutoben. Vielleicht hast du ja etwas Spannendes geträumt in der letzten Nacht, was sich toll in einem Bild umsetzen ließe.«

»Du meinst wohl, ob ich heute im Morgengrauen auch schreiend aus dem Bett hochgefahren bin und von fliegenden Albträumen am Himmel gefaselt habe wie ein Wasserfall, bis mir die Pfleger eine extra Portion Tranquilizer verpasst haben.« Emerick krauste die Stirn. »Nein, leider nicht, die Extraration Beruhigungsmittel ging an mir vorbei. Ich habe von dem nächtlichen Drama nichts mitbekommen, ich war kurz vor Sonnenaufgang anderweitig beschäftigt.« Er lächelte schräg – als ob Jasna ihm abnehmen würde, dass ein Patient von der Vierten nachts etwas anderes tat, als zu schlafen. Dafür sorgten die vielen kleinen Pillen schon, die es zum Abendessen gab.

Emerick hielt Jasnas Blick nicht nur stand, vielmehr betrachtete er sie sogar nachdenklich. »Wenn ich mir dich allerdings so anschaue«, sagte er, »zwängt sich die Frage auf, wie dein Morgen so war. Dich hat es ganz schön erwischt, was?«

»Falls du auf Viggas Ausraster anspielst …« Jasna stutzte.

»Moment. Davon kannst du unmöglich was wissen. Als es passiert ist, hast du schon in der ›Spielstunde‹ gesessen.«

Emerick nickte nachdenklich. »Was dann wohl bedeutet, dass sogar die sonst so weggetretene Vigga was von der schwarzen Plage am Sternenhimmel mitbekommen hat. Dabei haben sie auf Station 7 die Zimmerfenster vernagelt, damit die nicht auf dumme Gedanken kommen.«

Nun war Jasna völlig verwirrt. »Wenn du nicht von Vigga redest, was weißt du dann über die Geschehnisse von letzter Nacht?«

Emerick musterte sie noch einen Moment, dann schnipste er imaginäre Fussel von seinem Wollpulli. »Heute Morgen gab es einiges an Gebrüll und Gewimmer auf meiner Station, das Pflegeteam hatte alle Hände voll zu tun. Ich musste deshalb eine halbe Stunde länger warten, bis mein Zimmer aufgeschlossen wurde. Aber am Spannendsten war, was Peer mir auf dem Weg zum Gewächshaus erzählt hat.«

»Peer, der Baum-Junge?«, vergewisserte sich Jasna. »Ist er schon wieder ausgerissen?«

Emerick grinste. »Ich würde eher sagen, Peer ist in sein natürliches Habitat, den Park mit seinen imposanten Trauerweiden, zurückgekehrt. Aber ja, genau der Junge. Jedenfalls meinte Peer, dass die fluglustigen Ungeheuer nichts mit dem ekligen Erbseneintopf, den es gestern zum Abendbrot gegeben hat, zu tun hatten. Einige Pfleger haben wohl gemeint, dass es sich bei den Ausrastern um eine Lebensmittelvergiftung handelt. Peer hat nichts von der Suppe gegessen und hat ebenfalls gesehen, wie die schwarze Schar trotz Dunkelheit in einem rasanten Tempo und gegen den Wind über den See hinter Lastage House hinweggefegt ist, um dann ihre Runden über dem Gebäude zu drehen. Diese speziellen Besucher führten seiner Meinung nach nichts Gutes im Schilde.«

Das hat Loreley auch gesagt, erinnerte sich Jasna, verzichtete aber darauf, die scharfzüngige Fellnase zu zitieren. Überhaupt. Sprechende Katzen und unheimliche Späher mochten für den verwirrten Geist der Patienten von Lastage House zum Alltag gehören, aber in ihrem hatten sie nichts zu suchen. »Wir sprechen mit hoher Wahrscheinlichkeit über eine Schar Raben«, stellte Jasna deshalb mit Nachdruck fest.

»Nachtaktive Raben? Das glaube ich kaum«, hielt Emerick dagegen.

»Okay, das vielleicht nicht. Aber bestimmt gibt es eine natürliche Erklärung für die Ereignisse.«

»Kommt drauf an, was du unter *natürlich* verstehst.«

Jasna schnitt eine Grimasse. »Falls das eine Grundsatzdiskussion wird, bin ich raus.«

»Dann bleibst du also lieber ahnungslos, als auch nur für einen Moment anzunehmen, die ganzen verrückten Kids könnten eventuell recht haben und Lastage House wurde von geflügelten Schatten heimgesucht.«

Emerick wirkte enttäuscht – was Jasna durchaus nachvollziehen konnte. Aber ihr Gespräch bewegte sich in unwägbares Gelände, sie redeten über seltsame Dinge und das auf eine sehr vertrauliche Weise, wenn man bedachte, dass sie sich beide überhaupt zum ersten Mal miteinander unterhielten. Es war höchste Zeit, die Reißleine zu ziehen und die Trennung zwischen Patient und Betreuerin klarzumachen.

»Wenn es deine Wahrheit ist, dass Lastage House heimgesucht wurde, warum versuchst du dann nicht, eins von diesen schwarzen Flugwesen zu malen?«, schlug Jasna vor. »Lass deiner Fantasie freien Lauf. Dann verstehe ich vielleicht, was du meinst.«

Emerick legte den Kopf schief, wobei er Jasna für einen Augenblick an Loreley erinnerte, wie sie eine in die Enge getriebene Maus beobachtete. »Was deine Technik anbelangt, sich in etwas reinsteigernde Psychos abzulenken, gibt es eindeutig Luft noch nach oben. Solche Ablenkungsmanöver bekommen selbst die Ladys an der Essenausgabe besser hin, nachdem man ihnen erklärt hat, dass man nur Sachen von derselben Farbe isst. In meinem Fall bevorzugt Weiß, manchmal auch etwas in Rot.«

»Ich übe eben noch«, verteidigte sich Jasna. Ärger stieg in ihr auf. Darüber, dass Emerick sie schon wieder vorgeführt hatte, aber noch mehr darüber, dass sie sich tatsächlich in seiner Gegenwart ziemlich blöd anstellte. Das passierte ihr doch sonst nicht. »Wahrscheinlich ist es an der Zeit, dich in Ruhe Nichtmalen zu lassen. Viel Spaß noch dabei.«

Jasna winkte Emerick zum Abschied zu, und er winkte zurück, geradeso, als würde er den wahren Grund für ihren Rückzug komplett durchschauen.

Nichts wie weg, beschloss Jasna und drehte sich um.

»Mit der psychologischen Raffinesse klappt es vielleicht nicht so geschmeidig, aber auf deine Abblocktechniken kannst du dir wirklich was einbilden. Solche Instinkte muss man sich hart antrainieren, würde ich meinen.« Emerick gab sich nicht Mühe, besonders laut zu reden. Als stände außer Frage, dass Jasna sofort hellhörig wurde, wenn es um ihre Selbstverteidigungskünste ging. Was sie auch tat.

»Du weißt schon«, setzte Emerick nach. »Wie du eben Dr. Wichtig Fredebold bei seinem Versuch, dir den Mund zuzuhalten, ausgebremst hast, war filmreif. Und dann noch die Schnelligkeit deiner Reflexe. Respekt.« Er pfiff anerkennend.

Jasna stand ganz still, nur ihre Augen scannten die Lage im Gewächshaus. Nachdem Lia ihren Kopf unter den Wasserhahn gehalten und anschließend ihre nassen Haare wie ein Waschbär ausgeschüttelt hatte, bis auch Professor Leopold klitschnass war, hatte sich eine entspannte Stimmung im Gewächshaus ausgebreitet. Es wurde gemurmelt, manchmal auch gelacht, aber ansonsten war es verblüffend ruhig. Alle waren beschäftigt, niemand achtete auf Jasna und die Zwickmühle, in der sie steckte.

Ihre Clogs quietschten, als sie sich wieder dem Jungen mit der leeren Leinwand zuwandte.

Sie maßen einander schweigend.

Emerick voll demonstrativer Seelenruhe, Jasna mit einem brodelnden Gefühl im Bauch, das sich schwer nach Lavaausbruch anfühlte. Trotzdem wich sie seinem Blick nicht aus.

Emerick war nicht im klassischen Sinne gut aussehend, dafür waren sein Blick zu scharf und seine Wangenknochen zu spitz. Vor Jasnas geistigem Auge verwandelte sich sein Gesicht in eine Zielscheibe mit seiner römischen Nase als Zentrum. Es wäre ganz leicht, seinem ach so geraden Nasenbein einen Knick zu verpassen. Natürlich tat sie das nicht, sie hatte sich nämlich voll unter Kontrolle. Vorläufig jedenfalls, auch wenn die Muskeln in ihren Schultern vor Anspannung bebten und darum bettelten, von der Leine gelassen zu werden.

»Ich liege wohl nicht falsch, wenn ich behaupte, dass der Abblocker bei Frederik eben kein Zufallsprodukt gewesen ist, sondern eine hart antrainierte Technik«, sagte Emerick. »Wer hätte das gedacht bei der sonst so langweiligen Assistentin des Professors?«

Jasna überhörte den Seitenhieb. »Ist das die Tour, die bei Professor Leopold so gut ankommt, während sie Frederik nervös macht? Wenn ja, muss ich zugeben, dass ich sie einfach nur manipulativ finde.«

Zum ersten Mal zeigte Emerick eine spontane Reaktion: Er machte große Augen. »Tut mir leid, wenn das so rüberkommt. Als Schizo ist Manipulation echt nicht mein Ding, mir reden schließlich selber ständig irgendwelche Stimmen rein und versuchen, mich zu Dummheiten zu überreden. So steht es jedenfalls in meiner Akte. Was uns beide anbelangt, dachte ich eigentlich, wir schäkern ein bisschen miteinander. Als Frederik dich auf mich angesprochen hat, wirktest du neugierig, und als du dann zu mir rübergekommen bist …«

»Oh.« Mehr fiel Jasna erst einmal nicht ein. Dann fügte sie ein »So ist das also« hinzu.

Emerick sah sie aus seinen dunkelblauen Augen tieftraurig an. Offenbar ging es immer noch einen Tick verzwickter mit diesem Jungen.

»Flirten ist keine gute Idee, auch wenn das hier ›Spielstunde‹ heißt«, sagte Jasna überfordert. »Ich bin eine Betreuerin und damit an bestimmte Regeln gebunden. Das sage ich so überdeutlich, damit du dich nicht zurückgesetzt fühlst, sondern …« Sie brach mitten im Satz ab, als Emerick mit dem Pinsel einen grauen Strich über die Leinwand zog. Das dachte sie jedenfalls, bis sie begriff, dass der Pinsel nur einen Schatten geworfen hatte.

Emerick blinzelte ihr zu, dann fuhr er fort mit seinem Schattentrick, ließ für Sekunden senkrechte, schräge oder waagerechte Linien entstehen.

Als Jasna begriff, dass die Schatten Buchstaben ergaben, sprach sie die gebildeten Worte bereits laut aus. »›Nur Spaß‹.« Jasna schnaufte. »Von wegen ›Nur Spaß‹, du hast mich mit deinem traurigen Dackelblick verarscht.«

Emerick war keinen Tick verlegen. »Was soll ich sagen? Auf die Dauer ist es ganz schön langweilig, vor einer leeren Leinwand zu hocken. Da kommt man halt auf dumme Ideen.«

»Dann mal doch zur Abwechslung was«, schlug Jasna vor.

»Tja, dazu hätte ich mir wohl ein paar Gedanken machen müssen, was ich malen könnte.«

»Wäre vielleicht eine Idee gewesen. Ganz ehrlich: Was zur Hölle machst du hier eigentlich die ganze Zeit? Das ist doch echt irre.« Jasna schlug sich die Hand vor den Mund. Gut, dass Professor Leopold gerade am anderen Ende des Raums der kindlich gebliebenen Rue dabei half, ihren Tonmatschberg ordentlich durchzuwalken. Ansonsten wäre ihr ein Vortrag darüber sicher gewesen, dass in der »Spielstunde« niemand bedrängt noch beurteilt wurde.

Zu Jasnas Erleichterung nahm Emerick ihren Ausbruch locker. »Was hältst du von einem Deal?«, sagte er. »Ich erlöse dich von deiner Neugier und verrate dir, was ich hier treibe, wenn du mir im Gegenzug verrätst, was ich deiner Meinung nach malen soll. Inspirier mich.«

So weit kommt es noch, dachte Jasna. Dieser Kerl war wie ein Staubsauger, der alles aufnahm und selbst nichts rausließ. »Solange du dich in der ›Spielstunde‹ wohlfühlst, reicht mir das vollkommen aus, da entwickle ich keinen Ehrgeiz.« Was sie nicht sagte, war: Soll sich wer anders die Zähne an dir ausbeißen.

Emerick schien es trotzdem gehört zu haben, denn er klatschte in die Hände. »Eleganter Rückzug. Kein Wunder, dass du Professors Leopolds Assistentin bist, obwohl du angeblich noch keinen Fuß in die Uni gesetzt hast. Die Eigenschaft, immer brav zu nicken, wenn der Herr Professor etwas sagt, und ansonsten schön bescheiden zu sein, reicht als Qualifikation offensichtlich aus.«

»Mein Verhalten hat nichts mit Unterwürfigkeit zu tun«, erklärte Jasna, während sie sich an die tiefenentspannende Bauchatmungstechnik zu erinnern versuchte, über die sie in einem der Fachbücher gelesen hatte. Sie durfte sich jetzt auf keinen Fall aus der Reserve locken lassen, auch wenn Emerick ganz klar ein Meister der Provokation war. »Ich respektiere bloß Professor Leopolds Verhaltensleitfaden, damit die Kursteilnehmenden ihren Freiraum genießen können und die Gelegenheit haben, sich selbst auszudrücken, ohne gleich bewertet zu werden.«

»Hübsch auswendig gelernt«, ätzte Emerick weiter. Er legte es geradezu darauf an, Jasnas Schmerzgrenze auszutesten. »Fühl dich bitte nicht angefasst, aber Typen in ihre Schranken zu verweisen, liegt dir eindeutig besser als Diplomatie. Wenn es ums Zwischenmenschliche geht, wirst du sofort stocksteif.«

»Mach dir mal keine Gedanken, ich bin grundentspannt und locker. Sogar dein Gerede nehme ich sportlich. Ich bin ganz bei mir.« Jasna war selbst verblüfft, dass sie sich so wacker schlug. Allem Anschein nach hatte sie ihr Temperament inzwischen deutlich besser unter Kontrolle als früher.

»Ja«, sagte Emerick gedehnt, »das sah vorhin echt meditativ aus, als du Orsons Ton-Phallus begutachtet hast. Der Vollprofi, der du bist, ist weder rot angelaufen, noch hast du angesichts des ansehnlichen Kunstwerks sofort den Rückzug angetreten.«

»Genau so ist es.«

»Dann macht es dir auch nichts aus, dass Orson mit seinem

Kunstwerk gerade in deine Richtung deutet und seinem Pfleger erzählt, dass er es dir schenken will?«

Jasna musste innerlich bis fünf zählen, damit sich Emericks Gesicht nicht doch noch in eine Zielscheibe verwandelte, die ihre Faust unbedingt treffen wollte. Aber so leicht würde sich Professor Leopolds brave Assistentin nicht aus der Reserve locken lassen. No, Sir, ganz gewiss nicht.

»Das ist ein mieser Bluff, du sitzt mit dem Rücken zu Orson«, sagte Jasna. »Und verstehen kann man ihn auf diese Distanz auch nicht, weil Orson der geborene Nuschler ist. Ich muss mich sogar dann ordentlich anstrengen, ihn zu verstehen, wenn ich direkt neben ihm stehe.« Gut, sie klang genervt, vielleicht sogar ein bisschen pikiert, aber nur ein bisschen. Sie würde dieses merkwürdige Kräftemessen mit Emerick gewinnen.

»Okay, kleine Hilfestellung, woher ich das alles weiß«, sagte Emerick. »Ich habe eben keinen einzigen Buchstaben auf die Leinwand gemalt, und du hast trotzdem gelesen, was ich geschrieben habe.«

Verständnislos hob Jasna die Hände. »Und?«

Mit einem Seufzen deutete Emerick auf die Glasscheiben des Gewächshauses, in denen Jasna das sich spiegelnde Gesicht von Orson erkannte. Sein großer, fleischiger Mund klappte beim Sprechen erregt auf und zu.

»Du kannst Lippenlesen«, stellte Jasna fest. »Deshalb wusstest du auch, dass Frederik über dich gesprochen hat. Oder vielmehr nicht gesprochen hat, weil du ihm Angst machst.«

»Ach was, Dr. Fredebold macht sich meinetwegen nicht in die Hose. Es nervt ihn nur, dass ich bei seinem Doktor-Spielchen nicht mitmache, wie die anderen Schafe in der ›Spielstunde‹. So viel Impertinenz gegen unsere selbst ernannte Koryphäe leistet sich sonst nur Rosamunde, nachdem er ihr unterstellt hat, bloß einen auf dusseliges Kellerkind zu machen, damit alle wegen ihrer Bilder aus dem Häuschen geraten.« Emerick schüttelte den Kopf. »Der Typ hat vielleicht Nerven. Rosamundes Begabung in den Dreck zu ziehen, geht gar nicht, die ist heilig. Und damit so etwas nicht noch mal passiert, habe ich ein Auge auf den Pseudo-Professor, was ihn etwas nervös macht.«

»Sehr ritterlich von dir«, sagte Jasna. »Nimm es mir nicht übel, aber Professor Leopold und ich haben alles bestens unter Kontrolle, wir brauchen keine Undercover-Beobachter. Wirklich, du kannst dich guten Gewissens ganz auf deine weiße Leinwand konzentrieren. Apropos Professor Leopold ... Weiß er, dass du als Spion ohne Lizenz zum Schnüffeln in der ›Spielstunde‹ sitzt?«

Falls diese Anschuldigung Emerick in Bedrängnis brachte, ließ er sich nichts anmerken. Stattdessen verriet sein Ausdruck, dass er sich dank ihres Gesprächs bestens unterhalten fühlte. Im Gegensatz zu Jasna machte ihm ihre Kabbelei Spaß, und zwar nicht zu knapp. »An deiner Stelle würde ich mir jetzt vor allem Gedanken über Orsons leuchtende Augen machen«, feixte er. »Soll ich mal übersetzen, in welche Fantasie er sich gerade reinsteigert? Sein Pfleger hat jedenfalls schon ganz rote Ohren vom Zuhören.«

Als ob ich darauf reinfallen würde, dachte Jasna. »Wenn du mich aufstacheln willst, musst du dich schon mehr anstrengen.«

Zu Jasnas Überraschung winkte Emerick ab. »Darum geht es mir nicht, dafür bekommt man dich viel zu leicht auf die Palme. Nein, ich will etwas über dich in Erfahrung bringen, etwas, das du offensichtlich sehr gut zu verstecken weißt. So gut, dass es mir heute überhaupt zum ersten Mal aufgefallen ist. Wie wäre es mit einem Deal? Du erzählst mir, was du auf eine leere Leinwand malen würdest, und ich verrate dir, was sich hinter Rosamundes ausartendem Schneesturm verbirgt.«

Beide sahen sie zu Rosamunde, die mit zitternder Hand immer noch weiße Farbe so massig auftrug, dass sie von der Leinwand zu Boden tropfte.

»Falls du es nicht eh schon weißt ...«, flüsterte Emerick. »Ihr Bild hat dich ja ganz schön aus dem Takt gebracht.«

Jasna schluckte. »Ich habe absolut keine Ahnung, wovon du sprichst.«

Emerick sah sie mit seinen Saphiraugen an. »Ein Tipp: Es ist etwas, das dir nicht unbekannt ist, auch wenn du es am liebsten vergessen willst.«

»Woher willst du das wissen?«

»Wenn man genau hinschaut, kann man unter den ganzen weißen Tupfern einen Umriss erkennen. Du etwa nicht?«

Jasnas Herz legte einen solchen Kaltstart hin, dass es ihr fast zur Kehle raussprang. »Natürlich nicht, da ist nur weiße Farbe.«

»Und warum ist dir dann vordem sämtliches Blut aus dem Gesicht gewichen, als du das Bild angeschaut hast?«, fragte Emerick, während sein Gesichtsausdruck verriet, dass er die Antwort längst zu kennen glaubte.

Doch Jasna hatte keinen Nerv, sich über seine Arroganz aufzuregen. Sie schaute erneut zu dem dunkelhaarigen Mädchen hinüber, das beharrlich Schicht um Schicht weißer Tupfen aufmalte. Mehr war mit dem bloßen Auge nicht zu erkennen, bloß Weiß auf Weiß. Und trotzdem nahm Jasna einen dunklen Schemen wahr, genau wie Emerick. Sie wollte absolut nicht wissen, warum das so war.

»Ich muss jetzt gehen«, sagte Jasna.

»Weil Professor Leopold sonst sauer wird, von wegen Verwischung der Trennung zwischen Patient und Betreuerin?«

Jasna krauste die Nase. »Die Entscheidung, Distanz zu dir zu wahren, bekomme ich ganz allein hin.«

In Wirklichkeit kostete es Jasna ordentlich Willenskraft, auf Abstand zu gehen, sie fühlte sich in Emericks Gegenwart verwirrend lebendig. Er war anstrengend und stupste jede Stelle an, die wehtat. Aber einem sonst so sorgfältig verborgenen Teil ihres Selbst gefiel das – und dieser Teil wollte mehr. Ja, sie brauchte definitiv Abstand. Einmal davon abgesehen, dass sie zweifelsohne viel zu nah neben ihm stand, so nah, dass sie ein paar silbrige Glitzerpartikel auf seinen Wangen entdeckte. Entgegen jeglicher Vernunft verspürte sie das Verlangen, sich auf

Emericks Herausforderung einzulassen, sich weiter mit ihm zu zanken und sich dabei gegenseitig auszutesten. Gleichzeitig ärgerte sie sich über seine Überheblichkeit, während sie seine geradezu hellsichtige Fähigkeit beunruhigte. Ihr blieb nichts anderes übrig, als zuzugeben, dass Professor Leopolds Urteil ›Faszinierend‹ nicht aus der Luft gegriffen war. Emerick war so faszinierend wie ein lauernder Tiger, der seine Deckung verlassen hatte, weil er davon ausging, dass ihm seine Beute ohnehin nicht entkam.

Jasna legte den Rückwärtsgang ein, extra langsam, damit es nicht allzu sehr nach Flucht aussah. »Wie gesagt, ich muss jetzt weiter, aber ich wünsche dir noch viel Spaß.«

»Danke, den habe ich bereits«, sagte Emerick.

»Na, dann.« Jasna nickte zum Abschied. Während ihres Rundgangs vermied sie jeden Blick in Emericks Richtung. Doch egal, wo sie stand und mit wem sie sich beschäftigte, sie hatte unentwegt das Gefühl, dass sein Blick auf ihr ruhte. Und dass er mit seiner Studie ihrer Persönlichkeit bereits weitergekommen war als Professor Leopold mit all seinen Kollegen zusammen.

5

NICHTS ALS DIE WAHRHEIT

Als die Glocke im Turm schlug, blickte Professor Leopold im selben Moment wie Jasna auf.

»Schlag sechs«, sagte der Professor.

Jasna streckte sich. Es knackte in ihrem Rücken. »Kann nicht sein. Wo ist denn bitte schön der Tag geblieben?«

Schon seit Stunden saß Jasna in dem Sessel beim Kamin, gefangen zwischen Papierhaufen und einer altmodischen Schreibmaschine auf einem Beistelltisch. Darauf tippte sie Professor Leopolds Notizen für einen Vortrag an der Universität ab. Der Vortrag klang hoch kompliziert, aber im Prinzip ging es darum, dass in jedem Kind, unabhängig von seinem Geisteszustand, eine Begabung steckte und die Therapeuten gut daran taten, sich darauf zu konzentrieren, anstatt nur über Mängel und Fehler des Kindes zu sprechen.

Die eigentliche Herausforderung bestand für Jasna darin, die Hieroglyphen zu entziffern, aus denen Professor Leopolds Handschrift bestand. Eine Schweinearbeit, die sie jedoch gern tat. Sie hätte den ellenlangen Vortrag sogar in Schönschrift abgeliefert, solange sie dafür in der Schreibstube des Professors sein durfte. Seine Räumlichkeiten waren nämlich in einem windschiefen Anbau am Gewächshaus untergebracht. Früher war er wohl für die Gärtner des einst hochherrschaftlichen Hauses vorgesehen gewesen. Denn er bestand lediglich aus einer Abstellkammer und einem Aufenthaltsraum mit rohen Steinwänden und Butzenfenstern, in dem man sich aufwärmen und eine Tasse Tee trinken konnte, bevor man wieder Hecken stutzte. Unter Professor Leopold hatte sich der Anbau jedoch in den denkbar gemütlichsten Ort von ganz Lastage House verwandelt, solange man zwischen den Manuskript- und Bücherstapeln keine Platzangst bekam. Davon war Jasna weit entfernt, sie liebte Bücher, nicht nur die Fachbücher, die Professor Leopold anzog wie ein Magnet Eisenspäne, sondern mit Vorliebe auch Romane, die von jedem halbwegs geschmackssicheren Menschen als Kitsch bezeichnet wurden. Jasna hingegen konnte es gar nicht gefühlig genug zugehen, was sie allerdings tunlichst für sich behielt. In Lastage House befanden sich die Träumer auf den Stationen, wo man auf sie aufpasste, damit sie nicht den letzten Kontakt zur Realität verloren. Eine romantisch veranlangte Assistentin wäre vielleicht noch für den eh als spleenig geltenden Professor Leopold okay gegangen, aber unter den Studenten, die in Lastage House ein und aus gingen, hätte Jasna sofort einen Ruf als geistig untertourig und naiv weggehabt. Dabei hatte sie es ohnehin schon schwer genug, sich unter die älteren und gebildeteren Studenten zu mischen, ohne wie ein Alien rauszustechen. Was es gesellschaftlich schwierig machte, denn das Pflegepersonal wollte bis auf wenige Ausnahmen nichts mit ihr zu tun haben, weil sie halt nicht dazugehörte. Jasna saß zwischen sämtlichen Balken, nur bei Professor Leopold kannte sie ihren Platz.

Während der Glockenhall verklang, erhob sich Professor Leopold auf seine schon etwas alterssteife Art vom Drehstuhl – außerdem hätten zu hastige Bewegungen die Papiertürme zum Einsturz gebracht – und kam auf Jasna zu.

Unwillkürlich zog sie den Kopf ein. Dann ging ihr auf, dass der Professor bloß das Feuer mit einem frischen Holzscheit füttern wollte. Der alte Herr hatte etwas von einer in Würde ergrauten Katze, der es gar nicht warm genug sein konnte.

Wenn ich weiterhin jedes Mal den Kopf einziehe, sobald der Professor auch nur Luft holt, verwandele ich mich noch in einen Wackeldackel, stöhnte Jasna innerlich.

Dieses Theater veranstaltete sie bereits seit der Beschäftigungstherapie am Morgen, und es war von Stunde zu Stunde schlimmer geworden. Dabei hatte sie den kompletten Tag an Professor Leopolds Seite verbracht, eingespannt in seinen eng getakteten Zeitplan aus Besprechungen, Patientensitzungen und der Arbeit an seinem Vortrag.

Gedankenversunken stocherte der Professor in der Glut im Kamin herum. Das war eine seiner Lieblingsbeschäftigungen, wenn er sich bei der Arbeit festgefahren hatte. Vermutlich bereitete ihm der Abschnitt »Vertrauen oder Überwachen? Die förderlichste, wenn auch arbeitsintensivste Möglichkeit mit jugendlichen Kleptomanen umzugehen« mal wieder Kopfzerbrechen. Soweit sie das mitbekommen hatte, war Professor Leopold mit seinem Appell »Jeder hat einen Vertrauens-Kredit verdient« bei den Kollegen auf heftige Kritik gestoßen. Wenn sie mit ihrer Vermutung richtiglag, würde er die nächsten zwanzig Minuten mit Glutstochern beschäftigt sein.

Gerade, als Jasna sich entspannen wollte, räusperte sich der Professor: »Jasna, ich möchte gerne mit Ihnen über etwas sprechen.«

Nun ist es so weit, dachte Jasna und ließ den Kopf noch einen Tick mehr zwischen die Schultern sinken.

Immer wieder hatte sie den Blick des Professors gespürt und fest damit gerechnet, dass er sie auf ihre Unterhaltung mit Emerick ansprechen würde. Und was sollte sie dazu schon sagen? Einfach zu behaupten, sie hätte mit Emerick bloß geplaudert, wäre ein zu großes Risiko. Der Kerl hatte sie derartig ins Schwimmen gebracht, dass ihre Gesichtszüge bestimmt im Minutentakt entgleist waren. Wenn sie jedoch zugab, dass er bei ihrem gemeinsamen Tanz die Führung an sich gerissen hatte, würde sie a) dumm dastehen und b) Professor Leopold könnte auf die Idee kommen, noch mehr Fragen zu stellen à la »Was genau hat mein Lieblingspatient denn mit meiner Lieblingsassistentin angestellt?«. Allein bei der Vorstellung schüttelte es sie.

»Was ich Sie gern fragen wollte …«, setzte Dr. Leopold erneut an.

»Machen Sie sich nicht die Mühe, es auszusprechen, Herr Professor. Mir ist auch so bewusst, dass ich ziemlich abgeschmiert bin bei meinem Versuch, Emerick zum Malen zu überreden«, gestand Jasna, bevor alles nur noch schlimmer wurde. »Mit Herzchen wie Lia oder einer Nervensäge wie Frederik kann ich gut, das klappt wie von selbst, aber bei Emerick habe ich mich übernommen, das gebe ich hiermit offiziell zu. Ich hatte meine liebe Müh, mich auch nur an die Verhaltensregeln zu erinnern, während er mit mir Schlitten gefahren ist. Wahrscheinlich habe ich noch nicht die richtigen Bücher gelesen, um mit einem Kaliber wie ihm fertigzuwerden. Wobei ich drauf tippen würde, dass man bei diesem Spezialfall mit einer Pokeranleitung und einer Extradosis Valium in seinem Frühstück am weitesten kommt.«

»Dann war es bloß ein Gespräch mit Emerick, das Sie die ganze Zeit belastet hat. Ich hatte mich schon gewundert, weil Sie so in sich gekehrt waren«, sagte Dr. Leopold. »Wie auch immer, Sie sollten sich von Emerick nicht ärgern lassen. Eigentlich ist er ein feiner Bursche, nur wenn er sich langweilt, kommt er manchmal auf alberne Ideen. Machen Sie sich nichts draus, falls er Sie vorgeführt hat. So ergeht es den meisten, die ihm in die Fänge geraten.«

»Ist das alles, was Sie dazu sagen wollen?« Jasna wartete immer noch auf eine Ansprache, doch Professor Leopold lächelte bloß.

»Ich kann es Ihnen nicht verübeln, dass Sie Ihr Glück versucht haben, Jasna. Es wäre überaus spannend zu sehen, was Emerick malen würde, wenn er sich endlich einmal dazu durchringen könnte. Der Junge ist durchaus eine faszinierende Herausforderung, nicht wahr? Aber solange Sie sich seiner ›Schlittenfahrerei‹, wie Sie es nennen, nicht gewachsen fühlen, sollten Sie besser einen Bogen um ihn machen.«

»Dann sind Sie nicht enttäuscht von mir?«

Der Professor lachte. »Sie klingen ja regelrecht entrüstet, Jasna. Sollte ich das Ihrer Meinung nach denn sein?«

Womit dann wohl feststand, dass Jasna sich als überkandideltes Früchtchen entlarvt hatte. Hoffentlich fiel es im Feuerschein nicht auf, dass sie rot anlief. »Wenn Sie Ihren geliebten Schreibtisch nicht verlassen haben, um mir wegen Emerick die Leviten zu lesen, worum ging es Ihnen dann?«

Professor Leopold zuckte die Schulter. »Nichts Wichtiges, ich kann mich nur nicht richtig auf meine Arbeit konzentrieren, weil ich mich ablenken lasse. Dabei läuft mir die Zeit nur so davon. Ich meine: Wie zum Himmel kann es bereits sechs Uhr sein?«

»Das kann ich Ihnen leider nicht sagen, weil es mich immer in eine Art Trance versetzt, wenn ich zu lange Ihre Handschrift entziffere. Dann verschwimmen irgendwann Raum und Zeit, während krakelige Hieroglyphen in Leuchtschrift durch mein Sehfeld wabern.«

»So schlimm ist es also um meine Handschrift bestellt«, meinte Professor Leopold nüchtern. »Dabei habe ich mich so bemüht, nachdem bei der letzten Transkription Rauch aus Ihren Ohren gestiegen ist und Sie anschließend geschielt haben.«

»Machen Sie sich keine Sorgen«, winkte Jasna ab. »Das mit dem Rauch liegt nur daran, dass ich so nah beim Kamin sitze. Da fange ich nach einiger Zeit an zu kokeln.«

Die beiden sahen sich an – und es war Professor Leopold, der als Erster lachte. Jasna strahlte eher von innen heraus, nicht nur, weil es sich großartig anfühlte, den alten, stets so erhaben wirkenden Herrn zum Lachen zu bringen. Es blitzte auch das Bewusstsein auf, was für ein Glück sie mit ihrem Mentor hatte. Als er sie unter seine Fittiche genommen hatte, gab er ihr damit ein Dach über dem Kopf und eine sinnvolle Beschäftigung. Noch viel wichtiger schien ihr jedoch in diesem Moment, dass sie mit Professor Leopold Zeit verbringen durfte, als würde seine freundliche, interessierte und die hinter seiner gebildeten

Art versteckte Herzenswärme auf sie abstrahlen. Jasna kam es so vor, als würde sie sich allein durch seine Gegenwart mehr verändern als durch all die dicken Fachbücher auf ihrem Zimmer.

Professor Leopolds Augen hinter den Brillengläsern lächelten noch immer, als seine Gesichtszüge längst wieder ernst wurden. »Wo Sie doch so clever sind, meine Liebe, können Sie mir vielleicht bei einem Rätsel helfen. Anstatt meinen Vortrag fertigzustellen, geht mir nämlich Aurelias Bild aus der heutigen ›Spielstunde‹ nicht aus dem Kopf. Ich habe unsere kleine Künstlerin gefragt, was es darstellen solle. ›Wissen Sie das denn etwa nicht?‹, hat Aurelia ernsthaft verblüfft gesagt. ›Das sollten Sie aber. Das Occulus ist wichtig, wenn man den Weg in die Bibliothek finden will.‹«

»Dieses komische Wort Occulus hat Lia sich bestimmt ausgedacht, um Ihre Neugierde zu wecken«, vermutete Jasna, obwohl ein solches Verhalten nicht zu dem Mädchen passte. »Und was soll der Rest bedeuten? In Lastage House gibt es doch gar keine Bibliothek. Das stimmt vorn und hinten nicht.«

Professor Leopold schien auch nicht sonderlich überzeugt. »Es ist nur so, dass Aurelia sehr konzentriert an dem Bild gearbeitet und es mir dann sofort in die Hände gedrückt hat. Für gewöhnlich behält sie ihre Werke eine Zeit lang, weil sie – Zitat – ›gern in ihren Bildern spazieren geht‹. Dieses hier sollte ich jedoch an mich nehmen, als ›Gedächtnisstütze‹. Mehr war leider nicht aus ihr herauszubekommen. Als ich sie nach diesem ominösen Occulus gefragt habe, meinte sie nur spitzbübisch, die Auskunft habe für heute geschlossen. Möglicherweise kannst du ja etwas mit dem Bild anfangen, du bist Aurelia doch besonders nah.«

Jasna legte sich theatralisch die Hand auf die Brust, um damit zu überspielen, dass sein Vertrauen sie stolz machte. »Man könnte sogar sagen, dass ich die Lia-Spezialistin von Lastage House bin! Ich notiere ehrenamtlich ihre ›Siehst du etwa nicht auch …‹-Geschichten, inklusive ihrer mysteriösen Gespräche mit einem bestimmten Kantinenstuhl. Wobei ich mir unsicher bin, ob sie mit dem Stuhl spricht oder mit einem unsichtbaren Freund, der darauf sitzt. Ich halte auch die Liste der Fabelwesen, die Lia in Lastage House gesehen haben will, auf dem neusten Stand. Wenn Sie möchten, kann ich aus dem Stehgreif einen Vortrag über Baumgeister, sogenannte Dryaden, halten, die angeblich ein reges Gesellschaftsleben bei den Trauerweiden führen.«

»Die Geschichten hat Aurelia bestimmt von dem Baumjungen Peer, der sich heute übrigens wieder einmal in den Park abgesetzt hat. Hat wohl das allgemeine Durcheinander auf den Stationen aufgrund einer Gruppenhysterie genutzt. Und das alles wegen einer leichten Lebensmittelvergiftung.«

»Von dieser Theorie hat Emerick mir erzählt, aber er hielt nichts davon.« Jasna bereute diesen Satz, kaum dass er über ihre Lippen war.

Doch Professor Leopold schmunzelte lediglich. »Nun, wenn Sie mir dann die Ehre gestatten würden, einen Blick auf Aurelias geheimnisvolles Bild zu werfen?«

Neugierig begleitete Jasna den Professor zu seinem überfüll ten Schreibtisch, wo auf einem Chaoshaufen aus handbeschriebenen Zetteln ein welliger Papierbogen lag. Er war zu einem Quadrat zurechtgeschnitten worden, in das ein Kreis gemalt war. Darin befanden sich Unmengen graublauer Schlieren und der von Jasna spendierte Silberstaub. Nur an dem Glitzer war zu erkennen, dass es sich um eins von Lias Bildern handelte.

»Das ist ja ungewöhnlich, es zeigt keine von den Märchengestalten, die ansonsten Lias Bilder bevölkern.« Jasna hielt das Bild auf Armlänge von sich weg, dann drehte sie es auf den Kopf, falls es überhaupt ein Oben und Unten gab. »Wäre es oval, würde ich auf ein glitzerndes Taubenei tippen. Vielleicht stellt es auch eine kreisrunde Pfütze dar, in der sich der Himmel spiegelt.« Etwas regte sich in Jasnas Erinnerung, versteckte sich jedoch sofort wieder unter dem Stein, unter dem es kurz hervorgeblinzelt hatte, als etwas krachend ins Kaminfeuer fuhr und Funken aufstieben ließ.

»Was war das?«, rief der Professor und war auch schon am Kamin.

Glutstücke waren aus dem auseinandergestobenen Feuer bis auf die Papiere geflogen, und der Professor wischte sie mit der bloßen Hand weg, doch die Glut fraß sich in seine Haut und ließ ihn aufschreien.

Hastig tauschte Jasna Lias Bild gegen ein in Leder gebundenes Buch und erstickte damit die Brandstellen auf den Papieren. Dann schnappte sie sich den Schürhaken und schob die Holzscheite wieder zusammen, während Professor Leopold zur Spüle lief, um seine verbrannte Hand unters Wasser zu halten.

»Ein Klinkerstein ist ins Feuer gefallen«, sagte Jasna. »Vermutlich hat er sich aus der Schornsteinkrone gelöst.«

»Der Anbau ist leider nicht mehr der Jüngste und der Schornstein sieht besonders schief aus«, brachte Professor Leopold zwischen zusammengebissenen Zähnen hervor. »Oh, das gibt ein paar Brandblasen.«

Jasna legte den Schürhaken weg. »Warten Sie, ich helfe Ihnen.«

»Nicht doch, ich komme schon allein zurecht. Außerdem ist es höchste Zeit für Sie aufzubrechen. Wenn ich mich recht entsinne, haben Sie heute doch beim Abendessen Aufsicht, oder?«

»Schon«, gab Jasna zu, während sie ein Handtuch nass machte und auswrang, ehe sie es dem Professor reichte. »Aber das kann noch einen Moment warten.«

Mit dem um die Hand gewickelten Tuch ließ Professor Leopold sich auf seinen Drehstuhl sinken. »Gehen Sie ruhig, hier passiert jetzt eh nichts mehr. Es sei denn, Sie wollen mir dabei zusehen, wie ich still vor mich hin leide.«

»Natürlich nicht.« Trotzdem konnte sich Jasna nicht zum Aufbruch entschließen. Nicht nur, weil der Professor sich verletzt hatte, sondern auch, weil ihr Blick auf eine gerahmte Leinwand fiel, über die ein Tuch gehängt war. Eine Ecke war jedoch unbedeckt und ließ darauf schließen, dass die Leinwand noch unbemalt war. Oder handelte es sich um ein Bild mit sehr viel weißer Farbe? So eins, wie Jasna es heute in der »Spielstunde« gesehen hatte?

»Die Aufsicht beim Essen«, riss Professor Leopold Jasna aus ihrer Beobachtung. »Diese Aufgabe gefällt Ihnen, wie ich gehört habe. Man sagt, Sie hätten einen guten Draht zu den Kindern an Ihrem Tisch.«

Das stimmte. Den meisten jungen Auszubildenden aus der Pflege und den Studenten ging der Job auf die Nerven, aber für Jasna war er ein Tages-Highlight. In dem Essenssaal mit der Bogendecke, der früher vermutlich für Feste genutzt worden war, wurde in zwei Schichten gegessen: Zuerst die Kids von den Stationen 1 bis 3 und dann nur Station 4 mit den kniffligen Fällen. Auf Station 5 befand sich die Krankenstation, und die beiden darüberliegenden Stationen aßen auf ihren Zimmern, für alles andere wäre der Sicherheitsaufwand zu groß gewesen. Während der Mahlzeiten war es laut, unübersichtlich bis chaotisch, aber im Gegensatz zu den anderen Aufpassern gefiel Jasna das. Es hatte etwas von einer außer Kontrolle geratenen Großfamilie, in der die Kleinen nur Unsinn im Kopf hatten, die Großen aufpassen mussten, während sich die Erwachsenen an ihren Extratisch zurückzogen und sich in ihre Gespräche vertieften. Ähnlich wie in der »Spielstunde« konnte man während dieser kurzen Pausen vergessen, dass Lastage House eine Heilanstalt war – und die Kinder und Jugendlichen Patienten, die wegen ihrer Krankheit nicht bei ihren Familien leben konnten, falls sie denn überhaupt noch eine Familie hatten.

»Ich muss erst in einer halben Stunde im Saal sein«, sagte Jasna.

»Nehmen Sie sich trotzdem schon frei und genießen Sie ein paar Minuten an der frischen Luft, bevor im Essenssaal das übliche Tohuwabohu ausbricht.«

»Aber ich bin mit der Transkription des Vortrags, den Sie morgen halten wollen, noch nicht fertig.«

Professor Leopold schloss die Augen, als strengte die Unterhaltung ihn an. Die Brandblasen mussten ihm wirklich zusetzen. »Machen Sie sich deswegen keine Gedanken. Wir sehen uns morgen früh, dann holen wir die Arbeit nach. Ich werde heute bestimmt auch keinen Finger mehr rühren – im wahrsten Sinne des Wortes.« Jasna setzte schon zu einem Protest an, als der Professor die Augen wieder öffnete. Der Ausdruck darin war sehr ernst und erinnerte kein bisschen an den freundlichen alten Herrn, der er sonst war. Stattdessen erkannte Jasna in ihnen den Grund, warum sie von Anfang an einen tiefen Respekt für Professor Leopold empfunden hatte. »Und sehen Sie zu, dass Sie heute Nacht tief und ruhig schlafen«, fügte er hinzu. »Ansonsten wäre ich gezwungen, Ihrer Schlaflosigkeit professionell auf den Grund zu gehen.«

»Bitte nicht«, rutschte es Jasna raus.

Professor Leopold lächelte, dann legte er seine unverletzte Hand auf ihre Schulter und drückte sie leicht. Eine freundliche, beinahe anrührende Geste. Das hatte er noch nie zuvor gemacht. »Keine Sorge, ich würde mich nicht in die Geschicke eines Menschen einmischen, wenn ich nicht darum gebeten worden bin. Falls Sie meine Hilfe wünschen, würden Sie es mir doch sagen, nicht wahr? So viel Vertrauen besteht zwischen uns?«

Jasna gelang nur ein angedeutetes Nicken.

»Dann bin ich froh. Und nun wünsche ich Ihnen einen schönen Abend, Jasna.«

»Das wünsche ich Ihnen auch, Professor Leopold.« Unverzüglich griff Jasna nach ihrem Mantel und verließ fluchtartig den Anbau.

Was weiß er?, fragte sie sich. Hatte ihr Mentor sie etwa durchschaut?

6

NACHTS IM PARK

Es war viel zu dunkel.

Was nicht allein daran lag, dass Jasna, als sie die Tür zu Professor Leopolds Büro hinter sich zuzog, auch das weiche Licht der Messinglampen aussperrte. Nein, sogar für einen Novemberabend war es außergewöhnlich finster. Der Himmel hing bedrohlich niedrig, fast, als könnte man sein tiefes Schwarz berühren, wenn man es nur wagte, die Hand auszustrecken. Der Pfad, der vom Gewächshaus durch den Park führte, war kaum auszumachen. Und dann diese Stille ... Um diese Zeit war niemand freiwillig draußen, nicht einmal die Raucher unter dem Personal würden ihre Abendzigarette mit einem Spaziergang verbinden. Die ersten Frostboten lagen in der Luft und füllten Jasnas Brust mit beißender kalter Luft. Schon bald würde sich der Regen in Schnee verwandeln. Je länger sie abwartend herumstand, desto mehr kratzte es in ihrem Hals. Sie musste sich endlich in Bewegung setzen, aber sie konnte die Wärme in ihrem Rücken und die damit verbundene Sicherheit nicht aufgeben.

Natürlich gab es keinen Grund, sich Sorgen zu machen. Das Grundstück um Lastage House war bestens gesichert, es gab nur einen Weg hinein, und der führte durch ein riesiges Eisentor am Pförtner vorbei. Das war außerdem kein klappriger Rentner, der sich ein Zubrot mit Nachtschichten verdiente, sondern ein Berg von einem Kerl mit chronisch schlechter Laune namens Winfried. Weil Jasna nur ungern Winfrieds

Pforte passierte, hatte sie einen ihrer wenigen freien Abende für die Suche nach einem alternativen Einstieg drangegeben. Dabei hatte sie zwei Dinge in Erfahrung gebracht: Der Park, der sich um Lastage House ausbreitete, war verdammt groß, und die Mauer, die ihn umgab, war bloß an einem Ort überwindbar und zwar an einer Bruchstelle. Nur leider war das die Stelle, an der sich während Der Flut ein See aufgetan und Gästehäuser, eine Cricket-Anlage sowie die Stallungen verschluckt hatte. Enttäuscht hatte Jasna am Seeufer gestanden und überlegt, ob man möglicherweise am Rand das Wasser durchwaten konnte. Wie hoch konnte der Pegel schon sein? Das Wasser hatte wie ein Spiegel dagelegen, unnatürlich ruhig und das Sternenlicht trinkend. Als wollte es einen mit seiner Unschuld anlocken, um einen dann mit Haut und Haaren zu verschlingen. Nein, sie hatte lieber darauf vertraut, dass die Gerüchte stimmten und man den See auf keinen Fall durchschwimmen konnte, weil in seiner Tiefe gefährliche Strömungen und Schlingpflanzen lauerten. So fies konnte der Pförtner Winfried gar nicht sein, dass Jasna auch nur einen Zeh in dieses unheimliche Nass steckte.

Warum muss ich ausgerechnet jetzt an diesen unheimlichen See denken?, schalt sich Jasna.

Wie zur Antwort glaubte sie ein Flügelschlagen zu hören, so wie heute Morgen, als ein solches Geräusch sie aus dem Schlaf hatte fahren lassen. Flügelschlagen und das schreckliche Gefühl, entdeckt worden zu sein. Hatte der Baumjunge Peer nicht behauptet, die unheimliche Schar, die für einen solchen Aufruhr gesorgt hatte, sei über den See auf Lastage House zugeflogen? Dann war es doch möglich, dass eins von diesen Wesen zurückgeblieben war, schließlich hatte Loreley die Kreaturen als Späher bezeichnet. Und vielleicht hatte ein solcher Späher eben auf der Kaminkrone der Schreibstube gesessen und gelauscht, als Professor Leopold sich mit ihr über Lias Bild unterhalten hatte.

Schluss mit dem Unsinn! Das sind doch alles nur Hirngespinste!

Entschieden schüttelte Jasna ihre Beklemmung ab. Ihr blieb auch nichts anderes übrig, wenn sie beim Professor keinen Begleitschutz durch den dunklen Park erbetteln wollte. Was nun wirklich hochgradig albern gewesen wäre. In der Stadt gab es schließlich unheimlichere Ecken, in denen die Bedrohung alles andere als ein Hirngespinst war. Vor denen fürchtete Jasna sich nicht, mit Typen, die Messer und Totschläger – oder Schlimmeres – in den Händen hielten, kannte sie sich nämlich aus, wie Emerick richtig bemerkt hatte. Solchen Arschlöchern machte sie mit ein paar gezielten Tritten klar, dass ein Mädchen mit Puppengesicht und zu großem Mantel vielleicht nach leichter Beute aussah, aber es nicht zwingend sein musste. Andererseits konnte sie diesem vagen Gefühl von Bedrohung, das sie zittern ließ, nicht in die Weichteile treten …

Auch wenn es Jasna nicht gefiel, allem Anschein nach fürchtete sie sich mehr als alles andere vor Dingen, die gar nicht da waren. Der wahre Grund, warum sie schlaflose Nächte verbrachte: Ihre Träume machten ihr den Verzicht aufs Ausgeschlafensein leicht. Wenn sie zu später Stunde dann doch eindöste, bereute sie es beim Erwachen sofort, wenn ihr die düsteren Bilder, die sie heimsuchten, noch lebendig vor Augen standen.

Ohne einen Blick zurück auf die Schreibstube oder gar ihr Dach zu werfen, wanderte Jasna den Steinpfad entlang. Extra langsam, denn es gab keinen Grund, sich zu beeilen, wie sie sich immer wieder vorsagte. Auf dem Dach war kein geflügeltes Monster gewesen, genauso wenig wie in der letzten Nacht am Himmel. Gruppenhysterie hatte der Professor es genannt – und offenbar machte sie gerade etwas verspätet mit. Trotzdem atmete Jasna auf, als die Lichter von Lastage House zwischen den Trauerweiden auftauchten.

Die Abendluft war so klirrend kalt, dass Jasna ihren Mantel vor der Brust zusammenhielt, damit der Wind sich nicht einschleichen konnte. Wohl oder übel würde sie sich was Warmes zum

Unterziehen besorgen müssen, wenn sie ihrem Mantel auch im Winter treu bleiben wollte. Sonst würde sie sich bei der Witterung schon bald den Tod holen. Doch eine anständige Weste zu finden, kostete Zeit und Geld – und beides hatte Jasna nicht. Tatsächlich hatte sie sogar Schulden, nicht allzu hohe, aber hoch genug, dass sie an ihr nagten. Nachdem ihr Geld für die besonderen Stiefeletten draufgegangen war – eine Investition, die sich gewiss noch auszahlen würde –, hatte es unbedingt noch eine Seidenblume sein müssen. Ein Mädchen kann nicht immer nur praktisch denken, hatte sie sich gesagt. Seitdem lag die Seidenblume in einer Schachtel unter ihrem Bett, weil es unmöglich war, sie in Lastage House zu tragen, sie hätte mit einem solchen Kopfschmuck nur unnötig Blicke auf sich gezogen. Und das Letzte, was Jasna wollte, war es, an ihrem Arbeitsplatz aufzufallen. Deshalb holte sie die Schachtel nur gelegentlich hervor und schwelgte im Anblick der zart rosafarbenen Seidenblätter und der Kunstfertigkeit, mit der die Blüte hergestellt worden war. Eine zauberhafte Arbeit, kein Zweifel. Nur erinnerte ihr Anblick Jasna daran, dass sie zwar eine tiefe Sehnsucht nach Schönheit verspürte, aber auch, dass sie eine Idiotin war. Eine Idiotin, die glaubte, eine Seidenblume machte das Leben schöner. Als ob es um Schönheit ging in dem Chaos, in dem ihr Leben jeden Moment zu versinken drohte.

In Gedanken versunken überquerte Jasna den Vorhof von Lastage House, einem Rondell, auf dem früher die schicken Wagen vermutlich nur so Schlange gestanden hatten. Damals, als die Familie van Blomen hier noch ihre luxuriösen Partys geschmissen hatte. Jetzt verdeckte verrottetes Laub den einst weißen Kies und verströmte einen wenig pompösen Duft. Anscheinend fegte der Wind, der ständig um Lastage House schlich, die Blätter samt Unrat genau an dieser Stelle zusammen. Nur zu den Füßen der beiden Statuen, die das Haupttor flankierten, blieb der Boden blank.

Wie immer versuchte Jasna, die hoch aufragenden Steinfiguren zu ignorieren.

Und wie immer starrte sie die beiden trotzdem an.

Die eine Statue stand mit gesenktem Kopf da und war aus schwarzem Marmor gehauen. Auf der Plakette, die an ihrem Sockel angebracht war, stand in Schnörkelschrift »Il Silencio«, was Italienisch war und »Das Schweigen« bedeutete. Die andere Figur war aus weißem Stein gemacht und hielt ihr Gesicht dem Himmel entgegen. Auf ihrer Plakette stand »Il Canto«, also »Der Gesang«. Auf ihren Zügen lag ein solches Entzücken, als lauschte sie den Himmelschören. Mindestens.

Beide Figuren trugen lange, gefältelte Roben, aber es gab weder Flügel noch Heiligenscheine. Das änderte nichts an Jasnas Eindruck, dass es sich um Engel handelte. Sie hatte sich sogar mit der kleinen Lia über die beiden Statuen unterhalten, weil das Mädchen sie immer wieder in der »Spielstunde« malte. Mit Flügeln übrigens, weil die auch in Wirklichkeit dran seien, die wären ganz, ganz deutlich zu sehen. Bei Lia, die selbst nicht wirklich von dieser Welt war, waren solche Aussagen okay. Jasna hingegen mied das Thema Engelsstatuen lieber, obwohl sie durchaus neugierig war, was es mit den Figuren auf sich hatte. Den Gerüchten zufolge, die sie aufgeschnappt hatte, handelte es sich um eine anonyme Spende, während andere behaupteten, »Schweigen« und »Gesang« hätten schon immer zu Lastage House gehört, nur hätten sie früher mit weiteren Figuren einen Pavillon umstanden, der den Wassermassen zum Opfer gefallen war. Wenn Jasna ehrlich war, glaubte sie an keine dieser Geschichten, schlicht aus dem Grund, weil die beiden Statuen nicht so aussahen, als habe sie jemand bei einem Bildhauer in Auftrag gegeben. Dafür wirkten sie zu echt, auch wenn man nicht einmal klar sagen konnte, ob es sich um männliche oder weibliche Gestalten handelte. Vielleicht waren diese Figuren schon viel länger hier als alles andere und forderten einen auf, stillzuschweigen und dem Gesang zu lauschen. Denn darum ging es im Leben doch, oder nicht?

»Also echt, Jasna. Du zerbrichst dir ja schon wieder den Kopf über die beiden Torwächter, und das bei der verdammten Kälte.«

Jasna biss sich auf die Unterlippe, obwohl ihr die Stimme durchaus vertraut war. Neben sie trat Ruwen Clasie, einer der Psychologiestudenten von Lastage House. Er gehörte zu der Sorte Jungs, an denen alles richtig aussah, sodass einem sofort wieder der Eigelbfleck auf der eigenen Bluse und die chronisch unter den Augen verschmierte Wimperntusche einfiel. Glücklicherweise schien Ruwen solche Schwächen bei Jasna nicht zu bemerken – oder wenn, fand er sie wohl charmant, denn meistens lächelte er sie an.

So wie jetzt auch.

Was er sehr überzeugend konnte.

Ohnehin war Ruwen bei allem, was er tat, die Überzeugungskraft in Person, was es schwer machte, ihm zu widerstehen. Genau deshalb ging Jasna ihm nach Möglichkeit aus dem Weg. Wie gesagt, wenn es um schöne Dinge ging, lief sie Gefahr, falsche Entscheidungen zu treffen.

Jasna schob den Trageriemen ihrer Tasche hoch, nachdem er, ohne dass sie es bemerkt hatte, in die Armbeuge gerutscht war. Wie lange stand sie hier eigentlich schon rum? »Ich kann mich nicht daran erinnern, dass ich mit dir schon mal über die beiden Statuen gesprochen habe, Ruwen.«

»Gesagt hast du nichts, aber du stehst so oft grübelnd vorm Haupttor, dass es nicht gerade ein großes Rätsel ist, was dich beschäftigt. Oder liege ich etwa falsch?«

Eigentlich hätte Jasna es als Kompliment nehmen müssen, dass Ruwen sie nicht nur bemerkte, sondern sogar über sie nachdachte. Leider verursachte ihr aber ein solches Maß an Aufmerksamkeit Nervenflattern. »Ich werde bloß nicht schlau draus, was das Motto bedeuten soll. Sei still und lausche dem Gesang?«

»Oder sei still. Und wenn du nicht still bist, dann sing wenigstens.«

Ruwen legte den Kopf in den Nacken, um zu den hoch aufragenden Figuren aufzusehen. Wobei ihm der dicke Schal, den er sich mehrmals um den Hals geschlungen hatte, im Weg war.

Jasna kam nicht umhin, ihn um seinen Schal zu beneiden. Und um seine Handschuhe. Ganz zu schweigen von den dicken Winterstiefeln. Sie hasste es zu frieren. Aber nach dem Kauf der Stiefeletten war ihr Budget aufgebraucht gewesen, was ihr nun wohl eine Lungenentzündung einbringen würde. Andererseits war es auf der Krankenstation immer kuschlig warm.

Ruwen schenkte ihr einen verständnisvollen Blick. »Ich hab schon gehört, dass das heute ein harter Tag für dich war. Manche Patienten sind die Pest.«

»Unsinn, der Schlagabtausch mit Emerick sah heftiger aus, als er war«, platzte es aus Jasna raus. »Wir haben uns unterhalten, mehr nicht. Okay, vielleicht hat er mich auch verarscht, schwierig zu sagen bei dem Typen.«

Zwischen Ruwens Brauen tat sich eine Falte auf. »Emerick? Du meinst den Schizo von der Vier, der wie ein verkappter Dandy rumläuft? Der Kerl hat dich in die Ecke gedrängt? Wow, hätte nicht gedacht, dass so was bei dir überhaupt möglich ist.«

»Moment mal …« Jasna brauchte eine Sekunde, um mental umzuschalten. »Wenn du nicht von der ›Spielstunde‹ redest, worum geht es dann?«

»Um Viggas Ausbruch auf der Geschlossenen«, sagte Ruwen. »Dieser Pfleger, Morton, hat in der Schichtübergabe erzählt, du hättest die Furie mit einer Ladung Glitzerstaub außer Gefecht gesetzt. Die Geschichte wird noch wochenlang die Runde machen, so abgefahren ist die.«

»Das hatte ich schon fast vergessen.« Tatsächlich war Jasna nur das fiese Gefühl in Erinnerung geblieben, mal wieder zu spät dran zu sein. »Da war ich noch halb im Schlaf und habe eher so instinktiv reagiert.«

»Nun schmäler mal nicht deinen Heldenruhm. Und was war jetzt mit diesem Emerick los?«

Jasna setzte ein Lächeln auf, das zweifelsohne verzweifelt aussah. »Der malt trotz unseres Gesprächs immer noch nicht. Da habe ich meinen positiven Einfluss wohl eindeutig überschätzt.«

»Tatsache?« Ruwen war zu intelligent, um ihr Ablenkungsmanöver nicht als solches zu erkennen. Aber Gott sei Dank war er zu smart, um neugierig nachzuhaken. »Gut, dann sprechen wir also nicht über Kunstverweigerer und auch nicht über deine Faszination für Statuen. Wie wäre es mit der Frage, was du am Wochenende machst?«

Ja, genau, Jasna. Erzähl Mr. Umwerfend, was du so am Wochenende treibst. Das wird ihn bestimmt brennend interessieren, ertönte ein ätzender Kommentar.

Jasnas Kopf fuhr herum.

Loreley saß am Fuß der schwarzen Statue und putzte hingebungsvoll ihr weißes Fell. Nur ihre aufblitzenden Bernsteinaugen verrieten, dass sie Jasna im Blick hatte.

»Am Wochenende …«, echote Jasna, um Zeit zu schinden.

Erzähl Ruwen doch von den Ausflügen, die du in der Dämmerung allein unternimmst. Erzähl ihm, was du unter Vergnügen verstehst. Dann kann er auch endlich diese peinliche Flirterei aufgeben, du bist nämlich eindeutig unter seinem Niveau. Loreley sprang grazil vom Sims der Statue und schmiegte sich an Ruwens Beine, der sich sofort runterbeugte, um sie zu streicheln.

»Hallo, Kitty«, sagte Ruwen. »Mal wieder auf Schmusekurs unterwegs?«

Loreley schnurrte hingebungsvoll. *Schau genau hin,* forderte sie Jasna auf. *Mehr Kuscheleinheiten wird dir dieses Appetithäppchen nie zukommen lassen.*

Du mieses Biest, schoss es Jasna durch den Kopf.

Mag sein, aber ich bin wenigstens eins, das gekrault wird, während du nur danebenstehst und zuschaust, frotzelte Loreley. *Wenn diese Katzenminze auf zwei Beinen dir zu nah käme, würdest du ihm eh nur das Gesicht zerkratzen. Ich kenne dich doch.*

»Falls du noch keine Pläne hast fürs Wochenende …«, setzte Ruwen an, um sofort von Loreley mit einem Tatzenhieb daran erinnert zu werden, was seine eigentliche Aufgabe war. Er streichelte sie eifrig weiter.

»Doch, habe ich«, sagte Jasna. Was blieb ihr auch anderes

übrig? »Ich werde dieses Wochenende das Gleiche machen wie auch an den nächsten: Mich mit einem Stapel Bücher in meiner Kammer einschließen und Tee gegen die Dauerkälte trinken.« Das Laub unter Jasnas Clogs knatschte, während sie von einem Fuß auf den anderen trat.

Ruwen richtete sich wieder auf, als Loreley, offenbar abgelenkt von einem Rascheln im Gebüsch, davonsprang. »Du stehst also nicht auf Ausgehen. Schade.«

»Das hat nichts damit zu tun, dass ich keine Lust aufs Nachtleben habe«, erklärte Jasna hastig, bevor Loreley zurückkehren konnte. »Ich bin bloß pleite. Nicht nur das, ich habe sogar Schulden. Und solange das so ist, habe ich mir selbst Arrest erteilt.«

Sofort lichtete sich der Ausdruck auf Ruwens Gesicht. »Dann vielleicht ein anderes Mal?«

Fragte Ruwen das gerade wirklich? Jasna nickte, mehr war nicht drin aus Sorge, sonst nur unnützes Zeug zu plappern.

Ruwens Lächeln wurde breiter. »Schulden also. Dann sollte ich das Psychologiestudium wohl besser an den Nagel hängen, bislang habe ich nämlich geglaubt, du seist perfekt.«

Jasnas Mund klappte auf – und blieb offen.

Irgendwas lief vollkommen verkehrt. Allein dass der ältere und tausendfach coolere Ruwen mit ihr flirtete, war Schock genug. Aber zusammen mit der Morgenkarambolage auf Station 7, dem strangen Gespräch mit Emerick und ihrer halben Panikattacke im Park blieb nur ein Schluss übrig: Vigga hatte sie in Wahrheit ausgeknockt und alles, was seitdem geschehen war, entsprang ihrem zermatschten Hirn, während sie bewusstlos auf der Krankenstation lag. »Perfekte Mädchen frieren nicht«, hauchte sie deshalb. »Leider verwandeln sich meine Zehen gerade in Eisklumpen.«

»Sorry«, sagte Ruwen. »Nicht sehr gentlemanlike von mir, dich hier draußen mit meinem Gerede festzunageln. Lass uns reingehen, das Abendessen geht eh gleich los.«

Bevor sie noch alles schlimmer machte, hielt Jasna den Mund

und ging mit Ruwen die Stufen zur doppelflügeligen Eingangstür hoch. Als er ihr mit einer angedeuteten Verbeugung die Tür aufhielt, brachte sie lediglich ein schlappes »Danke« über die Lippen. Loreley hatte recht, sobald Ruwen sie wirklich kennenlernen würde, wäre es vorbei mit seiner Schwärmerei – und sie könnte es ihm nicht einmal verübeln.

7

DA WAREN ES NUR NOCH …

Anton blickte Jasna erwartungsvoll an.

Für einen Elfjährigen mit schief sitzender Brille konnte er erstaunlich intensiv starren.

Auch wenn man die Kinder von Station 1 als umgänglich bezeichnen konnte, stellte der Umgang mit ihnen durchaus eine Herausforderung dar. Besonders Jasnas Tisch hatte es in sich, lauter aufgeweckte Kids, die einen auf Trab hielten.

»Also?«, hakte Anton nach, als Jasna nicht reagierte.

Sie seufzte. »Meinetwegen, ich gebe es zu: Deine Prognose, dass es heute Abend Bratreis mit undefinierbarem Grünzeug gibt, war richtig.«

Anton grinste selbstzufrieden von einem Ohr zum anderen.

»Aber!« Jasna hielt den Zeigefinger hoch. »Es gibt ständig Reis mit Scheiß.« Ihre innere Erzieherin drückte auf den Alarmknopf. »Das mit dem Scheiß eben hast du nicht gehört.«

»Du glaubst mir also immer noch nicht«, sagte Anton.

»Was meinst du?« Jasna war nicht ganz bei der Sache, weil ein Mädchen an ihrem Tisch gerade versuchte, ihre Essensportion unauffällig unterm Tisch verschwinden zu lassen. »Milha, auch wenn du dir noch so sicher bist: Unterm Tisch sitzt kein Hund, der am Verhungern ist. Ganz im Gegensatz zu einem gewissen Mädchen, das seine Ration besser aufessen sollte, wenn es nicht eines Tages aus seiner Kleidung fallen will.«

»Und dann stehst du nackig da und alle glotzen dich an«, ergänzte Milhas Tischnachbarin Lia.

Bei dem Gedanken, eine solche Vorstellung zu geben, breitete sich blankes Entsetzen auf Milhas Gesicht aus und sie begann, hastig Reis in ihren Mund zu schaufeln.

»Danke für die Unterstützung, aber dasselbe gilt auch für dich, Fräulein«, sagte Jasna extrastreng zu Lia. »Glaubst du, ich sehe nicht, dass du bloß mit der Gabel Schneisen in dein Essen ziehst?«

»Das Zeug schmeckt wie schon mal gegessen. Außerdem habe ich keine Angst davor, aus meinen Kleidern zu fallen«, erklärte Lia. »Ich bin lieber nackig, als Reis-Scheiß im Bauch zu haben.«

Geistige Notiz, dachte Jasna. Die Horde Zwerge hört auch dann jedes deiner Worte, wenn sie gerade mit Kreischen, Reisklümpchen schmeißen und verträumtem Nasebohren beschäftigt ist. »Du isst auf«, sagte sie zu Lia, »oder ich vertilge deinen Nachtisch. Wer sein Hauptgericht nicht schafft, hat nämlich auch keinen Platz für Süßes.«

Das Mädchen hob seine Augenbrauen, die nicht mehr waren als blassgoldene Federstriche. »Das würdest du nie tun.«

»Lass es drauf ankommen. Laut Anton gibt es heute Beerenquark, den mag ich genauso gern wie du.«

Nachdenklich wägte Lia ab, ob sie ihrer Betreuerin so viel Kaltblütigkeit zutraute. Dann begann sie zu essen, was wohl ein »Ja, das traue ich der Frau auf jeden Fall zu« bedeutete. Jasna wusste nicht, ob sie sich was darauf einbilden oder eher pikiert sein sollte. Andererseits liebte sie Beerenquark mit jeder Faser ihres Herzens …

Anton zupfte an Jasnas Ärmel. »Nun sag schon, glaubst du mir jetzt oder nicht?« Es musste dem Jungen ernst sein, denn normalerweise mied er Körperkontakt.

»Ich glaube dir, dass du dich letzte Woche in die Küche geschlichen und den Essensplan entdeckt hast«, sagte Jasna.

»Als ob das möglich wäre! An Madame Frenleyn führt kein Weg vorbei, was die Küche zu einer absoluten No-go-Area macht. An der Frau ist sogar Emerick gescheitert.«

»Stopp! Woher kennst du Zwerg Emerick?« Es konnte doch nicht wirklich sein, dass Jasna schon wieder über diesen Namen stolperte. In Lastage House waren an die sechzig Kids untergebracht, aber der heutige Tag schien sich nur um einen Speziellen zu drehen.

Anton klopfte ungeduldig mit dem Löffel auf den Tisch. »Ich kenne Emerick aus dem Wartezimmer von Dr. Reus. Der lässt uns immer stundenlang rumhocken, weil er keinen Bock hat, unsere Medikamentierung zu aktualisieren. Jedenfalls haben Emerick und ich so unsere Tricks auf Lager, damit es nicht langweilig wird. Und falls es dich interessiert: *Er* glaubt mir, dass ich durch die Zeit reisen kann.«

Jasna winkte ab. »Wahrscheinlich glaubt Emerick auch dem guten Laurel Vanbilden von Station 2, dass er die leibhaftige Wiedergeburt von Justin Bieber ist, obwohl er schlimmer singt als ich an einem weinseligen Karaokeabend.«

»Die Wiedergeburt von einem singenden Biber?« Anton machte große Augen hinter seinen Brillengläsern.

In diesem Moment wünschte Jasna sich, ebenfalls durch die Zeit reisen zu können. Ihr würde es schon reichen, die Uhr ein paar Minuten zurückzudrehen, dann würde sie dieses Gespräch von vornherein verhindern. »Vergiss das mit dem Biber. Worauf ich hinauswill, ist die Frage, ob du weißt, unter welcher Krankheit Emerick leidet?«

»Angeblich unter Schizophrenie.« Wie die meisten Kinder in Lastage House kannte Anton sich mit den verschiedenen psychischen Erkrankungen bestens aus.

»Nicht angeblich, sondern wirklich, was bedeutet, dass Emerick die Wirklichkeit auf seine ganz eigene Weise sieht. Er ist also nicht gerade der beste Leumund, wenn es um Zeitreisen geht.«

Frustriert schmiss Anton die Gabel auf seinen Teller, sodass Reiskörner in alle Richtungen flogen. »Das ist doch Mist«, beschwerte er sich. »Egal, was ich sage, du glaubst mir einfach nicht.«

»Fändest du es besser, wenn ich lügen würde, bloß damit du Ruhe gibst?«

»Warum nicht?«, mischte sich Lia ein. »Im Lügen bist du gut, sogar Professor Leopold hält dich die meiste Zeit über für ein nettes, harmloses Mädchen.«

Jasna fühlte sich in die Ecke gedrängt, durfte sich aber nichts anmerken lassen, die Kindermeute witterte Verunsicherung selbst gegen den penetranten Reispfannengeruch. »Vielen Dank fürs Kompliment, aber Lügen sind nicht meins. Und harmlos bin ich ganz bestimmt nicht. Ich habe es ernst gemeint, als ich damit gedroht habe, dass ich deinen Nachtisch aufesse. Jeden noch so kleinen Klecks.«

»Du flunkerst ständig.«

Konnte es wirklich sein, dass sie sich in einem Wortduell mit einer Achtjährigen das Wasser abgraben ließ? »Auf keinen Fall«, sagte Jasna deshalb bestimmt. »Das tue ich nie.«

»Und was ist mit den Engeln, die vor Lastage House Wache halten? Du hast behauptet, dass du ihre Flügel nicht siehst. Das war gelogen.«

»Hör mal, Lia. Für dich mögen das Engel sein, aber ich sehe da wirklich nichts.«

»Weil du nicht willst«, sagte Lia, während sie mit ihrer zu einem Katapult umgebauten Gabel Erbsen verschoss. Das Mädchen verfügte über eine erstaunliche Seelenruhe.

Im Gegensatz zu Jasna. Für sie brachte Lias Kommentar das Fass zum Überlaufen. Dieser verdammte Tag lieferte eine krude Situation nach der nächsten, als sollte ihr ein Spiegel vorgehalten werden, der ihr sämtliche Schwachstellen ihrer sorgsam zusammengeflickten Persönlichkeit auf einmal zeigte. Falls noch weitere Prüfungen anstehen, dann nur her damit, dachte Jasna grimmig. Inzwischen bin ich so richtig in Stimmung.

Prompt legte sich eine schwere Hand auf ihre Schulter.

Jasna zögerte keine Sekunde, sondern packte die Hand und verdrehte mit einem gekonnten Griff das Gelenk. Dummerweise war es nicht die schwarze Marmorstatue, die sie für ihre angebliche Lügerei zur Rechenschaft ziehen wollte, sondern Morton in seiner grauen Pflegeruniform.

»Scheiße, Jasna!«, keuchte Morton auf. »Willst du mir das Handgelenk brechen?«

Nach einem kurzen, aber heftigen Kampf mit ihren Überlebensinstinkten, die den Griff aus Sicherheitsgründen nicht aufgeben wollten, gab Jasna Morton frei. »Tut mir leid«, sagte sie. »Ich bin heute mit den Nerven zu Fuß.«

»Mir sitzt die Aktion mit Vigga auch noch in den Knochen, dieses Mädchen kann so übel krass austeilen. Du allerdings auch.« Mit zusammengebissenen Zähnen testete Morton vorsichtig den Zustand seines Handgelenks.

»Mach dir keine Sorgen, es ist nur etwas überdreht, pack einfach ein bisschen Eis drauf. Um es zu brechen, hätte ich einen anderen Winkel benutzen müssen.«

»Woher weißt du das?« Morton musterte Jasna, als sähe er sie zum ersten Mal.

Jasnas Magen sackte eine Etage tiefer, aber äußerlich blieb sie cool. »Wissen tu ich das nicht, kommt mir bloß logisch vor. Weshalb wolltest du mich denn sprechen?«

»Einen Moment.« Morton schaute zu Anton, dem Ältesten am Tisch. »Passt du mal kurz auf die Rasselbande auf, während ich mit Jasna rede?«

Anton rückte seine Brille zurecht. Nicht, dass es etwas brachte, so schief, wie das Gestell war. »Klar. Obwohl das ein Selbstläufer ist, sie bringen gleich den Nachtisch rein.«

»Ich pass gern persönlich auf deine Portion Beerenquark auf, Jasna«, verkündete Lia zuckersüß, den Löffel bereits in der Hand.

Jasna sprang vom Stuhl auf. »Um was auch immer es geht, Morton, lass uns um Himmels willen schnell machen.«

Der jetzige Essenssaal war früher zweifelsohne für Festtage und große Gesellschaften, vielleicht sogar für rauschende Silvesterbälle genutzt worden, jedenfalls stellte Jasna sich das gern vor.

Die Bogenfenster reichten bis zum Boden, dessen Parkett zwar morsch und wellig war – genau wie die Holzvertäfelung an den Wänden. Trotzdem trug der Saal noch einen Hauch alten Glanzes. Auch die Ziersäulen, hinter die Morton die widerwillige Jasna zog, bröckelten, wo sie nicht ganz eingestürzt waren.

»Was für ein Katastrophentag«, maulte Jasna. »Ich hoffe, du willst mir bloß deinen Wochenenddienst aufs Auge drücken, weil du was mit deiner Freundin unternehmen willst.«

In Mortons freundlichen Schokoaugen leuchtete es auf. »Auf die Idee bin ich noch gar nicht gekommen. Wäre das drin? Janette liegt mir nämlich in den Ohren, dass sie am Samstag freihat und unbedingt zum Neuen Platz will. Da spielt irgendein ach-so-toller-Musikantentrupp und die Leute tanzen. Spaß für umsonst, genau das Richtige für Leute wie uns.« Janette war Mortons Sandkastenliebe und arbeitete im Trockenen Viertel als Hausmädchen bei einer wohlhabenden Familie, die sich noch nicht nach London abgesetzt hatte. Was bedeutete, dass Janette fast rund um die Uhr eingespannt war und nur selten einen freien Tag bekam – genau wie Morton.

»Ich schau mal, was ich machen kann«, gab Jasna nach und verdrängte, dass Ruwen indirekt nach einer Verabredung für ebendieses Wochenende angefragt hatte. »Was gibt es sonst noch?«

»Als du heute Abend vom Gewächshaus rübergekommen bist, ist dir da im Park was aufgefallen?«

Jasna erstarrte. Über das Thema wollte sie nun überhaupt nicht sprechen. »Es war stockfinster und schweinekalt. Ich war froh, als die Strecke hinter mir lag.«

»Schon klar. Aber falls du vielleicht jemanden gesehen oder etwas Ungewöhnliches gehört hast, egal was, dann sag es mir bitte.«

»Es wird doch nichts passiert sein, nachdem heute Morgen alle wegen dieses angeblichen Flugschwarms durcheinander waren?«

»Hat mit diesen Ausflippern nichts zu tun, ist nur so ein Sicherheitsding«, wiegelte Morton ab.

Jasna glaubte ihm kein Wort, nicht nach dem, was heute Abend in Professor Leopolds Schreibstube passiert war. Vermutlich war doch jemand auf dem Dach herumgeklettert und hatte sich am Schornstein zu schaffen gemacht. Doch bevor sie nachhaken konnte, erklang ein spitzer Schrei im Saal.

Dann brüllte Anton auch schon Jasnas Namen.

Morton hatte seinen kräftigen Körper noch nicht in Bewegung gesetzt, da schob Jasna ihn bereits aus dem Weg und sprintete los.

Die Kinder an ihrem Tisch waren aufgesprungen, von Anton war nichts zu sehen. Von Lia auch nicht, wie Jasna panisch feststellte, während sie gut zehn Schritte von ihrem Ziel trennten. Ruwen war schneller, die Jugendlichen an seinem Tisch schauten noch verwirrt drein, als er ebenfalls im Gewirr aus Stühlen und stehenden Kindern verschwand.

Dann war Jasna auch schon um den Tisch herum und entdeckte Antons verstörtes Gesicht. »Lia«, flüsterte der Junge. »Es ging ganz plötzlich los. Der Nachtisch kam und da lag so eine Feder neben ihrer Schale, die hat sie angefasst und ist umgekippt.«

Jasna schob die heulende Milha beiseite und ließ sich neben Anton auf die Knie. Dort lag tatsächlich Lia, von unsichtbaren Kräften geschüttelt, die Augen weit aufgerissen und das Gesicht seltsam unbehaust. Ruwen versuchte, ihren zierlichen Körper zu bändigen, was ihm jedoch nicht gelang, zu heftig und unkontrolliert waren die Zuckungen des Mädchens.

»Ein epileptischer Anfall«, sagte Ruwen, ganz der sachliche Student, während ihm der Schweiß auf der Stirn ausbrach.

Anstelle einer Antwort zog Jasna ihren Pullover aus und schob ihn unter Lias Kopf, damit sie sich nicht verletzte. So stark, wie ihr Körper hin und her geworfen wurde, würde sie ohnehin schon unzählige blaue Flecken bekommen. Der Rock des Mädchens war mit Quarkschlieren beschmiert und auch Anton sah bekleckert aus. Vermutlich hatte sie ihren Nachtisch mit sich zu Boden gerissen. Der Gedanke versetzte Jasna einen

Stich. Von einer Feder war allerdings weit und breit nichts zu sehen.

»Von Epilepsie steht nichts in Lias Krankenakte«, sagte Morton, der Ruwen beiseitedrängte und Lia endlich in eine stabile Seitenlage brachte.

Ruwen wischt sich mit seinem Ärmel über die Stirn. »Es gibt für alles ein erstes Mal. Bei Epilepsie sind die Erstanfälle erfahrungsgemäß die schlimmsten.«

Jasna unterdrückte ihr Verlangen, die beiden Jungen anzuschreien, sie sollten ihre Fachsimpelei gefälligst für sich behalten. Dann erschlaffte von einer Sekunde zur anderen plötzlich Lias Körper und Jasna rechnete fest damit, dass das Mädchen in Tränen ausbrechen würde. Stattdessen blieb Lia reglos liegen, fast, als wäre sie von der Anstrengung in einen tiefen Schlaf gefallen.

»Ist sie tot?«, fragte Anton kläglich.

Ruwen fühlte den Puls an Lias Hals, dann zog er ihr Augenlid hoch, und Jasna sah, wie ihr Augapfel ziellos herumraste. »Keine Angst, sie hat nur das Bewusstsein verloren. Das ist nicht weiter ungewöhnlich nach einem solchen Schockerlebnis.«

Inzwischen hatten sich auch zwei Ärzte von ihrer abseits liegenden Tafel eingefunden und besprachen sich mit Ruwen, ehe sie Morton anwiesen, Lia aus dem Saal zu tragen. Jasna wollte hinter dem breitschultrigen Pfleger herlaufen, doch Ruwen hielt sie zurück.

»Dein Tisch braucht dich jetzt. Auf der Krankenstation werden sie sich schon gut um Aurelia kümmern.«

»Ich weiß«, sagte Jasna. Es fühlte sich trotzdem falsch an, ihren Schützling allein zu lassen. Erst als Anton schüchtern nach ihrer Hand langte, verschwand das Verlangen, dem Mädchen nachzulaufen. Sie wurde gebraucht – von Lia, aber auch von den anderen Kindern.

8

LUZIDE TRÄUME

Manchmal träumt man ja solche Dinge. Luzide Träume. Als würde einem der Traum als bläulich schimmernde Flüssigkeit durch Auge, Nase und Ohren eindringen und einem den Kopf mit einer anderen Realität füllen. Während man sich den seltsamen Film dann anschaut, bemerkt man plötzlich, dass man träumt. Man ist ein Zuschauer im eigenen Kopf, oft ein ziemlich atemloser Zuschauer, der gezwungen ist zuzusehen, wie das eigene Traum-Ich von einem Monster gejagt wird. Das ist auch schon alles, was man tun kann, man ist zum Zuschauen verdammt.

Jasna hasste luzide Träume. Und in dieser Nacht ganz besonders.

In ihrem Traum sah sie sich im Bett in ihrer Dachkammer liegen, eingefroren bei einem Kampf mit ihrer Decke. Der Saum ihres Nachthemds – ein ausrangiertes Herrenhemd – war ihr bis zum Hintern hochgerutscht und ihr sonst sorgsam gebändigtes Haar hatte sich in ein Vogelnest verwandelt.

Eigentlich eine friedliche Szene, kein Monster weit und breit.

Das Zimmer lag im Dunkeln, das auf einem Bücherstapel stehende Nachtlicht, das Jasna sich heimlich aus dem Fundus ausgeliehen hatte, tauchte gerade mal das Bett in seinen Schein. Durch das Dachfenster fiel kein Lichtstrahl, da eine dichte Wolkenbank den Mond verdeckte. Trotzdem stimmte etwas nicht, da war ein fremder Geruch, nicht nach Haut und Schweiß, sondern mehr eine persönliche Signatur, die in der Luft hing.

Die schlafende Jasna wusste das, wie ihr stoßweise gehender Atem verriet. Sie hatte Angst … Doch wovor?

In diesem Moment riss das dichte Wolkenband auf und der Mond schaute zum Fenster herein.

Der Kleiderschrank, der nur drei Füße hatte und entsprechend schief stand, zeichnete sich ab, genau wie der Tisch mit dem Stuhl davor. Auf dem es sich ein Schatten bequem gemacht hatte. Wie lange er dort schon mit überschlagenen Beinen saß, ließ sich nicht sagen. Fest stand auf jeden Fall, dass die schlafende Jasna seine Anwesenheit schon länger spürte. Was der luziden Jasna, die als körperloses Ich in einer Zimmerecke schwebte, nicht gefiel.

»Du gehst jetzt«, flüsterte sie dem Schatten zu, wohl wissend, dass niemand außer ihr die Aufforderung hören konnte.

Wie erwartet rührte der Schatten sich nicht.

Dass sie so zur Untätigkeit verdammt war, machte die luzide Jasna echt wütend. Was zur Hölle sollten diese dämlichen Träume, wenn man nicht mehr als ein nutzloser Zaungast war?

»Ich will, dass du jetzt gehst«, herrschte sie den Schatten an, um wenigstens Druck abzulassen.

Doch das Einzige, was er bewegte, waren seine Finger. Damit klopfte er in einem nervtötenden Stakkato auf die »Enzyklopädie der systematischen Psychologie«. Worum es in diesem Buch ging, wusste Jasna nicht, aber sie war wild entschlossen, es schon bald herauszufinden, und sich des Vertrauens, das Professor Leopold in sie setzte, würdig zu erweisen. Dass dieser Schatten die ausgeliehene Enzyklopädie betatschte, ging gar nicht. Die schlafende Jasna schien das ähnlich zu sehen, denn sie gab ein gequältes Stöhnen von sich. Trotz der Dunkelheit im Zimmer war zu erkennen, wie ein Kokon ihren schlafenden Körper zu umspinnen begann. Nicht schwarz, sondern lichtabweisend, gesponnen aus Fäden ihrer eigenen Angst.

Okay, das reicht jetzt, beschloss die luzide Jasna in ihrer Ecke. Sie konzentrierte sich, was ohne einen Körper eine Herausforderung war. Schließlich konnte man weder tief einatmen, noch kurz die Augen schließen, um sich zu sammeln. Dann sagte sie mit Nachdruck: »Verpiss dich endlich, Schwarzer Mann.«

Das Stakkato verstummte, als der Schatten eine Hand hob und … kniff er sich ins Nasenbein?

»Die Tür ist gleich da drüben«, setzte die luzide Jasna ermutigt nach. »Also raus mit dir, sonst wacht mein schlafendes Ich vor lauter Stress noch auf. Und glaub mir: Ich hasse es, aus Albträumen geweckt zu werden.«

»Dann solltest du besser nicht so laut rumbrüllen«, flüsterte der Schatten.

Peinliches Schweigen breitete sich aus, bis Jasna ihre Stimme wiederfand. »Wie bitte?«

Der Schatten sprang geschmeidig auf und stand im nächsten Moment schon in der Ecke, in der die luzide Jasna festhing. Das Mondlicht reichte nicht aus, um seine Gesichtszüge zu enthüllen, als er den Kopf in den Nacken legte. Trotzdem glaubte die luzide Jasna, ein Funkeln in seinen Augen zu erkennen. Als würde er sie direkt ansehen … Was natürlich Unsinn war. Schließlich war sie ja nur erwachtes Bewusstsein.

»Alles war gut, bis du da oben Stellung bezogen hast und jetzt auch noch Alarm schlägst«, flüsterte der Schatten.

Jasna hätte empört die Hände in die Hüften gestemmt, wenn sie welche gehabt hätte. »Von wegen! Wärst du nicht in unseren Traum eingedrungen, um ihr Angst zu machen, müsste ich nicht für Ordnung sorgen.«

»Ich habe mich nicht in ihren Traum geschlichen, sondern warte bloß die nächste Leichtschlafphase ab, um sie zu wecken.«

»Du bist hier eingedrungen«, beharrte die luzide Jasna, wobei sie unsicher war, ob sie nun den Traum oder das reale Zimmer meinte. Für einen Traum schien das Ganze nämlich viel zu stabil, eigentlich hätte das Gehirn längst einige Faktoren kippen müssen, etwa, indem sich das Zimmer plötzlich in einen öffentlichen Platz verwandelte oder der Fußboden sich – schwups – in Luft auflöste. Stattdessen stand ein merklich genervter Schatten mit verschränkten Armen unter ihr und starrte sie an.

»Bist du echt?«, fragte sie. »Ich meine, hast du einen physischen Körper?«

»Japp, hab ich«, sagte der Schatten. »Im Gegensatz zu dir.«

Ein Eindringling aus Fleisch und Blut! Ein Eindringling in ihrer Kammer, während sie schlief … hilflos … ausgeliefert … mit hochgerutschtem Nachthemd! Und das, nachdem Morton ihr am Abend seltsame Fragen gestellt hatte, angeblich aus Sicherheitsgründen. Oh, Mist! Jemand von der Geschlossenen war ausgebrochen und nun stand er an ihrem Bett, während sie wehrlos ins Kissen schnarchte.

Der Kokon aus Angst verdichtete sich um die schlafende Jasna, bis sie fast vollständig hinter seinen schwarzen Fäden verschwand. Nur ihr stoßweise gehender Atem verriet, in welchem Aufruhr sie sich befand.

»Ich muss mich sofort aufwecken.«

»Nur, wenn du unbedingt mit mieser Laune aufwachen willst«, sagte der Schatten. »Oder du hältst noch einen Moment lang die Klappe, bis die Tiefschlafphase vorbei ist. Dann gebe ich deinem schlafenden Ich einen freundlichen Stupser, damit es wach wird.«

»Du rührst mich nicht an!« Die luzide Jasna brüllte so laut, dass ihre Stimme von den Wänden widerhallte.

Wie auf ein geheimes Zeichen hin stellten die Fäden am Kokon ihre Arbeit ein, nur um in der nächsten Sekunde wie die Fangarme eines wild gewordenen Kraken um sich zu schlagen. Sie wurden immer länger und breiteten sich rasant aus, wobei sie das einfallende Mondlicht fraßen.

»Das war nicht besonders schlau«, verkündete der Schatten, der in dem Gewirr der dunklen Fäden kaum noch auszumachen war.

»Danke für den Kommentar.« Jasna spürte keine Berührung, als die dunklen Fäden durch sie hindurchzischten und die Ecke, in der sie schwebte, ausfüllten. Einen Augenblick später versank die Dachkammer mit allem Drum und Dran in tiefster Schwärze.

9

NÄCHTLICHER HERRENBESUCH

Jasna wachte keuchend auf.

Ihr Herz raste und das Herrenhemd klebte verschwitzt an ihrem Rücken, als hätte sie einen Berg im Dauerlauf erstiegen. Mühsam wälzte sie sich auf den Rücken und rang nach Luft. Am schlimmsten war das Adrenalin, das durch ihre Adern raste und Panik bis in die kleinste Zelle ihres Körpers trug, während sie wichtige Teile ihres Gehirns noch nicht parat hatte.

Albträume. Gott, wie sehr sie diese Plage hasste.

Noch immer spürte Jasna die drohende Gefahr, als stände sie direkt an ihrem Bett. Ein Schatten, der sich jeden Augenblick über sie beugen und sie verschlingen konnte. Wie oft hatte sie das schon geträumt? Unzählige Male.

Noch halb blind tastete Jasna nach dem Nachtlicht und hielt es hoch, damit sich die restlichen Nebelfetzen des Albtraums in seinem Schein auflösten. Vermutlich sah sie dabei aus wie ein verängstigtes Kind, aber das war ihr egal. Je eher sie die Angst loswurde, desto schneller konnte sie zum Tisch rübergehen und lesen, denn an Schlaf war nicht mehr zu denken.

So weit kam es jedoch nicht.

Im schwachen Schein des Nachtlichts erkannte Jasna, dass tatsächlich jemand neben ihrem Bett stand.

Bevor sie schreien konnte, hielt ihr dieser Jemand den Mund zu.

Für einige Sekunden erstarrte Jasnas Körper vor Schreck, und sie lag hilflos auf den zerwühlten Laken. Dann erinnerte sie sich daran, dass Stillhalten nicht wirklich hilfreich war, wenn man überwältigt wurde. Also winkelte sie ein Bein an und jagte ihrem Angreifer das Knie in die geöffnete Flanke, hörte sein Keuchen und wusste, dass sie seine Rippen getroffen hatte. Als sich die Hand auf ihrem Mund lockerte, machte sie sich nicht die Mühe, sie wegzuschieben, wie es ihr Instinkt forderte, sondern schlug mit der geballten Faust dorthin, wo sie im Haarwust ihres Angreifers das Gesicht aufschimmern sah. Bevor jedoch ein befriedigendes Krachen ertönen konnte, wurde ihre Faust abgefangen und niedergedrückt.

»Das reicht jetzt«, sagte der Schattenmann. »Hör endlich auf mit dem Theater.«

»Ganz bestimmt nicht«, knurrte Jasna.

Sie strampelte und trat um sich, bis der Angreifer schließlich von ihr abließ. Fluchend hielt er seinen Unterarm, wo sie einen Treffer erzielt hatte. Dann griff er nach der Lampe, die auf dem Tisch stand. Jasna befürchtete schon, er könnte sie als Waffe einsetzen, doch er schaltete sie bloß an.

Verblüfft ließ Jasna die Fäuste sinken. »Emerick?«

Der dunkelhaarige Junge nickte ihr zu. »Das war ja mal eine sensationelle Von-null-auf-hundert-Beschleunigung. Damit ist echt nicht zu rechnen bei jemandem, der gerade aus dem Tiefschlaf hochschreckt.« Emerick zog seinen Gehrock aus, dann schob er den Pulloverärmel hoch, krempelte den Hemdärmel auf und begutachtete seinen getroffenen Unterarm im Lampenlicht. Dort breitete sich bereits eine rötliche Schwellung aus. »Astreiner Kick. Ich hatte eher mit wildem Handgefuchtel und jeder Menge Gezeter gerechnet.«

Jasna traute ihren Ohren nicht. »Du bist in mein Schlafzimmer eingedrungen, das ist hier das Thema, du Perversling. Du bist von deiner Station ausgebüxt, um mich beim Schlafen zu bespannern.«

»Im Ernst, ich müsste schon ziemlich verrückt sein, einen solchen Aufwand zu betreiben, nur um dir dabei zuzusehen, wie du in dein Kissen sabberst.« Mit angespannter Miene betastete er seinen Unterarm. »Fühlt sich an wie gebrochen, ist es aber nicht.«

»Hör auf, dich zu beschweren. Du kannst von Glück sagen, dass du noch auf den Beinen stehst.«

Emerick nickte. »Ah, da haben wir das Gezeter, wenn auch mit Verspätung.«

»Sofort raus aus meinem Zimmer!«

»Das sagtest du bereits. Jedenfalls so ähnlich.«

Jasna verschluckte die geplante Beschimpfung. »Was?«

»Einen Moment, lass mich mal nachdenken.« Emerick krauste die Stirn. »Du sagtest ›Du gehst jetzt‹ und ›Verpiss dich endlich‹. Ähnliches eben.«

»Wann soll ich das denn bitte schön gesagt haben? Ich bin doch eben erst aufgewacht.«

»Theoretisch schon, aber praktisch warst du bereits wach, während dein Körper noch schlief. Wie auch immer … Ticktack.« Emerick zeigte auf sein Handgelenk, an dem er keine Uhr trug. Solche Gegenstände waren auf Station 4 nicht erlaubt. »Der nächste Rundgang der Nachtwache rückt immer näher, in spätestens drei Stunden steht der gute Piet Loden in meinem Zimmer – und dann sollte ich besser wieder da sein. Und glaub mir, in der Zwischenzeit haben wir zwei Hübschen einiges zu besprechen und noch mehr zu erledigen.«

Jasna deutete mit dem Zeigefinger auf Emerick. »Wie du dein Zimmer überhaupt verlassen konntest, klären wir gleich. Jetzt stellst du dich erst mal da in die Ecke mit dem Gesicht zur Wand, damit ich aufstehen kann.«

»Wozu die Umstände? Ich erwähnte das mit der knappen Zeitspanne bereits, schon vergessen?«

»Emerick, du bist ein Schizophrenie-Patient von Station 4, der mitten in der Nacht bei mir im Zimmer steht und merkwürdige Dinge sagt. Kannst du dir vorstellen, dass ich deshalb ein wenig in Sorge bin, wie ich hier so ausgeliefert rumliege?«

»Du hast keine Angst, jedenfalls nicht mehr«, behauptete

Emerick. »Vordem im Schlaf, als du noch nicht wusstest, wer sich auf dein Zimmer geschlichen hat, war das anders. Aber jetzt geht es dir prächtig, die Aufregung hat deiner Stimmung sogar einen richtigen Auftrieb gegeben.«

»Woher willst du denn bitte schön wissen, dass ich die Gelassenheit in Person bin?«, unterbrach Jasna seinen Redefluss.

»Weil es nicht zu übersehen ist«, sagte Emerick, als rangiere die Frage in der Kategorie »Warum ist Wasser nass?«. »Puls und Atmung sind den Umständen entsprechend okay und du bist auch nicht länger von dieser gewissen Panik-Energie umfangen, durch die Menschen sich in winselnde Neugeborene verwandeln. Meiner Meinung nach bist du zwar mächtig sauer wegen meines Auftritts, aber vor allem neugierig, was zur Hölle ich von dir will. Ein ganz toughes Mädchen eben.«

Verblüfft stellte Jasna fest, dass Emerick recht hatte. Sie war wütend, jedoch kein Stück verängstigt, obwohl es dazu jeden Grund gab. Das machte die Situation zwar nicht besser, aber so gesehen konnte sie zuerst ein paar Punkte klären, bevor sie Alarm schlug. »Okay, ich gebe dir eine Chance, mir zu erklären, was du von mir willst. Aber wenn da nur Gaga-Zeug bei rumkommt, breche ich das Ganze sofort ab.«

»Gaga-Zeug?« Emerick schüttelte belustigt den Kopf. »Ich habe in meinem ganzen Leben nur einmal Gaga-Zeug von mir gegeben, und das war, als Dr. Reus mir eine Pille aus seinem Experimentierkasten untergejubelt hatte. Da sind dann überall Pilze gewachsen, auch auf Augäpfeln und so. In so einem Fall kann man schon mal durchdrehen. Gut, und dann war da noch die Sache mit dem Absinth, den ein guter Freund vom Schwarzmarkt mitgebracht hat. Das Gerede würde ich allerdings eher unter adoleszentem Blödsinn verbuchen.«

»Dafür, dass du angeblich unter Zeitdruck stehst, laberst du ganz schön viel.«

»Viel, aber eben kein Gaga-Zeug.«

»Bist du dir sicher, dass du das wirklich selbst beurteilen kannst?«

»Ja, klar. Warum denn nicht?«

»Weil deine Diagnose Schizophrenie lautet.«

Emerick gab die Begutachtung seines geprellten Unterarms auf, schob die Ärmel runter und zupfte die Manschette zurecht. »Dazu fällt mir vor allem ein, dass man Schizophrene im alten Indien verehrt hat. Man glaubte, dass ihre Wahrnehmung sehr viel besser ausgeprägt sei als die der meisten anderen Menschen. So gesehen bin ich außergewöhnlich begabt. Etwa, wenn es darum geht, mit Mädchen zu sprechen, während sie schlafen.«

»Komm mir jetzt ja nicht damit, dass du tatsächlich in meinem Traum gewesen bist.« Diese Vorstellung bereitete Jasna mehr Angst als ein unberechenbarer Geisteskranker, der nur eine Armlänge von ihr entfernt stand. Niemand hatte das Recht, in ihrem Inneren herumzuschnüffeln!

»Entspann dich«, sagte Emerick. »Ich bin nicht hier, um dich gegen mich aufzubringen. Sagen wir es so: Es gibt Schizophrene, die es als Last empfinden, dass die ganze Welt scheinbar Feindesland ist und körperlose Stimmen auf sie einreden. In meinem Fall flüstern mir die Stimmen aber eben interessante Dinge zu. Außerdem ist es spannend, Dinge zu sehen, von denen andere keine Ahnung haben. Ich wette, dass es noch mehr Menschen gibt wie mich, die diese Gabe als Bereicherung empfinden.«

Jasna schob herausfordernd das Kinn vor. »Die sind dann aber wohl kaum in Lastage House untergebracht.«

»Weil sie – im Gegensatz zu mir – rechtzeitig erkannt haben, dass man über manche Dinge besser den Mund hält.« Ein Schatten zog über Emericks Gesicht, doch er verscheuchte ihn sofort mit einem selbstsicheren Lächeln. »Jedenfalls hat mir meine hervorragende Wahrnehmung angeraten, dich heute in der ›Spielstunde‹ mal genauer unter die Lupe zu nehmen. Hat sich als super Tipp erwiesen.«

»Das hättest du mir alles in der nächsten ›Spielstunde‹ erzählen können, anstatt nachts von deiner Station abzuhauen und mir einen Heidenschreck einzujagen.« Jasna schob Emerick beiseite, um nach ihrem Mantel zu greifen, den sie sich über das improvisierte Nachthemd zog. Außerhalb ihres Betts war es eisig. Auch Emerick nutzte die Gelegenheit, seinen Gehrock überzuziehen. Mal ehrlich: Woher hatte der Kerl die ganzen schicken Sachen? Aus der Kleiderkiste seines Großvaters?

Mit einer angedeuteten Verbeugung reichte Emerick ihr den Gürtel, damit sie den Mantel an der Taille zusammenbinden konnte. »Ein schöner Mantel«, sagte er. »Allerdings deutlich schwerer, als man bei einem solchen Stück erwarten würde.«

Jasna ignorierte den Kommentar.

»Ein Anwerbungsgespräch während der ›Spielstunde‹ stelle ich mir eher schwierig vor«, redete Emerick weiter. »Professor Leopold ist zwar ein Guter, aber er hat seine Argusaugen überall. Aurelia hatte heute schon ihre liebe Not, ihn für die Zeit unseres Plausches abzulenken.«

»Quatsch. Warum hätte Lia das tun sollen?«

»Das Mädchen hat enorm feine Antennen. Man muss echt vernagelt sein, um das nicht mitzubekommen. Wie auch immer, die Technik, mit der du Frederiks Versuch, dir den Mund zuzuhalten, abgewehrt hast, war beeindruckend. So schnell und präzise. Und nachdem mir ein Vögelchen gesungen hat, dass du Morton beim Abendessen fast das Handgelenk gebrochen hast ...«

»Das war reine Instinktsache«, beeilte sich Jasna klarzustellen, während sie zuerst ihre Clogs ranzog, um dann doch in ihre Stiefeletten zu schlüpfen. Es war schwer auszuhalten, neben dem smarten Emerick wie eine Vogelscheuche auszusehen. »Ich habe mich bloß erschrocken, als Morton plötzlich hinter mir stand, mehr nicht.«

Emerick sah nicht ansatzweise überzeugt aus. »Also ich würde nicht auf einen Zufallstreffer, sondern auf einen exakt durchgeführten One-Hand-Jimmie tippen, wie ihn ein paar Kids von den Gangs im Glasscherben-Viertel draufhaben. Wenn die eine Hand auf ihrer Schulter spüren, brechen sie der Person erst das Handgelenk und fragen dann, um was es geht. Muss natürlich bis zum Erbrechen geübt werden, bis man den richtigen Winkel draufhat.«

»Du kennst dich mit Schlägertricks aus?«, fragte Jasna.

»Auskennen? Ja. Beherrschen?« Emerick machte eine vage Handbewegung, die wohl »so lala« bedeuten sollte. »Deshalb statte ich dir ja auch einen Besuch ab. Ich könnte jemanden gebrauchen, der Nummern wie den One-Hand-Jimmie beherrscht. Jetzt, wo es losgeht.«

»Ach so.« In Jasnas Pokergesicht zuckte kein einziger Muskel. Sie würde jetzt nicht den Fehler machen und Emerick die Gesprächsführung überlassen.

»Genau, es ist so weit. War ja auch zu erwarten, richtig? Das ganze Drama der letzten Nacht ... musste irgendwann ja so kommen – und ich habe mich glücklicherweise auf den Moment vorbereitet«, lockte Emerick.

»Wenn das so ist, freut mich das für dich.«

Emerick nickte. »Und mich erst, kann kaum noch an mich halten.«

»Ja, dann.«

Jasna zwirbelte ihr Haar zu einem Knoten und schlang ein Band drum, darauf hoffend, dass nicht kreuz und quer Strähnen abstanden. Für ihren nächtlichen Besucher musste das reichen.

Ein prüfender Blick zeigte ihr, dass Emerick sie anlächelte, ganz so, als würden sie sich gerade prächtig miteinander unterhalten. Nicht ganz die Reaktion, mit der Jasna gerechnet hatte. Wenn sie erst einmal auf Durchzug schaltete, gaben die meisten schnell auf. Manche wurden sogar handgreiflich, wenn der Frustpegel überschritten war – was Jasna keineswegs schreckte. Emerick gehörte allerdings keiner ihr bekannten Kategorie an, er spielte einfach mit, wobei er äußerst nervtötend vom Ballen auf die Fersen wippte.

Der Junge ist gut, gestand Jasna sich widerwillig ein. »Dann wünsche ich dir viel Glück bei deiner Suche nach einem für deine Zwecke passenden Auftragsschläger.«

Emerick winkte ab. »Nicht nötig. Wie gesagt, das passt schon. Ich nehme einfach dich.«

»Stopp«, sagte Jasna. »Das mit Morton war ein Zufallstreffer, genau wie die Sache mit deinem Arm. Der Rest, den du dir zusammenreimst, findet nur in deinem kranken Hirn statt.«

»Das heißt dann wohl so viel wie, dass du dir zumindest rein theoretisch vorstellen könntest, mein Team zu bereichern. Das ist doch schon mal ein Anfang.« Emerick tat Jasna nicht den Gefallen, über ihr Eigentor selbstgefällig zu grinsen, aber das Blitzen in seinen blauen Augen verriet trotzdem, dass er sich gerade hervorragend amüsierte.

»Okay, nehmen wir eine Abkürzung durch dieses Gespräch«, sagte Jasna. »Ich habe heute Nacht nämlich noch Besseres zu tun, als mit dir zu schwatzen.«

»Ein bisschen den Guten Jimmie üben, was? Können kommt nicht von allein.« Emerick nickte anerkennend. »Oder vielleicht sogar die Böse Mathilda? Die Technik ist besonders tricky, aber perfekt für jemanden mit deiner zierlichen Statur.«

Eine Sekunde lang fühlte Jasna sich versucht nachzufragen, was es mit der Bösen Mathilda auf sich hatte, erinnerte sich dann jedoch an die oberste Regel, dass man sich von schizophrenen Patienten nicht in ihre Wahngespräche reinziehen lassen durfte. »Okay, du hast jetzt in meiner Gegenwart genug Blödsinn abgesondert. Ich alarmiere den Wachdienst, damit er dich auf deine Station zurückbegleitet.«

Emerick steckte die Hände in seine Manteltaschen. »Nimm's mir nicht übel, aber das ist die falsche Abkürzung. Eigentlich sollten wir langsam mal über Aurelia reden.«

Sofort stand Jasna innerlich Gewehr bei Fuß. »Du hast von Lias epileptischem Anfall gehört?«

»Von einem epileptischen Anfall hat die Kleine eben nichts gesagt, sondern bloß davon, dass sie gebannt worden ist und ohne Hilfe nicht in ihren Körper zurückkehren kann.«

»Du redest kompletten Stuss. Du kannst Lia nicht gesprochen haben, weil sie nämlich bewusstlos auf der Krankenstation liegt. Das weiß ich so genau, weil ich ihr vorm Schlafengehen noch einen Besuch abgestattet habe.«

Emerick erwiderte Jasnas Blick, als warte er darauf, dass sie von allein begriff, wie falsch sie lag. Nachdem Jasna lediglich zurückstarrte, seufzte er. »Tja, vielleicht gehen wir noch einmal zurück zum Anfang unserer Unterhaltung, und damit meine ich nicht den Moment, in dem du aufgewacht bist, sondern den davor. Als ich mich mit deinem aufgewachten Bewusstsein unterhalten habe.«

Kopfschüttelnd ging Jasna zur Tür, was gar nicht so leicht war, ihr dröhnte nämlich ganz plötzlich mächtig der Kopf.

»Du erinnerst dich, richtig?«

Jasna öffnete die Tür, die überraschenderweise keinen Laut von sich gab. Was eigentlich unmöglich sein sollte, denn für gewöhnlich quietschten die Angeln so laut, dass einem die Haare zu Berge standen. Ob der Kerl sie profimäßig geölt hatte, bevor er in ihr Schlafzimmer gegangen war? Egal, beschloss sie. Sie wollte kein neues Fass aufmachen. Stattdessen deutete sie auf den im Dämmerlicht liegenden Gang. »Abmarsch«, sagte sie, nicht richtig bei der Sache. Der Druck in ihrem Kopf nahm irrwitzig schnell zu.

Aufmerksam musterte Emerick sie. »Wenn man nicht darin geübt ist, sich auf diese Dinge einzulassen, bekommt man leicht Kopfschmerzen. Einer der Gründe, warum die meisten Menschen es vermeiden, überhaupt irgendwas wahrzunehmen, was nicht Teil der offiziellen Realität ist. Sogar die Pfleger und Ärzte in Lastage House weigern sich anzuerkennen, dass einige ihrer angeblichen Patienten keineswegs krank sind, sondern in Wahrheit einfach nur mehr als die übliche Dosis Realität wahrnehmen.«

Jasna winkte ab. »Das ist alles nur verwirrtes Blabla.«

»Und warum hast du dann dort oben über dem Schrank gehangen und dich mit mir gestritten?«

Ein Blitz schlug hinter Jasnas Stirn ein und sie hielt eine Hand davor, als könnte sie ihren Schädel dadurch vom Explodieren abhalten. In dem grellen Licht erkannte sie sich selbst oder vielmehr ein blasses, wässrig durchsichtiges Abbild von sich. Eine Art Geister-Jasna. »Das kann nicht sein«, brachte sie keuchend hervor. »Es war bloß ein Traum, nicht mehr.«

»Manche Religionen sind der Ansicht, dass, während wir schlafen, unsere Seelen auf Wanderschaft gehen. Leider hast du es nur bis zum Kleiderschrank geschafft.« Mit einer Hand stützte Emerick die schwankende Jasna, mit der anderen schloss er lautlos die Zimmertür.

Jasna blinzelte die Tränen aus ihren Augen. Immer noch flackerten die Umrisse ihres geisterhaften Zwillings auf, der überm Kleiderschrank herumwaberte. »Und auf diese Weise willst du dich auch mit der bewusstlosen Lia unterhalten haben?«

Emerick zog eine Grimasse. »Ich kenne da zwar einige Möglichkeiten, nachts durch Lastage House zu spazieren, aber Krankenstation und Küche sind selbst für mich tabu. Nein, Lia hat mich besucht, als ich kurz mal eingedöst bin.«

»Klar, abgefahrene Typen wie du schlafen natürlich nie.«

»So gut wie nie«, stimmte Emerick zu, als sei ihm ihr Sarkasmus entgangen. »Jedenfalls hatte Lia nicht viel Zeit, offenbar kostete sie allein diese kurze Kontaktaufnahme sehr viel Kraft. Sie war auch kaum zu verstehen, aber ich denke, im Prinzip lautete ihre Botschaft: ›Ich wurde gefunden und gebannt. Du musst die schlafende Wächterin unterm See wecken, damit die Königin aufgehalten wird. Der Weg dorthin führt über die alte Bibliothek und der Wegweiser ist beim Professor. Jasna weiß Bescheid.‹ Alles verstanden?«

»Kein Wort.«

»Schon okay. Ich brauche dich ja auch nicht wegen deines scharfen Intellekts, sondern weil du Leuten schwuppdiwupp das Handgelenk brechen kannst.«

Heiß aufsteigende Wut verbrannte die verbliebenen Reste von Jasnas Benommenheit. »Zum letzten Mal: Ich bin keine Schlägerin!«

»Nein«, stimmte Emerick zu. »Aber der unauffälligste Bodyguard aller Zeiten. Niemand geht davon aus, dass ein zierliches Mädchen, das zu allem Überfluss auch noch ein klassisches Puppengesicht hat und auf kitschige Romane steht, krass drauf ist.«

»Ich lese keine Liebesromane«, unterbrach ihn Jasna, während sie hastig den Bücherstapel checkte. Selbst wenn Emerick ihn durchwühlt hatte, hätte er in der Dunkelheit keinen Buchtitel entziffern können – Röntgenblick hin oder her. Oder etwa doch?

Emerick zuckte mit den Schultern. »Geschenkt. Dein ganzes Auftreten als harmlose Assistentin ist jedenfalls die perfekte Tarnung. Du bist so geübt darin, die Leute zu täuschen, dass sogar die Profis dieser ehrenwerten Institution auf dein Schauspiel reinfallen.«

Die heiße Wut wurde eiskalt. »Du unterstellst mir ernsthaft, mein ganzes Leben hier in Lastage House sei eine einzige Lüge? Wenn du mich eben ansatzweise dran gehabt hast, dir wegen Lia zu helfen, dann hast du es jetzt mit dem Hintern eingerissen.«

»Vielleicht auch nicht.« Emerick fasste in die Tasche seines Gehrocks und holte ein gefaltetes Stück Papier heraus, das er Jasna hinhielt.

Demonstrativ verschränkte sie die Hände hinter dem Rücken.

Emerick seufzte. »Ich würde es ja für dich auseinanderfalten, aber Aurelia hat mich extra darauf hingewiesen, dass mich der Inhalt ihrer Nachricht nichts angeht.«

»Der Zettel ist also von Lia«, vergewisserte sich Jasna. »Den hast du nicht zufällig eben noch rasch selbst mit Kinderschrift bekritzelt? Nur so nebenbei erwähnt würde ich das hundertpro merken, ich kenne nämlich Lias Schrift. Ich habe ihr das Schreiben selbst beigebracht.«

Emerick setzte eine beeindruckte Miene auf. »Nicht nur gefährlich, sondern auch noch gewitzt. Jedenfalls wirst du nicht in die Verlegenheit kommen, mich der Lügerei zu überführen. Aurelia hat mir die Nachricht schon vor Wochen gegeben, lediglich mit dem Hinweis, dass ich das Papier für dich aufbewahren sollte, bis der richtige Moment gekommen sei. Mehr war aus ihr nicht rauszubekommen, obwohl ich es mit allen Mitteln versucht habe.« Nun sah er tatsächlich beeindruckt aus. Offenbar gelang es selten jemandem, sich seinem Willen zu widersetzen. »Das ist jetzt vermutlich der ideale Augenblick für die Übergabe, wenn du also endlich zugreifen würdest.«

Widerwillig nahm Jasna das Stück Papier entgegen und entfaltete es. Sie warf bloß einen kurzen Blick auf den Inhalt, dann taumelte sie gegen die Wand. Für einen Moment zerfiel die Welt vor ihren Augen in tausend scharfe Splitter. Nur nicht schreien, es ist schon alles schlimm genug, flehte sie sich selbst an. Kaum hatte sie sich wieder im Griff, faltete sie das Papier zusammen und ließ es im Ausschnitt ihres Hemdes verschwinden.

»Jetzt bin ich wirklich neugierig«, sagte Emerick.

Jasna musste sich räuspern, bis sie sich sicher war, nicht bloß ein Krächzen hervorzubringen. »Ich schlage dir einen Handel vor: Wenn du vergisst, dass diese Nachricht existiert, helfe ich dir, Lias Bitte zu erfüllen.«

»Und dafür muss ich nichts anderes tun, als keinen weiteren Gedanken an den geheimnisvollen Zettel zwischen deinen Brüsten zu verschwenden?«, vergewisserte sich Emerick. »Du hast ja keine Ahnung, wie schwierig das für mich ist.«

»Deal?«

Offenbar meinte Emerick es ernst mit dem Vergessensproblem, denn er presste seine Kiefer beim Nachdenken so fest aufeinander, dass es knackte. »Deal«, sagte er schließlich. »Dann machen wir uns also auf die Suche nach dem Occulus.«

»Du weißt von dem Occulus?« Jasna warf die Hände in die Luft. »Lia hat dir davon erzählt?«

»Das brauchte sie nicht, über solche Dinge weiß ich Bescheid. Deshalb war ich ja auch ihre erste Wahl, niemand anders kennt sich in Lastage House so gut aus wie ich.«

»Ein Patient von der Geschlossenen.«

Emerick wackelte mit dem Zeigefinger. »Na, na, mal schön vorsichtig mit diesen vorschnellen Zuschreibungen. Ich dachte, dein Herr und Meister Leopold hält nichts von dem Wort Patient. Außerdem finde ich es viel interessanter, dass du das Occulus kennst.«

»Das tue ich nicht. Es gibt nur eine Zeichnung, die so heißt. Lia hat sie heute Professor Leopold geschenkt.«

»Und was ist darauf abgebildet?«

In Jasnas Erinnerung tauchte das rechteckige Bild mit dem Kreis voller blaugrauer Schlieren und Glitzer auf. »Sag du es mir«, forderte sie von Emerick.

Zum ersten Mal, seit Jasna ihn kannte, wurde Emericks Gesichtsausdruck ernst. »Es zeigte etwas Kreisförmiges.«

»Du hast einen Blick auf Lias Bild geworfen.«

»Wenn du dir das Gewächshaus einmal vergegenwärtigst, dürfte dir klar sein, dass ich von meiner Staffelei aus unmöglich einen Blick auf den Zeichentisch am anderen Ende hätte werfen können. Und selbst wenn ich es gesehen hätte, wüsste ich wohl kaum den Namen dafür.«

»Lia könnte ihn dir in einem unbemerkten Moment zugeflüstert haben«, gab Jasna zu bedenken.

Emerick machte ein langes Gesicht. »So viel Misstrauen … Wie gut, dass ich nicht empfindlich bin. Glücklicherweise kann ich dir sagen, um was es sich bei diesem Kreis handelt: Es ist eine Kristallkugel. Und deshalb wird auf der Zeichnung nicht nur die Kristallkugel zu sehen sein, sondern auch ihre Umgebung.«

Die grauen Schlieren … sie sollen den Himmel des gestrigen Vormittags während der »Spielstunde« darstellen, schoss es Jasna durch den Kopf. Genau das war es, was Lia gemalt hatte: Eine Kristallkugel, in der sich der Himmel spiegelte! Und nun begriff Jasna auch, wo sie dieses sogenannte Occulus schon einmal gesehen hatte. In Professor Leopolds Büro.

»Da hat es wohl eben geklingelt«, sagte Emerick. »Du weißt, wo sich das gute Stück befindet.«

»Selbst, wenn es so wäre, sehe ich keinen Grund, warum ich es ausgerechnet dir verraten sollte.«

Genervt verschränkte Emerick die Arme. »Ist das nicht offensichtlich? Du hast keinen Schimmer, wie man mit diesem okkulten Gegenstand umgeht. Du hast ihn dir angesehen und nicht kapiert, dass er mehr ist als nur eine Glaskugel.«

»Du bist ganz schön arrogant, mein Freund«, knurrte Jasna. Die Lust, seiner römischen Nase einen Knick zu verpassen, meldete sich zurück.

»Arrogant? Vielleicht. Aber wenigstens nicht begriffsstutzig«, sagte Emerick. »Entweder willst du Aurelia helfen, dann musst du dich an mich halten. Es sei denn, du hast eine spontane Eingebung, wie man eine sogenannte Wächterin weckt. Und wenn du das alles für Unsinn hältst und sogar Aurelias Nachricht abtust, musst du halt darauf zählen, dass die Kleine schon von allein zu sich kommen wird. In dem Fall besorge ich mir das Occulus auf eigene Faust, was mich möglicherweise zu viel Zeit kosten wird. Ich bezweifle nämlich, dass Aurelias Bewusstlosigkeit für Lastage House ohne Folgen sein wird.«

»Weil Lia so lange ohne Bewusstsein bleibt und das gesundheitlich ein Risiko für sie ist?« Die Frage fühlte sich bereits falsch an, während Jasna sie aussprach.

»Weil alles, was sich seit gestern Morgen in Lastage House abgespielt hat, darauf schließen lässt, dass der unheimliche Besucher sich nicht damit begnügt hat, Aurelia zu bannen. Ihm oder ihr geht es um mehr. Aurelia ist nur ein Teilstück, wenn auch vermutlich ein sehr wichtiges.«

Als Erstes kam Jasna die unheimliche Situation im Park in Erinnerung. Sie hatte gespürt, dass da etwas auf dem Dach war, etwas, das ihr Heidenangst einjagte. Dann dachte sie an den Klinkerstein, der ins Kaminfeuer gefallen war, während sie mit Professor Leopold über Lias Bild gerätselt hatte. Was, wenn dort oben jemand gelauscht hatte, jemand, der sich auf ungute Weise für Lia interessierte? Jemand, der kein Interesse daran hatte, dass das Mädchen wieder zu sich kam.

»Wir müssen sofort zum Gewächshaus!«, brach es aus Jasna hervor.

»So langsam verstehen wir uns«, sagte Emerick ohne eine Spur seiner üblichen Ironie. »Hoffen wir, dass es noch nicht zu spät ist.«

10

SCHLEICHWEGE

Der Flur des Dachbodengeschosses, von dem ein Dutzend Zimmertüren abging, lag verlassen im dämmerigen Notlicht da. Kein Wunder, schließlich ging es inzwischen auf drei Uhr morgens zu. Wer sich nicht gerade auf einer der Stationen durch eine Nachtschicht kämpfte, schlief. Abgesehen von zwei Ausnahmen, wie das Licht verriet, das unter den beiden Türen durchschimmerte.

»Da drüben … das ist das Zimmer von Edda«, flüsterte Jasna. Edda war eine der Psychologiestudentinnen, die neben ihrem Studium in Lastage House arbeiteten. »Bestimmt sitzt Edda an ihrer Abschlussarbeit, sie läuft schon seit Wochen wie ein Zombie rum.«

Emerick presste sein Ohr an Eddas Tür. »Klingt so, als hätte ihr Körper ihr die Rote Karte gezeigt. Ich höre sie schnarchen.« Er deutete zur anderen Tür, unter der ein Lichtstreifen zu sehen war. »Und wer schlägt sich dort die Nacht um die Ohren?«

Jasna zögerte. »Ein Student namens Ruwen. Eigentlich hat er ein Zimmer in der Stadt, aber unter der Woche schläft er manchmal hier.«

»Der gute Ruwen also … Ist ja interessant.«

Die Art, wie Emerick den Namen des Studenten aussprach, verhieß nichts Gutes. Da schwang ganz eindeutig Abneigung mit.

Bevor Jasna ihn zurückhalten konnte, schlich Emerick zu Ruwens Zimmertür und zog seine Lauschnummer ab. Als er Jasna zu sich winkte, verschränkte sie die Arme vor der Brust und rührte sich keinen Zentimeter. Emerick verdrehte die Augen, dann machte er mit der Hand das Zeichen für einen redenden Mund.

Allem Anschein nach unterhielt sich Ruwen mit jemandem.

Mitten in der Nacht.

Auf seinem Zimmer.

Was nichts anderes bedeutete, als dass er Besuch hatte, denn hier oben gab es keine Festnetzleitungen und die Mobiltelefone waren mit Der Flut untergegangen. Ob es eine Frau war? Jasna konnte nicht anders, sie verspürte einen kleinen Stich. Gerade, als sie der Versuchung nachgeben und ebenfalls einen Lauschangriff starten wollte, stieß Emerick sich von der Tür ab.

Mit drei langen Schritten war er bei ihr. »Jemand kommt«, zischte er. Im nächsten Moment zog er Jasna an sich und hüllte sie in seinen Gehrock ein.

Jasna wollte sich freistrampeln, doch dann kapierte sie, dass Emerick bloß ihren hellen Mantel kaschieren wollte. Offenbar auch ihre blonden Haare, denn er presste ihren Kopf gegen seine Brust.

»Hey, nicht so fest«, murrte Jasna, stellte jedoch jede Abwehr ein, als Ruwens Tür mit einem Knirschen aufging. Ein Bild flackerte in ihr auf, wie Ruwen sie mit Emerick in dieser seltsamen Umarmung entdeckte. Wie sollte sie ihm erklären, dass sie zu dieser Stunde eng umschlungen mit einem Patienten von Station 4 herumstand? Und dazu noch mit einem, der Ruwens Namen wie den eines hochgiftigen Unkrautvernichters aussprach? Während in ihrem Inneren ein schriller Panikschrei hochstieg, wurde die Zimmertür wieder geschlossen und jemand entfernte sich mit eiligen Schritten in Richtung Hinterhaus, wo sich eine Treppe nach unten befand.

Angespannt lauschte Jasna. Nach einer Weile traute sie sich zu fragen: »War das eben Ruwen, der weggegangen ist?«

»So, wie es jetzt im Flur nach seinem aufdringlichen Aftershave stinkt, würde ich glatt drauf tippen«, murmelte Emerick in ihr Haar.

»Aber was ist dann mit der Person, mit der er gesprochen hat?«

»Finden wir es heraus«, schlug Emerick vor.

»Auf keinen Fall.« Jasna umschlang Emerick, damit er seinen Plan nicht in die Tat umsetzte.

Selbst im fahlen Licht der Notbeleuchtung war zu sehen, wie seine schwarzen Brauen in die Höhe schossen.

Jasna war ihre Übergriffigkeit selbst unangenehm, zumal ein Teil von ihr zu überlegen anfing, wann sie das letzte Mal jemandem so nah gekommen war, ohne ihm einen Schlag zu verpassen. Dieser offenbar übergeschnappte Teil schien das Thema für eine ausgesprochen wichtige Sache zu halten. Dass es ausgerechnet Emerick war – seines Zeichens nächtlicher Einbrecher in Schlafzimmer und Träume junger Mädchen –, schien ihn dabei keinesfalls abzuschrecken. Stattdessen wisperte er ganz aufgeregt etwas über eine schmale Taille im Vergleich zu breiten, ach so anlehnungswürdigen Schultern. Wie gesagt: völlig übergeschnappt.

»Wir haben Glück gehabt, dass wir nicht erwischt wurden«, sagte Jasna mit so viel Sachlichkeit, wie sie in dieser Situation aufbringen konnte. »Wir sollten unser Glück nicht überstrapazieren.«

»Das heißt dann wohl, dass du im Prinzip auch wissen willst, um wen es sich bei Ruwens nächtlichem Gesprächspartner handelt.«

»Das geht uns nichts an«, beteuerte Jasna.

Emerick grinste. »Trotzdem bist du neugierig.«

»Woher willst du das wissen?«

»Deine Körperwärme ist eben raketenartig nach oben geschossen, es fühlt sich an, als würde ich einen von diesen weiblichen Feuerdämonen im Arm halten, von denen Orson immer herumfantasiert.«

In Überschallgeschwindigkeit löste Jasna ihre Umarmung und gab Emerick einen Tusch gegen den Oberkörper, was wegen der Nähe nicht wirklich klappte. Der Rückprall ließ sie stolpern, doch er packte sie, sodass sie erneut an seiner Brust landete.

»Loslassen«, knurrte Jasna.

»Wie du meinst.« Emerick gab sie so unvermittelt frei, dass Jasna viel zu plötzlich alleine dastand.

Diesen Moment der Verwirrung nutzte Emerick aus und stürzte zu Ruwens Tür. Jasna folgte ihm fluchend, kam aber erst an, als bereits das Knirschen der aufschwingenden Tür erklang.

Ruwens Zimmer lag in Dunkelheit.

Für ein paar Sekunden jedenfalls, dann hatte Emerick das Licht angeschaltet.

»Hier ist niemand«, flüsterte Jasna. »Aber du hast doch gesagt, Ruwen hätte sich mit jemandem unterhalten. Und weggegangen ist eben nur eine Person.«

»Faszinierend, nicht wahr? Wenn mich nicht alles täuscht, ist Ruwen heute Nacht auch nicht zum Schlafen in Lastage House geblieben. Sein Bett ist gemacht, man sieht nur einen Abdruck, als hätte er sich darauf ausgestreckt, während er auf seinen Besucher wartete.«

Jasnas Gedanken rasten. »Ist seine Tür eigentlich abgeschlossen gewesen?«

Leise summend betrat Emerick die Dachbodenkammer, während er etwas, das verdächtig nach einem Dietrich aussah, in seiner Manteltasche verschwinden ließ.

»Ich glaub's nicht«, zischte Jasna, während sie ihm nacheilte. »Du hast eben Ruwens verdammtes Türschloss in Nullkommanix geknackt.«

»Da gab es nicht viel zu knacken, nachdem ich an deinem Schloss bereits geübt hatte. Die alten Dinger gehen schon auf, wenn man sie bloß antickt.«

Jasna nahm sich vor, künftig einen Stuhl unter ihre Türklinke zu schieben. Dann sah sie sich um – ihre Neugierde war größer als ihr Anstandsgefühl. Ruwens Zimmer war genauso spärlich möbliert wie ihr eigenes kleines Reich. Der Unterschied bestand darin, dass seins auf der anderen Seite des Flurs lag, und dass sein Tisch nicht unter der Bücherlast halb zusammenbrach. Ansonsten gab es keine persönlichen Dinge, einmal abgesehen von dem Aftershave, das Emerick bereits angesprochen hatte. Eigentlich mochte Jasna den holzigen und recht schweren Duft, der Ruwen stets umgab. Aber in der Enge des Raums machte er einem das Atmen schwer.

In der Kammer gab es zwar nichts Intimes zu entdecken, trotzdem fühlte es sich falsch an, auch nur das festzustellen. Ruwen war nicht bloß ein Student und stand in der Rangordnung von Lastage House somit weit über Jasna, aus ihrer Sicht führte er auch ein großartiges Leben. Nicht nur, weil er sich als Kind einer wohlhabenden Familie aufwendige Winterkleidung und ein Zimmer in der Stadt leisten konnte. Ruwens Wesen hatte so etwas Klares und Zielgerichtetes, als wäre alles, was er anfasste, schon von vornherein perfekt. Ganz im Gegensatz zu Jasna, die sich in jeder Hinsicht wie ein Flickenteppich vorkam, der nur von jeder Menge Selbstverleugnung und Stoßgebeten zusammengehalten wurde. Bestimmt wäre Ruwen niemals mit einem undurchsichtigen Typen wie Emerick in ein fremdes Zimmer eingedrungen und hätte darin hemmungslos herumgeschnüffelt.

Was Emerick zu ihrem Entsetzen gerade tat.

Zumindest tastete er die Schubladen des Schranks ab.

»Suchst du nach einem Geheimfach?«, erkundigte sich Jasna.

»Im Kleiderschrank? Wohl kaum. Danach würde ich eher hier suchen.« Emerick ging zum Tisch und ruckelte an der Querleiste, auf der die Tischplatte lag. Zu Jasnas Überraschung ließ sie sich herausziehen und gab den Blick auf eine Auslassung im Holz frei.

»Da schau mal an, ein Funkgerät.« Emerick inspizierte das schwarze Ding im Lampenlicht. »Das erklärt, warum ich zwei Stimmen gehört habe, obwohl nur eine Person anwesend war. Soll ich mal ausprobieren, ob sich am anderen Ende jemand meldet?«

Anstelle einer Antwort nahm Jasna ihm das Funkgerät ab

und legte es zurück in sein Versteck. Als Emerick Anstalten machte, es wieder herauszuholen, deutete sie auf ihr Handgelenk. »Uns läuft die Zeit davon, falls ich dich an deine eigenen Worte erinnern darf.«

»Das ist hart«, sagte Emerick. »Aber leider wahr. Wir müssen einen Zahn zulegen.« Trotzdem langte er erneut nach dem Tisch.

»Hör mal, Emerick. Egal, was zwischen dir und Ruwen abgeht, das hier ist weder der Ort noch der richtige Moment dafür.«

»Zwischen mir und Ruwen geht nichts ab, um deine schöne Formulierung zu benutzen. Tatsächlich macht Ruwen einen so großen Bogen um mich, dass es höchst peinlich auffällig ist. Was zwangsläufig mein Interesse weckt. Du weißt, wovon ich rede?«

Mit schmalen Lippen nickte Jasna. Es war noch keine vierundzwanzig Stunden her, dass sie Emericks Aufmerksamkeit auf sich gezogen hatte. Und was dabei rausgekommen war, erlebte sie gerade live und in Farbe. »Du hast etwas über Ruwen in Erfahrung gebracht, etwas, das er lieber für sich behalten hätte und das dir nicht schmeckt.«

Emerick, der inzwischen den Tisch von der Wand abgerückt hatte, warf ihr einen aufmerksamen Blick zu. »Möchtest du wissen, was?«

Jasna zögerte, dann sagte sie: »Vielleicht ein anderes Mal.« Gefälligkeiten von Emerick hatten einen ähnlichen Beigeschmack, als wenn man einen Pakt mit dem Teufel schloss. Früher oder später musste man zahlen – der Teufel wollte als Lohn für seine Dienste dann nur die Seele, bei Emerick hingegen konnte man sich da nicht so sicher sein.

»Wie du meinst.« Emerick rückte den Tisch noch ein Stück ab, dann strahlte er übers ganze Gesicht. »Tada! Ich präsentiere einen Geheimgang, der uns sicher nach draußen bringen wird.«

Jasna erkannte lediglich die Umrisse eines Rechtecks in der verputzten Wand. »Ist das die Tür zu einer Abstellkammer?«

»Viel besser, es ist der Zugang zu den Wasserrohren des Heizungssystems.« Emerick drückte mit beiden Händen gegen das Rechteck, woraufhin es sich aus der Wand löste. Allem Anschein nach war es durch ein Magnet-plus-Sprungfedersystem befestigt gewesen. »Ja, da staunst du. Auf dieser Seite befinden sich die Luxuszimmer der Dienerschaft. Hat dir keiner der netten Studenten erzählt, dass sie über Warmwasser verfügen, während aus deinem Hahn nur Eiswürfel kommen? Deiner Grabesmine nach zu urteilen nicht. Allem Anschein nach gibt es unter den Dachbodenbewohnern eine Zwei-Klassen-Gesellschaft.«

Jasna gab sich Mühe, sich ihre Enttäuschung nicht anmerken zu lassen. Im Großen und Ganzen verstand sie sich mit den meisten Studenten recht gut, was jedoch nichts daran änderte, dass sich eine Kluft zwischen ihnen befand. Niemand fragte sie, ob sie abends mit ausgehen wollte. Und wenn sie zu einer locker beisammenstehenden Gruppe stieß, versiegte das Gespräch für einen Moment, dann wurde über das Wetter oder die Arbeit in Lastage House gesprochen. Zuerst hatte Jasna es auf den Altersunterschied geschoben, schließlich waren die meisten Studenten über zwanzig Jahre alt, während sie erst siebzehn war. Jetzt überkam sie jedoch das beißende Gefühl, nicht dazuzugehören, weil die anderen spürten, dass sie anders war – und es immer sein würde, egal, wie sehr sie sich auch anstrengte aufzuschließen. Ihr haftete der Geruch einer Außenseiterin an.

Falls Emerick ihre Verlegenheit bemerkte, gab er es nicht zu erkennen. »Jedenfalls ist dieser Schacht unser Schlüssel nach draußen, alles viel fixer als durchs Hinterhaus. In ihm kommen wir easy bis ans Ende von Station 7, ohne Pflegern oder der Security in die Hände zu fallen«, sagte er. »Ladies first.«

»Erstens«, schaltete sich Jasna ein, »sollten wir lieber einen riesigen Bogen um Station 7 mit ihren Nachtwächtern machen.«

»Deshalb krabbeln wir ja auch durch den Schacht, darin sieht uns niemand. Es sei denn, die Security arbeitet seit Neustem mit Wärmesichtgeräten, was ich angesichts der finanziell eher bescheidenen Lage von Lastage House aber bezweifle.«

»Und zweitens ...« Jasna schluckte. »In dem Schacht ist es stockfinster.«

»Hiermit nicht.« Emerick holte ein silbernes Benzinfeuerzeug aus seinem Gehrock und reichte es Jasna. »Ein Erbstück, gib also acht.«

Jasna machte große Augen. »Ein Erbstück? Potzblitz, jetzt bin ich aber beeindruckt. Was du für Sachen hast. Und ich darf das edle Teil wirklich in der Hand halten? Ich ganz allein? Toll!«

Emerick grinste. »Damit will ich nur sagen, dass du besser aufpasst mit dem alten Ding, sonst kokelst du dir die Finger an.«

»Ich frage lieber nicht, warum du trotz deiner Verwahrung überhaupt ein Feuerzeug bei dir hast.«

»Du lernst beeindruckend schnell«, sagte Emerick.

»Kommt mir ehrlich gesagt überhaupt nicht so vor«, sagte Jasna, dann kletterte sie in den Schacht.

11

WILLKOMMEN IM TEAM

In dem Schacht war es angenehm warm.

Das war auch schon das einzig Gute, was sich über den von Emerick gefundenen Geheimgang sagen ließ. Die Decke hing so niedrig, dass man nur auf allen vieren vorankam und trotzdem auf seinen Kopf achtgeben musste. Es war auch verflucht eng – und zum antiken Rohrsystem hielt man besser Abstand, wenn man nicht von einer spontan austretenden Wasserdampfwolke verbrüht werden wollte. Der Abstieg auf die unter dem Dachboden liegende Ebene war einer Rutschpartie gleichgekommen, die Jasna vor allem deshalb in Erinnerung bleiben würde, weil Emerick – anstatt ihr einen Vorsprung zu geben – ihr gefolgt und natürlich sofort in sie hineingerauscht war. Als Jasna ihn als »Spielplatzrowdy« beschimpfte, hatte er nur etwas von »war so dunkel« gemurmelt, während sie ihre Gliedmaßen auseinandersortierten. Ein Pluspunkt des Schachts bestand darin, dass es nicht so zugig war wie in Jasnas Kammer. Dafür klebten ihr Spinnennetze – genau! Plural! – in den Haaren, in ihrem Handballen steckte ein mindestens pfahlgroßer Holzsplitter und sie hatte so viel Staub in der Nase, dass sie nicht mal mehr niesen konnte. Außerdem hatte Emerick sich nach einer Weile an ihr vorbeigequetscht und die Führung übernommen, nachdem sie es irgendwie geschafft hatte, von der Decke herunterhängende Dämmwolle anzuzündeln. Dafür verursachte er, der große Anführer, schon kurz darauf einen Frontalzusammenstoß, weil er, anstatt den vor ihm liegenden Weg auszuleuchten, lieber Tapsspuren von Mäusen analysierte. Während er irgendwelchen Unsinn über Nager-Algorithmen von sich gab, beschrieb der Schacht einen Neunzig-Grad-Winkel, was ihm erst aufging, als er mit der Stirn auf Widerstand stieß. Jasna verkniff sich einen Kommentar, denn hinter der Abbiegung begann Station 7, genau jener Flur, auf dem Vigga ihren Tobsuchtsanfall bekommen hatte. Und Jasna wollte vermeiden, dass die diensthabende Wachschicht sich auf ihren Rundgängen fragte, seit wann sich die Mäuse in den Wänden wüste Schimpfduelle lieferten.

Nach einer Weile stieß Jasnas selbst auferlegtes Schweigegelübde jedoch an seine Grenzen. Emerick versperrte nun schon seit geraumer Zeit wie ein Bollwerk den Gang und lauschte auf etwas, das offensichtlich nur er zu hören imstande war.

»Worauf wartest du? Auf geheime Klopfzeichen? Nur so zur Info: Mein Rücken bringt mich um und ich bekomme kaum noch Luft.« Seltsamerweise reagierte er nicht. »Du hast dir den Kopf schlimmer angeschlagen als gedacht, richtig?«

»Schhh.«

»Schhh war vor fünf Minuten, jetzt will ich endlich eine Antwort. Oder Action. Auf keinen Fall hocke ich noch länger mit dir in diesem verfluchten Schacht rum.«

Das tanzende Licht des Benzinfeuerzeugs warf harte Schatten auf Emericks ohnehin schon markantes Gesicht. »Okay, ich dachte, wir bekommen es auf die sanfte Tour hin, aber meinetwegen. Dann eben nicht.« Er lehnte sich zurück, bis er das Bein anwinkeln konnte, dann verpasste er der Wand einen Tritt. Die sauber eingelassene Trennwand flog aus ihrer Befestigung und krachte gegen etwas, das vermutlich ein Tisch war. Von der anderen Seite fiel Licht in den Schacht und ein Stöhnen erklang. Offenbar saß dort jemand.

Scheiße, schrillte es hinter Jasnas Stirn. Es fühlte sich an, als würde die Welt einen Überschlag machen, jedenfalls wurde ihr innerhalb eines Sekundenbruchteils speiübel. »Was tust du? Bist du verrückt?«

»Da musst du doch gar nicht erst fragen, du kennst meine Akte«, sagte Emerick, der bereits durch die Öffnung in der Wand kroch.

Jasna hielt ihn am Fußgelenk fest. »Wo sind wir?«

»Beim Aufenthaltsraum für die wachhabende Nachtschicht von Station 7. Die übrigens in diesem Moment aus ihrem Nickerchen aufgewacht ist, weil du mich unter Druck gesetzt hast.«

Wenn Jasna nicht so entsetzt gewesen wäre, hätte sie sich sofort aus dem Staub gemacht, ohne einen einzigen Blick zurückzuwerfen. Stattdessen hockte sie da und hörte, wie ein Stuhl über den Boden geschoben wurde und jemand aufstand.

»Werisda?«, fragte eine vom Schlaf verwaschene Stimme.

»Die Gutenacht-Fee, die ein Auge auf alle Pfleger hat, die ihren Wachdienst verschnarchen«, antwortete Emerick.

Jasna gab ein Stöhnen von sich.

»Ach, und dann wäre da noch meine treue Begleiterin, das werte Fräulein Jasna«, fügte Emerick hinzu.

Als Emerick ihren Namen laut aussprach, jagte ein Stromschlag durch Jasnas eben noch taube Glieder. Bevor sie sich jedoch auf ihn stürzen und einen Knoten in seine verräterische Zunge machen konnte, schob sich ein vertrautes Gesicht in den Schacht.

Es gehörte Morton.

»Schau mal einer an, was der Kater angeschleppt hat«, sagte Morton erstaunlich unüberrascht. »Zu welchem Blödsinn hast du dich von Emerick überreden lassen, Fräulein Jasna?«

Sofort breitete sich das kindische Verlangen in Jasna aus zu behaupten, dass sie dem Ausreißer Emerick auf die Schliche gekommen war und sie ihn gerade hätte stellen wollen. Oder dass er sie gezwungen hätte, ihn zu begleiten. Verdammt, es war einfach zu hart, von Morton, dem Anständigsten unter den Pflegern der absoluten Dummheit überführt zu werden. Fast so hart, als hätte Professor Leopold persönlich sie im Schacht entdeckt.

Mühsam riss Jasna sich zusammen, ehe es noch peinlicher werden konnte. »Hallo, Morton, tut mir leid mit der Störung. Ich weiß ehrlich gesagt gar nicht, wo ich mit der Erklärung anfangen soll …«

»Wie wäre es damit, wenn du erst mal aus dem Schacht kommst? Dadrin sieht es ziemlich ungemütlich aus.« Mit einem Lächeln reichte Morton ihr die Hand und half ihr durch die Öffnung. Als Erstes musste sich Jasna strecken, dann sah sie sich im Zimmer um. »Hast du heute Nacht allein Wachdienst?«

»Nein, zusammen mit Marianne. Du weißt schon, sie war heute Morgen mit von der Partie, als Vigga ihren Auftritt als menschlicher Tornado hatte.«

Jasna erinnerte sich. »Die Pflegerin mit den Kratzern im Gesicht.«

»Stimmt, Marianne hat ganz schön was abbekommen«, sagte Morton. »Und dann noch der Schichtwechsel … erst Frühschicht, jetzt Nachtschicht … sie hat außerdem ein kleines Kind, das ständig krank ist.«

»Lange Rede, kurzer Sinn: Marianne pennt in der Besenkammer, während unser Held hier trotz literweise Kaffee sanft eingeschlummert ist«, brachte Emerick es auf den Punkt.

»Streu ruhig Salz in die Wunde.« Morton rieb sich die Wange, auf der sich während seines Schläfchens die Tischmaserung eingeprägt hatte.

Doch Emerick war mit seiner Strafpredigt noch nicht fertig. »Du hast Glück, dass die Security heute Nacht extra Leute für den Park abstellen musste, wegen der geheimnisvollen Eindringlinge, die zwischen den Bäumen herumschleichen sollen, und deshalb nur jeden zweiten Rundgang wahrnehmen kann.« Mortons Einwurf, dass er gar nicht wissen wolle, woher Emerick diese Info nun schon wieder habe, überging er geübt. »Wenn es um Station 7 geht, liegen bei Direktor Le Genereuss und seinem Stab die Nerven blank.«

»Dann hättest du bei deinem Auftritt wohl lieber nicht so

einen Mordskrach veranstalten sollen, da haben echt nur noch die Rauchkerzen samt Blitzmaschine gefehlt.« Morton setzte die Tür zum Schacht wieder sorgfältig ein. Fast erwartete man, dass er gleich noch ein Liedchen pfiff, so gut gelaunt wirkte er trotz der absurden Situation, in der sie steckten.

»Das läuft hier so ganz und gar nicht standardmäßig ab«, sagte Jasna. »Morton, eigentlich solltest du ausflippen, anstatt mit Emerick rumzufeixen wie ein altes Ehepaar.«

»Wenn du drauf bestehst, kann ich auch den Wilden Mann geben und dich ausschimpfen«, bot Morton an. »Aber über Emericks Sperenzchen rege ich mich schon lange nicht mehr auf, in der Hinsicht bin ich völlig abgestumpft.«

Jasna kniff sich ins Nasenbein, was sie beim Gedanken an ihre dreckigen Hände sofort bereute. »Okay, dann versuch ich mal, aus dieser Kiste schlau zu werden: Emerick stürmt komplett unbekümmert den Aufenthaltsraum, obwohl er irgendwie spitzbekommen hat, dass du darin ein Päuschen einlegst. Und du, Morton, schlägst keinen Alarm, obwohl sich ein Patient von der Vier mitten in der Nacht verbotenerweise Zutritt zur streng bewachten Station 7 verschafft hat.«

»Das Wort Patient solltest du dringend aus deinem Wortschatz streichen«, unterbrach Emerick sie. »Zumindest in Bezug auf mich.«

Von solchen Einwürfen ließ Jasna sich nicht ablenken, sie konzentrierte sich ganz auf Morton, der sie mit seiner üblichen Gelassenheit ansah. »Du drehst auch nicht durch, obwohl ich, meines Zeichens persönliche Assistentin von Professor Leopold, im Fahrtwind von besagtem Patienten unterwegs bin.«

Morton zuckte die Achseln. »Warum auch? War ja abzusehen, dass du früher oder später in sein Schleppnetz gerätst.«

Dieser Kommentar brachte Jasna endgültig aus dem Konzept. »Weil Emerick dir verraten hat, dass er mir heute Nacht einen Besuch abstatten will, und du ihn in mein Quartier geschmuggelt hast«, versuchte sie, sich eine Erklärung zusammenzubasteln.

»Gott, ist das mies kombiniert.« Emerick klopfte sich demonstrativ den Staub von seinem Gehrock.

»Ich wusste nichts von Emericks nächtlicher Stippvisite in deinem Zimmer«, sagte Morton. »Aber mir ist nicht neu, dass man ihn unmöglich einsperren kann, Emerick ist quasi das Nachtgespenst von Lastage House. Nur auf die Krankenstation hat er es trotz mehrerer Versuche und tausend Grübeleien immer noch nicht geschafft. Dort gibt es nämlich keine Schächte, keine doppelten Böden und auch keine Fenstersimse, auf denen man herumklettern kann. Außerdem hat die Security dort ihr Hauptlager – und von denen ist bestimmt noch keiner während seines Wachdienstes eingeschlafen. Wenn du eine Emerick-freie Zone suchst, dann bist du auf der Krankenstation richtig.«

»Vergiss die Küche nicht«, sagte Emerick. »Die verfluchte Küche! Die Frenleyn muss mit Bannsprüchen und magischen Grenzmarkierungen arbeiten, anders kann ich mir mein Scheitern nicht erklären.« Morton und Jasna starrten ihn an, bis er die Hände hob. »Wollt ihr einem Mann seinen Ehrgeiz vorwerfen?«

»Wie auch immer«, sagte Morton. »Von Emericks Rumtreiberkünsten mal abgesehen bist du genau sein Typ. Es war nur eine Frage der Zeit, bis er dich an Land zieht.«

»Diese Fischer-Metaphorik stinkt«, ließ Emerick sich vernehmen. »Bei meiner Rekrutierung von Jasna geht es keineswegs um ihren Typ, sondern um spezielle Fähigkeiten, über die sie verfügt.«

Mortons Lächeln wurde breiter. »Ja, klar. Sie ist nicht der Fisch an deiner Angel, weil du ja noch nie auf geheimnisvolle Blondinen mit zweifelhafter Vergangenheit abgefahren bist.«

»Stopp – und zwar sofort«, sagte Jasna. »Das geht in die vollkommen verkehrte Richtung, ab jetzt gebe ich den Kurs vor.«

Emerick wackelte mit dem Zeigefinger. »Versteh mich nicht falsch, aber leidest du vielleicht ein kleines bisschen unter Kontrollsucht?«

»Ist mir auch schon aufgefallen«, sagte Morton. »Du musst mal sehen, wie sie ihren Zwergentrupp beim Essen in Schach hält. Angeblich ist sie sich nicht mal für die Drohung zu schade, den Nachtisch zu beschlagnahmen.«

Bevor Emerick auf diese Vorlage etwas Geistreiches erwidern konnte, setzte Jasna die strengste Miene auf, die sie draufhatte. Zumindest reichte es, um die Aufmerksamkeit der beiden Jungs zu bekommen, Emerick hob sogar sichtlich beeindruckt seine Braue, die mit dem Knick darin. »Ihr beide seid sofort still, außer ich frage euch was.« Dann atmete sie erst einmal tief durch. »Ihr kennt euch schon länger, richtig?«

»Wer darf antworten?«, fragte Emerick.

»Morton, dem traue ich nämlich über den Weg.«

»Emerick und ich kennen uns tatsächlich schon länger, seit Kindertagen, um genau zu sein«, gab Morton zu Protokoll.

»Dann bist du in seinem Team?«

Unglauben breitete sich auf Mortons Gesicht aus. »Du hast ihr vom Team erzählt?«

Emerick nickte, während er sich eine Tasse Kaffee eingoss, nur um sie nach dem ersten Schluck hustend und prustend in der Spüle auszugießen.

»Okay, ich gehöre zum Team«, sagte Morton.

»Wer noch?«

Morton schwieg.

»Was ist die Aufgabe des Teams?«

»Gibt es eine neue Aufgabe?«, fragte Morton. »Seit wann denn das?«

Emerick spülte sich mit einem Schluck Wasser den Mund aus, dann sagte er: »Seit heute Nacht. Und deshalb ist es jetzt auch an der Zeit, dass die gute Marianne ihren Teil der Nachtschicht übernimmt, damit wir uns in deiner Gesellschaft in den Gästetrakt absetzen können.«

»Nichts von wegen Gästetrakt«, sagte Jasna. »Wir müssen schleunigst zum Gewächshaus.«

»Dort geht es anschließend hin, wenn wir vollzählig sind.

Jedenfalls soweit es die nachtaktiven Mitglieder des Teams anbelangt.«

Jasna traute ihren Ohren nicht. »Du hast noch mehr Leute unter deiner Fuchtel?«

»Du wirst staunen«, sagte Emerick.

12

ABLENKUNGSMANÖVER

»Ihr zwei Vögel habt das schon öfter gemacht«, flüsterte Jasna.

Sie stand dicht zusammengedrängt mit Morton und Emerick in einer Nische im Eingangsbereich, während ein vier Mann starker Securitytrupp seinen Patrouillengang durch die Eingangshalle machte. Dass sie kurz davorstanden aufzufliegen, kümmerte Jasna nicht. Für den Horrorfilm, der auf ihrer geistigen Leinwand ablief und zeigte, wie sie dem Direktor von Lastage House vorgeführt wurde, hatte sie schlicht keine Nerven übrig. Ihre gesamte Selbstbeherrschung ging bereits dafür drauf, nicht in hysterisches Gelächter auszubrechen, weil sie wie der Teil einer Performancegruppe wirkte, die gerade eine heiße Ménage-à-trois darstellte.

»Normalerweise pflegen Morton und ich nicht so einen engen Körperkontakt«, knurrte Emerick, der geduckt unter Mortons einer Achsel stand, an den großen Jungen geschmiegt, als drohe er sonst zu ertrinken. Andernfalls hätte mindestens eine Hälfte seines Körpers gut sichtbar aus der Nische herausgeragt.

Jasna, die an Mortons anderer Seite klebte, traute sich kaum zu atmen, weil ihr Brustkorb eh bereits ausgiebig Bekanntschaft mit Emericks Oberarm machte. »Ich rede davon, dass ihr beiden euch schon öfter gemeinsam aus der Anstalt geschlichen habt.«

»Wenn Emerick allein loszieht, kommt er nur auf dumme Ideen.« Morton schien nichts aus der Ruhe zu bringen, weder die näher kommenden Schritte schwerer Stiefel, noch die körperliche Nähe, die Jasna mehr in Panik versetzte als jeder schlecht gelaunte Wächter auf dieser Welt. Besonders da Emerick trotz der Enge nicht stillstand. Tatsächlich wippte er auf den Zehenspitzen auf und ab.

»Emerick, könntest du bitte mit dem Rumhibbeln aufhören?«, raunte Jasna.

»Sorry, aber mein Bein ist dabei einzuschlafen«, flüsterte Emerick. »Das liegt an meinem aktuellen Medikamentencocktail, der verwandelt die Muskulatur in überstrapazierte Gummibänder.«

»Das ist mir egal. Was du da machst, fühlt sich an wie ein außer Kontrolle geratener Engtanz.«

Emerick gab ein undefinierbares Geräusch von sich, es konnte ein Schnaufen sein, aber genauso gut auch ein unterdrücktes Lachen. »Wenn ich ruhig stehe, verliere ich irgendwann das Gleichgewicht und kippe aus der Nische. Kein besonders guter Plan. Außerdem nehme ich deinen Busen an meinem Arm überhaupt nicht wahr, falls dich das beruhigt.«

Nun atmete Jasna doch tief ein, dann sagte sie mit ruhiger und deshalb umso bedrohlicherer Stimme: »Wenn du das Gezappel nicht sofort bleiben lässt, verpasse ich dir einen Bodycheck, der dich durch die halbe Eingangshalle befördert. Dann weißt du Bescheid, wie es sich anfühlt, mit mir auf Tuchfühlung zu gehen.«

»Als ob ich nicht schon mitbekommen hätte, dass du auf die harte Tour stehst. Fürs Protokoll: Mein Arm schmerzt immer noch höllisch nach deinem Kick«, murrte Emerick.

»Ihr haltet jetzt beide den Mund und seid auch sonst friedlich, sonst gerate ich noch in Versuchung, eure Köpfe zusammenstoßen zu lassen. Bewusstlose quasseln nämlich nicht die Security herbei«, wisperte Morton kaum hörbar.

Um seine Worte zu unterstreichen, spannte der kräftige Pfleger die Muskeln in seinen Armen an, die er um Jasna und Emerick gelegt hatte. Emerick keuchte, als würde ihm die Luft abgedrückt, während Jasna nicht einmal mehr hätte ausflippen können, wenn sie es darauf angelegt hätte. Würde sie jetzt erwischt werden, würde jeder glauben, sie sei in Wirklichkeit die durchgeknallte Zwillingsschwester der ach so braven Jasna. Andererseits hätte sie bis vor einer halben Stunde auch im Leben nicht gedacht, dass ausgerechnet Morton, der Vorzeigepfleger, einen Spezialfall wie Emerick durchs nächtliche Lastage House begleitete, als wären sie bloß zwei Jungs, die von einer Pyjamaparty ausgebüxt waren.

Offenbar hatte Morton keine Sekunde zu früh für Ruhe gesorgt, denn die Stiefelschritte hielten in ihrer unmittelbaren Nähe an. Holz knarrte, als sich einer der Securityleute gegen den antiken Schrank lehnte, der neben der Nische stand.

»Ich weiß wirklich nicht, was der Aufstand soll«, sagte eine raue Männerstimme. »Nur weil ein paar von den Irren ausgeflippt sind und sich im Park irgendwelche Rumtreiber amüsieren, dürfen wir durch den Eisregen rennen. Auf der Geschlossenen feiern sie bestimmt schon eine Party, während wir uns draußen für nichts den Arsch abfrieren.«

»Nun jammere nicht rum«, sagte eine Frauenstimme. »Ich bin ganz froh über ein bisschen Abwechslung. Außerdem kann man bei den Außeneinsätzen wenigstens rauchen.«

»Dann hältst du die Geschichte vom Personal, dass sich im Park etwas Unheimliches rumtreiben soll, also auch für kranken Krams?«

»Was denn sonst?«

Der Mann zögerte. »Na, erst schlagen mehrere von den Irren wegen irgendwelcher Vögel gleichzeitig an, flippen komplett aus. Und dann sehen einige Reinigungskräfte beim Schichtwechsel was zwischen den Bäumen, eine Art geflügelten Mensch, der in Richtung See verschwunden ist – aber wir finden nichts und niemanden. Übrigens meint Oberst Derek, dass sich die Bekloppten unmöglich untereinander haben absprechen können, weil die von den unteren Stationen keinerlei Kontakt mit der Geschlossenen haben.«

Unwillkürlich dachte Jasna an Viggas Wutausbruch. Und Peer, der sich abgesetzt hatte und sich trotz der klirrenden Kälte weigerte, sein Baumreich zu verlassen. Im Haus sei es ihm zu unsicher, hatte der Junge verkündet, bevor er im Dickicht der Astkronen verschwunden war. Dann war da noch Loreleys seltsames Verhalten, sofern man bei dieser Katze überhaupt irgendetwas seltsam finden konnte. Oder auch Jasnas eigenes, fast greifbares Unbehagen im nächtlichen Park. Sie hatte die Erinnerung an den Moment, als ihre Sinne auf etwas Angsteinflößendes gestoßen waren, verdrängt, aber jetzt kehrte sie zurück. Da war etwas auf dem Dach der Schreibstube gewesen – und sie hatte es gespürt. Vermutlich war es später zwischen den Bäumen aufgetaucht und war von einem Putztrupp gesehen worden. Wie es jedoch beim See entkommen konnte, blieb ihr ein Rätsel. Dann hatte sie also richtiggelegen, als sie betont langsam durch den abendlichen Park gegangen war, um sich ihre Angst nicht anmerken zu lassen. Sie hatte wirklich die ganze Zeit einen Blick in ihrem Rücken gespürt. Dort draußen in der Dunkelheit lauerte etwas – und die Bewohner von Lastage House spürten es. Nur … wollte sie, ausgerechnet sie, wissen, was für ein Wesen das war?

Jasna vergaß ihre Abneigung gegen Körperkontakt und presste ihr Gesicht fest an Mortons Brust, woraufhin der junge Mann ihr kameradschaftlich die Schulter tätschelte.

Draußen vor der Nische lachte die Security-Frau trocken. »Wenn du weiter so einen Müll redest über real gewordene Nachtmare, empfehle ich dir dringend, selbst einen Termin bei den Psycho-Docs zu machen. Wie es scheint, färben die Spinnerkids langsam auf dich ab. Die Putzkolonne haben sie ja auch schon angesteckt.«

»Mach dich ruhig über mich lustig, aber wer weiß … Manche behaupten, Geisteskrankheit sei wie ein Virus. Man kann sich anstecken, wenn man zu lange die gleiche Luft atmet«, ließ ihr Partner nicht locker.

»Mertens und Finsch!«, dröhnte es plötzlich von der Eingangstür. »Ihr zwei Drückeberger habt euch lange genug aufgewärmt. Raus mit euch, Kontrollgang am Seeufer nordwestlich. Und passt auf die Matschlöcher auf, ich will heute Nacht nicht noch einen Mann verlieren, nachdem einer schon bis zum Hals im Sumpf versunken ist und seitdem nur noch mit den Zähnen klappert.«

»Oberst Derek, dieser alte Sklaventreiber«, brummte die Frau. Laut sagte sie: »Alles klar, Chef, wir sind schon unterwegs.«

»Das will ich doch hoffen, Finsch! Und dein werter Kollege Mertens soll sich ebenfalls in Bewegung setzen, der hat genug gequatscht. Wenn ich noch mal mitbekomme, dass ihr rumjammert oder euch beschwert, könnt ihr künftig zu Hause bleiben. Ich habe langsam die Nase voll von eurer Disziplinlosigkeit.«

»Verstanden, Chef!«, riefen Finsch und Mertens wie aus einem Mund.

Stiefellärm erklang.

Das ging ja noch mal gut, dachte Jasna.

Dann kippte Emerick der Länge nach um.

Mit einem Satz sprang Jasna über den am Boden liegenden Emerick, warf noch einen Blick auf sein schmerzverzerrtes Gesicht und ging dann mit großen Schritten durch die Eingangshalle, direkt auf das Securityteam namens Mertens und Finsch zu, die nach dem Knall wieder in die Eingangshalle zurückgestürmt kamen.

»Stehen bleiben«, brüllte der Mann, der offenbar Mertens hieß und bereits seinen Taser zückte. »Kannst du mir mal erklären, wo du so plötzlich herkommst, mitten in der Nacht?«

Jasna hielt erst an, als sich ihr die Frau, Finsch, in den Weg stellte.

»Also bitte! Was soll denn das?«, rief Jasna empört. »Ich darf mich als Angestellte von Lastage House frei bewegen, ich bin schließlich keine Patientin.« Dann baute sie sich drohend vor der Security-Frau auf, was allerdings wahrscheinlich nicht sonderlich überzeugend wirkte. Finsch war einen Kopf größer und gefühlt doppelt so breit. Aber es ging ja nur darum, ihre Aufmerksamkeit auf sich zu lenken. Und so, wie Finsch sie zornig anstierte, hatte sie die zu hundert Prozent.

»Es ist mir egal, wer du bist. Mein Kollege hat dich gefragt, von wo du kommst, Mäuschen. Und das beantwortest du ihm jetzt gefälligst.«

Jasna ignorierte ihren Instinkt, der sie unablässig darauf hinwies, dass diese Frau sie vermutlich unangespitzt in den Boden rammen konnte. Statt jedoch ein Ausweichmanöver einzuleiten, setzte sie ihre hochnäsigste Miene auf. »Sie sollten mich vielleicht lieber mal fragen, wer ich bin. Ich bin nämlich die persönliche Assistentin von Professor Leopold und habe eine wichtige Mitteilung für ihn. Ich habe deswegen extra Überstunden gemacht. Wir arbeiten an einem wichtigen Projekt.«

»Deshalb also der Radau beim alten Spinner«, sagte Mertens, der es sich im Schatten seiner Partnerin gemütlich gemacht hatte. Desinteressiert ließ er seinen Blick schweifen. »Wahrscheinlich bereitet Leopold eine lustige Turnstunde für die geistig Zurückgebliebenen vor. Als ob es was bringen würde, die tauben Nüsse zu bespaßen.«

»Diesen Kommentar über seine Arbeit werde ich Professor Leopold natürlich nicht vorenthalten. Mertens war der Name, richtig?«, provozierte Jasna trotz ihres Flatterherzens. Sie hatte Erfolg, spätestens jetzt genoss sie die volle Aufmerksamkeit von beiden Securityleuten.

»Genau so ist es, Mertens ist mein Name«, knurrte der Security-Mann. »Außerdem bin ich ein Busenfreund von Winfried dem Pförtner. Wenn du nicht sofort aufhörst, dich hier wichtigzumachen, musst du künftig eine Leibesvisitation über dich ergehen lassen, bevor du Lastage House verlassen oder betreten darfst.«

Vielen Dank auch, Emerick, fluchte Jasna, während sie Mertens mit einem Kopfschütteln bedachte. »Wie impertinent, was

Sie sich so herausnehmen, mein Bester. Benehmen Sie sich lieber mal Ihrem Posten angemessen, anstatt mir, einer bedeutenden Stütze dieses Betriebs, zu drohen.«

»Jetzt ist Schluss mit dem Kinderscheiß«, mischte Finsch sich ein. »Worum es geht, ist die Frage, was du in der Ecke dort drüben getrieben hast.« Sie trat an Jasna vorbei und deutete mit dem Finger auf die Wandnische.

Da die Security-Frau nicht in wüste Schimpferei ausbrach oder losstürmte, riskierte Jasna einen Blick über ihre Schulter. Von Emerick und Morton war keine Spur zu entdecken. Höchste Zeit also, sich selbst aus der Schusslinie zu bringen. »Also, bei der Sache mit der Wandnische ging es um ein Experiment zum Thema, dass Gewohnheit blind macht«, sagte Jasna. »Sie haben die These eben bestätigt. Sie sind anscheinend davon ausgegangen, dass die Eingangshalle nicht Ihr Einsatzgebiet ist. Deshalb haben Sie mich in meinem Versteck nicht bemerkt. So gesehen kann ich nur Danke sagen.«

»Bullshit«, entschied Finsch. »Du packst sofort aus, was du dort drüben getrieben hast, Zuckerschnute, oder du kannst was erleben.«

Jasna beschloss, zu härteren Waffen zu greifen. »Was würden Sie und Ihr ehrenwerter Partner dazu sagen, dass ich die ganze Zeit während Ihrer kleinen Plauderei neben Ihnen gestanden habe, und Sie Schnarchnasen es erstens nicht mitbekommen haben und ich zweitens Ihrem Vorgesetzten Oberst Derek nun vom Ausmaß Ihrer Unaufmerksamkeit erzählen kann? Der Mann wirkte nicht so, als wäre mit ihm gut Kirschen essen. Als Belohnung für Ihre Luschigkeit dürften Sie heute Nacht bestimmt eine Extrarunde durch den Regen drehen.«

Die beiden Security-Leute musterten sie, Finsch abwägend, Mertens mit blankem Entsetzen. Kein Wunder, ihr Chef Oberst Derek schien ihn eh schon auf dem Kieker zu haben.

Mertens war es dann auch, der das Wort ergriff. »Lassen wir es dabei bewenden«, sagte er zu seiner Kollegin. »Wahrscheinlich hat die Kleine in der Ecke nur auf einen dieser nutzlosen

Studenten gewartet, um ein bisschen gepflegt rumzumachen. Wäre nicht das erste Mal, dass die Eingangshalle vom Studentenpack zweckentfremdet wird.«

»Das würde auch ihr sexy Outfit erklären«, stimmte Finsch zu. »Hast du unter deinem Mantel überhaupt was an?«

Jasna schnaufte. »Ihre Neugierde hat echt was Krankhaftes. Nur so als Tipp, in Lastage House gibt es Spezialisten für derartige Verhaltensstörungen. Wie auch immer, ich wünsche dann noch eine schöne Restnacht. Frieren Sie beim Wachgang nicht ein.« Sie nickte dem Duo zum Abschied zu und wollte bereits zur breiten Treppe laufen, die ins erste Obergeschoss führt, als die Frau sie festhielt.

»Hast du eben nicht behauptet, du müsstest ganz dringend zu deinem Herrn Professor? Dann komm mal schön mit in den Park, wir geben dir Geleitschutz. Nicht, dass das herumstromernde Monster dich noch frisst. Wäre doch zu schade.«

Jasna schluckte bei dem Gedanken an den Eisregen, doch ihr blieb nichts anderes übrig, als sich zu fügen. Wenn sie Emerick das nächste Mal traf, würde sie ihm die Hölle heißmachen. Mindestens.

13

IM BAUMREICH

Widerwillig folgte Jasna dem Security-Team in den nächtlichen Park und zuckte zusammen, als ein feiner Eisregen sie samt ihrer nackten Beine begrüßte. Unter ihrem Mantel trug sie lediglich ihr Schlafhemd, und es fühlte sich an, als würden Frosthände in jeden Spalt fahren und ihr die Haut verkühlen. Wenn nicht ohnehin eine Überdosis Adrenalin in ihren Adern kursiert hätte, wäre sie spätestens jetzt hellwach gewesen.

»Ab hier komme ich bestens alleine klar«, sagte Jasna.

Trotz des schwachen Lichtscheins, der den Vorhof beleuchtete, war Finschs Grinsen eindeutig zu erkennen. Die Frau fand wohl, dass das Quälen vorlauter Assistentinnen ein ganz annehmbarer Zeitvertreib war. »Aber nicht doch, heute Nacht ist der Park zu gefährlich für kleine Rumtreiberinnen. Wir beschützen dich natürlich. Nicht, dass dich der böse Vogelmensch schnappt und in sein Nest entführt.«

Großartig, dachte Jasna. Ich weiß nicht, was schlimmer ist: Die beiden Spießgesellen im Nacken oder der große Unbekannte in den Schatten des Parks. Wenigstens hatte es so geklungen, als wenn der Professor wegen seines Vortrags noch eine Nachtschicht einlegte. Dann konnte sie ihm gleich noch erzählen, was Lias geheimnisvolles Bild darstellte. Glück im Unglück, wenn man so wollte, auch wenn der Professor vermutlich keine Ahnung hatte, wie er Lia mit dem Occulus helfen konnte.

Doch es kam eh anders.

An einer Gablung des Parkwegs trafen sie auf ein anderes Security-Team mit ernsten Gesichtsausdrücken. Eine gemurmelte Unterhaltung der Wachleute lief darauf hinaus, dass wohl interessante Spuren unten am See gefunden worden waren. Mehrere. Worum genau es sich dabei handelte, konnte Jasna nicht verstehen, egal, wie sehr sie die Ohren spitzte.

»Bis zum Gewächshaus ist es nur noch ein kurzes Stück. Das schaffst du doch allein, oder?«, erkundigte sich Mertens, während seine Partnerin Finsch wirkte, als hätte sie ob der Neuigkeiten Jasnas Existenz bereits vergessen.

Jasna nickte, obwohl sie plötzlich gegen ein bisschen Gesellschaft nichts mehr einzuwenden hatte. Bevor sie es sich jedoch anders überlegen konnte, verschwanden die beiden Wächtertrupps samt ihrer Taschenlampen in der Dunkelheit und Jasna stand allein da.

Vielleicht war das ihre Chance, mit einem blauen Auge beziehungsweise einer Lungenentzündung aus der Sache rauszukommen. Sie brauchte nur ins Haupthaus zurückkehren, auf ihr Zimmer gehen und sich dort die Bettdecke über den Kopf ziehen, nachdem sie die Zimmertür so verrammelt hatte, dass auf keinen Fall jemand eindringen konnte.

Gut möglich, dass bestimmte Formen von Wahnsinn ansteckend waren, wie der Security-Mann behauptet hatte. Solange Emerick an ihrer Seite gewesen war, hatte ihr Ausflug Sinn ergeben, aber jetzt, da sie allein und vor Kälte bibbernd im nächtlichen Park stand, wirkte das Ganze komplett abgedreht. Wenn sie noch ein paarmal tief ein- und ausatmete, bekam sie vielleicht die letzten Reste Emerick-Spinnertum aus ihrem System. Möglicherweise würde sie sich dann endlich eingestehen, dass sie dem paranoiden Ausbruch eines kranken Jungen auf den Leim gegangen war. Schizophrene konnten ihre Wahnvorstellungen überzeugend echt rüberbringen, das konnte man in jedem Fachbuch nachlesen. Ja, es war höchste Zeit, diese Nacht unter der Rubrik »Wertvolle Erfahrung fürs Leben« zu verbuchen und die Reißleine zu ziehen.

Genau in diesem Moment hörte Jasna das Knacken von Zweigen.

Dort war jemand in der Dunkelheit.

Sofort schlug ihr Instinkt an und sorgte dafür, dass sie, ohne ein Geräusch zu verursachen, hinter einem Lorbeerbusch verschwand. Stumm betete sie zu allen guten Geistern, dass sie trotz ihres hellen Mantels verborgen blieb. Die Chancen standen gut, denn der wolkenverhangene Himmel bannte jedes Licht. Deshalb konnte sie auch lediglich einen Schatten wahrnehmen, der pfeifend den Weg entlanglief. Wer auch immer es war, der Eisregen machte ihm offensichtlich nichts aus. Dann wusste Jasna auch schon, wer dort so beschwingt durch den nächtlichen Park lief. Der Geruch eines speziellen Aftershaves verriet es ihr: Es duftete holzig und schwer.

Jasna blieb hinter dem Gebüsch kauern und fragte sich, was sie davon halten sollte. Ehe sie darauf eine Antwort fand, erklang über ihr eine feine Stimme.

»Das war der schöne Ruwen, der treibt sich seit Neustem häufiger nachts im Park rum.«

Jasna legte den Kopf in den Nacken, wobei ihr spitze, zu Eis gefrorene Tropfen auf die Wangen prasselten. Auf einem Ast über ihr saß der Ausreißer und Baumliebhaber Peer, sein Gesicht nur eine hell leuchtende Ahnung. Doch Jasna konnte sich den vierzehnjährigen Jungen auch so vorstellen, wegen seiner Elfenhaftigkeit blieb er einem lebhaft in Erinnerung. Die feinen Züge in seinem Dreiecksgesicht, das von braunem, weich fallendem Haar umgeben war, und der für seine Größe unnatürlich schmale Körperbau, eine Mischung, die verriet, dass seine Kindheit bereits vorbei war, aber die Umbauarbeiten der Pubertät noch nicht begonnen hatten. Dieser Junge war beweglich wie eine Katze, und Eichhörnchen erblassten angesichts seiner Kletterkünste. Wenn jemand nicht von dieser Welt war, dann Peer.

Jasna blinzelte Tropfen von ihren Wimpern. »Es ist gegen vier Uhr nachts, Eisregen fällt und du sitzt immer noch in den

Bäumen. Egal, wie lieb du deine Borkenfreunde hast, das ist grenzwertig, Peer.«

»Und das von jemandem, dessen Zähneklappern durch den halben Park zu hören ist. Warum hast du Ruwen nicht gefragt, ob er dich ein bisschen wärmt? Du kriegst doch sonst immer leuchtende Augen, wenn du ihn siehst. Wie vorher, als er dich bei den Steinengeln am Haupttor abgefangen hat.«

Nun wurde Jasna warm. Sehr warm sogar. »Du hast mein Gespräch mit Ruwen belauscht?«

»Ich weiß alles, was die Bäume wissen«, wich Peer aus.

»Schwer zu glauben, dass sich Trauerweiden und Buchen für mein nicht vorhandenes Privatleben interessieren.«

»Nur weil man etwas weiß, heißt es noch lange nicht, dass es einen auch interessiert«, sagte Peer mit seiner stets gelassen klingenden Stimme.

»Nicht nur Baumbesetzer, sondern auch Klugscheißer.«

Peer kicherte. »Statt mich zu beleidigen, solltest du mich lieber fragen.«

Jasna ahnte, dass sie in eine Falle tappte, als sie erwiderte: »Was denn fragen?«

»Wo Emerick und Morton sind, natürlich.«

»Und wenn ich die beiden nur verfolge, um sie bei der Security zu verpetzen?«, versuchte Jasna, Peers Selbstsicherheit ins Schwanken zu bringen.

»Falls du so drauf wärst, hättest du von Emericks Ausflug gar nichts mitbekommen, er wird nämlich nie erwischt«, erwiderte der Junge geradeheraus.

»Klasse, das hätte mir mal einer sagen sollen, bevor ich ihm den Arsch gerettet habe. Der großartige Emerick ist der Security nämlich wortwörtlich vor die Füße gefallen. Wenn ich nicht sofort ein Ablenkungsmanöver gestartet hätte, würde sein Zimmer gerade auf Station 7 verlegt werden, wo sie ihm eine Fußfessel verpassen. Ach, was sag ich: Ein elektrisches Halsband und einen Peilsender noch obendrein.«

»Hatte Emerick wieder mal Probleme mit seinem Bein?«,

fragte Peer und klang nun doch nicht mehr so lässig. »Die Medikamente, die sie einem hier verpassen, sind das reinste Gift.«

Das war nicht ganz die Reaktion, mit der Jasna gerechnet hatte. »Irgendwie habe ich den Verdacht, dass wirklich jeder in Lastage House Emerick nicht nur kennt, sondern auch sein Fan ist. Keine Ahnung, warum er mir heute zum ersten Mal wirklich aufgefallen ist.«

»Vermutlich, weil er es so wollte. Er hat ein paar Tricks auf Lager, damit ihn nur die richtigen Leute wahrnehmen. Du weißt schon …«

»Nein, weiß ich nicht. Außerdem will ich Emerick auch gar nicht kennen. Was ich bislang von ihm mitbekommen habe, bedeutet nichts als Dauerärger.« Jasna drohte vom Hochschauen eine Nackenstarre zu bekommen. »Komm jetzt bitte runter, ja?«

»Komm du doch rauf.«

»Peer …«

»Schon klar, du kannst es mit deinem Gewissen nicht vereinbaren, mich einsam und allein auf einem Baum zurückzulassen, weil mir sonst die Zehen oder noch ganz andere Körperteile abfrieren.« Peer schwieg einen Moment. »Ich zeig dir was, wenn du mir versprichst, mich nicht zum Runterkommen zu zwingen.«

»Hatte ich eh nicht vor. Jemandem meinen Willen aufzuzwingen, ist nicht mein Ding«, sagte Jasna.

Offenbar vertraute Peer ihr, denn er ließ sich von einem Ast baumeln und streckte die Hand so aus, dass sie seine Finger berühren konnte. Im Gegensatz zu Jasnas waren sie wunderbar warm.

»Die Bäume lassen nicht zu, dass mir kalt wird«, sagte Peer leise.

Jasna schloss für einen Moment die Augen, es war schlicht zu viel. »Gibt es nicht nur Fieber-, sondern auch Frostwahn? Wenn ja, dann leide ich offenbar daran. Was ist nur los heute Nacht?«

»Ich weiß«, sagte Peer, während er sich gekonnt wieder auf seinen Ast schwang. »Der ganze Park ist in Unruhe, seit heute Morgen die ersten Kundschafter Lastage House überflogen haben und später einige aus ihrer Vorhut in den Park eingedrungen sind. Allerdings hat niemand eine Ahnung, wie es ihnen gelungen ist, Aurelia mit einer Feder auszuschalten. Sie wäre uns jetzt eine große Hilfe.«

»Peer, nur zur Erinnerung: Wir sprechen über ein acht Jahre altes Mädchen, das gern Glitzerbilder malt und heute zum ersten Mal einen epileptischen Anfall hatte. Das ist schlimm, aber nicht unnatürlich.«

»Genau. Und ich bin ein Junge, der in Bäumen hockt. Mehr nicht.«

Darauf fiel Jasna keine Antwort ein.

»Vielleicht ist die Welt ja doch einen Tick bunter, als du bislang dachtest«, sagte Peer sanft.

Jasna stieß einen Fluch aus, dann verbarg sie ihr Gesicht in den Händen. »Was mache ich denn jetzt bloß?«

»Das Richtige«, sagte Peer. »Emerick folgen, er ist der Einzige in diesem Laden, der weiß, wie man Aurelia helfen kann.«

»Darüber weißt du also auch Bescheid.«

Peer lachte und es klang sehr jungenhaft. »Geh zum Gästehaus, dort brennt nur in einem Fenster Licht, das ist dein Ziel. Am besten nimmst du den Weg zwischen den Rosen.« Dann machte er sich daran, den Baumstamm hochzuklettern, und wurde schon im nächsten Moment von der Dunkelheit zwischen den Kronen verschluckt.

14

NANETTE

Das Gästehaus war im Parterregeschoss des Ostflügels untergebracht. Eigentlich hatten sie vorgehabt, sich unter Emericks Führung durch die Eingangshalle Zutritt zu verschaffen, als sie von der Security überrascht worden waren. Also waren die Jungs – laut Peer – draußen lang, was sicherlich nicht leicht gewesen war, denn vor den Gästezimmern wucherte eine märchenhafte Rosenhecke. Es war eine Schande, dass Lastage House sich keinen Gärtner leisten konnte. Andererseits bestand der Großteil des Parks aus Baumriesen und Schlammlöchern inklusive dem unheimlichsten See aller Zeiten.

Während Jasna sich noch fragte, wie sie ohne in Fetzen gerissene Haut an der Hecke vorbei zu dem erhellten Fenster in gut fünf Metern Entfernung gelangen sollte, entdeckte sie hinter ein paar Ranken einen Pfad. Zu ihrer Überraschung war der Weg gut ausgetreten und die Rosenzweige waren zurechtgestutzt, sodass man ihn betreten konnte, ohne Fleischwunden zu riskieren. Wer auch immer in dem spätnachts noch erleuchteten Zimmer untergebracht war, seine Besucher nahmen für ihre Stippvisiten lieber einen Umweg in Kauf. Jasna überlegte, wer im Gästetrakt wohnte. Meistens handelte es sich um Gastprofessoren, gelegentlich Apotheker auf der Durchreise oder Freunde der Stiftungs-Familie van Blomen, die Amsterdam einen Besuch abstatteten. Niemand aus dieser Schar hatte einen Grund, sich einen verborgenen Trampelpfad anzulegen, schließlich konnten sie frisch und frei ihres Weges gehen.

Ein Vorhang war vor das erleuchtete Fenster gezogen, der Stoff fein genug, um das Licht durchzulassen, aber dicht genug, dass Jasna nicht erkennen konnte, was sich dahinter abspielte. Sie überlegte anzuklopfen. Aber was, wenn sie ans falsche Fenster pochte? Nein, sie musste sich zuerst einen Eindruck von der Lage verschaffen.

Mit geübtem Griff fasste Jasna in ihre Manteltasche, in die sie eigenhändig ein Geheimfach eingenäht hatte. Darin befand sich ein Butterflymesser, bei dem sie normalerweise selbst unter Folter geleugnet hätte, es zu besitzen. Zu dem Leben, das sie sich in den letzten Monaten in Lastage House mühsam aufgebaut hatte, gehörten keine Springmesser. Nichtsdestotrotz ließ sie die Klinge gekonnt aufspringen.

Zu Jasnas Erleichterung waren an den Fenstern im Gästetrakt keine der üblichen Sicherungen vorgenommen worden, ansonsten hätte sie den Metallpick einsetzen müssen, der in ihrem Ärmelfutter versteckt war. Nach einer sorgfältigen Untersuchung ließ sie die Klinge an einer bestimmten Stelle in die Fuge gleiten und hebelte damit den Sperrverschluss aus.

Das altmodische Holzfenster schnappte auf.

Jasna öffnete es ein Stück und hörte Morton sagen: »Das kann ich mir nicht vorstellen. Woher sollte sie so etwas können?«

Anscheinend war sie hier richtig.

Behänd kletterte Jasna auf den Fenstersims und plante bereits ihren großen Auftritt, als der Vorhang beiseitegeschoben wurde und Emerick sie mit einem breiten Grinsen begrüßte.

»Ich sagte doch, dass Jasna sich gerade unbefugten Eintritt verschafft.«

Jasna setzte eine gelangweilte Miene auf. »Ah, Emerick. Du stehst wieder … und zwar auf beiden Beinen. Wie schön.«

»Das war vorhin nur ein unglücklicher Aussetzer, mein eines Bein macht ab und zu Zicken. Wie auch immer, danke für deinen Einsatz.« Emerick reichte Jasna die Hand, um ihr ins Zimmer zu helfen, aber sie funkelte ihn bloß wütend an. »Nun sei nicht eingeschnappt, weil ich dir deinen Auftritt versaut habe, ich habe eben extrem feine Sinne. Und ein bisschen zu laut warst du auch, so nebenbei bemerkt. Wohl aus der Übung, was?«

Immer noch verdutzt über Jasnas Auftritt kam Morton dazu. Fehlte nur noch, dass er sie mit dem Finger anstupste, um herauszufinden, ob sie es auch wirklich war. »Du kannst also tatsächlich Fensterschlösser knacken. Ich dachte, Emerick spielt sich auf, um schönzureden, dass er dich unbedingt dabeihaben will und darauf besteht, so lange zu warten, bis du auftauchst.« In seiner Stimme schwang eine gewisse Enttäuschung mit, als habe er bei Jasna mit solchen shady Fähigkeiten wie Fensterschlösserknacken unter keinen Umständen gerechnet. Warum auch? Sie hatte ihm nie den geringsten Anlass gegeben, sie für etwas anderes als eine tugendhafte und gehorsame Assistentin zu halten.

»Das Fenster ist so alt, das braucht man nur anzuschubsen, dann geht es schon auf«, sagte Jasna. Sie schaute sich im Zimmer um. Offenbar war sie in ein Schlafzimmer eingebrochen und zwar in eins, das den Ausdruck Boudoir verdiente. Überall gab es Tücher, Kissen und brennende Kerzen. »Wie seid ihr denn hier reingekommen?«

»Sie haben ans Fenster geklopft und um Einlass gebeten, wie es sich gehört«, sagte eine unfassbar zart schmelzende Stimme mit einem französischen Akzent.

Ein Mädchen, das schon fast eine junge Frau war, trat hinter einem Paravent hervor. Ihr Haar war eine Flut kastanienbrauner Wellen, die ihr bis zur Taille reichten, die Wangen ihres schönen Gesichts waren gerötet und die üppigen Lippen eine Spur geschwollen. Allem Anschein nach hatte sie in dieser Nacht auch noch keinen Schlaf bekommen, obwohl sie eindeutig mehr Spaß gehabt hatte als ihre Besucher. Sie zog den Gürtel ihres Kimonos so fest, dass sich der Umriss ihrer Figur unter dem Seidenstoff abzeichnete. Es war eine sehr aufregende Figur, wie Jasna ihr zugestand.

Das Mädchen musterte Jasna ungeniert von Kopf bis Fuß. »Das ist sie also. Ich hatte sie mir ehrlich gesagt beeindruckender vorgestellt. Ein bisschen langweilig, non?«

»Tut mir leid, dass ich hier so unangemeldet reinplatzte«, sagte Jasna, der gerade ein Funkgerät auf einer Kommode ins Auge stach. So eins hatte sie heute Nacht doch schon mal gesehen, richtig? Tja, damit stand wohl fest, warum Ruwen eben so vergnügt durch den Regen gelaufen war. »Ich dachte bloß, im Taubenschlag flattert man nach Lust und Laune rein und wieder raus.« Die Stichelei musste sein.

»Taubenschlag?« Das Mädchen zog fragend die Brauen hoch. »Was haben Tauben damit zu tun?«

Die Frage war natürlich Unsinn, auch wenn die Schlafzimmerbewohnerin tatsächlich aus Frankreich kommen sollte und mit ihrem Akzent nicht nur einen auf sexy machte. Schon kurz nach Der Flut hatten sich die Überlebenden nämlich alle auf eine Sprache geeinigt, die jeder von ihnen unabhängig von seiner Muttersprache beherrschte. Ansonsten hätte die wild zusammengewürfelte Gesellschaft an den wenigen Orten, die Der Flut nicht zum Opfer gefallen waren, ein ernsthaftes Problem babylonischen Ausmaßes gehabt. Die meisten der Jüngeren hatten sogar den Zungenschlag ihrer alten Heimatsprache abgelegt, denn nur die wenigsten wollten überhaupt an ihre Vergangenheit erinnert werden.

Jasna wurde sauer. »Vergiss den Taubenschlag. Unhöflich ausgedrückt würde ich dieses Zimmer eine Durchfahrtschneise für nachtaktive Jungs nennen. Es sei denn, es waren Emerick und Morton, mit denen du dich bis eben amüsiert hast.« Sie zeigte auf das eindeutig zerwühlte Bett.

»Nein, heute Nacht leider nicht, obwohl es bestimmt aufregend gewesen wäre«, sagte das Mädchen, womit sie sich umdrehte, um ihren Anblick im Schminkspiegel einer genauen Inspektion zu unterziehen.

Von einem Samtsessel her ertönte ein Lachen. Nur, dass dort niemand saß.

Jasna musste den Hals strecken, dann bemerkte sie, dass auf dem Sitz kein flauschiges weißes Kissen lag, sondern eine Katze. Genauer gesagt war es Loreley, die Jasna auslachte.

Du schon wieder, dachte Jasna. *Du entwickelst dich langsam zur Landplage. Vielleicht sollte ich mir einen Hund zulegen, einen großen, bösen Hund, der sich von frechen Katzen ernährt.*

Loreley zuckte nicht einmal mit den Ohren. *Du kannst so lange rumzicken, wie du lustig bist. Wir wissen beide, welches von euch zwei Mädels auf Amüsement abonniert ist, während die andere den Jungs hinterherläuft, weil sie sonst abgehängt wird. Diese Sünde in Person musste jedenfalls bestimmt noch nie ein Fenster aufhebeln, um Zutritt zu einem Schlafzimmer zu bekommen.*

Wie gut, dass ich kein Wort von dem höre, was du sagst, dachte Jasna.

Loreley starrte sie bloß mit den Lidern auf halbmast an.

»Höchste Zeit, euch einander vorzustellen.« Emerick zog Jasna vom Sims. »Das ist, wie schon erwähnt, Jasna, unser Neuzugang im Team. Und die Lady im Kimono ist Nanette, ihre Großmutter ist Gastprofessorin an der Universität.«

Nanette winkte über ihre Schulter, ohne sich umzudrehen. Sie war viel zu sehr damit beschäftigt, ihr Haar zu einer komplizierten Frisur hochzustecken.

»Und hier drüben im Sessel«, sagte Emerick an Jasna gewandt, »haben wir die ehrenwerte Loreley, aber ihr beide kennt euch ja bereits.«

»Ich habe das Vieh noch nie zuvor bemerkt«, behauptete Jasna.

Loreley gähnte demonstrativ.

Es kostete Jasna einige Mühe, sich ihre Gereiztheit nicht anmerken zu lassen. Offen gestanden, versagte sie auf ganzer Linie. »Sag bloß, du hast sogar eine Aushilfsfranzösin in deinem Team?«

Emerick zuckte mit der Schulter. »Schön wär's, Nanette ist nämlich eine hochbegabte Hexe.«

»Und wen hat sie schon alles verhext?« Jasna schnupperte unauffällig, aber das Zimmer stank so penetrant nach Nanettes schwülstigem Jasmin-Parfüm, dass beim besten Willen kein anderer Geruch auszumachen war. Trotzdem glaubte Jasna, eine Spur von einem bestimmten holzigen Duft wahrzunehmen, es musste einfach so sein. Warum sonst war Ruwen fröhlich pfeifend durch den nächtlichen Park getanzt?

»Dummerchen, jemanden zu verhexen ist strengstens verboten«, sagte Nanette, die mit ihrem Haarkunstwerk fertig war. »Jedenfalls solange es sich um menschliche Wesen handelt.«

Jasna verkniff sich die Frage, ob Teenagerjungen und Studenten ihrer Meinung nach auch in diese Kategorie gehörten. Eine gewisse Katzendame ergötzte sich ohnehin schon viel zu gut auf ihre Kosten. »Ich dachte immer, Hexen haben krumme Nasen mit Warzen drauf, wohnen im Wald und brabbeln komplizierte Zaubersprüche.«

»Echt?« Nanette schaute so verwundert drein, dass ihre Unbedarftheit unmöglich gespielt sein konnte.

»Die folkloristischen Hexen haben mit den Könnerinnen des magischen Handwerks wenig zu tun«, mischte Emerick sich ein. »Du kannst die Mythen über Besenstiele und Krötenaugen im Einweckglas getrost vergessen. Mit Ausnahme der Nackttanzerei in der Walpurgisnacht, aber das hat wohl eher was mit Spaß an der Sache zu tun. Bei echter Hexerei geht es um die Kunst, mit der sich materialisierenden Energie angemessen umzugehen.«

»A-ha«, sagte Jasna. »Warum hab ich mir das nicht gleich gedacht?«

Morton rang seine großen Hände. »Stell dir vor, du willst die Macht des Vollmondes nicht nur in der Vollmondnacht nutzen, sondern sie in einem Gefäß einfangen für spätere Zwecke. Oder Wassergeistern das richtige Geschenk darbringen, damit sie dein Gemüsebeet nicht überfluten.«

»Verstehe.« Jasna machte eine wegwerfende Handbewegung. »Sagt doch gleich, dass es um Hokuspokus geht.«

»Hokuspokus ist Zauberei, das hat mit Hexerei nichts zu tun. Laien bringen das häufig durcheinander«, sagte Nanette mit einer Nachsicht, die auf Jasna geradezu beleidigend wirkte. »Zauberlinge stehen auf Tricks, wir Hexen hingegen sind der Wahrheit verpflichtet.« Dann hob sie Loreley hoch, die in ihren Händen entspannt wie ein nasses Handtuch durchhing, anstatt wie üblich ihre Krallen auszufahren. Die selbst ernannte Hexe setzte sich in den Samtsessel, zog anmutig die Beine unter und drapierte die weiße Katze auf ihrem Schoß. »Wie auch immer, ein Occulus stellt eine große Herausforderung dar. Ich bin dir sehr dankbar, dass du mich als Beraterin hinzuziehen willst, Emerick.«

Emerick nickte Nanette zu, während er an einer Glasphiole auf ihrem Schminktisch schnupperte.

Die Dämpfe solltest du besser nicht zu tief einatmen, Herzchen, brachte Loreley zwischen zwei Schnurrern hervor. *Der Traumsaft befindet sich noch im Experimentierstadium.*

Emerick krauste die Nase und stellte die Phiole ab.

Jasna beschloss, dass es nichts brachte, sich noch länger über Nanettes Hexenanspruch lustig zu machen. Seit Emericks Besuch auf ihrem Zimmer hatte sie bereits so viele Absurditäten akzeptiert, da kam es auf eine selbst ernannte Hexe mehr oder weniger auch nicht an.

»Wozu soll das Occulus eigentlich gut sein?«, fragte sie.

Es dauerte einen Moment, bis Emerick reagierte. Das Reiben seiner Nase nahm offenbar zu viel Aufmerksamkeit in Anspruch. »Die Kristallkugel zeigt den Weg in die alte Bibliothek im Westflügel.«

»Also wortwörtlich im Westflügel?« vergewisserte sich Jasna. »Weil der Bau nämlich größtenteils eingestürzt ist und man alles, was irgendwie zu retten war, schon längst aus den Trümmern rausgeholt hat. Etwa diese unheimliche Standuhr, die jetzt in der Eingangshalle steht. Vielleicht könnte Nanette sich mal mit dieser Form gewordenen Grusel-Energie beschäftigen. Kann man Standuhren eigentlich den Teufel austreiben?«

»Darüber habe ich tatsächlich schon einmal nachgedacht, das Ding ist super schräg.« Nanette sprach ›super‹ als ›süüüper‹ aus, was Jasna die Zehennägel aufrollte. »Andererseits fallen mir so viele Möglichkeiten ein, meine Lebenszeit angenehmer zu verbringen, dass die Uhr wohl auf einen anderen Erlöser warten muss.« Nanette kraulte Loreley versonnen hinter den Ohren – was dieses Biest ihr mit unfassbar süßer Schnurrerei vergütete, während es Jasna Eisblicke rüberschoss.

Vielleicht sollte ich eine Teufelsaustreibung bei Loreley anregen, dachte Jasna nach.

Als ob sich hier jemand für deine Meinung interessieren würde, frotzelte Loreley ihrerseits.

»Zurück zur Bibliothek. Du solltest deinen Augen weniger über den Weg trauen, das scheint mir eine echt schlechte Angewohnheit von dir zu sein.« Emerick rieb sich beharrlich das Nasenbein. Was auch immer die Phiole enthalten hatte, es schien die Schleimhäute ordentlich zum Kribbeln zu bringen. »Der Westflügel ist vielleicht ein wenig zerrüttet …«

»Das Kellergewölbe ist abgesunken und geflutet, das Obergeschoss ist auseinandergebrochen wie eine Sandburg am Strand, die einen Tritt abbekommen hat«, unterbrach ihn Jasna. »Und die oberen Etagen haben sich komplett in ihre Bestandteile aufgelöst. Einer ausgebüxten Schlafwandlerin von der Vierten ist es gelungen, eine eigentlich verrammelte Verbindungstür zum Westflügel zu öffnen und hindurchzuspazieren. Die Arme ist zehn Meter tief in einen ehemaligen Badesalon gestürzt. Es ist ein Wunder, dass sie lediglich mit ein paar Knochenbrüchen davongekommen ist.«

»Und genau deshalb brauchen wir das Occulus«, sagte Emerick. »Wenn man sich dem Westflügel mit seiner Hilfe nähert, erkennt man, dass er in Wirklichkeit noch steht, wenn auch in einer anderen Wirklichkeit.«

Stöhnend fasste Jasna sich an den Kopf. »Stopp. Ich komme damit klar, dass bewusstlose Mädchen Aufträge erteilen, gewisse Patienten nicht einzusperren sind und bodenständige Pfleger an Mondscheinmagie glauben. Aber wenn wir jetzt dazu übergehen, durch die Luft zu wandeln, um einer zerstörten Bibliothek einen Besuch abzustatten, dann ist eine Grenze erreicht.«

»Ich verstehe deine Skepsis nicht«, sagte Emerick. »Als ich vorhin mit dir im Traum gesprochen habe, warst du körperlich auch nicht anwesend. Und obwohl du in diesem Zustand weder über Mund, Zunge noch Stimmbänder verfügt hast, hat es dich nicht davon abgehalten, mich nach guter alter Jasna-Manier zu beschimpfen.«

Jasna fasste sich an die Schläfen. »Hör auf damit, sonst bekomme ich nur noch schlimmere Kopfschmerzen.«

Also echt, führ dich nicht auf wie eine Pussy, sagte Loreley.

»Das sind keine Kopfschmerzen, sondern nur der Widerstand gegen die erweiterte Weltsicht.« Morton lächelte verständnisvoll. »So war es bei mir anfangs auch.«

»Meine selbst gebraute Erdschwere-Tinktur hilft in so einem Fall sehr gut«, sagte Nanette. »Ich hätte etwas da, falls du Interesse hast.«

Jasna hob abwehrend die Hände. »Auf keinen Fall! Ich will nicht mal wissen, was für ein Zeug das ist.«

»Jetzt noch mal in Ruhe«, sagte Emerick. »Wenn der Traum eine eigene Form von Wirklichkeit ist, die man besuchen kann, warum sollte es dann nicht möglich sein, dass der Westflügel ebenfalls in einer anderen Wirklichkeit existiert und somit betreten werden kann, wenn man den richtigen Schlüssel zur Hand hat?«

»Weil es komplett irre klingt«, gab Jasna zu bedenken.

Emerick lächelte schräg. »Nur weil man von etwas keine Ahnung hat, muss man es noch lange nicht als irre bezeichnen. Wie auch immer, statt hier ein Drama zu veranstalten, kannst du es ja einfach drauf ankommen lassen. Wenn wir das Occulus haben und es sich als schlichte Kristallkugel zur Raumverschönerung herausstellt, darfst du mich auslachen, so richtig mit dem Finger auf mich zeigen und allem Drum und Dran. Dann male ich dir in der ›Spielstunde‹ ein Bild von mir mit

Narrenkappe. Wenn nicht, begleitest du mich ohne Gemurre in die Bibliothek.«

»Das klingt doch nach einem fairen Deal.« Morton blinzelte aufmunternd.

Jasna nickte Emerick zu. »Einverstanden. Aber ich will dich jedes Mal, wenn wir uns sehen, nach allen Regeln der Kunst auslachen dürfen und dir außerdem einen fiesen Spitznamen wie ›Mystik Emericko‹ verpassen.«

Emerick zuckte die Achseln. »Meinetwegen, wenn es dich dazu bringt, deinen Hintern endlich in Bewegung zu setzen.«

»Eine Frage noch: Weiß man im Reich der Hexerei etwas über die Königin, die Lia erwähnt hat? Es wäre ja nicht schlecht zu wissen, gegen wen wir überhaupt antreten.«

Nanette unterdrückte ein Gähnen. »Die Kundschafter, die letzte Nacht über Lastage House geflogen sind und sich seitdem hier herumtreiben, werden von einem höheren Willen geleitet. Die Königin ist das Zentrum, die Essenz, die durch ihre Untergebenen fließt wie schwarzer Atem. Ihre drückende, Angst verströmende Präsenz war durch ihre Diener deutlich spürbar. Sie ist auf der Jagd – und wonach auch immer sie sucht, in Lastage House ist sie fündig geworden. Jetzt bereitet sie aus der Ferne ihre Ankunft vor. Wir sollten besser gewappnet sein, bevor die Königin eintrifft.«

»Wir haben es also mit einer bösen Hexe zu tun«, stellte Jasna fest. »Aber sie ist schon ein Mensch, richtig?«

Nanette schaute Jasna nur an oder vielmehr durch sie hindurch.

Emerick hüstelte. »Ich würde sagen, die Auskunft hat jetzt geschlossen. Wir müssen eh weiter. Am besten nehmen wir den Weg, über den du reingekommen bist, Jasna.«

»Auf geht's«, sagte Morton und schwang sich als Erster aus dem Fenster.

Jasna war bereits auf den Sims geklettert, als Loreley mit einem Hechtsprung messerscharf an ihr vorbeisetzte und in der Dunkelheit verschwand. *Angeberin*, knurrte Jasna in Gedanken, dann drehte sie sich noch einmal um. »Vielleicht solltest du dir etwas überziehen, es sei denn du kennst einen Warmhaltezauber«, sagte sie zu Nanette, die aus dem Sessel geglitten war und nun neben Emerick stand. Sehr nah übrigens.

»Ich komme nicht mit, solche Abenteuer sind nicht mein Stil.« Nanette zog einen Flunsch. »Aber Emerick, denk dran, was ich dir über das Occulus gesagt habe: Ein solches Artefakt hat immer einen Beschützer. Seid also vorsichtig. Und eins noch, Emerick, bevor du gehst«, hauchte Nanette und streckte die Hand nach dem Jungen aus.

Jasna machte sich auf einen Abschiedskuss gefasst, was sie seltsamerweise prickte. Dabei ging es sie absolut nichts an, was zwischen den beiden lief.

Emericks Miene wurde unlesbar. »Ja?«

Nanette lächelte zuckersüß. »Die Phiole mit dem Traumsaft … Gib sie mir bitte zurück.«

Grinsend zog Emerick den schmalen Glasflakon aus seinem Ärmel hervor. »Es ist doch nur ein unausgereifter Prototyp.«

»Mag sein, aber mir gefällt deine Nase und zwar in deinem Gesicht.«

Allem Anschein nach nahm Nanette ihm diesen Diebstahl nicht übel, ganz im Gegenteil, so wie sie Emerick ansah, war er für sie gerade noch ein Stück interessanter geworden. Ein Umstand, der Jasna noch viel weniger gefiel, als ein Abschiedskuss der beiden es getan hätte.

15

KALT WIE SCHNEE

In der Dunkelheit des Parks war Mortons breiter Rücken lediglich als Schemen erkennbar. Trotzdem starrte Jasna ihn mit einer Konzentration an, als sei er ein Leuchtturm in unwägbaren Gewässern, und wenn sie auch nur blinzelte, wäre sie verloren. Natürlich hätte sie den Weg zum Gewächshaus auch mit verbundenen Augen gefunden, aber sie hielt es für klüger, sich auf Mortons Rückseite zu konzentrieren, sodass sich gewisse Gedanken gar nicht erst einschleichen konnten. Wenn sie nicht achtgab, gestand sie sich noch ein, dass sie mächtig sauer war. Und ab da war die Frage, *warum* sie sauer war, nicht mehr weit. Nein, dann lieber Kurs auf Morton und schnellen Schrittes über den gepflasterten Weg gehen. Wobei das Wort »stampfen« es möglicherweise besser getroffen hätte, jedenfalls wenn man Emericks Gerede Beachtung schenkte.

»Dein Gepoltere macht mehr Krach als eine Büffelhorde auf der Flucht«, murrte er hinter Jasna.

Jasna bekam kaum die Lippen auseinander, weil ihre Gesichtszüge so verspannt waren. »Sorry, aber das feenhafte Schweben anderer Ladys habe ich nicht im Angebot.«

»Das erwartet ja auch niemand, eben nur ein bisschen weniger Security-Anlock-Getöse. Außerdem veranstalten die Absätze deiner Stiefeletten ein nervtötendes Geklacker.«

Jasna blieb so abrupt stehen, dass Emerick in sie hineinlief. »Wie wäre es mit einem Tick mehr Abstand?«, fauchte sie. »Für heute hatten wir beide eindeutig genug Körperkontakt.«

Selbst in der Dunkelheit konnte sie sehen, dass er verlegen dreinblickte, was ihn verblüffend jung wirken ließ. Allerdings nur für eine Sekunde, dann war seine abgebrühte Coolness wieder da. Offenbar konnte er sie schneller als jede Maske aufsetzen.

»Lass uns mal eben reinen Tisch machen«, schlug Emerick vor. »Irgendwas ist dir über die Leber gelaufen, aber ich kapiere nicht was. Entweder klärst du mich jetzt auf, was dein Problem ist, oder du klinkst dich aus der Aktion aus, weil ich nämlich nicht zulassen werde, dass du sie aus einer Laune heraus gefährdest.«

Jasna konnte es nicht fassen. »Du willst mich aus dem Team kicken, in das du mich gerade erst aufgenommen hast, weil dir meine Art zu gehen nicht passt? Du bist so ein arroganter Mistkerl!« Sie versetzte ihm einen Tusch vor die Brust.

Emerick wankte, fing sich dann aber gleich wieder. »Wie war das mit dem Tick mehr Abstand?«

»Das reicht jetzt, ich bin raus!«

Jasna drehte sich um und wollte davonstürmen, nur leider hockte Loreley rein zufällig im Weg. Der spontane Stopp brachte Jasnas Beine durcheinander und sie landete der Länge nach auf dem Boden. Als sie den Kopf hob, blickte sie direkt in ein Paar Katzenaugen.

Er ist ein Männchen, er versteht nicht, warum du dich plötzlich in eine Furie verwandelt hast, sagte Loreley. *Vergiss das Ganze, es ist schon unbefriedigend genug, mit jemandem zu spielen, der keinen Schimmer von den Regeln hat. Aber am schlimmsten ist es, wenn derjenige nicht einmal weiß, wie das Spiel überhaupt heißt. Und dieser ach so schlaue Junge ist komplett ahnungslos, warum du ihm die Krallen zeigst. Also reg dich ab, bevor es noch peinlicher wird.*

Es kribbelte Jasna, die unverschämte Samttatze anzuknurren, stattdessen dachte sie: *Läuft was zwischen Emerick und Nanette?*

Angeblich gehörte Grinsen nicht zur Katzenmimik. Nun, in dem Fall bildete Loreley die berühmte Ausnahme von der Regel, denn sie grinste über beide Backen. *Die Frage ist doch nicht, ob die beiden sich miteinander amüsiert haben, sondern ob Nanette unseren Freund nach der heutigen Nacht mit anderen Augen sieht. Plötzlich ist er nicht länger bloß jemand, mit dem man nach Lust und Laune herumtollt, sondern eine lohnenswerte Beute. Und du weißt ja, was man sagt: Ein Mäuschen, das man der Konkurrentin abjagt, ist doppelt lecker.*

Jasna pustete sich eine Haarsträhne aus dem Gesicht. »Mein Appetit auf Emerick hält sich in Grenzen.«

»Wie bitte?«, sagte Emerick, der sich gerade neben sie kniete. »Bist du stark mit dem Kopf aufgeschlagen?«

Jasna überging sein Angebot, ihr auf die Beine zu helfen, und stemmte sich allein in die Höhe. »Mir geht es großartig, so ein Perspektivwechsel wirkt manchmal Wunder«, sagte sie, während sie sich den Dreck vom hellen Mantel zu wischen versuchte, was die Sauerei nur schlimmer machte.

»Ein Gutes hat es: In diesem Tarnlook sieht man dich jetzt kaum noch, zumindest von vorn«, tröstete Emerick.

»Dann sollten wir die Katze auch mit Matsch beschmieren, ihr weißes Fell strahlt im Dunklen wie eine Leuchtreklame.«

Träum weiter, schnurrte Loreley und stolzierte davon.

»Tut mir leid, dass ich eben so unwirsch reagiert habe.« Emerick reichte Jasna ein Stofftaschentuch, damit sie sich die Hände säubern konnte. »Aber nach unserem Besuch bei Nanette ist noch klarer, dass wir das Occulus unbedingt finden müssen – Wächter hin oder her. Sonst können wir das mit der Bibliothek vergessen.«

»Wenn das Occulus bislang von einem Wächter beschützt worden ist, frage ich mich, warum ich den noch nie gesehen habe«, gab Jasna zu bedenken.

»Weil du eh nicht besonders viel mitkriegst?«, schlug Emerick vor. Als Jasna ihm durch ihre lehmbeschmierten Ponysträhnen einen Blick zuwarf, hob er abwehrend die Hände. »Ganz ruhig, Fräulein Jasna. Jetzt bitte nicht den Grünen Hannes inklusive Hüftwurf an mir ausprobieren.«

Egal, dachte Jasna. Sobald sie die Kristallkugel in den Händen hielten, würde sich eh zeigen, ob Emericks Behauptungen der Wahrheit entsprachen oder sich als Wahnvorstellungen herausstellten. Falls Letzteres eintrat, würde sie sich fragen müssen, ob der Job, den Professor Leopold ihr großzügigerweise gegeben hatte, wirklich der richtige für sie war.

Als sie beim Anbau des Gewächshauses ankamen, schaute der Mond zwischen den Wolken hervor und beschien den kleinen Vorhof. Einsam und verlassen lag er da, von dem Lärm, den die Security erwähnt hatte, war nichts mehr zu hören. Nur der Regen tropfte unermüdlich von den Bäumen herab auf den Steinboden.

Unwillkürlich trat Jasna näher an Emerick heran, nur um festzustellen, dass er auch gerade zu ihr aufschloss. Dicht aneinandergedrängt wie zwei verängstigte Kinder sahen sie sich an. »Wo ist Morton?«, sagten sie zeitgleich.

»Hier drüben«, ertönte es im Flüsterton hinter einem mannshohen Rhododendron. Dann trat Morton hervor. »Ihr Radaubrüder habt Glück, dass die Patrouille, die gerade das Gewächshaus gecheckt hat, fast von einem spontan runterfallenden Ast erschlagen worden wäre und daraufhin beschlossen hat, schnell das Weite zu suchen. Sonst würden sie euch beide jetzt im Sicherheitsgriff abführen.«

Ein Lachen drang aus den Baumkronen über ihnen. »Von wegen spontaner Astbruch.«

»Danke, Peer. Hast was gut.« Emerick salutierte in Richtung Blätterdach.

Morton hingegen blieb ernst. »Ohne dieses kleine Ablenkungsmanöver hätte die Security nur eurem Geschnatter folgen müssen, um unserem Ausflug ein Ende zu bereiten. Ich wüsste es zu schätzen, wenn ihr eure Flirtereien auf später verlegen könntet.«

Für Mortons Verhältnisse war das eine krasse Ansprache und Jasna überkam prompt ein schlechtes Gewissen. »Tut mir leid mit dem Lärm, aber ich bin über die verdammte Katze gestolpert.«

Emerick ging es offenbar nicht besser, denn er räusperte sich umständlich. »Wie auch immer, der Zwischenfall hat auch sein Gutes. Jetzt wissen wir, dass es bis zur nächsten Wachrunde noch eine Weile dauern wird. Der Park ist groß und sie konzentrieren sich bei ihren Patrouillen auf den See. Außerdem kann Peer uns ein Zeichen geben, falls ein weiterer Trupp auftauchen sollte.« Als Antwort rieselten einige vertrocknete Blätter auf ihn runter. »Also, Morton, wie sieht es hier aus?«

»Die Tür ist verschlossen, die Fensterläden sind runtergelassen und aus dem Schornstein steigt kein Rauch. Das Feuer im Kamin muss schon vor einiger Zeit niedergebrannt sein.«

»Dann ist Professor Leopold definitiv ausgeflogen, er hasst nämlich Kälte«, sagte Jasna. »Normalerweise legt er sogar noch Brennholz nach, wenn er schon bald aufbrechen will.«

»Dann nichts wie rein in die gute Stube.« Emerick holte ein schmales Lederetui aus seiner Manteltasche hervor, hielt dann aber inne. »Soll ich dir den Vortritt beim Schlossknacken überlassen?«, fragte er ausgesucht höflich.

»Ich weiß gar nicht, wovon du redest«, erwiderte Jasna. »Ich sagte doch, Nanettes Fenster war so altersschwach, dass es wie von selbst aufging.«

»Wie du meinst.« Emerick holte einen Dietrich aus dem Etui und einen Moment später öffnete sich die Eingangstür. »Hereinspaziert, bevor wir noch festfrieren.«

Loreley trat mit erhobenem Schwanz als Erste ein, wie Jasna überrascht feststellte. Sie hatte gar nicht bemerkt, dass die Samtpfote ihnen gefolgt war. »Habt ihr das gesehen? Die Katze ist rein.«

»Klar doch«, sagte Morton. »Loreley gehört schließlich zum Team.«

»Echt jetzt?«

Emerick sah Jasna verwirrt an. »Wir haben doch gesagt, dass wir noch jemanden von der Nachtschicht abholen müssen. Wer, dachtest du denn, sollte das sonst sein? Die gute Frostluft?«

»Loreley ist Mitglied in eurem Club …« In Jasnas Kopf fing sich alles an zu drehen. »Dann hört ihr das Gequassel von diesem kleinen Biest also auch?«

»Meine liebe Jasna«, sagte Emerick sanft. »Willst du uns etwa ernsthaft erzählen, dass die Katze mit dir spricht?«

Jasna stand nur da.

»Hör auf, sie zu ärgern«, sagte Morton. »Du weißt genau, wie anstrengend es ist, wenn sich die Welt um einen herum im Raketentempo verändert. Oder hast du das schon vergessen, Emerick?« Er legte Jasna eine Hand auf die Schulter. »Mach dir nicht so viele Gedanken, dafür ist später noch Zeit. Und vertrau mir: Im Nachhinein betrachtet sieht alles halb so wild aus.«

»Momentan habe ich das Bedürfnis, mir direkt ein Bett auf der Geschlossenen zu suchen.« Mortons Hand fühlte sich so warm und wunderbar schwer an, dass Jasna fast geschluchzt hätte. Aber so weit ließ sie sich dann doch nicht gehen.

»Tapferes Mädchen«, lobte Morton.

Emerick hob genervt die Arme. »Ja, wir sind alle ganz großartig. Was haltet ihr davon, wenn wir uns weitere Liebesbekundungen für die Schreibstube aufheben?« Ohne eine Antwort abzuwarten, schob er Morton und Jasna durch die Tür, um nach einem Blick über die Schulter ebenfalls in den dunklen Flur einzutreten.

Morton schüttelte sich. »Fühlt sich an, als würde man in einen Eisschrank gehen. Hier drinnen ist es ja noch kälter als draußen.«

»Außerdem riecht es seltsam«, sagte Jasna. »Als hätte jemand Pfefferkörner verbrannt.«

Emerick fluchte leise, dann sagte er: »Oder einen Wächter herausgefordert, der einen wahren Schatz zu beschützen hat.«

16

DAS PERFEKTE VERSTECK

Die Messinglampen warfen ihr Licht auf einen Raum, der mit der Schreibstube des Professors nur wenig gemeinsam hatte. Fast hätte man meinen können, ein Schneesturm hätte innerhalb der vier Wände getobt, sämtliche Möbel und der Fußboden waren mit einer feinen weißen Schicht bedeckt. Nach dem ersten Schrecken begriff Jasna, dass es sich trotz der klirrenden Kälte, die jeder Vernunft zum Trotz in der Stube hing, bei dem weißen Zeug nicht etwa um Schnee handelte, sondern um winzige Papierfetzen. Dafür türmten sich auf dem Schreibtisch keine hohen Manuskriptstapel mehr und auch die Buchregale waren leer gefegt. Jemand oder etwas hatte jedes einzelne Stück Papier im Raum in Fetzen gerissen, so fein, dass sie durch den Windzug der geöffneten Tür hochwirbelten und sich nun langsam wieder absenkten.

Loreley schmiegte sich an Jasnas Beine. *Ich kann die Signatur des Professors wahrnehmen. Entweder war er noch bis vor Kurzem hier, oder …*

»… oder er ist es immer noch«, brachte Jasna den Satz zu Ende. Sie wollte losstürmen, doch Emerick hielt sie zurück.

»Warte, wir wissen nicht, was sich hier abgespielt hat. Es sind zu viele Verwerfungen, als dass sich ein klares Bild abzeichnen würde. Vielleicht versteckt sich der Eindringling noch irgendwo.«

»Vielleicht stirbt Professor Leopold auch gerade in einer Ecke«, zischte Jasna, dann hebelte sie sich mit einem gekonnten

Dreher aus Emericks Griff und stürzte zum Schreibtisch. Zu ihrer Erleichterung lagen dort nur leere Buchdeckel aus Leder. Auch das Bild, das bei ihrer Verabschiedung noch an der Wand gelehnt hatte, war fort. Vermutlich hatte der Professor es mitgenommen. Als sie sich dem Kamin näherte, um hinter den Sesseln nachzusehen, wurde der scharfe Geruch so stark, dass es beim Einatmen in der Nase wehtat. Aber auch hier war nichts zu entdecken. Ein schabendes Geräusch hinter ihr ließ Jasna zusammenfahren, doch es war nur Emerick, der den Schürhaken aus dem Kaminbesteck gezogen hatte.

Verlegen zuckte er die Achseln. »Wahrscheinlich hilft das Teil nicht gegen einen Gegner, der tonnenweise Papier ohne wochenlange Kleinarbeit in Konfetti verwandelt, aber es fühlt sich gut an.«

»Nimmst du die Präsenz von jemandem wahr, der nicht in diese Stube gehört?«, fragte Jasna Loreley, die in der Tür sitzen geblieben war, als gäbe es dort eine unsichtbare Grenze.

Emerick hat recht, atmosphärisch herrscht ein ziemliches Chaos. Aber aktuell wittere ich keine Bedrohung.

Mit einer eindeutigen Geste machte Jasna Emerick klar, sie nicht so komisch anzuschauen und sich erst recht jeden Kommentar zu verkneifen, weil sie mit einer Katze sprach. Dann wendete sie sich wieder Loreley zu. »Und warum kommst du dann nicht rein?«

Es stinkt.

Jasna nickte verständnisvoll, dann ging sie zum nächsten Fenster.

»Der Geruch ist zwar ätzend, aber wir sollten die Läden trotzdem geschlossen halten«, sagte Morton, der gerade einen umgestürzten Globus aufhob. Eine Antiquität, denn sie zeigte die Erde noch als einen Planeten, der nicht bis auf einige wenige Kleckse Land aus Wasser bestand.

»Ich will das Fenster auch gar nicht öffnen, sondern …« Jasna streckte die Hand nach dem Butzenglas aus, doch bevor sie es berührte, verdichtete sich in Sekundenschnelle die

Luft vor ihr, um dann wie eine Schallwelle auf sie zuzurauschen.

Der Zusammenprall mit dieser unsichtbaren Macht riss Jasna mit einer solchen Wucht von den Füßen, dass sie nicht einmal schreien konnte.

Als Jasna wieder zu sich kam, lag sie ausgestreckt auf einem weichen Federbett, ihr war wohlig warm und in ihren Ohren erklang ein heller Ton, während hinter ihren geschlossenen Lidern goldenes Licht tanzte. »Ich bin gestorben und im Paradies gelandet«, nuschelte sie.

»Wenn du den Wächter noch einmal herausforderst, wird es vermutlich darauf hinauslaufen.«

Das war Emericks eindringliche Stimme, die von weit, weit weg erklang. Nur leider schien er in Wahrheit sehr nah zu sein, denn gerade nestelten seine kalten Finger an ihrem Halsausschnitt herum. Sie spürte, wie seine Fingerspitzen ihr Schlüsselbein entlangstreiften, bis sie die kleine Einkerbung am Halsansatz gefunden hatten, um dort kurz zu verweilen, bevor sie weiter über ihre Haut tanzten, wobei sie eine feine Spur aus Eiskristallen hinterließen, so sehr prickelte es.

Jasna versuchte, sich wegen seiner Fummelei aufzuregen, aber für eine deutliche Ansage war sie zu benommen. Deshalb brachte sie lediglich ein schlappes »Nicht antatschen« heraus.

»Mach dich locker, ich will dich nicht einer Ganzkörperuntersuchung unterziehen, sondern bloß deinen Puls checken«, sagte Emerick, während er trotzdem so schnell seine Hand wegzog, als habe sie ihn bei etwas Verbotenem erwischt. »Nur fürs Protokoll: Du siehst aus wie abgeschaltet. Ich habe noch nie jemand gesehen, der so leichenblass und noch nicht seit mindestens vierundzwanzig Stunden tot war.«

»Danke fürs Kompliment.«

Mühsam öffnete Jasna die Augen, nur um sie gleich wieder zu schließen. Asche rieselte auf sie hinab. Das ist keine Asche, begriff sie. Nach der Schallwelle, die sie umgeschmissen hatte, waren nun noch feinere Papierschnitzel in der Luft unterwegs. Der Energiesturm des Wächters hatte jedes einzelne Schriftwerk in Professor Leopolds Schreibkammer zerrissen.

Ein Schatten fiel auf Jasna, es war Morton, der ihr ein Glas Wasser brachte. »Meinst du, du kannst dich aufsetzen? Sonst helfe ich dir.« Im nächsten Moment ließ er auch schon einen Arm unter ihre Schultern gleiten und hievte sie gekonnt in eine sitzende Position. Interessanterweise machte ihr seine Berührung nicht das Geringste aus, als er ihr jedoch das Glas an die Lippen setzen wollte, reichte es.

»Danke, aber das bekomme ich schon allein hin. Ich war doch nur kurz ausgeknockt.«

»Wie du meinst«, sagte Morton. »Ich muss Emerick allerdings zustimmen: Du siehst arg mitgenommen aus. Für einen viel zu langen Moment dachte ich, du wärst tot. Also mach mal langsam.« Mit einem schiefen Lächeln drückte er Jasna das Glas in die Hand, die jedoch zu stark zitterte, als dass sie hätte zugreifen können.

»Ups, ich habe ja voll den Tatter.«

»Falls es dir nicht aufgefallen sein sollte: Du zitterst am ganzen Körper«, sagte Emerick verkniffen. Er stand mit verschränkten Armen da und starrte auf sie hinab. Gerade so, als nähme er es ihr persönlich übel, dass sie ohnmächtig geworden war. »Außerdem blutest du leicht aus der Nase, ich habe bloß kein sauberes Taschentuch mehr, das ich dir geben könnte.«

Jasna wischte sich mit ihrem Mantelärmel übers Gesicht und betrachtete die rote Spur, die auf dem hellen Stoff zurückblieb.

»Wenn wir hiermit fertig sind, besteht unsere nächste Aktion wohl darin, dir einen neuen Mantel zu besorgen«, sagte Emerick. »Am besten einen in Matschbraun, da fallen die vielen Flecken, die du dir bei deinen Kamikaze-Aktionen einhandelst, gar nicht weiter auf.«

»Wenn ich es nicht besser wüsste, würde ich meinen, dass du dich meinetwegen ganz schön erschreckt hast und deine Sorge jetzt mit viel Coolness übertünchst.« Während Jasna ihre Vermutung noch aussprach, wurde ihr klar, was das bedeutete: Wenn bei jemand wie Emerick der Alarm anging, dann war es ernst. Sehr ernst sogar, wie sein angespanntes Gesicht besagte, besonders dieser besorgte Zug um seinen Mund, den selbst seine Sprüche nicht ausbügeln konnten. »Was zur Hölle ist mit mir passiert?«

»Der Wächter, der das Occulus hütet, hat dich angegriffen«, erklärte Emerick. »Es war ein riesiges Monstrum, das sein Maul weit aufgerissen und dich angeschrien hat.«

Ungläubig schüttelte Jasna den Kopf, nur um es gleich wieder bleiben zu lassen. Ihr Schädel fühlte sich an, als sei er ausgeschabt und mit Watte ausgestopft worden. »Ein echtes Monster? Das denkst du dir bloß aus, um mir wegen meines Alleingangs ein schlechtes Gewissen zu machen. Da war nichts, nur jede Menge Druck.«

Emericks Saphiraugen blitzten. »Das behauptet ausgerechnet die Frau, die mit einer Katze spricht.«

Loreley, die sphinxgleich neben Emerick saß, stieß ein eingeschnapptes Miauen aus.

Stöhnend fasste Jasna sich an den Kopf, in dem es jetzt wild zu pochen anfing, als habe jemand die Watte gegen einen herumwütenden Kugelblitz ausgetauscht.

»Ich bringe dich am besten auf dein Zimmer zurück«, mischte Morton sich ein. »Du hattest genug Aufregung für eine Nacht.«

»So kurz vorm Ziel? Auf keinen Fall.« Was Jasna nicht aussprach, war, dass sie Emerick das Occulus unter keinen Umständen allein überlassen würde. Mit der Schallwelle hatten sich nämlich auch ihre Zweifel aufgelöst, dass es sich bei der Kristallkugel tatsächlich um einen okkulten Gegenstand handelte. Schwankend kam sie auf die Beine und wischte sich die letzten Blutspuren aus dem Gesicht. »Was hat die Möchtegern-Hexe Nanette denn gesagt, wie man den Wächter ausschalten kann?«

»Den kann man nicht ausschalten, sondern nur seine Erlaubnis erbitten, das Occulus berühren zu dürfen«, sagte Emerick.

»Eine Idee, wie das gehen soll?«

»Wo befindet es sich überhaupt?«, fragte Morton. »Gibt es ein Versteck bei dem Fenster, auf das du eben zugegangen bist?«

»Professor Leopold hatte keinen Grund, es zu verstecken«, sagte Jasna. »Er weiß doch gar nicht, um was es sich bei der Kristallkugel in Wahrheit handelt. Deshalb hat er sie einfach als Schmuckstück ins Fenster gehängt. Oder sie hing dort schon, bevor er den Anbau in seine Schreibstube verwandelt hat, was noch wahrscheinlicher ist.«

Morton starrte so angestrengt auf das Butzenfenster, in dessen gewölbten Scheiben sich das Licht spiegelte, dass er blinzelte. Dann grinste er. »Die Kristallkugel hängt an einem Silberfaden vor einer Scheibe, sodass sie sich perfekt in die Wölbung einfügt. Raffiniert. Man sieht das Kristall vor dem Glas nur, wenn man weiß, wonach man sucht.«

Auch Loreley starrte, allerdings ohne zu blinzeln. Zu solchen Zeichen der Schwäche ließ die Katze sich nicht herab. *Der Eindringling, der vor uns hier war, hat wohl eine Weile gebraucht, um die Kristallkugel überhaupt zu finden. Und als er sich das Occulus dann schnappen wollte … Bäng.* Da war es wieder, dieses Grinsen, das es anatomisch gesehen bei einer Katze eigentlich gar nicht gab. *Offenbar war dieser Eindringling nicht so tough wie Jasna und hat sich nach dem energetischen Knock-out aus dem Staub gemacht, allerdings nicht, ohne zuvor seine Signatur zu löschen. Ich vermute, daher stammt dieser widerliche Gestank.*

Nachdenklich strich Emerick sich das feuchte Haar zurück. »Dieser penetrante Pfeffergeruch verrät uns, dass wir es mit einem Gegner zu tun haben, der über Signaturen und Werkzeuge wie das Occulus Bescheid weiß.«

»Was ist eine Signatur?«, fragte Jasna.

»Alles, was lebt, besitzt eine eigene Frequenz«, sagte Emerick. »Wenn du dafür eine Antenne hast, kannst du mit verbundenen Augen durch einen Wald laufen, ohne irgendwo gegenzustoßen.« Mit der Schuhspitze ließ er Papierschnipsel aufstieben. »Wir brauchen etwas, das dem Wächter klarmacht, dass wir in Aurelias Auftrag unterwegs sind.«

»Erzähl ihm doch von deiner Traumbegegnung mit Lia«, schlug Jasna vor.

»Es war keine Traumbegegnung, ich hab nämlich nicht geschlafen, sondern nur gedöst. Aber die Idee ist gut.«

»Moment, wir sollten den Plan zuerst genau durchdenken«, sagte Jasna. »Mit diesem Wächter ist nicht zu spaßen.«

Doch Emerick schritt bereits auf das Fenster mit der Kristallkugel zu und murmelte etwas für Jasnas noch klingende Ohren Unverständliches. Dann streckte er die Hand aus.

Trotz des Abstands konnte Jasna spüren, wie die Luft sich verdichtete und sich eine Fratze wie aus Glas mitten im Raum abzeichnete. Es sah aus wie ein grobschlächtiges Ungeheuer aus einem Kindermärchen, mit einem riesigen Maul, aus dem ein Schrei ertönte, der nicht zu hören war und trotzdem in den Ohren schrillte.

Der Wächter riss seinen Schlund bis zum Anschlag auf und stülpte ihn über Emerick.

Es ging so schnell, dass Jasna sich nicht einmal die Hand vor die Brust schlagen konnte.

In der nächsten Sekunde lag Emerick auch schon auf dem Boden, vollkommen reglos und sterbensbleich.

Jetzt wusste Jasna, warum er sich bei ihrem Anblick so erschreckt hatte. Auch in ihr zog sich alles zusammen, während der Gedanke »Er ist tot, er muss tot sein« sich hinter ihrer Stirn verselbstständigte.

Hastig kroch Jasna neben Emerick, und genau wie er zuvor bei ihr tastete sie nach seinem Puls. Als ihre Finger seine Kehle entlangstreiften, fiel ihr etwas anderes auf: Er atmete nicht.

»Morton!«, rief Jasna. »Wie war das noch mal mit der Wiederbelebung? Ich habe alles aus dem Schnellkurs vergessen!«

Bei dem Wort Wiederbelebung flackerten Emericks Wimpern und dann öffnete er auch schon die Augen – nur um Jasna entsetzt anzusehen. Seine Hand fuhr an seine Kehle, seine Lippen öffneten sich … doch nichts geschah.

»Es ist der Schock«, sagte Morton, der neben Jasna auftauchte. »Du musst dich auf seine Brust setzen, die Schenkel anspannen und Druck auf seine Rippenbögen ausüben.«

»Ich soll was …?« Vor Überraschung blieb Jasna die Luft weg.

Morton verpasste ihr einen Schubser. »Mach schon, ich bin zu schwer. Bei meinem Gewicht breche ich ihm sonst noch die Rippen.«

Ein Blick auf Emericks von blass zu gräulich blau wechselnde Gesichtsfarbe ließ Jasna ihre Bedenken vergessen und sie hockte sich auf seinen Oberkörper. Er hatte die Augen wieder geschlossen, ganz fest. Als sie ihre Beinmuskulatur anspannte, glaubte sie zu spüren, wie seine Lungenflügel zusammengepresst wurden und einen Schwall Luft rausließen.

»Gut so«, flüsterte Morton. »Locker lassen, okay, siehst du, einatmen klappt von allein. Und jetzt noch mal von vorn.«

Zu Jasnas Erleichterung entspannte Emerick sich nach einer Weile unter ihrem Gewicht.

Genau genommen sah er zu entspannt aus.

»Alles klar bei dir?«, erkundigte sich Jasna.

Emerick murmelte etwas Unverständliches.

Jasna blickte fragend zu Morton.

Morton grinste. »Ich glaub, jetzt, da er wieder atmen kann, findet er es ganz gemütlich unter dir.«

Mit einem Seufzen öffnete Emerick die Augen. »Morton, du alte Petze. Als ob man nach so einem Schock nicht mal kurz entspannen darf.«

Mit einem Satz stand Jasna auf. »Morton, hilf deinem Kumpel bitte auf die Beine und dann bring ihn hinter dem Schreibtisch in Sicherheit. Und zwar nicht nur vor dem Wächter, sondern in erster Linie vor mir«, sagte sie betont sachlich. Während Morton ihrer Aufforderung nachkam, dachte sie nach. »Ich glaube, ich kenne die Eintrittskarte.«

Morton schüttelte den Kopf. »Ist mir egal, ob du weißt, wie man dem Wächter beikommt – jetzt ist Schluss. Es ist einfach zu gefährlich, das hat sogar der Eindringling vor uns kapiert und hat sich abgesetzt. Und falls ihr beiden nicht freiwillig mitkommt …« Er ließ seine Fingerknöchel knacken.

Kein Zweifel, wenn Morton in einem solchen Tonfall sagte, sie würden jetzt gehen, dann würden sie gehen.

Jasna nickte ergeben, dann rief sie: »Pass auf, Morton. Emerick kippt um!«

»Stimmt doch gar nicht«, wandte Emerick ein, während er sich wankend am Schreibtisch festhielt.

Aber da packte Morton ihn schon – und Jasna nutzte den Moment, um zu entwischen.

Tatsächlich war Jasna sich nicht sicher, wie dem Wächter beizukommen war. Aber wenn sie nicht schnell handelte, würde Morton die Aktion abblasen – und wer konnte schon sagen, ob das Occulus nach dieser Nacht noch da wäre. Wer auch immer vor ihnen Bekanntschaft mit dem Wächter gemacht hatte, würde schon bald zurückkehren, da war sie sich sicher. Mit immer noch zittrigen Fingern holte sie das Stück Papier, das Emerick ihr von Lia gegeben hatte, heraus und entfaltete es.

»Siehst du das hier?«, flüsterte sie. »Das ist zwar kein offizielles Schreiben von der Schutzherrin des Occulus, aber es dürfte klarmachen, dass ich in einem Auftrag unterwegs bin, der über meine eigenen Interessen weit hinausgeht. Ich werde das Occulus jetzt an mich nehmen, um meinen Auftrag zu erfüllen. Danach werde ich es wieder deiner Obhut übergeben, versprochen.«

Vorsichtig setzte Jasna einen Schritt vor den anderen.

Die Luft wurde spürbar dichter.

Jasna versuchte, sich Lias Gesicht ins Gedächtnis zu rufen, die runden Wangen, die auffallend offenen Augen, ihr Lachen. Falls du mich hörst, Kleines, dachte Jasna, dann leg bitte ein gutes Wort für mich ein, sonst liege ich gleich wieder flach. Sie nahm sich nicht die Zeit, auf eine Antwort zu warten, sondern langte nach der Kristallkugel, den Geist noch erfüllt von Lias Lachen.

Ein Schall umfing Jasna, fuhr durch sie hindurch und verflüchtigte sich dann, als wäre er nicht mehr als Goldstaub. Ihre Fingerspitzen trafen auf kühlen Kristall, dann lag das Occulus auch schon in ihrer Hand. Ein sanfter Wind kam auf, umwehte sie und flüsterte ihr ins Ohr: »Gib acht, sie darf dich nicht finden, bevor du sie gefunden hast.«

»Wer ist sie?«, fragte Jasna.

»Du weißt, wer *sie* ist. Erinnere dich«, seufzte der Wind, bevor er die erkaltete Glut im Kamin aufstieben ließ und dann durch den Kaminschacht verschwand.

17

DER MORGEN DANACH

Mit einem prüfenden Blick checkte Jasna ihr Spiegelbild in der Glastür, hinter der die Krankenstation lag. Keine leichte Sache, denn das Morgenlicht, das durch die vergitterten Flurfenster fiel, war trübe. Die Sonne versteckte sich hinter einer bleiernen Wolkendecke und vom See quoll in dichten Schwaden Nebel über den Park. Kurzum: Es war ein mieser Morgen, und das wäre er auch dann gewesen, wenn Jasna nach der Achterbahnfahrt an Emericks und Mortons Seite mehr als drei Stunden Schlaf bekommen hätte. Entsprechend fertig sah sie jetzt aus, obwohl sie eine Extraportion Make-up aufgelegt hatte. Die blonden Haare hatte sie zu einem Pferdeschwanz gebunden und ihren Lieblingsoverall angezogen, den sie in Lastage House eigentlich nie trug, weil er viel zu schick war. Aber heute hatte sie das gebraucht, sie fühlte sich dünnhäutig und es zuckten zu viele verwirrende Bilder durch ihren Kopf. Da wollte sie wenigstens nach außen den Eindruck von Normalität erwecken.

Das hatte auch ganz gut geklappt, bis sie sich im Essenssaal an den Tisch gesetzt hatte und ihr Blick – wie der aller anderen – auf den leeren Platz gefallen war.

Lias Platz.

Lia, die von einer Sekunde auf die andere zuckend am Boden gelegen hatte, rausgedrängt aus ihrem Körper von einer unauffindbaren schwarzen Vogelfeder, und die den Weg bislang nicht hatte zurückfinden können. Die ihren Weg ohne Jasnas Hilfe nicht finden würde.

Schlagartig war das Durcheinander aus Gedanken, Erinnerungen und Bildern wie weggewischt gewesen. Jasna hatte sich in der letzten Nacht auf eine Spezialtour à la Emerick eingelassen, die ihr beim Erwachen wie ein verrücktes Märchen vorgekommen war. Eine Erfahrung, die sie am liebsten wie Schmutz abgewaschen hätte, damit ihr niemand ansah, was sie Seltsames getrieben hatte. Aber jetzt … angesichts von Lias leerem Stuhl trat Jasnas Selbstbild in den Hintergrund, während sie sich überklar erinnerte, warum sie sich auf die Suche nach dem Occulus gemacht hatte: Sie war Emerick nicht aus Neugierde oder gar aus Abenteuerlust gefolgt, sondern weil ein kleines Mädchen sie um Hilfe gebeten hatte. Und es hatte sich – allem Wahnsinn zum Trotz – als die richtige Entscheidung herausgestellt.

Jasna war in der Sekunde, in der das Frühstück endete und damit ihre Aufsicht vorbei war, aufgesprungen und zur Krankenstation gelaufen. Jetzt stand sie vor der Tür und zwang sich, ruhig zu atmen. Auch wenn Lia ohne Bewusstsein war, so wusste Jasna, dass Komapatienten ihre Umgebung durchaus wahrnahmen. Vielleicht so wie sie in ihren luziden Träumen alles mitbekam, ohne etwas ausrichten zu können. So gesehen war eine überdrehte Besucherin das Letzte, was Lia im Augenblick gebrauchen konnte.

»Guten Morgen, Jasna«, begrüßte sie eine ältere Krankenschwester namens Maybritt. »Solltest du nicht auf dem Weg zur Morgenbesprechung sein?«

Jasna nickte. »Vorher wollte ich aber noch nach Lia sehen. Hat sich in der Nacht etwas an ihrem Zustand verändert?«

Maybritt warf einen Blick auf ihre Armbanduhr, und es war ihr anzumerken, dass sie für eine Unterhaltung jetzt eigentlich weder den Nerv noch die Zeit hatte. Das Pflegepersonal stand unter Dauerstrom. »Es ist wirklich schlimm, was der kleinen Maus passiert ist. Ich habe Lia vor ein paar Monaten mal das Bein eingegipst, als sie meinte, vom Kleiderschrank herunterfliegen zu können. Sie ist ein echter Sonnenschein, aber im

Augenblick ist ihr Körper noch der Auffassung, dass sie eine Auszeit braucht.«

»Dann ist sie zwischenzeitlich also nicht zu Bewusstsein gekommen?«, vergewisserte Jasna sich. »Und auch sonst nichts Auffälliges?«

Maybritt sah sie mitfühlend an. »Wenn man nicht wüsste, dass Lia nach einem epileptischen Anfall das Bewusstsein verloren hat, könnte man meinen, sie sei ein schlafendes Engelchen. Mach dir keine Sorgen und gönn ihr die Ruhe, vermutlich braucht sie die für ihre Genesung.« Sie wollte Jasna am Arm nehmen und mit sich ziehen in Richtung Ausgang, doch Jasna befreite sich.

»Ich sage ihr nur kurz Guten Morgen, dann komme ich zur Besprechung.«

Zwischen Maybritts Brauen grub sich eine Falte. »Beeil dich aber, nach dem Theater, das sich seit vorletzter Nacht wegen dieser seltsamen Ereignisse in Lastage House abgespielt hat, wird es einiges zu bereden geben. Und du weißt, wie Direktor Le Genereuss ist: Der Mann hasst es, wenn es nicht wie am Schnürchen läuft.«

Jasna nickte, ehe sie mit langen Schritten den Flur durchmaß und dann lautlos in Lias Krankenzimmer schlüpfte.

Maybritt hatte recht und unrecht zugleich. Denn das Mädchen sah zwar tatsächlich aus wie ein schlafender Engel, aber eher im Statuenformat und nicht wie ein lebendes Wesen. Lias Haut war schon immer von dieser gewissen durchscheinenden Zartheit gewesen, aber jetzt war sie reines Alabaster, die Wimpern und der Haarschopf so blassgolden, dass sie fast weiß wirkten, auf den Lippen bestenfalls einen Hauch von Rosé. Nichts an dem sonst so lebendigen Kind regte sich, sogar das Heben und Senken der Brust war kaum auszumachen.

Von plötzlicher Angst heimgesucht, Lia könnte sanft entschlummert sein, nahm Jasna die Hand des Mädchens.

Gott sei Dank, sie war warm.

Mehr jedoch auch nicht, wie Jasna sich widerwillig eingestand. Es fühlte sich an, als würde Lia eine bestimmte elektrisierende Wärme fehlen, sodass in dem Krankenbett bloß ein leerer Körper lag, während die Seele, dieses einzigartige Leuchten, das jedem Lebewesen innewohnte, fort war.

Nachdem Jasna sich vergewissert hatte, dass niemand vom Pflegepersonal sie beobachtete, sah sie sich in dem schmalen Zimmer um. »Lia, bist du hier irgendwo?«

Es kam keine Antwort, es fiel auch kein Medikament um und an der Wand zeichnete sich kein Schatten ab, der an ein kleines Mädchen erinnerte.

Du führst dich schräg auf, du kläglicher Emerick-Ersatz, schalt Jasna sich. Trotzdem beugte sie sich vor und flüsterte Lia ins Ohr: »Ich habe deine Nachricht bekommen. Und nicht nur das: Wir haben das Occulus gefunden. Du kannst dich auf mich verlassen, ich werde dir helfen, auch wenn ich nicht wirklich weiß, wie ich das anstellen soll. Falls du also noch ein paar Tipps auf Lager hast, dann immer her damit. Zum Beispiel wäre es nicht schlecht zu wissen, wer dich gebannt hat. Mit wem oder was haben wir es zu tun? Das werden ja nicht bloß ein paar fiese Vögel sein, da steckt doch noch mehr dahinter.«

Jasna lauschte angestrengt, sogar bereit, Feuerbuchstaben in der Luft zu lesen, falls das anstand.

Leider war das Einzige, was zu ihr vordrang, das Ticken der Wanduhr.

Zärtlich streichelte sie über Lias kühle Stirn. »Danke für dein Vertrauen in mich, Kleines. Ich komme bald wieder zu Besuch, und dann berichte ich dir mehr.«

Immer noch auf ein Zeichen hoffend – und sei es nur ein Wimpernzucken –, stand Jasna auf, zupfte die Bettdecke zurecht und konnte sich nur schlecht lösen. Sie war schon bei der Tür, als sie noch einmal den Blick durchs Zimmer gleiten ließ. Fast wäre es ihr entgangen, weil sie so konzentriert auf das war, was im Zimmer geschah. Deshalb sah sie nur noch, wie der Schatten sich vom Fenstersims abstieß und verschwand.

Ein großer schwarzer Vogel, vermutete Jasna.
Ein unnatürlich großer Vogel.
Wer immer hinter alldem steckte, er hatte Lastage House fest im Blick.

18

SCHLECHTES OMEN

Das Bild des geflügelten Schemen, der auf der Fensterbank vor Lias Krankenzimmer gehockt und spioniert hatte, stand Jasna noch lebendig vor Augen, als sie das Besprechungszimmer betrat. Offenbar hatte sie Glück, von Direktor Le Genereuss fehlte noch jede Spur, während sich die wartende Kollegenschaft große Mühe gab, Schwätzchen zu halten, im Kaffeebecher herumzurühren oder Galgenmännchen auf Notizblöcke zu kritzeln. Alle machten einen auf Profi, niemand wollte sich die Anspannung anmerken lassen, obwohl fast alle Anwesenden so einen verhuschten Ausdruck hatten, als wären sie sich nicht mehr so sicher, ob in der Anstalt noch alles mit rechten Dingen zuging. Aber keiner wollte vor den anderen zugeben, dass man sich von Hirngespinsten über unheimliche Schattenvögel hatte anstecken lassen.

Trotzdem schwirrten Gedanken durch den Raum wie:

Ist letzte Nacht wieder was passiert? Sind die Vögel zurückgekehrt?

Und wenn nicht, ist das dann die Ruhe vor dem Sturm?

Warum führen sich alle so auf, als gäbe es ein Geheimnis, das niemand laut aussprechen darf?

Was bedeutete dieses unheimliche Kribbeln in meinem Nacken, als ob ich beobachtet werde? Liegt das an dem wirren Traum, den ich letzte Nacht hatte?

Anders ausgedrückt war Jasna heute Morgen nicht die Einzige, deren Augenschatten tiefer waren als der Marianengraben. Am übelsten mitgenommen von allen wirkte Morton, dessen Haar wirr abstand und der sich im Minutentakt die Augen rieb, bis sie wie zwei rote Monde glühten. Jasna wurde den Verdacht nicht los, dass Morton so versessen rieb, weil er immer noch nicht glauben konnte, was er letzte Nacht gesehen hatte. Genau wie sie. War das wirklich alles passiert? Angefangen bei Emericks nächtlichem Besuch, über ihren Einbruch in Ruwen Clasies Zimmer, den Geheimgang zur am strengsten überwachten Station, Mortons Geständnis, zu Emericks »Team« zu gehören – und dann noch diese übergeschnappte Katze Loreley, die sich, nachdem sie das Occulus gefunden hatten, mit den Worten »Putz dich oder halt dich von mir fern!« von Jasna verabschiedet hatte.

Das war alles tatsächlich geschehen, oder?

Oder?

Jasna verspürte plötzlich ebenfalls den Drang, sich die Augen zu reiben. Wegen der dicken Make-up-Schicht ging das jedoch nicht, sodass ihr nur blieb, leise in sich hineinzustöhnen. Besonders bei dem Gedanken daran, wie Emerick sie angestarrt hatte, nachdem der Wächter im Gartenhaus ihr das Occulus überlassen hatte und verschwunden war. Wobei … wenn man es genau nahm, war der Wächter nicht einfach abgezogen, sondern hatte zuvor noch etwas gesagt. Etwas völlig Unverständliches. Er hatte behauptet, Jasna wüsste, wer hinter alldem steckte. »Du weißt, wer *sie* ist. Erinnere dich«, hatte der Wächter gewispert. Nur leider hatte sie nicht den blassesten Schimmer, was damit gemeint war. Da war es schon wahrscheinlicher, dass Nanette, zu der Emerick das Occulus noch in derselben Nacht gebracht hatte, etwas über die ominöse Königin herausfand.

Jasna hoffte, dass die Worte des Wächters nur für ihre Ohren bestimmt und für die anderen nicht mehr als Windgeflüster gewesen waren. Der Blick, mit dem Emerick sie auf ihrem Weg zurück nach Lastage House bedacht hatte, ließ daran jedoch gewisse Zweifel aufkommen. Wenn dieser Junge einen schweigend musterte, anstatt einen in einer Tour aufzuziehen, herauszufordern oder einfach nur vollzuquatschen, war Vorsicht angesagt. Bei der Vorstellung, dass Emerick ihr auf der Spur war, machte ihr Magen einen Dreher.

»O Mann, ist mir vielleicht schlecht«, brachte sie keuchend hervor.

»Sie sehen auch ausgesprochen elend aus, meine Beste«, sagte Direktor Le Genereuss, der gerade den Besprechungsraum betreten hatte. Er war ein großer Mann mit einem Rundrücken, als läge die ganze Last von Lastage House auf seinen Schultern – was sie ja auch tatsächlich tat, denn den Zirkus am Laufen zu halten, war bestimmt kein leichtes Spiel. Die Art, wie sich sein Mund in eine schmale Linie verwandelte, bedeutete wohl, dass er auf seiner geistigen Personalliste neben Jasnas Namen gerade einen Pfeil nach unten eintrug. »Sie werden sich doch nicht bei Ihrem Mentor angesteckt haben?«, dachte er laut nach.

»Ist der Professor denn krank?« Jasna wusste nicht, was sie davon halten sollte. Bislang hatte sie sich nicht darüber gewundert, dass Professor Leopold noch nicht da war. Er kam häufig auf den letzten Drücker ins Besprechungszimmer gestürmt, weil er noch einen Patienten besucht hatte oder erst in den Morgenstunden über einer Arbeit eingeschlafen war und den Wecker überhört hatte. Aber er kam zu jeder Morgenbesprechung, für die er sich eingetragen hatte. Immer. Egal, ob mit Schnupfennase oder verstauchtem Knöchel, weil er über einen Papierstapel gestolpert war.

»Krank, sehr krank sogar, eine scheußliche Erkältung«, bestätigte Direktor Le Genereuss. »Der Bote, den er geschickt hatte, sagte, dass wir die nächsten Tage nicht mit seiner Anwesenheit rechnen sollen. Damit reiht Professor Leopold sich in die Liste unserer Krankheitsausfälle ein, die seit gestern ungewöhnlich lang geworden ist.«

Jasna hielt sich an der Tischkante fest, um nicht vom Stuhl

aufzuspringen. »Wenn der Professor krank ist, dann sollte ich ihm sofort einen Besuch abstatten.«

»Nein, keine Besuche, das hat der Professor strikt angewiesen«, sagte Le Genereuss. »Oder wollen Sie sich anstecken und ebenfalls tagelang das Bett hüten, anstatt etwas für Ihre Entlohnung hier im Stift zu tun? Wir werden die ›Spielstunde‹ ausfallen lassen, dadurch entsteht kein Schaden. Währenddessen machen Sie sich gefälligst in der Betreuung nützlich. Wie gesagt: Wir sind im Augenblick unterbesetzt.« Was er nicht sagte, aber seine herabhängenden Mundwinkel verrieten, war: Wobei ich so meine Zweifel habe, ob ein Püppchen wie du überhaupt zu irgendwas anderem nützlich ist, als dem Herrn Professor seine Schreibmappe hinterherzutragen.

Jasna schluckte, als ihr bewusst wurde, dass ihre Anstellung in Lastage House von dem im Kollegium umstrittenen Professor Leopold abhing. Wenn er die Einrichtung eines Tages verließe, würde es bestimmt keine Stunde dauern, bis Direktor Le Genereuss sie mit Sack und Pack vor die Tür gesetzt hatte.

Morton räusperte sich. »Ich könnte heute Nachmittag Verstärkung auf Station 4 gebrauchen. Bei Marianne haben sich die Kratzer, die Vigga ihr während ihres Tobsuchtsanfalls im Gesicht beigebracht hat, entzündet. Die Schichtleitung hat Marianne vorerst zum Küchendienst verdonnert, weil sie mit einer solchen Horrorvisage angeblich die Patienten nervös macht«, sagte er, wobei er vor Erschöpfung leicht lallte. Die Doppelschicht und das Abenteuer unter Emericks Führung forderten auch bei einem Berg von einem Kerl wie Morton ihren Tribut.

Falls Direktor Le Genereuss die Übermüdung des Pflegers bemerkte, ließ er es sich nicht anmerken. Der Leiter von Lastage House war nicht gerade bekannt dafür, zimperlich mit seinem Personal umzugehen. Warum auch? Draußen, in den überfüllten Vierteln der Stadt, wo sich die durch Die Flut Verarmten und Obdachlosen drängten, gab es mehr als genug Anwärter, die zugunsten eines festen Dachs über dem Kopf und drei Mahlzeiten am Tag liebend gern auf ihren Nachtschlaf verzichteten. »Meinetwegen«, stimmte er Mortons Vorschlag zu, ehe er sich an Jasna wandte. »Solange Ihnen nichts anderes gesagt wird, machen Sie das, was Morton Ihnen aufträgt. Ist das ein Problem für Sie als Professor Leopolds persönliche Assistentin, die für gewöhnlich für Teekochen zuständig ist und deren einzige Herausforderung darin besteht, interessiert dreinzublicken, wenn der Chef fachsimpelt?«

Jasna war klar: Wenn sie jetzt auch nur zögerte oder die Herabsetzung zurückwies, dann würde aus dem Minuspfeil bei ihrem Namen definitiv ein schwarzes Kreuz werden. Trotzdem biss sie sich auf die Unterlippe. Mit Morton auf Station 4 zu arbeiten, bedeutete, in Emericks Dunstkreis zu geraten. Sie wusste nicht, ob sie sich dem gewachsen fühlte. Natürlich würde sie Emerick früher oder später wegen des Occulus wiedersehen, aber dann würden sie eine Aufgabe haben. Wenn er hingegen gelangweilt im Aufenthaltsraum herumsaß, während sie Medikamente verteilte, nutzte er die Gelegenheit bestimmt, um sie weiter auszukundschaften.

»Gibt es ein Problem damit, Sie in der Pflege einzusetzen, Jasna?«, erkundigte sich Direktor Le Genereuss – und in diesem Moment hatte er etwas von einem Geier, der nur darauf wartete, dass seine Beute ins Straucheln geriet.

»Das klingt nach einer tollen Gelegenheit, mehr über die Arbeit in Lastage House zu erfahren«, sagte Jasna hastig. Lia mochte sie zwar für eine schlechte Lügnerin halten, aber für Le Genereuss reichte es noch.

Der Direktor machte eine wegwischende Geste. »Dann hätten wir das schon mal geklärt. Ansonsten stehen auch nur wenige Punkte auf meiner Liste, es sei denn, jemand hat etwas Wichtiges mitzuteilen?« Er blickte fragend in die Runde.

Füße scharrten, Köpfe wurden eingezogen, aber niemand sagte etwas. Es fiel kein Wort über kollektiv verängstigte Kinder und Jugendliche, ein vollkommen unerwartet zusammengebrochenes Mädchen, ein verwüstetes Gartenhaus und die Extrapatrouille, die letzte Nacht im Park unterwegs gewesen war, auf der Suche nach einem geheimnisvollen Eindringling.

»Gut«, sagte Le Genereuss, »dann können wir ja zur Tagesordnung übergehen.«

Als die Besprechung sich auflöste, packte Morton Jasna am Arm und zog sie mit sich. »Was war das denn?«, fragte er im Flüsterton.

Jasna pustete eine Haarsträhne weg, die sich aus ihrem Pferdeschwanz gelöst hatte. »Das große Schweigen. Aber auch wenn keiner was sagt, haben alle die Hosen gestrichen voll. Wie sie die Ohren gespitzt haben, als der Bericht der Nachtschicht vorgetragen wurde!« Es war eine Herausforderung, ein unbekümmertes Gesicht zu machen, als ginge sie mit Morton nur ein paar offene Punkte wegen der Nachmittagsschicht durch. Sicher war sicher, schließlich standen noch einige Studenten beisammen und beobachteten sie aus den Augenwinkeln.

Morton brummte zustimmend. »Der Wachdienst hat auch nichts vermeldet, nicht einmal herumstreifende Assistentinnen zur nächtlichen Stunde oder Professor Leopolds radikal umdekoriertes Arbeitszimmer. Fast, als wollten sie vertuschen, dass hier was faul ist. Und wie Le Genereuss so getan hat, als wäre die heutige Besprechung das Uninteressanteste auf der Welt.« Mortons Hand fuhr zu seinen Augen, doch in letzter Sekunde ließ er sie wieder sinken. Stattdessen musterte er Jasna. »Mit meiner Frage meinte ich aber vor allem, warum du vordem gezögert hast, als ich dich unter meine Fittiche nehmen wollte. Willst du mit der Sache nichts mehr zu tun haben? Würde ich verstehen.«

»Ich will Lia helfen, unbedingt. Aber im Augenblick ist alles ein bisschen viel«, gab Jasna zu. »Ich meine: Was steht als Nächstes auf Emericks Plan? Eine Großsuchaktion nach dem unsichtbaren Westflügel? Ein Hexentanz unterm Vollmond, um die Kraft des Occulus zu erwecken? Oder springen wir einfach vom obersten Stockwerk in die Ruine, bloß geleitet von der Hoffnung, dass wir schon sicher in der zerstörten Bibliothek landen werden, weil die Macht mit uns ist?«

Anstatt ihr unter die Nase zu reiben, dass so bloß Verräter und feige Mäuse redeten, nickte Morton verständnisvoll. Was es für Jasna nur schlimmer machte. Wäre Morton wütend oder schnippisch geworden, hätte sie sich mit ihm einen Kampf liefern können. Aber sein Mitgefühl setzte sie schachmatt.

Jasna versuchte es mit einem neuen Ansatz. »Außerdem muss ich vorsichtig sein. Du hast ja mitbekommen, dass ich bei Le Genereuss auf der Abschussliste stehe. Die Spatzen pfeifen von den Dächern, dass er Professor Leopold für einen Querulanten hält, der in den Patienten Kinder sieht, die eine Chance verdienen, anstatt sauber weggepackt zu werden, damit sie keine Schwierigkeiten machen.«

Morton lehnte sich mit dem Rücken gegen die Wand, als sei ihm das Herumstehen zu anstrengend. Was vermutlich sogar stimmte. »Die Stiftungs-Familie van Blomen hält angeblich große Stücke auf Professor Leopold. Wenn er mit seinem Ansatz Erfolg hat, könnte sich die Familie fragen, ob Le Genereuss hier wirklich einen guten Job macht oder ob der Professor für die Leitung der Klinik nicht besser geeignet wäre.«

»Was würde also passieren, wenn Le Genereuss mich mit einer Glaskugel in der Hand und mit einem Patienten von der Geschlossenen an meiner Seite in der Westruine entdeckt? Das würde Professor Leopold in Schwierigkeiten bringen.« Jasna zuckte die Schultern. »Ich sitze total in der Zwickmühle: Ich mag Lia sehr gern, ich will ihr unbedingt helfen. Aber ich will auch das Leben, das ich mir aufgebaut habe, nicht verlieren. Da draußen ist es nicht leicht, wenn du verstehst, was ich meine.«

»Natürlich verstehe ich das«, sagte Morton. »Du hast das Occulus besorgt und bist für Lia bereits ein großes Risiko eingegangen. Den Rest bekommt Emerick schon hin, mach dir mal keine Sorgen. Obwohl es ihm nicht gefallen wird, wenn du wegen Le Genereuss einen Gang zurückschalten musst. Du bist eben sein Typ, auch wenn er das niemals zugeben würde.«

Schlagartig waren Jasnas Sorgen wie weggewischt, stattdessen lief sie rot an. »Ähm … Laut seiner Aussage sieht er in mir eine Kampfmaschine in der Camouflage eines unschuldig wirkenden Mädchens.«

»Darin, das Lämmchen zu geben, bist du echt gut«, stimmte Morton zu. »Ich bin jedenfalls voll drauf reingefallen. Aber Emerick hat einen Riecher für die Wahrheit, dem kann man nichts vormachen. Außerdem solltest du seine romantische Ader nicht unterschätzen, schließlich hegt er seine Marc-Almond-Platten besser als andere Leute ihre Babys.«

Das Thema musste sofort gewechselt werden! »Und was ist mit dir?«, fragte Jasna. »Bleibst du bei der Rutschpartie straight to hell dabei?«

Morton winkte ab. »Mir passiert schon nichts. Ich mache bereits so lange bei Emericks Aktionen mit und bin bisher immer mit heiler Haut davongekommen. Oder mit fast heiler Haut.« Er grinste schief. »Aber jetzt hauen wir uns aufs Ohr, die Nachmittagsschicht beginnt in ein paar Stunden und ich könnte im Stehen einschlafen.«

»Das sieht man.« Jasna tätschelte Morton den Arm, wofür sie sich auf die Zehenspitzen stellen musste. »Dann leg dich mal hin, wir sehen uns später auf Station 4.«

Sofort gingen bei Morton die Alarmglocken los. »Wo willst du denn hin, wenn nicht auf dein Zimmer, um ein paar Stunden Schlaf zu bekommen?«

Jasna schmiss ihr bestes Unschuldslämmchen-Lächeln an. »Beruhig dich, ich mache nur einen kleinen Spaziergang. Nach der ganzen Aufregung brauche ich dringend etwas Frischluft, aber ohne dass mir Baumjungen und dauerplappernde Katzen auf den Nerv gehen.«

»Nur einen Spaziergang«, wiederholte Morton, während er in ihrem Gesicht zu lesen versuchte. »Versprochen?«

»Versprochen«, sagte Jasna, während sie hinter dem Rücken die Finger überkreuzte.

19

AM RAND

Lastage House lag ein gutes Stück außerhalb der Stadt. Früher mochte es hier Wiesen und weitläufige Parks gegeben haben, jetzt sah es aus wie eine vermoderte Sumpflandschaft, aus der hier und da tote, größtenteils im Matsch versunkene Bäume herausragten. Die Straße war aufgeschüttet worden und stand trotzdem abschnittweise so tief unter Wasser, dass Jasna beim Fahrradfahren die Füße anhob, um nicht nass zu werden. Sie bekam dennoch Spritzer ins Gesicht, weil sie keinen Nerv hatte, ihre Fahrt wegen der gefühlt hundertsten Pfütze abzubremsen, und deshalb mit viel zu viel Speed durchs Wasser preschte.

Aber Jasna hatte es nun mal eilig.

Etwas stimmte nicht, und zwar ganz und gar nicht. Seit die seltsame Vogelschar über Lastage House hinweggeflogen war, geriet alles durcheinander. Als seien die Anstalt und ihre Bewohner Teile eines Puzzles, das gerade neu zusammengesetzt wurde. Nur leider war alles schräg und nichts schien mehr zu passen. Jasna konnte es geradezu körperlich spüren, ihre Haut drohte zu eng zu werden, während in ihrem Kopf plötzlich Gedanken auftauchten, die sie noch vor zwei Tagen direkt gelöscht hätte. Ihr gesamter innerer Fahrplan, den sie sich so mühsam zurechtgelegt hatte, ging in Flammen auf und flog in unzähligen Ascheflocken davon. Zurück blieb eine weiße Leinwand, auf die jemand mit Schattentinte schrieb: Wer willst du sein?

Sogar diese Frage, die durch ihr Inneres echote, war falsch. Schließlich hatte sie ja soeben erst herausgefunden, wie schnell die Bilder zerfielen, die man von sich selbst entwarf. Es hatte lediglich ein paar schlau gesetzte Schachzüge von Emerick gebraucht, um Professor Leopolds nette, aber harmlose Assistentin in eine Kamikazeabenteurerin zu verwandeln, die sich mit unsichtbaren Wächtern anlegte und auch sonst für jeden übersinnlichen Mumpitz inklusive Hexenkunst zu haben war.

»Was zur Hölle ist nur los mit mir?«, brach es aus Jasna hervor.

Einige Krähen, die abseits der Straße nach Essbarem suchten, stoben auf.

Du weißt genau, was mit dir los ist, antwortete die Stimme der Vernunft, die sich in den letzten vierundzwanzig Stunden vornehm zurückgehalten hatte. *Anstatt ausschließlich das zu sein, was deine Stellung in Lastage House sichert, hast du dich verführen lassen. Dir reicht es einfach nicht, bloß ein Rädchen im Getriebe zu sein. Deine Welt soll bunter sein, selbst wenn das bedeutet, dich auf den Wahnsinn einzulassen.*

Hatte die Vernunft vielleicht recht? Neigte Jasna dazu, sich auf Verrücktheiten einzulassen, weil sie die Normalität nicht akzeptieren konnte? Weil etwas in ihr schon lange nicht mehr an der richtigen Stelle, also ver-rückt war?

Darauf gab es nur eine Antwort – und die würde sie bei Professor Leopold finden.

Aus Jasnas Sicht gab es zwei Möglichkeiten.

Die erste: Der Professor war wirklich erkrankt, was in dieser fiesen Jahreszeit keineswegs ungewöhnlich gewesen wäre. Als seine Assistentin würde sie ihm einen Besuch abstatten. Falls er tatsächlich zu krank für Besuch war, würde sie sich bloß vergewissern, ob er etwas brauchte. Wenn er jedoch in einem passablen Zustand war, würde sie ihm gestehen, dass sie seit Lias Anfall einige schräge Sachen gemacht hatte. Dann würde er ihr entweder bescheinigen, dass sie unter Schock stand und deshalb eine Nacht im Wahn verbracht hatte. Oder er würde ihr gleich ein Bett auf Station 4 zuweisen.

Die zweite: Der Professor war in Wirklichkeit gar nicht

krank, sondern verschwunden und der Bote war von jemand anderem geschickt worden, vermutlich von der Gestalt, die auf dem Dach des Gartenhauses auf den richtigen Moment gelauert hatte. Jasna stand die Erinnerung an das verwüstete Arbeitszimmer des Professors noch lebendig vor Augen. Gut möglich, dass das Durcheinander dem Auftritt des Wächters geschuldet war. Aber wer konnte schon sagen, ob der Eindringling zuvor nicht auf Professor Leopold getroffen war und ihn aus dem Weg geräumt hatte? Dann hätte Jasna den Beweis, dass es richtig gewesen war, Emerick bei der Suche nach dem Occulus zu begleiten. Noch viel mehr: Dann wäre es ihre Pflicht, das Geheimnis von Lastage House zu lüften. Egal, um welchen Preis.

Jasna wusste nicht, welche dieser beiden Möglichkeiten die schlimmere Aussicht bot. Wenn sie ehrlich war, erschreckte sie der Gedanke, an der Haustür des Professors zu scheitern, weil dieser sie wegen der Ansteckungsgefahr abwimmelte. Dann würde sie mit dem Schlamassel, in dem sie steckte, allein zurechtkommen müssen. Und leider traute sie ihrem eigenen Urteilsvermögen aktuell null über den Weg. Die Stimme der Vernunft hatte schon recht, wenn sie ihre Entscheidungen anzweifelte.

Die ersten eingestürzten und schief stehenden Häuser der Stadt tauchten vor ihr auf. Die Flut hatte die Fundamente der Gebäude untergraben und sie in dem allgegenwärtigen Morast einsinken lassen. Tiefe Risse gruben sich in die Fassaden, teils war das Mauerwerk aufgeplatzt und broselte, die Fenster waren zerbrochen oder so blind vom Dreck, als habe man sie schwarz getüncht. Was in einigen Fällen auch stimmte, denn wo der Boden nicht allzu schief und mürbe war, nisteten sich Menschen ein, die es in den bewohnbaren Vierteln wegen der Überfüllung nicht aushielten. Sie zogen es vor, ihr Leben in diesen einsturzgefährdeten Ruinen zu fristen, in steter Furcht vor einer Räumungsaktion der Polizei oder den Schutzgelderpressungen der Banden, die den Ruinen-Gürtel unter sich aufgeteilt hatten.

Der Weg von Lastage House in den Stadtkern führte über eine geräumte Straße, die sogar gelegentlich von funktionierenden Laternen gesäumt wurde. Hier patrouillierte die Schutzpolizei dank der großzügigen Spendengelder der Familie van Blomen für den Witwen- und Waisenfond der Polizei regelmäßig, sodass es sich um einen verhältnismäßig sicheren Weg handelte. Nur leider bedeutete diese Straße einen Heidenumweg, wenn man zum Wohnhaus des Professors wollte.

Jasna musste um 14 Uhr zur Nachmittagsschicht antreten. Das bedeutete, dass ihr noch knapp vier Stunden zur Verfügung standen. Mehr als genug Zeit, um ihrem Mentor einen Besuch abzustatten, ein paar Besorgungen für ihn zu machen und dann in Ruhe wieder mit dem Fahrrad zurück nach Lastage House zu fahren.

Ja, so hätte sie das machen können. Normalerweise hätte sie es auch genau so gemacht, aber im Moment war einfach nichts normal, und das brachte Jasna fast um. Sie musste zu Professor Leopold. Sie musste dem alten Herrn in die Augen sehen und herausfinden, ob sie sich in einer Traumwelt verloren hatte. Und zwar so schnell wie möglich.

Ohne eine weitere Sekunde zu verschwenden, bog Jasna vom Hauptweg ab. Sie kannte eine Abkürzung durch den Ruinengürtel. An einigen Stellen würde sie vom Leihfahrrad der Anstalt absteigen müssen, weil der Asphalt so aussah, als seien unter ihm Sprengungen durchgeführt worden, während sich an anderen Pfützen auftaten, von denen man nicht wusste, wie tief sie waren. Manchmal musste man auch »Bomben« ausweichen – mit Unrat gefüllten Tüten, die die Bewohner achtlos aus den Ruinen warfen. Trotzdem war diese Abkürzung schneller als die Straße, und das war es, worauf es jetzt ankam.

Der Regen hatte wieder eingesetzt und dichte Wolken verdunkelten den Himmel. Zwischen den Häusern, die wie schiefe Zähne aus dem Maul eines Riesen ragten, wirkte es doppelt finster. Obwohl Jasna das Bedürfnis, sich zu beeilen, im Nacken saß, verlangsamte sie ihr Tempo. Die meisten Hauseingänge waren kahle schwarze Löcher, nachdem die Türen samt Rahmen unter dem Druck Der Flut nachgegeben hatten. Das bedeutete aber noch lange nicht, dass sie leer waren. Auch wenn außer dem Regenprasseln und dem Geheule einiger verwilderter Hunde nichts zu hören war, ahnte Jasna, dass in einigen dieser Eingänge Wächter standen und unauffällig von einem Fuß auf den anderen traten. Dass sich hinter eingestürzten Dachsimsen Späher verbargen, die das gangeigene Nachrichtennetz zum Glühen brachten, wenn jemand von außerhalb im Ruinengürtel auftauchte.

Es gab Spielregeln, wenn man das Niemandsland betrat.

Jasna hatte sie am eigenen Leib kennengelernt, als sie in der Stadt Zuflucht gesucht hatte. Es hatte sie einiges an Arbeit gekostet klarzumachen, dass sie auch eine Regel hatte: Wer sich ihr in den Weg stellte, tat das auf eigene Gefahr.

Trotzdem wäre es grenzwertig blöd gewesen, die Umgebung nicht im Auge zu behalten und nicht jederzeit mit etwas Unvorhersehbarem zu rechnen. Zusammen mit dem grottigen Zustand der Straße und den schlechten Wetterverhältnissen war das eine echte Herausforderung. Wäre der Druck wegen der Erlebnisse in Lastage House nicht gewesen, hätte Jasna ihren Ausflug direkt genossen. Das hier war ganz nach ihrem Geschmack: echte Löcher im Boden und echte Menschen, die in den Schatten abwägten, ob ein Kräftemessen mit dem blonden Mädchen auf dem schrottigen Fahrrad den Aufwand wert war. Zwar hatte sie diese Welt hinter sich gelassen, als sie durch einen glücklichen Zufall in Lastage House angeheuert hatte, aber an einem solchen Ort, wenn ihr das Adrenalin durch die Adern jagte und die Sinne so fein eingestellt waren, dass jeder Laut schmerzte, fühlte sie sich zu Hause. Kein Wunder, dass die Studenten auf ihrem Stockwerk sie misstrauisch beäugten und Direktor Le Genereuss ihr am liebsten zum Abschied nachgewunken hätte: Ihr haftete der falsche Stallgeruch an. Nur Professor Leopold hatte sich von Anfang an nicht darum geschert, er hatte auf seine eigene Art mehr in ihr gesehen. Und das hatte sie – obwohl sie ihrem Mentor sehr zugetan war – mehr durcheinandergebracht als die Zurückweisungen der Angestellten und Studenten von Lastage House. Wenn Professor Leopold in ihr nicht die brave Assistentin sah und auch nicht das Gossenkind mit *street credibility*, dem er eine Chance gegeben hatte … Was sah er dann in ihr?

20

ZOLL

Als ein gefährlich weit nach vorn geneigtes Parkhaus am Straßenrand auftauchte, stieg Jasna vom Rad. Sie hätte ohnehin nicht weiterfahren können. Vor ihr ragte ein unüberwindbarer Schrotthaufen auf.

Während Der Flut war das Parkhaus, wie so viele andere Gebäude in dieser Gegend auch, durch die Unterspülung ins Wanken geraten, sodass sich die Ebenen in abschüssige Rampen verwandelt hatten, auf denen die geparkten Autos rollend, kippend und schlitternd einen Abgang durch die Gitterbeschläge an den Außenwänden gemacht hatten. Jetzt bildeten sie einen längst ausgeschlachteten Müllberg, der den Durchgang versperrte. Es blieb einem nichts anderes übrig, als durch das klaffende Loch im Mauerwerk des Parkhauses zu klettern und nach einem Weg im Inneren des Gebäudes zu suchen – oder umzukehren.

Jasna streifte das Regencape ab und checkte, ob ihr Mantel richtig saß. Dann stellte sie ihr Rad neben einigen anderen Fahrrädern ab und stieg in die Schwärze des Parkhauses hinunter.

Es war stockfinster, aber Jasna machte sich nicht die Mühe, ein Streichholz anzureißen. Das wäre auch reine Verschwendung gewesen, denn schon nach wenigen Schritten wurde in einiger Entfernung eine Öllampe angezündet. Niemand hatte sich die Mühe gemacht, im Ruinengürtel die Elektrizität wiederherzustellen. Wer an diesem zerfallenden Ort leben wollte, musste sich einen Generator besorgen oder mit altmodischen Öllampen herumhantieren.

Unwillkürlich blinzelte Jasna, als das Licht aufloderte, doch sie blieb nicht stehen. Auch nicht, als aus den Schatten Gestalten heraustraten und ihr den Weg zu versperren drohten.

Mit einem unauffälligen Blick musterte Jasna die unheimlich schimmernden Gesichter, auf die mit weißer und schwarzer Farbe grobe Muster gemalt waren. Sie sahen aus wie Kriegermasken, doch der Aufwand verdeckte für ein geübtes Auge nicht, dass es viele junge Gesichter gab. Und die Art, wie die Klingen und Eisenstangen in den Händen gehalten wurden, sah nur nach Drohung aus. Wer tatsächlich auf einen Kampf eingestellt war, zeigte sein Messer erst in dem Augenblick, in dem er damit Erfolg versprechend zustechen konnte.

Wie erwartet traten die Gestalten beiseite, als Jasna keinen Zweifel daran aufkommen ließ, dass sie weitergehen würde, egal, wer da einen auf ›lebende Mauer‹ machte. Erst vor einer verhältnismäßig unscheinbar aussehenden Gestalt, deren Hände in den Taschen ihres Ledermantels verborgen waren, blieb sie stehen.

»Guten Morgen, Liu«, grüßte Jasna. »Ich fühle mich geehrt, dass du um diese frühe Stunde aus deinem Rattennest gekrochen bist, um mir persönlich Spalier zu stehen, wenn ich eine Abkürzung durch eure stinkende Baracke nehme.«

Die leicht vornübergebeugte Gestalt namens Liu nickte. »Ist mir auch eine Ehre, Roter Engel.«

»Roter … was?« Jasna unterdrückte ein Lachen.

»Dein Spitzname hier am Rand. Leider stammt er nicht von mir persönlich, obwohl ich ihn äußerst passend finde.« Während Liu redete, wurde ihm die Öllampe gereicht, in deren Schein sein Gesicht kreideweiß aufleuchtete. Nur sein Mund bildete einen schwarzen Fleck, als seien ihm die Lippen rausgebrannt worden. »Mit deinem Goldhaar und dem Butterflymesser in deinem Ärmelaufschlag bist du doch genau das: ein Roter Engel.«

Jasna zog eine Grimasse. »Ich weiß nicht. Der Spitzname klingt irgendwie nach Menstruationsbeschwerden.«

Lediglich das Zusammenziehen des schwarzen Flecks verriet, was Liu von dieser Einschätzung hielt. »Lange nicht gesehen jedenfalls, warst wohl auf der anderen Seite der Stadt beschäftigt«, sagte er nun schon weniger geschwollen. »Oder hast du vielleicht sogar ein anderes Auskommen gefunden? Man hört so einiges munkeln über Ausflüge vor die Stadtmauern.«

Jasna zuckte mit den Schultern. »Was soll ich sagen? Ein Mädchen in meiner Situation darf nicht wählerisch sein, wenn es um ihre Möglichkeiten geht. Die Zeiten sind hart, und es sieht nicht danach aus, dass sich daran so schnell etwas ändern wird. In diesem Sinne hoffe ich, dass unser altes Abkommen über freies Geleit durch dein Reich noch steht?«

Etwas löste sich aus den Schatten hinter Liu und trat lautlos in den Schein der Lampe: eine lange, zerbrechlich dünne Gestalt ganz in Schwarz. Aus der Kapuze, die sie tief in die Stirn gezogen trug, fielen lange schnurgerade Haarsträhnen. Das elfenhaft hübsche Gesicht war komplett schwarz angemalt, das wusste Jasna von einer früheren Begegnung her, als Zina, Lius treue Begleiterin, die Kapuze abgestreift hatte, um sich besser um ihren Herrn und Meister kümmern zu können, als der sich vor Schmerzen am Boden gewunden hatte. Jasna hatte den hasserfüllten Blick, den Zina ihr zugeworfen hatte, nicht vergessen. Sie war definitiv eine Gegnerin, der man besser nicht leichtfertig den Rücken zudrehte.

»Die Asphaltgötter stehen zu den einmal von ihnen getroffenen Vereinbarungen«, flüsterte Zina in einem Ton, der verriet, dass sie nur auf eine Chance lauerte, Jasna außerhalb des Clan-Territoriums zu treffen. An einem Ort, wo ihre eigenen Regeln galten.

»Wir mögen hier nicht viel haben, aber Ehre haben wir.« Liu deutete eine Verbeugung an, bei der sein Gesicht noch besser ausgeleuchtet wurde und rattenähnliche Züge verriet.

Eine solche Visage würde ich als Anführer der selbst ernannten Asphaltgötter auch unter jeder Menge Schminke verschwinden lassen, dachte Jasna, während sie demonstrativ ein Gähnen unterdrückte. Nagetiere und Anwärter auf den Thron der Ewigkeit passten nicht wirklich zusammen. Es wäre passender gewesen, wenn sich dieser Trupp »Die Schnorrer vom Schrottberg« oder »Abzockguerilla« genannt hätte. Denn um nichts anderes ging es hier: um eine inoffizielle Zollstelle. Jasna nahm es den Kids nicht übel. Wer im »Rand« genannten Ruinengürtel hauste, musste sich was einfallen lassen, um über die Runden zu kommen. Ihr war es da lange Zeit nicht anders ergangen – nur mit dem Unterschied, dass sie bessere Ideen hatte und wusste, wie man einen Gegner in einem Nahkampf schnell und mit geringem Risiko für sich selbst schachmatt setzte. Dafür war sie durch eine harte Schule gegangen.

»Dann wünsche ich euch Raubrittern noch einen schönen Tag.« Jasna machte Anstalten, an Liu vorbeizugehen, doch er hob die Hand.

»Wobei du den Kampf gegen mich als Anführer dieser Gang auf eine Art gewonnen hast, die man durchaus als unehrenhaft bezeichnen könnte«, sagte Liu. »Seinem Gegner in die Eier zu treten, obwohl das Startsignal noch nicht gegeben wurde, ist dreckig.«

Jasna schnaufte. »Das war kein Frühstart, wasch dir das nächste Mal die Ohren, bevor du gegen mich antrittst. Außerdem kannst du mir dankbar sein, dass ich zugetreten habe, ohne die Klinge in meiner Stiefelspitze auszufahren.«

Mit hochgerissenen Augenbrauen starrte Liu auf Jasnas Stiefeletten, während auf seiner inneren Leinwand offenbar ein verstörender Film im Zeitraffer ablief. Ja, ein paar Schulden für diese Schätzchen aufzunehmen, hatte sich bereits ausgezahlt.

Unter Zinas Kapuze erklang ein zischendes Geräusch. »Du hinterhältige Schlange!«

»Sind wir damit für heute fertig?«, fragte Jasna. »Dann würde ich nämlich gern weiter, ich habe noch was anderes vor, als mit euch über alte Geschichten zu plaudern.«

Leider blieb Lius Hand oben. »Ein Sekündchen noch, okay?«

Jasna schüttelte den Kopf, dass ihre Haare, die unter dem Saum ihrer Mütze hervorschauten, nur so flogen. »Nein, nicht okay. Ich habe echt keine Zeit für deine dämlichen Machospielchen. Wenn du neu verhandeln willst, sag es einfach. Dann deute ich einen Tritt an, und während du Pfeife noch versuchst, ihn abzuwehren, breche ich dir die Nase, damit du dir anschließend ein zweites schwarzes Loch in deine Fratze tuschen kannst.«

Sofort hob Liu auch die andere Hand, um seine beschwichtigende Geste zu unterstützen. »Immer schön sachte, Engelchen. An deinem Freischein hat sich nichts geändert, aber er gilt nicht für deinen Kumpel. Der Kerl muss für seinen Durchlass blechen, so wie es sich im Reich der Asphaltgötter gehört.«

Langsam riss Jasna der Geduldsfaden. »Von was für einem Kumpel fantasierst du? Das ist Bullshit, ich bin wie immer allein unterwegs. Meinetwegen kannst du mich in ›Solonummer‹ umbenennen, das ist wenigstens besser als dieser Engelsquatsch.«

Anstelle einer deftigen Antwort legte Liu den Kopf schief, um zu lauschen. Als Schritte auf dem rissigen Betonboden erklangen, begann er zu grinsen. »Machen Fantastereien etwa so einen Lärm?«

Morton trat in den Lichtschein und Jasna fluchte – allerdings in der Sprache ihrer Kindheit, ansonsten hätte der gute Morton vermutlich rote Ohren bekommen. Stattdessen bekam er große Augen, als er Jasna umringt von den Mitgliedern der Asphaltgötter sah. »Gibt es hier ein Problem?«, fragte er, ein brennendes Sturmfeuerzeug in der Hand.

»Das will ich doch nicht hoffen«, sagte Liu und fasste sich automatisch an seine Nase.

»Dann würde ich vorschlagen, dass ihr mal ganz fix von meiner Freundin weggeht. Besonders du, mit dieser ulkigen Kriegsbemalung im Gesicht.« Morton zeigte mit dem Finger auf Liu. »Und du, Jasna, kommst zu mir, ich passe schon auf dich auf.«

Jasna fluchte erneut.

»Von wegen, du bist allein unterwegs«, zischte Liu. »Der Rote Engel wird sich offensichtlich untreu.«

Jasna ignorierte den Anführer der Asphaltgötter. »Was machst du hier, Morton?«

»Wie gesagt: Auf dich aufpassen. Wie kann man nur so naiv sein und eine Spazierfahrt durch den Ruinengürtel unternehmen?« Mortons Miene nach hätte er sie am liebsten übers Knie gelegt, wie eine kleine Schwester, die er beim Rauchen mit den großen Jungs hinter der Sporthalle erwischt hatte. »Weißt du nicht, dass das Gang-Land ist? Also echt, ich frage mich wirklich, wie du bislang überlebt hast.«

Der junge Pfleger schob ein paar Mitglieder der Asphaltgötter beiseite, als hielten sie Blumensträuße anstelle von Totschlägern in den Händen. Einige der unerfahrenen Möchtegerngötter wichen weiter als nötig zurück, wofür ihr Anführer ihnen einen giftigen Blick zuwarf, der wohl bedeutete, dass sie später für ihre Feigheit noch zahlen würden. Andererseits musste man Morton zugestehen, dass er wirklich eine imposante Erscheinung bot, wobei ein Blick in seine Augen ausreichte, um herauszufinden, dass er ein freundlicher Riese war. Es würde nicht mehr lange dauern, bis das auch die Bandenmitglieder kapierten. Deshalb musste Jasna schnell reagieren.

»Ich gebe es zu, der Kerl gehört zu mir«, sagte Jasna zu Liu, der Morton musterte wie einen Geländewagen, dem man, wenn man ihn sich schon nicht unter den Nagel reißen konnte, wenigstens eine Delle verpassen wollte. »Und da ich für ihn verantwortlich bin, übernehme ich auch die Begleichung seines Wegzolls.« Demonstrativ schob sie die Ärmel ihres Mantels zurück.

»Was erzählst du denn da für einen Unsinn?«, mischte Morton sich ein. »Wenn hier überhaupt jemand die Verantwortung trägt, dann bin das ja wohl ich. Ich bin eindeutig nicht nur der Älteste auf diesem schrägen Kindergeburtstag, sondern momentan auch für dich zuständig – und zwar nicht nur, was die Arbeit anbelangt. Das meine ich auch persönlich. Und was diesen Quatsch mit dem Wegzoll anbelangt …«

»Warum habt ihr Kerle nur grundsätzlich ein Problem damit, wenn wir Frauen den Ton angeben?«, unterbrach Jasna Mortons Redefluss, wobei sie ein paar sehr eingeschüchtert wirkende Asphaltgötter beiseiteschob und sich vor Morton aufbaute. Dass sie den Kopf in den Nacken legen musste, um ihn zornig anzustarren, verpasste der Wirkung nur einen winzigen Dämpfer.

Morton schaute sie freundlich an, so freundlich, dass Jasna hoffte, die Bandenmitglieder würden sein Lächeln für einen Beweis seiner Coolness halten. »Ich stelle mich nicht blöd an, wenn eine Frau die Führung übernimmt«, sagte er. »Nur steckst du gerade in einer gefährlichen Situation, aus der ich dich als Freund rausholen werde.«

»Moment mal, hier stimmt doch was nicht«, mischte sich Zinas leise Stimme in ihre Unterhaltung ein.

»Jesses, der Schatten kann ja reden«, entfuhr es Morton. »Mädchen, du siehst aus wie ein Kinderschreck, mit der Kapuze im Gesicht.«

Zinas hagerer Körper zuckte, als sie jeden Muskel darin anspannte. »Ist das etwa eine Pflegeruniform, die der Kerl unter seinem Wollpulli trägt?«, fragte sie eisig.

»Gut beobachtet«, stimmte Jasna zu. »Morton arbeitet auf einer Irrenstation, wo regelmäßig Patienten ausflippen. Und wenn ich sage ›ausflippen‹, dann meine ich ausflippen ohne Rücksicht auf Verluste. Diese Psychos, die locker ein halbes Dutzend Wächter ausknocken, bringt Morton eigenhändig zur Vernunft. Das ist nicht nur seine Spezialität, sondern seine wahre Leidenschaft. Darin ist er der ungeschlagene Champion. Möchte vielleicht jemand eine Kostprobe seiner Künste?«

Einige Asphaltgötter gaben ein Wimmern von sich. Auch Liu wirkte nicht mehr ganz so überzeugt von der Idee, auf seinen Tribut zu bestehen. Jasna wollte sich schon bei Liu für die angenehmen Verhandlungen bedanken, ehe sie mit Morton einen superschnellen Abgang hinlegte.

»Wie steht es mit dir, Zina?«, hakte sie dann doch noch mal nach. »Morton hat einen Trick drauf, Kapuzenpullis in drei Zügen in Zwangsjacken zu verwandeln. Auf so etwas stehst du doch bestimmt.«

»Und ich weiß, wie man seinem Gegner mit einem sauberen Schnitt die Zunge rausschneidet. Zeige ich dir gern persönlich«, fauchte Zina.

Morton drängte sich in bester Großer-Bruder-Manier vor Jasna. »Nur um das klarzustellen: Eigentlich liegt mein Schwerpunkt in der Anstalt bei der Medikamentenausgabe und der Pflege, was bedeutet, dass ich so was wie die gute Seele der Station bin. Wenn ich meinen Job richtig mache, flippt niemand aus. Wobei ich sagen muss, dass Jasna eben etwas übertrieben hat. Das sind doch bei uns in Lastage House alles nur Kids, die meisten nett und harmlos.«

Jasna verzog keine Miene, obwohl sie innerlich am Rumbrüllen und Haareraufen war. »Morton ist voll bescheiden, lass dich davon lieber nicht täuschen, großer Anführer der Asphaltgötter.«

»Danke für den Hinweis«, sagte Liu, in dessen Rattengesicht es zuckte, als hätte seine Nase eine interessante Fährte aufgenommen. »Es war sehr spannend, so viel über die Arbeit deines Freundes zu hören. Aber wie sagt man so schön: Zeit ist Geld. Und als Geschäftsmann, der ich nun mal bin, würde ich jetzt gern zum Abkassieren kommen. Anders ausgedrückt: Dein Freund blecht. Und zwar den vollen Preis, wenn er nicht ein paar aufs Maul will, um anschließend den doppelten Preis zu zahlen.«

Morton winkte ab. »Jetzt reicht es aber langsam mit dem Unfug. Ihr habt das echt toll gemacht: die aufgetürmten Autowracks, die Schminke und die unheimliche Performance … Ich zahl einfach das nächste Mal, falls ich dann gerade Weihnachtsgeld bekommen habe oder so, dann gibt's auch was für euch arme Wichte. Aber jetzt müssen wir weiter.« Damit hakte er Jasna unter und wollte an Liu samt seiner Gang vorbeischlendern.

Inzwischen machte Liu einen echt angepissten Eindruck. Bestimmt dämmerte ihm, dass er vor seinen Leuten nicht besonders gut aussah. Die Asphaltgötter mochten eine Gang sein, die akzeptiert hatte, dass man der zierlich wirkenden Jasna freien Durchlass gewährte, weil sich weder ihr Anführer noch sonst jemand mit ihr anlegen wollte. Aber wenn Liu jetzt auch noch bei ihren Kumpels anfing zu schwächeln, würde sich bald das ein oder andere Mitglied fragen, ob das Problem vielleicht nicht in Jasnas Kunst lag, jeden ins Reich der Träume zu schicken, der ihr zu nah kam, sondern in Lius genereller Führungsschwäche.

»Du gehst nirgendwohin, du Berggorilla«, knurrte Liu. »Ich schraub dir deinen Riesenschädel ab und benutze ihn als Aschenbecher.«

»Das heißt dann wohl Neuverhandlungen«, seufzte Jasna, doch da spürte sie auch schon einen Windhauch in ihrem Rücken. Dieses Mal verzichteten die Asphaltgötter nicht nur auf ein offizielles Startsignal, sondern wollten sie außer Gefecht setzen, bevor es überhaupt richtig losgegangen war.

21

PEITSCHENKNALL

Zina fackelte nicht lange, sondern versuchte, Jasna mit einem gezielten Stiefeltritt von den Füßen zu holen. Ein Gegner, der erst mal am Boden lag, kam meist nicht so schnell wieder hoch.

Nur leider stand Jasna zu dem Zeitpunkt schon nicht mehr dort, wo sie eben noch ein leichtes Opfer abgegeben hatte. Sie war zur Seite ausgewichen und nun sah sich Zina dem Kerl gegenüber, den Liu eben nicht zu Unrecht als Berggorilla bezeichnet hatte. Egal, wie schnell oder fies Zina kämpfen konnte, gegen Morton mit seiner breiten Brust und seinen muskulösen Armen hatte sie keine Chance. Für ein Ausweichmanöver war es außerdem zu spät, Morton packte sie bereits am Nacken und schüttelte sie wie einen frechen Hundewelpen, bis all ihre Gelenke schlackerten.

»Schäm dich. Von hinten angreifen, das macht man nicht«, klärte er die kreischende Zina auf, ehe er sie zur Seite schob, wo sie benommen stehen blieb. Dann deutete er auf Jasna, die gerade einem Asphaltgott, der ihr für ihren Geschmack eindeutig zu nah stand, einen Kick verpasste, und zwar mit einem solchen Drall, dass er noch zwei seiner Kollegen beim Sturz mit sich riss. »Hörst du wohl sofort auf, hier zu randalieren, Jasna?«, pfiff er sie an.

»Erklär die Spielregeln lieber Liu, er hat es nötiger als ich«, rief Jasna, während der Anführer der Asphaltgötter zum Angriff überging. Den Mund weit zu einem schwarzen Loch aufgerissen, aus dem jedoch kein Ton drang, stürmte er auf Morton zu.

Der runzelte die Stirn, dann stoppte er Liu mit einem geraden Faustschlag gegen die Brust. Lius Lauf wurde schlagartig abgebremst. Es war jedoch Morton, der einen Schmerzensschrei ausstieß. »Was zur Hölle trägst du unter deinem Mantel, etwa einen eisernen Brustharnisch? Jesses, tun mir die Fingerknöchel weh.« Er schüttelte seine Schlagfaust aus.

»Und das war erst der Anfang«, krächzte Liu, nachdem er sein Gleichgewicht wiedergefunden hatte. In seiner Hand erschien etwas Schwarzes, das sich im flackernden Licht bewegte wie ein lebendiges Tier.

Jasna blinzelte, dann rief sie Morton zu. »Dreh Liu sofort den Arm um!«

Morton schüttelte den Kopf. »Das reicht jetzt mit der Gewalt.«

»Mach, was ich dir sage, er hat eine verdammte Peitsche in der Hand!«

»In dem Fall ...«, setzte Morton an, doch da erwischte ihn auch schon der erste Peitschenhieb an der Hüfte.

Jasna knallte einem nach Zimtkaugummi stinkenden Asphaltgott, der sie in die Zange nehmen wollte, ihre Stirn gegen die Nase. Es war immer gut zu wissen, dass der Stirnknochen einer der stabilsten im ganzen Körper war – im Gegensatz zu einer aus Knorpeln bestehenden Nase, die unter einem solchen Rums knirschend nachgab.

Während der Asphaltgott seine Umarmung aufgab, um sich der Blutfontäne aus seiner Nase zu widmen, schrie Morton erneut auf: schmerzerfüllt, aber auch ziemlich sauer. Es klang ganz danach, als ob er Liu ordentlich den Hosenboden versohlen würde, sobald er ihn in die Finger bekam. Falls es überhaupt so weit kam, denn das Pfeifen der Peitsche durchschnitt schon wieder die Luft.

Jasna wirbelte herum, um Morton zu Hilfe zu eilen, nur leider versperrte ihr eine menschliche Wand den Weg. Zwei Asphaltgöttinnen samt etwas, das den aufrechten Gang offenbar noch übte, hoben drohend ihre Totschläger und Brechstangen.

Hinter ihnen stand Zina, die sich inzwischen von Mortons Schütteltechnik erholt hatte. Sie hatte ihre Kapuze nach hinten geschoben, doch ihre Augen waren zu Schlitzen verengt, sodass sie nur noch eine Andeutung waren – im Gegensatz zu ihren gebleckten Zähnen, die aus dem komplett schwarz angemalten Gesicht hervorstachen.

»Ihr habt genau zwei Möglichkeiten«, sagte Jasna. »Entweder verpisst ihr euch sofort, oder ihr zwingt mich zu drastischen Maßnahmen. Und glaubt mir: Mein idiotischer Spitzname Roter Engel klingt nicht von ungefähr nach in Strömen fließendem Blut.« Mit diesen Worten zog sie ihr Butterflymesser aus dem Ärmel und ließ die aufschnappende Klinge im Licht der auf dem Boden abgestellten Öllampe aufblitzen.

»Sie ist nichts weiter als eine Angeberin, die mit faulen Tricks gewinnt«, fauchte Zina. »Entwaffnet das Miststück und brecht ihr sämtliche Knochen. Dann werden wir dem Roten Engel mit seinem eigenen Messer ein paar Male in sein hübsches Gesicht zeichnen, die nicht so schnell wieder aufhören werden zu bluten und ihrem Namen eine ganz neue Bedeutung verleihen.«

Starke Ansage, das musste Jasna zugeben. Aber es hätte sie schon interessiert, worum die Schläger es bloß immer auf ihr Gesicht abgesehen hatten. Dieses Rätsel würde sie ein anderes Mal klären müssen, jetzt galt es erst einmal schnell und effektiv das Mütchen ihrer Angreifer zu kühlen. Der erste Totschläger wurde bereits gegen sie erhoben, zum Ausweichen war es zu spät und auch dafür, eins ihrer Wurfmesser hervorzuholen. Deshalb warf sie das Butterfly und zum Glück drang es mit der Spitze voran in die Schulter ihrer Angreiferin ein.

Der Totschläger fiel herab, aber bevor er den Boden berührte, hatte Jasna ihn schon aufgefangen. Mit voller Kraft schlug sie der anderen nahenden Asphaltgöttin auf den Handrücken, worauf diese ihr Brecheisen unter Gejaule fallen ließ. Jasna kümmerte sich nicht darum, für Brecheisen hatte sie nichts übrig, viel zu schwer und unberechenbar. Aber ihr Butterflymesser wollte sie gerne wiederhaben, auch wenn sie nicht gerade schöne Erinnerungen miteinander verbanden.

Leider torkelte die Göttin, in deren Schulter das gute Stück steckte, rückwärts in die Dunkelheit, unentschlossen, ob sie ohnmächtig werden oder sich die Klinge eigenhändig aus der Wunde ziehen sollte.

Jasna wollte ihr nachsetzen, als sie von der Seite gerammt wurde. Der Aufprall kam so unerwartet und heftig, dass es sie von den Füßen riss. Noch während sie stürzte, drehte sie sich ihrem Angreifer zu, ihre Finger suchten bereits nach einer weichen verletzlichen Stelle unter all den schwarzen Kleiderschichten.

Der Aufschlag war hart, das Gewicht ihres Angreifers bleiern. Allerdings wusste Jasna aus leidlicher Erfahrung, dass man in einer solchen Situation als Erste reagieren musste, egal, wie schlimm die Schmerzen waren oder ob einem die Luft ausging. Was jetzt zählte, waren Schnelligkeit und Entschlossenheit, sonst würde dieser Klops sie zermalmen.

»Tut mir echt leid«, flüsterte Jasna, dann ließ sie irgendwo dort, wo sie die Körpermitte ihres Angreifers vermutete, die schmale Klinge aus ihrer unter dem Ärmel verborgenen Schiene rauszischen.

Der Fleischberg auf ihr begann zu zittern, dann rollte er zur Seite, wobei er sich jammernd den Leib hielt.

Ein hastiger Blick verriet Jasna, dass die Klinge nicht allzu tief eingedrungen war, das meiste hatte vermutlich die Kleidung abgehalten. Angsterfüllte Augen sahen sie an. »Du bleibst besser liegen und rührst die Klinge nicht an«, sagte Jasna. »Mit einer Bauchverletzung ist nicht zu spaßen.«

Der verwundete Asphaltgott gab ein Winseln von sich.

Unweit von Jasnas Kopf taumelte Morton vorbei, begleitet von einer seltsamen Fluchkanonade, in der es um fliegende Schweine, lang gezogene Ohren und eine verdorbene Milchspeise ging. Jasnas Norwegischkenntnisse waren bestenfalls rudimentär vorhanden, aber es war auch so offensichtlich, dass

Morton sogar in einer misslichen Lage ein netter Typ blieb. Ein netter Typ, der nicht mehr lange durchhalten würde, so viel stand fest. Und Liu setzte ihm bereits nach, wie das Zurren der Peitsche verriet.

Mit einem Satz war Jasna auf den Beinen und blinzelte im Turbotempo die Tränen aus ihren Augen. Um das schmerzhafte Pochen in ihren Schulterblättern und das taube Gefühl am Hinterkopf würde sie sich später kümmern. Jetzt brauchte sie ihr Butterfly, um damit Lius verdammtes Spielzeug in kleine Stücke zu zerschneiden. Natürlich nachdem sie dem Anführer der Asphaltarschlöcher klargemacht hatte, dass sie sich künftig besser schleunigst im hintersten Loch ihrer Rattenburg verkrochen, wenn Jasna auf der Durchreise war.

»Suchst du das hier?«, fragte Zina.

Jasna lief es kalt ihren schmerzenden Rücken hinab.

Zina stand in einem ausgedünnten Kreis, die Asphaltgötter, die nicht geflohen waren und sich noch aufrecht hielten, hatten sich zurückgezogen. Es war jedoch klar, dass sie sofort wieder mitmischen würden, wenn Jasna und Morton erst einmal in die Knie gingen. In diesem Fall wäre wohl kaum damit zu rechnen, lediglich mit einer Tracht Prügel davonzukommen.

Die blutige Klinge des Butterflymessers schimmerte im Lampenlicht auf, als Zina es durch die Luft zischen ließ. »Eine gute Waffe«, gab das Mädchen zu. »Sehr viel besser, als der Müll, mit dem wir uns sonst rumschlagen müssen. Möchtest du es wiederhaben?«

Jasna zuckte die Schultern, was jedoch mehr ein Test war, inwieweit ihre Rückenmuskulatur einsatzfähig war. Das Ergebnis gefiel ihr nicht sonderlich, allein bei dieser Geste schrien ihre Muskeln schon auf. Nichts, was ein heißes Bad und eine Salbe nicht richten würden, nur für die schnelle und äußerst hasserfüllte Zina reichte es nicht. Vor allem nicht, wenn sie das Butterfly hatte, das schon bei zahlreichen Kämpfen empfindlichen Schaden angerichtet hatte.

Ein rascher Blick zur Seite bewies, dass Jasna nicht bloß von vorn Gefahr drohte. Morton hatte seine Versuche eingestellt, Lius Peitsche habhaft zu werden, um dem fiesen Frettchen ihren Griff dort reinzuschieben, wo die Sonne nie schien. Er stand mit dem Rücken zur Wand, sichtlich geschwächt, und blockte nur noch mit den Unteramen Lius Hiebe ab. Der verlor bei so viel Passivität sichtlich die Lust an der Schinderei und grinste bereits zu Jasna rüber, während sie in seiner Fantasie wahrscheinlich schon um Gnade winselte.

Die Situation brannte sich in Jasnas Gehirn ein wie ein Lageplan, dann wandte sie sich Zina zu und zog dabei betont langsam ihren Mantel aus. »Du willst gegen mich kämpfen?«, fragte sie ruhig.

Zinas weiße Zähne blinkten erneut auf. »Nicht kämpfen, ich will dich fertigmachen.«

Jasna nickte. Mit einer solchen Antwort hatte sie gerechnet.

»Und komm ja nicht auf die blöde Idee, mir deinen Mantel entgegenzuwerfen. So leicht lasse ich mich nicht austricksen.«

»Hatte ich nicht vor«, sagte Jasna. Dann warf sie ihren Mantel über die Öllampe, die einzige Lichtquelle im Bauch der zerstörten Tiefgarage.

Einen Herzschlag später war es stockfinster.

Während man noch hörte, wie irgendwo in der Dunkelheit nach Luft geschnappt wurde, war Jasna schon in Bewegung. Mit schnellen Schritten durchmaß sie den Raum, um dann stehen zu bleiben, das Bein hochzuziehen, anzuwinkeln und zuzutreten. Ihre Stiefelette traf auf Widerstand. Ein überraschtes Keuchen erklang. Mehr brauchte Jasna nicht als Bestätigung, dass der Lageplan in ihrem Kopf stimmte. Auch wenn ihre Hände keine besonders guten Schlagwerkzeuge waren, würden ihre Fingerknöchel genug Schaden anrichten. Dessen war sie sich sicher, als sie ihren Gegner herumzerrte und ihm mit voller Kraft einen Leberhaken verpasste. Und dann noch einen Tritt in die Magengegend, als er in sich zusammensackte. Sicher ist sicher.

Jasna ging ebenfalls in die Knie, tastete, fand, wonach sie suchte, und entwand es einer Hand, die nicht mehr genug Kraft aufbrachte, um die Waffe festzuhalten. Sie stellte sich auf und ließ die Peitsche durch die Luft knallen.

»Gefällt mir. Vielen Dank, Liu«, sagte Jasna laut und deutlich, damit jeder sonst wo im Dunkeln lauernde Asphaltgott wusste, dass sie soeben ihrem Chef sein Spielzeug weggenommen hatte. Leise sagte sie: »Alles okay, Morton?«

»Weiß noch nicht so recht … Anscheinend gibt es keine Stelle an mir, die gerade nicht wehtut.«

Jasna tastete durchs Dunkel. Kaum hatte sie Morton gefunden, drückte sie ihm den Peitschengriff in die Hand. »Wir gehen hier gleich raus«, versprach sie. »Aber jetzt musst du mir erst mal den Rücken freihalten, okay?«

Morton lachte leise. »Es ist so stockfinster, ich weiß nicht mal, wo oben und unten ist.«

In diesem Moment zündete jemand ein Streichholz an, dessen winziger Feuerschein Jasna verblüffend hell erschien. Gleich darauf flammte die Öllampe wieder auf. Sie blinzelte, dann sagte sie: »Danke, sonst hätte ich mich wohl um zwanzig Zentimeter verschätzt.«

Zina machte eine lockende Geste mit der Hand. »Komm her«, flüsterte sie rau.

Obwohl Jasna keine Waffe in den Händen hielt, ging sie auf Zina zu.

Einen Schritt, dann noch einen.

Offenbar zu langsam, denn Zina sprang mit weit aufgerissenen Augen zu ihr hin.

Im letzten Moment wich Jasna geschmeidig aus, machte eine Drehung, nutzte den Schwung, um sich fallen zu lassen und seitwärts über den Boden zu gleiten, wobei sie einem zu mutig gewordenen Asphaltgott, der ihr im Weg stand, die Fußgelenke wegkickte. Dann war sie auch schon bei ihrem Mantel und gönnte sich den Moment, der ihr nachsetzenden Zina zuzuzwinkern.

»Jetzt ist der Mantel dran«, sagte sie und warf ihn auf ihre Angreiferin.

Zina fing den Mantel auf und schleuderte ihn brüllend zur Seite.

Eine Aktion, die sie zu viel Zeit kostete.

Als sie Jasna wieder ins Fadenkreuz nahm, flog ihr bereits die brennende Öllampe entgegen. Mit der Messerfaust wehrte Zina die Lampe ab, bevor diese ihr ins Gesicht schlagen konnte. Doch der Glaszylinder zerbrach, das Öl ergoss sich über Zinas Kleidung und begann zu brennen.

Im rötlichen Licht der aufzuckenden Flammen sah man das Entsetzen in Zinas Gesicht, als ihre Haarspitzen ebenfalls Feuer fingen.

Keiner der Asphaltgötter regte sich.

Auch Jasna zögerte eine Sekunde, dann schnappte sie sich ihren Mantel und bedeckte Zina mit dem Stoff.

Die Dunkelheit kehrte zurück.

Bis Mortons Feuerzeug einen schwachen Schein spendete.

Als Jasna den Mantel wegzog, zeichnete sich unter der schwarzen Farbe in Zinas Gesicht hellere Haut ab. Sie war nicht rot, sondern weiß an den Stellen, wo der Mantel drübergewischt war. Die angekokelten Haarsträhnen waren jetzt nur noch kinnlang. Wimmernd schlug das Mädchen nach den Brandlöchern in ihrer Kleidung, als würden dort immer noch Flammen züngeln.

Mit langen Schritten kam Morton zu ihnen rüber und begutachtete Zinas Verletzungen im Licht seines Feuerzeugs. »Das gibt ein paar üble Brandblasen, wo sich das qualmende Öl durch die Kleidung gefressen hat. Mehr aber nicht. Glück im Unglück, würde ich sagen.«

»Und wie sieht es bei dir aus?«, erkundigte sich Jasna.

Morton grinste, um es sofort wieder zu lassen, wegen einiger roter Peitschenspuren in seinem Gesicht. »Geht schon. Durch einen echten Norwegerpulli kommt so schnell nichts durch. Außerdem weiß der Kerl offenbar nicht, wie man mit einer

Peitsche richtig zuschlägt, sonst hätte er mir bestimmt die Haut runtergeholt. So sind es höchstens ein paar Schrammen und blaue Flecke.«

Liu humpelte zu ihnen rüber und nahm Zina in den Arm.

Einen Herzschlag lang verspürte Jasna das Bedürfnis, bei der Umarmung mitzumachen. Letztendlich waren sie alle nur Kids, die sich irgendwie durchschlagen mussten. Aber sie musste weiter – und zwar dringend, wenn sich ihr Bauchgefühl nicht täuschte.

»Wie steht's, Liu? Möchtest du einen Nachschlag – oder gewährst du Morton und mir jetzt freies Geleit durch euer Revier?«, fragte Jasna, während sie ihren qualmenden Mantel überzog. Dann griff sie nach dem Butterfly und ließ es in der Manteltasche verschwinden.

»Ihr könnt gehen, wohin ihr wollt«, sagte Liu.

»Und zwar für immer?«

»Für immer«, bestätigte Liu.

22

DIE GRACHTEN

Der einst berühmte Grachtengürtel von Amsterdam mit seinen historischen Giebelhäusern und dem halbmondförmigen Kanalsystem war wie durch ein Wunder nicht vollkommen unter den Wassermassen verschwunden. In den stets überfüllten Bars der Stadt wurde viel darüber geredet, dass das Ungeheuer, das große Teile der alten Welt verschluckt hatte, am wasserreichen Amsterdam seltsamerweise wenig Gefallen gefunden hatte, wo doch andere Hansestädte nach Der Flut nicht wiederaufgetaucht waren. Allerdings waren die Häuser mit ihren kunstvollen Fassaden überflutet worden und hatten bis heute »nasse Füße«. Die Bewohner zogen einfach in die höheren Stockwerke, schlugen rücksichtslos neue Eingangstüren ins Mauerwerk und bewohnten es so lange, bis das Gemäuer nachgab, mürbe geworden von der aufsteigenden Nässe. Die meisten Brücken, die früher die Kanalufer miteinander verbunden hatten, waren von den einströmenden Fluten mitgerissen worden oder ragten nur noch nutzlos aus dem erhöhten Wasserspiegel heraus, während abenteuerlich verlegte Bretter neue Verbindungswege schufen. So ließ sich schnell herausfinden, wer gerade zu Besuch oder neu im Viertel war. Denn die Alteingesessenen liefen über die Planken, als würden sie weder wackeln noch zittern, während die Neuankömmlinge blass um die Nase waren und sich an jedes greifbare Seil krallten.

An diesem verregneten Morgen gaben Jasna und Morton ein ulkiges Pärchen ab, wie sie einander von einer Planke zur nächsten lotsten, wenn sie nicht wie betrunkene Matrosen überall nach Halt suchten. Die wenigen Passanten, die an diesem trüben Vormittag unterwegs waren, schüttelten nur die Köpfe, vermutlich hielten sie die beiden jungen Leute für Barbesucher, die erst jetzt den Weg nach Hause fanden. Kneipen-Hardcorebesuche waren ein Hobby, dem die Jüngeren nachgingen, die sich in der Gegenwart um ihre Chancen betrogen fühlten. Früher oder später – so sagten sie – würde diese Stadt endgültig zerbröseln. Dann würden sie weitergespült werden in die nächste Stadt, die gerade noch so den Kopf aus dem Wasser rausstreckte. Für die Feiernden war das Leben nicht mehr als ein Tanz auf einer zerfallenden Ruine, und weit und breit kein rettendes Land in Sicht. Denn was erwartete einen schon in den anderen Städten? Kein herzliches Willkommen, so viel stand fest. Warum dann nicht die Gegenwart genießen und Party machen?

Jasna konnte diese Haltung nicht verstehen. Auf ihrer Flucht nach Amsterdam hatte sie andere Städte gesehen – oder vielmehr die kläglichen Überreste davon. Sie hatte erlebt, was es aus den Menschen machte, wenn sie sich im dauernden Überlebensmodus befanden, ohne eine Aussicht auf Besserung. Wenn einem das Wasser bis zum Hals stand, man aber kein Wasser zum Trinken hatte, weil sich alles um einen herum in eine stinkende Kloake verwandelt hatte. Für jemanden wie Jasna war Amsterdam das Paradies, denn hier war immerhin so etwas wie Leben möglich, hier gab es noch eine gewisse Grundordnung, Wohnraum und sogar Orte wie Lastage House, wo diejenigen Obhut fanden, die nicht für sich selbst sorgen konnten. Oder auch eine junge Frau, die zu gut wusste, wie man überlebte …

»O shit«, jammerte Morton. »Ich hatte ganz vergessen, dass Professor Leopold in diesem abgesoffenen Wasservergnügungspark wohnt. Das ist mal wieder typisch für ihn. Alle anderen Professoren wohnen im Trockenen Viertel, aber er hält dem Grachtenviertel die Treue.« Als die Planke, auf der er stand, unerwartet zur Seite ausschwenkte, hielt er noch gerade so das Gleichgewicht. »Auf dem Plankenlabyrinth werde ich seekrank, das schaukelt ja schlimmer als jede Dschunke bei Unwetter.«

»Ich steh auch überhaupt nicht drauf«, sagte Jasna wahrheitsgemäß. Wasser machte ihr Angst – egal, ob es sich um die von Dreck eingetrübte Brühe in den Grachten, den unheimlich starrenden See bei Lastage House oder einen kristallklaren Bach in einer friedlichen Landschaft handelte. Wasser war ein Element, das nach seinen eigenen Regeln spielte. Um das in der Tiefe seines Herzens zu wissen, brauchte man nicht mal die Erfahrung mit Der Flut. Trotz ihrer Angst zog Jasna an Mortons Ärmel, damit er nicht stehen blieb. Gerade half jedoch nicht einmal mehr das Ziehen, denn er beobachtete mit besorgtem Blick ein paar Kids, die inmitten des Bretterwirrwarrs Fangen spielten, als gäbe es keine Schwerkraft.

»Ich bin kein fantasiebegabter Mensch, aber die Vorstellung, von den Planken ins ölig schwarze Wasser zu fallen, lässt mir das Blut gefrieren«, murmelte Morton. »Wenn dich diese trübe Plörre verschluckt, dann weißt du nicht, wo oben und unten ist, während du mit dem Fuß an einem Brückengeländer verfangen bist und dir langsam, aber sicher die Luft ausgeht. Falls du nicht direkt auf einem alten Stahlrohr aufgespießt wirst. Und das wäre vermutlich noch nicht mal das Schlimmste, das dir passieren kann … Ich habe Gerüchte gehört über mutierte Ratten mit Schwimmflossen. Und über Diebesgesindel, das sich auf Unterwasserüberfälle spezialisiert hat. Die lauern nur darauf, dass ein armer Depp wie ich in die Gracht purzelt.«

Jasna legte die Stirn in Falten. »Du glaubst, in der Drecksbrühe lauern bei dieser Eiseskälte Diebe auf Zufallsplumpser? Um dem armen Tollpatsch was abzunehmen, das diesen Aufwand wert wäre? Die Luft zum Atmen oder ein paar gebrauchte Herrenschuhe vielleicht? Mehr ist bei den Leuten in diesem Viertel eh nicht zu holen.«

»Verarsch mich ruhig«, sagte Morton, unter dessen Gewicht sich die Planke, auf der sie standen, gefährlich durchzubiegen begann. »Du würdest dich vermutlich auch mit Augenbinde und hinter dem Rücken zusammengebundenen Händen zu wehren wissen.« Er stockte. »Wo hast du eigentlich so kämpfen gelernt?«

»Bei der Grachtentaucher-Gang.« Jasna bemühte sich um Lockerheit, obwohl ihr Mortons Frage die Kehle zuschnürte. Fast hoffte sie, dass die Planke unter ihrem Gewicht durchbrach, nur, damit dieses Verhör gleich im Keim erstickt wurde.

Morton musterte sie, die Augen freundlich wie immer. Offenbar nahm er ihr weder ihre Geheimniskrämerei noch die »Ich bin ein harmloses, nettes Ding«-Posse übel. Aber er war ja auch mit Emerick befreundet, nicht wahr? Da musste man schon ein Meister der Besonnenheit sein. »Klingt so, als wäre deine Ausbildung zur Wonder Woman eine Wunde, in der man besser nicht rumstochert.« Noch während er das sagte, wurde die Freundlichkeit in seinen Augen von Begreifen abgelöst. »Es geht nicht so sehr um deine Fähigkeiten an sich, sondern um den Preis, den du für das Erlernen dieser Künste zahlen musstest. Wer auch immer dein Lehrer war, er hat sich die Mühe nicht gemacht, nur damit du deine Haut verteidigen kannst. Als Gegenleistung musstest du etwas für ihn tun, etwas, das du lieber vergessen willst.«

»Es würde schon reichen, wenn ich es einfach hinter mir lassen könnte, so als habe es in einem anderen Leben stattgefunden«, flüsterte Jasna.

Vorsichtig, als würde sie sonst zerbrechen, rutschte Morton näher heran, bis sie Arm an Arm standen. »Du brauchst jetzt nichts zu sagen.«

»Ich wüsste auch nicht, was.« Es wäre um so vieles einfacher, wenn Morton sich abwenden würde, dachte Jasna. Ob man im Wasser der Grachten vielleicht spurlos verschwinden konnte? Auf einmal sah das schwarze Wasser gar nicht mehr so beängstigend aus.

Während Jasna mit der Anziehungskraft der dunklen Strömung kämpfte, regte Morton sich plötzlich und brachte die

Planke zum Schwanken. Ein morsches Knacken ging durchs Holz, als er sich umständlich an den Rücken griff. »Bevor ich es vergesse: Ich habe ein Geschenk für dich.«

Jasna machte große Augen, als sie sah, was er in den Händen hielt. »Du hast Lius Peitsche als Trophäe mitgenommen?«

Morton reichte ihr die schwarze Lederschlange. »Für deine Waffensammlung – und als kleines Dankeschön dafür, dass du mir den Hintern gerettet hast. Du könntest das Teil als Gürtel zu deinem Mantel der tausend scharfen Gegenstände tragen.«

Gerührt begutachtete Jasna die Peitsche, die allem Anschein nach ein altes Schätzchen war. Ihr Griff war zwar abgewetzt, ansonsten war sie jedoch gut in Schuss. Vermutlich war es besser, nicht allzu viel darüber nachzudenken, wofür sie benutzt worden war, bevor Liu die Idee hatte, eine Peitsche wäre die passende Waffe für den Anführer der Asphaltgötter, um Angst und Schrecken in der Tiefgarage zu verbreiten.

»Die Länge der Lederzunge ist perfekt, wenn man jemanden so richtig übel vertrimmen will, ohne sich die Hände schmutzig zu machen«, sagte Morton. »Lius Schläge sind größtenteils ins Leere gegangen, weil er den Trick noch nicht raushatte, wie man das Teil richtig durch die Luft sausen lässt. Trotzdem hat er mich so weit auf Abstand gehalten. Wenn du ein wenig übst, kannst du bestimmt bald einzelne Blätter von Baumästen schnalzen.«

»Dagegen hätte unser Baumfreund Peer wahrscheinlich was.« Zu ihrer eigenen Überraschung gelang Jasna ein Lächeln. Mit einem kleinen Schubser bugsierte sie Morton auf einen Steg, bevor die angeknackste Holzplanke endgültig unter ihrem Gewicht nachgeben konnte. »Du kannst jetzt übrigens den Panikknopf ausschalten, wir sind da. In dem Haus hier wohnt der Professor.«

Vor ihnen erhob sich ein klassisches Giebelhaus mit rot-weißer Fassade, leicht schräg stehend und verblüffend schmal, aber immerhin ragten noch ganze drei Stockwerke aus dem Wasser heraus. Im obersten Stockwerk stand ein Fenster offen und

Jasna bekam gerade noch so mit, wie ein Schatten über den Fenstersims ins Innere des Hauses glitt.

Ein schwarzes Geschöpf, geschmeidig wie eine Katze, groß wie ein Mensch, offensichtlich ohne Angst vor der unter ihm schwärenden Tiefe.

Es will zum Professor!, begriff Jasna entsetzt.

23

EIN GAST

Fluchend sprang Jasna über den wackligen Steg und verschwendete dabei keinen Gedanken mehr an das unheimliche Wasser unter ihr.

Ihr Bauchgefühl hatte ihr ganz klar mitgeteilt, dass beim Professor etwas nicht in Ordnung war! Anstatt jedoch auf Tempo zu setzen, hatte sie erst mit den verfluchten Asphaltgöttern rumgespielt und anschließend auch noch Zeit damit verschwendet, sich von Morton trösten zu lassen, weil sie so eine arme Killermaschine war. Und jetzt kam sie zu spät!

Jeder Atemzug kostete wertvolle Sekunden, während der Eindringling sich längst im Schlafzimmer des Professors tummelte … dem kranken, wehrlosen Mann vielleicht gerade ein Kissen aufs Gesicht drückte … Am liebsten wäre Jasna direkt durch die eingelassene Stahltür, die als Eingang diente, gerannt. Stattdessen musste sie sich am Riemen reißen und mit spitzen Fingern einen lockeren Backstein aus der Fassade lösen.

»Wir haben keine Zeit, uns einen Weg reinzuprockeln«, sagte Morton. »Falls du es nicht bemerkt haben solltest: Da ist jemand ins Haus eingestiegen! Ein schwarzes Ding.«

Der Druck in Jasna war so groß, dass sie Morton nur allzu gern angeschrien hätte – damit wäre jedoch noch mehr kostbare Zeit vertan gewesen. Also riss sie sich zusammen und rüttelte weiter an dem Backstein, bis er aus seiner Nische rutschte. Hastig griff sie in das Loch im Mauerwerk und holte einen Schlüssel hervor.

»Der lagert hier für den Fall, dass ich Unterlagen vorbeibringe, während der Professor außer Haus ist«, erklärte Jasna.

Morton setzte gerade zu einer Entschuldigung an, da schloss Jasna schon die Stahltür auf. Sie wollte ins Haus rennen, ach was, am liebsten fliegen. Das wäre jedoch unklug gewesen mit einem Unbekannten im Inneren, der vielleicht darauf lauerte, sie hinterrücks niederzuschlagen. Mit ihr bewusstlos am Boden war dem Professor auch nicht geholfen.

Vielleicht hätte sie Morton diese Überlegung mitteilen sollen, denn während Jasna in den Lautlosmodus schaltete, schob Morton sie voller Ungeduld beiseite und stürmte ins Haus.

Einen Herzschlag später fuhr der junge Mann schreiend zusammen.

Jasna war noch nicht ganz durch die Tür, da hielt sie schon ihr Butterflymesser in der Hand, bereit, es dem erstbesten Schatten in die Rippen zu jagen. Ihre Sinne waren im Alarmmodus, während sich um sie herum alles verlangsamte.

Etwas bewegte sich.

Jasna ahnte es mehr, als dass sie es sah.

Ein Schatten.

Zu schnell für ihren Geschmack.

Sie täuschte mit dem aufblitzenden Butterfly einen Ausfall an, machte eine Drehung in die andere Richtung und fuhr ihren Ellbogen aus. Fand ein Ziel. Der Treffer war jedoch nicht heftig genug.

Ihr Gegner wich zurück, landete in der Enge des Flurs mit dem Rücken an der Wand.

Jasna winkelte ihr Bein an und fixierte den Schatten damit, während sie ihre Messerhand neu ausrichtete.

Um mitten in der Bewegung zu erstarren.

Etwas bohrte sich in ihren Bauch.

»Peng«, sagte eine vertraute Stimme. »Du warst zu langsam.«

»War ich nicht«, sagte Jasna. »Ich habe nur darauf verzichtet, die in meiner Stiefelspitze eingebaute Klinge auszufahren. Sonst würden deine Bälle jetzt über den Fliesenboden kullern, Emerick. Und nun nimm deinen Zeigefinger von meinem Bauch, wir spielen hier nicht Wilder Westen.«

Emerick zog eine schwarze Braue hoch. »Du hast deine Stiefeletten präparieren lassen? Du bist ja noch viel besser, als ich dachte.«

»Sehr viel besser«, fügte Morton hinzu, der immer noch kreidebleich war. »Du hast nicht den Hauch einer Ahnung, wozu die Lady imstande ist. Sei froh, dass sie dich in diesem düsteren Look nicht für den Schwarzen Mann gehalten und kurzen Prozess mit dir gemacht hat.«

»Die Gefahr bestand nicht«, sagte Jasna. »Dafür ist sein Geruch nach der Stiftsseife, vermischt mit einem gewissen Sandelholzaroma, zu leicht erkennbar.«

Emerick steckte seine lederbehandschuhten Hände in die Manteltaschen. »Und ich dachte, dass jemand, der auf Ruwens künstlichen Moschusgestank abfährt, bestimmt keine besonders feine Nase hat. Da habe ich mich wohl geirrt.«

»Soll vorkommen«, sagte Jasna. Mit einer gekonnten Bewegung, die kaum mit dem bloßen Auge auszumachen war, ließ sie das Butterflymesser verschwinden. Dann wandte sie sich Morton zu – ein guter Move, um Emericks selbstgefälliges Grinsen nicht länger ertragen zu müssen. »Womit hat dich die Schwarze-Mann-Attrappe denn halb zu Tode erschreckt?«

Morton blickte finster drein. »Der Mistkerl hat die Stimme von Frogel nachgemacht, dem alten Hausmeister von Lastage House, der mir als Junge für unsere Kinderstreiche ständig die Hosen stramm gezogen hat. Ich hab bis heute Albträume von Frogel, in denen er groß wie ein Haus ist, das mich unter sich begräbt. ›Hab ich dich erwischt, du kleiner Gauner‹, hat Emerick hinter der Tür gekrächzt, als wäre der alte Frogel aus seinem nassen Grab wiederauferstanden, um mir die Leviten zu lesen. Ich habe mir fast in die Hosen geschissen vor Panik.«

»Dann klopf das nächste Mal einfach an, bevor du fremde Häuser betrittst«, sagte Emerick. »Man weiß schließlich nie, wer hinter der Türe lauert.«

Morton zeigte ihm den Mittelfinger.

»Zu deiner Information: Wir wussten, dass jemand durchs Fenster ins Obergeschoss eingedrungen ist«, sagte Jasna.

»Dafür habt ihr euch mit dem Reinkommen dann aber ganz schön Zeit gelassen.« Emerick blinzelte ihr zu, reichlich unverschämt, wie Jasna fand.

Sie beschloss, es ihm bei der erstbesten Gelegenheit zurückzuzahlen. Allein schon für den Schrecken, den er Morton versetzt hatte – offenbar ohne einen Anflug von schlechtem Gewissen.

»Was machst du überhaupt im Haus des Professors?«, fragte Jasna.

Emerick strich über seinen schwarzen Mantel, an dem einige Lacksplitter klebten, vermutlich von seinem Einstieg durchs Fenster. »Was für eine Frage. Offensichtlich bin ich nicht der Einzige, dem Professor Leopolds spontane Erkrankung spanisch vorkam. Gestern noch topfit in der ›Spielstunde‹ mit der kleinen Lia rumgealbert und, nachdem sein Büro von einem nächtlichen Vandalen heimgesucht worden war, plötzlich von einer Erkältung niedergerungen? Ein bisschen viel Zufall für meinen Geschmack.« Er räusperte sich. »Wobei ich einräumen muss, dass es eben doch verrückte Zufälle gibt. Bei meinem Einstieg in die Dachkammer bin ich an Professor Leopolds Bett vorbeigekommen … in dem er schniefend und – seinen rot glänzenden Wangen nach – fiebernd döst. Der Mann ist definitiv krank.«

Vor Erleichterung löste Jasna ihre Schultern, ohne zuvor bemerkt zu haben, dass sie innerlich immer noch in Kampfhaltung war. »Wenn jemand krank ist, sollte man so was ja eigentlich nicht sagen – aber das ist echt eine gute Nachricht. Ich habe mich schon mit dem geheimnisvollen Eindringling aus dem Gartenhaus duellieren sehen, während der Professor an einen Stuhl gefesselt mit seinen letzten Atemzügen ringt.«

»Ist schon besser so«, sagte Morton. »Das erklärt allerdings nicht, was du hier machst, Emerick. Du solltest jetzt eigentlich in der Gesprächstherapie bei Dr. Julius sein.«

»Das wäre ich normalerweise auch«, gab Emerick zu, »wenn Dr. Julius nicht mitten im Gespräch tief und fest eingeschlafen wäre.«

In Mortons Unterkiefer zuckte es. »Du hast ihr dein Schlafmittel untergejubelt. Schon wieder.«

»Entspann dich, Dr. Julius steht auf diese Nickerchen«, sagte Emerick. »Ist doch viel besser, eine Runde zu träumen, als sich meine langweiligen Geschichten anzuhören. Wer kann es der Frau also verübeln? Außerdem ist jede Dosis, die ich mir für ihre Auszeit aufspare, für mich der reinste Albtraum. Wortwörtlich. Die Nächte in Lastage House sind nämlich meistens schweinelangweilig.«

Jasna konnte es nicht glauben. »Du hast deine Therapeutin betäubt?«

»Fang du jetzt nicht auch noch damit an«, winkte Emerick ab. »Dr. Julius macht bloß einen Powernap im Zuckerwatteland – und wenn sie aufwacht, wird sie sich doppelt so gut fühlen, weil ich ihr für diese wunderbaren Therapiestunden von Herzen danken werde. Was meinst du, warum sie mir eine Doppelsitzung verschrieben hat? Jedes unserer Treffen ist ein voller Erfolg. Und zwar für beide Seiten. Sie bekommt nämlich als Dankeschön obendrein noch eine Top-Erinnerung an unser Gespräch voller tiefenpsychologischer Höhepunkte eingetrichtert.«

Ungläubig schürzte Jasna die Lippen. »Klar, du setzt deine Therapeutin nicht bloß unter Drogen, sondern hypnotisierst sie nebenbei auch noch und überschreibst ihre Erinnerung, ganz so, wie es sich für einen echten Großmeister der Manipulation gehört.«

Leider lief Emerick nicht wie erhofft rot an, sondern bedachte Jasna mit einem jener Blicke, die sie persönlich für begriffsstutzige Asphaltgötter reserviert hatte. »Selbst ein Laie wie du sollte wissen, dass man jemand Schlafendes nicht hypnotisieren kann. Stimmt's, Morton?«

Der junge Mann verschränkte die Arme vor der Brust. »Ich

halte mich da raus. Je weniger ich über deine Tricks weiß, umso besser für mein Seelenheil.«

Emerick zuckte mit den Schultern, dann suchte er Jasnas Blick. Nun, dummerweise fand er ihn sofort, weil sie ihn offensichtlich zu spannend fand, um ihn mit Desinteresse zu strafen. Daran musste sie dringend noch arbeiten. Am besten sofort. Doch in diesem Moment deutete Emerick bereits auf etwas, das sich eine gute Handbreit vor seiner Brust befand.

»Siehst du«, sagte er zu Jasna. »Ich halte die Leitung zu Dr. Julius und flüstere ihr darüber gelegentlich etwas zu, woran sie sich später erinnern wird. Die Lücken dazwischen wird sie als ehrgeizige Psychologin bestimmt liebend gern mit Eigenkreationen füllen.«

Jasna starrte auf die Stelle, auf die Emerick deutete, um plötzlich etwas wie eine feine Silberschnur zu erkennen, die in der Luft schwebte und durch die Haustür nach draußen verschwand. Das wurde ja immer besser. Während Jasna die sanft in einem nicht vorhandenen Wind schwingende Schnur betrachtete, durchkramte sie im Eiltempo ihr Gedächtnis nach Fällen, bei denen Menschen durch ein Gespräch so manipuliert worden waren, dass sie aus fester Überzeugung Verbrechen gestanden, die sie nicht begangen hatten. Genau das musste Emerick hier mit ihr machen, es sei denn …

»Das Medikament, das sie dir gegen psychotische Schübe geben, ruft bei Gesunden Halluzinationen hervor, richtig?«, erkundigte sich Jasna.

»Von der feinsten Sorte«, bestätigte Emerick. »Aber das Teufelszeug spüle ich immer in der Toilette runter, das ist das reinste Gift. Obwohl ich schon mal mit dem Gedanken gespielt habe, es einigen Arschlöchern bei der Security unterzujubeln. Wäre bestimmt spannend.«

Jasna schüttelte den Kopf, bis sich der Eindruck von der geisterhaften Silberschnur verflüchtigte. »Erinnere mich daran, nie etwas zu essen oder zu trinken, das du zuvor in den Händen hattest.«

Emerick kratzte sich am Nacken. »Apropos trinken: Morton, setzt du in der Küche eine Kanne Tee auf? Ich glaube, der Professor könnte eine Tasse gebrauchen. Und mach am besten auch eine Portion Haferflocken. So verröchelt, wie er klingt, wird der arme Mann wohl erst mal das Bett hüten müssen, die steile Treppe schafft er in diesem Zustand ganz bestimmt nicht.« Während Morton – ganz Pfleger aus Leidenschaft – ein »Klar doch« nuschelte, erklomm Emerick bereits die Stufen ins Obergeschoss.

Jasna schluckte ihre Wut samt ihrer verletzten Eitelkeit hinunter, dann folgte sie dem hochgewachsenen Jungen.

Vor der angelehnten Schlafzimmertür blieb Emerick stehen.

Jasna hielt dicht hinter ihm an, so nah, dass sie das Heben und Senken seiner Schultern beim Atmen beobachten konnte. Ihr fiel auf, dass sich sein schwarzes Haar im Nacken durch die Feuchtigkeit des Regentags leicht wellte. Aber da war noch etwas anderes … etwas, das Emerick zu verbergen versuchte, für das Jasna jedoch einen sechsten Sinn hatte: Emerick stand unter genauso großem Druck wie sie. Die Frage war nur, warum? Der Professor hatte eine schwere Erkältung, aber das konnte unmöglich der Grund für die fiebrige Energie sein, die Emerick plötzlich umgab.

»Wie geht es dem Professor wirklich?«, fragte Jasna mit einem mulmigen Gefühl im Magen.

Emerick drehte sich nicht um. »Ich bin nur kurz an seinem Bett gewesen, weil es im Untergeschoss plötzlich gelärmt hat.«

»Nun tu mal nicht so, als ob du auf Einbrecher getippt hättest. Du hast uns in der Gracht gesehen, als du über das Dach gekommen bist. Du wusstest, dass wir es sind und konntest es dir nicht verkneifen, Morton einen Schreck einzujagen.« Jasna widerstand dem Drang, ihm einen Knuff in den unteren Rücken zu versetzen.

Noch immer drehte Emerick sich nicht um. Und, wenn Jasna sich nicht täuschte, nahm seine Nervosität mit jeder

Sekunde zu. »Eigentlich …«, setzte er an, »dachte ich eher, dass ich mir die zwei verzweifelt über die Planken taumelnden Gestalten wegen der Entzugserscheinungen nur einbilde.«

»Entzugserscheinungen also«, stellte Jasna fest. »Weil du deine Ration Schlaftabletten an deine Therapeutin verfüttert hast.«

Emerick zog einen Lederhandschuh aus und legte die Hand auf die Zimmertür, als wollte er das alte Holz prüfen. »Vergiss die Schlaftabletten, ich rede von dem Zaubertrank aus der Pharmaküche, der einen Weichzeichner über meine überempfindliche Wahrnehmung legt. Leider hat das Zeug ein paar fiese Nebenwirkungen, es löst Panikattacken aus und gelegentlich verwandelt es meine Beinmuskulatur in Pudding. Seit Lias Nachricht habe ich auf meine Ration verzichtet, was heute echt vorteilhaft war. Wenn man sich über den Dächern dieser Stadt fortbewegt, kommt es nicht gut, wenn plötzlich ein Bein seinen Dienst versagt. Allerdings kehrt meine Wahrnehmung schneller zurück als erwartet. Und gerade bekomme ich eine volle Ladung verschiedener Informationen ab.«

Während Emerick sprach, wünschte Jasna sich immer dringlicher, dass der Absatz, auf dem sie standen, größer wäre, sodass sie etwas Abstand zwischen sich und Emerick bringen konnte. Oder er sich wenigstens umdrehte, auch wenn ihre Nase dann vor seiner Brust hängen würde. Es machte sie nervös, dass er ihr so demonstrativ den Rücken zugewandt hielt, während er über seine sinnliche Reizüberflutung sprach. Das war nicht sein Stil, er war kein Typ, der sich seine Unsicherheiten freiwillig anmerken ließ. Während sie abwägte, was sie von seinem Benehmen halten sollte, zog Emerick die Hand von der Tür zurück, als hätte er sich verbrannt.

»Wo ist der Unterschied zu sonst? Deiner Aussage nach bist du wahrnehmungstechnisch doch eh ständig überdurchschnittlich unterwegs«, sagte Jasna. »Du hast behauptet, mit der bewusstlosen Lia gesprochen zu haben und funkst Dr. Julius was über eine Silberschnur zu. Wie kann dieses Niveau denn noch getoppt werden? Verwandelst du dich in einen Funkmast für göttliche Botschaften oder machst du in Sekundenbruchteilen eine geistige Zeitreise durch die Jahrhunderte dieses Hauses?«

Jasna wartete auf eine Reaktion, doch Emerick ging nicht auf ihre Vorlage ein. Was dann wohl bedeutete, dass bei ihm innerlich gerade die Post abging und zu viele Eindrücke auf ihn einprasselten, die er so schnell nicht verarbeiten konnte. Oder die ihn in Sorge versetzten.

Vorsichtig legte Jasna eine Hand auf Emericks Rücken – um ihn zu beruhigen, aber auch um ihm einen Halt im Hier und Jetzt zu geben, was die ihn umgebende nervöse Energie jedoch nur noch mehr anfachte, sodass sie es gleich wieder bleiben ließ. »Was nimmst du gerade wahr?«

»Dass du interessant riechst«, sagte Emerick. »Irgendwie nach abgefackeltem Molotowcocktail, jeder Menge Action und Leder.«

Jasna schluckte. »Das kann ich erklären.«

»Mag sein, aber ich bevorzuge die Fantasie, die diese Geruchsmischung bei mir auslöst. Besonders wenn du so dicht bei mir stehst.« Es lag eindeutig ein Grinsen in Emericks Stimme.

Jasna stöhnte. »Du und deine Spielchen, du wirst sofort ...« Weiter kam sie nicht, weil Emerick sich trotz des akuten Platzmangels umdrehte und ihr einen Finger auf die Lippen legte. Jasna hielt sich an seinem Mantelaufschlag fest, um nicht den Halt zu verlieren.

»Ich muss jetzt etwas tun, was mir wirklich mit jeder Faser meines Seins widerstrebt«, flüsterte Emerick. »Können wir uns darauf einigen, es meinem Drogenentzug und nicht meiner generellen Unfähigkeit zuzuschreiben?«

Jasna traute sich kaum zu atmen, solange ein solch verwirrender Ausdruck in Emericks blauen Augen lag. Deshalb deutete sie lediglich ein Nicken an.

»Dieser Ledergeruch an dir ...« Emericks Worte waren kaum zu verstehen, so leise sprach er. »Gehört er zu einer ernst zu nehmenden Peitsche oder bloß zu einem Spielzeug für gewisse Stunden?«

Wären Emericks Wangen nicht so blass gewesen, hätte Jasna ihn spätestens jetzt zum Teufel geschickt. Wenn der Kerl mich bloß wieder aufzieht, dann kann er was erleben, schwor sie sich. »Hast du die Male auf Mortons Gesicht gesehen? Von der Sorte ist die Peitsche.«

»Gut«, sagte Emerick. »Dann möchte ich jetzt etwas zurücknehmen, das ich vorhin behauptet habe: Der Professor hat keine Erkältung, er hat ganz andere Probleme.«

»Woher willst du das wissen?«

»In der Kammer hinter der Tür geht etwas vor sich, etwas mit dem Professor. Mehr kann ich noch nicht sagen … die Eindrücke sind zu verwirrend. Und wenn ich es zu fassen versuche, fühlt es sich an, als würde ein ganzes Blitzgeschwader in meinem Schädel explodieren. Jemand hat dem Professor gestern Abend ein Geschenk gemacht … es lag vor der Tür seines Arbeitszimmers … ein Flakon voll schwarzem Nebel … Was hatte Nanette noch einmal gesagt? Der schwarze Atem der Königin leitet ihre Diener … der Professor hat den Flakon geöffnet … Zuerst war da nichts, jedenfalls dachte er das. Aber in der Nacht fing der eingeatmete Nebel an zu wirken … Ich schlage vor, dass du jetzt die Peitsche rausholst und dich bereitmachst.«

»Und dann?«

»Stoße ich die Tür auf. Bei eins …«

Bevor Jasna Einwände erheben konnte, sagte Emerick »eins«, drehte den Knauf und öffnete die Tür.

24

SCHWARZE FEDERN

In der Kammer unter dem Dach herrschte Stille.

Jene Art von Stille, bei der einem der eigene Atem in den Ohren dröhnt.

Ansonsten war kein Laut zu hören, nicht einmal der Wind pfiff durch das verzogene Fenster.

»Klopf, klopf, jemand da?«, rief Emerick leise.

Die Stille schien dichter zu werden.

Jasna schob sich neben Emerick, während ihre Hand wie von selbst zum Griff der Peitsche glitt, um sie unter dem Mantel hervorzuziehen. Als Emerick sich vordrängeln wollte, verpasste sie ihm einen Check mit der Schulter, und während er noch aufkeuchte, betrat sie als Erste die Kammer.

Professor Leopold lag in einem antik anmutenden Metallbett unter einer Daunendecke. Sein Gesicht wirkte gräulich, die geschlossenen Augen ruhten tief in den Höhlen und sein Mund stand offen. Für einen Moment glaubte Jasna, ihr Mentor sei tot. Dann bemerkte sie seinen seitlich herabhängenden Arm. Offenbar war der Professor in der letzten Nacht zu erschöpft gewesen, um seinen Anzug auszuziehen, er war bekleidet ins Bett gefallen. Es war jedoch etwas anderes, das ihren Blick auf sich zog: Seine Hand. Sie zuckte. Weil sich seine Finger hektisch schlossen und öffneten. Wie mechanisch. Da war jedoch noch etwas anderes … Seine Fingernägel waren schwarz verfärbt. Und sie waren lang, spitz gebogen und dicker, als es bei einem Menschen möglich sein sollte.

»Seine Fingernägel …«, setzte Jasna an. »Sie sehen aus wie Klauen.«

»Du siehst es also auch? Da bin ich aber froh.« Emerick wirkte ernsthaft erleichtert.

»Sah seine Hand vorhin schon so aus?«

»Dann wäre ich ja wohl kaum in aller Seelenruhe zu euch runterspaziert, um eine Hausmeister-Frogel-Nummer hinzulegen. Als ich vorhin durchs Fenster geschlüpft bin, hat der Professor gegen etwas in seinem Körper angekämpft. Eine Erkältung, dachte ich. Womit ich offensichtlich falschlag. Jedenfalls hat er den Kampf allem Anschein nach verloren.« Emerick rieb sich das Gesicht. »Siehst du noch mehr strange Dinge als die Klauen? Es wäre zu schön, mit diesen Wahrnehmungen nicht allein zu sein.«

»Vorhin sagtest du etwas über fieberrote Wangen, aber jetzt sind seine Wangen ganz grau«, sagte Jasna so leise, wie man eben am Bett von Kranken sprach. Oder in der Nähe von etwas, von dem man nicht genau wusste, was es war und ob man seine Aufmerksamkeit auf sich lenken wollte.

Emerick schüttelte sich. »Vordem hatte Professor Leopold auch noch keine schwarzen Minibeulen auf der Stirn.«

Jasna musste genauer hinsehen, um die perlengroßen Male zwischen den wirr in die Stirn hängenden Haarsträhnen zu erkennen. »Falls du noch mehr Veränderungen bemerkst, dann rück gleich damit raus, anstatt mich auf die Folter zu spannen.«

Als Emerick bloß dastand und auf etwas zu lauschen schien, ging Jasna zum Bett hinüber. Vorsichtig, als läge dort nicht der höflichste und freundlichste ältere Herr, der ihr jemals begegnet war. Sicherheitshalber versteckte sie die Peitsche jedoch hinter ihrem Rücken. Nicht, dass der Professor noch die Augen aufschlug und fragte, was sie mit dem Teil in ihrer Hand bitte schön vorhatte.

»Das ist nah genug«, sagte Emerick, der ihr lautlos gefolgt war, und hielt sie am Arm fest.

Mit einer gekonnten Drehung entwand sich Jasna seinem

Griff. Sie hatte nicht vorgehabt, näher ans Bett zu gehen. Obwohl der Professor aussah wie ein schwer kranker Mann, der vor Erschöpfung tief schlief, spürte sie ebenfalls die Gefahr, die von ihm ausging. Als würde jemand einen hohen Ton spielen, für den ihre Ohren nicht gemacht waren. Aber ein anderer ihrer Sinne, den sie nicht recht benennen konnte, nahm den Ton wahr und schlug Alarm.

Unten in der Küche pfiff der Wasserkessel. Gut, dann war Morton für den Moment beschäftigt.

»Professor Leopold«, sagte Jasna. »Können Sie mich hören?«

Das graue Gesicht ihres Mentors blieb regungslos.

Jasna streckte die Hand aus, plötzlich erfüllt von der Sorge, der Professor könnte zu atmen aufgehört haben. Ihre Fingerspitzen streiften eisige Haut, die sich ungewöhnlich fest anfühlte. Wie Leder. Dann drückte Emerick auch schon ihr Handgelenk runter.

»Was soll das?«, fauchte Jasna.

Emerick sah sie eindringlich an. »Es ist besser, ihn nicht anzufassen.«

»Eben hast du noch behauptet, der Professor liegt mit einer Erkältung im Bett, und jetzt tust du so, als wäre er eine menschliche Zeitbombe, die jeden Moment hochgehen kann. Dieser Mann braucht Hilfe, Emerick.«

»Dafür ist es zu spät, der schwarze Nebel ist in jede seiner Zellen eingedrungen, sein Körper gehört jetzt der Königin«, sagte Emerick und hielt Jasnas Handgelenk fest, auch als sie es ihm zu entwinden versuchte.

»Zellen … schwarzer Nebel … die Königin … Woher willst du das alles wissen, verflucht noch mal?«

»Ich habe genauso wenig Ahnung, was hier vor sich geht, wie du«, sagte Emerick mit beängstigender Ruhe. »Aber der Professor weiß es. Er sagt übrigens auch, du sollst den Schlagring wieder wegstecken, anstatt mir damit eins überzubraten.«

Unauffällig ließ Jasna den Schlagring wieder in der Manteltasche verschwinden. »Du sprichst mit dem Professor? Ist es wie letzte Nacht, als du mit mir im Traum geredet hast? Hat der Professor seinen schlafenden Körper verlassen?« Sie sah sich in der Kammer um, aber alles, was sie entdeckte, war ein bis auf den letzten Winkel vollgestelltes Buchregal und ein Kleiderschrank, der ganz schief war nach einem Wasserschaden und in der Dachschräge stand.

Emerick schien mit sich zu ringen, was er sagen sollte. Vielleicht schlug auch wieder ein ominöses Blitzbündel voller Infos in seinen Kopf ein. Erst als sie hörten, wie Morton mit Geschirr rumhantierte, was wohl bedeutete, dass er schon bald zu ihnen hochkommen würde, traf er eine Entscheidung. »Der Professor hat seinen Körper nicht einfach so verlassen, er wurde hinausgedrängt. Der schwarze Nebel hat ihn übernommen. Jetzt steht der Professor – oder das, was von ihm übrig ist – dort drüben neben dem Buchregal. Siehst du ihn?«

Jasna wollte verneinen. Aber dann bemerkte sie neben dem Regal eine Gestalt, die aussah, als bestände sie aus Glas. Flüssiges, bewegliches Glas, das an manchen Stellen so fein war, dass die Umrisse der Gestalt sich dort aufzulösen schienen. Es war jedoch kein älterer Herr, sondern ein junger Mann, obwohl die Ähnlichkeit mit Professor Leopold eindeutig war … und seinem Gesichtsausdruck nach zu urteilen, war er äußerst wütend. Er fuchtelte mit dem Zeigefinger herum.

Zuerst dachte Jasna, die jüngere Ausgabe von Professor Leopold würde auf sie deuten und stumm etwas schreien, etwa, warum zur Hölle sie so begriffsstutzig war. Dann nahm sie aus den Augenwinkeln eine Bewegung wahr.

Neben ihr fluchte Emerick.

Mit so etwas verschwendete Jasna keine Zeit. Sie ließ die Lederzunge der Peitsche hoch- und sofort wieder runtersausen. Blindlings traf sie auf Widerstand. Ein Kreischen ertönte. Doch als Jasna sich umdrehte, erblickte sie lediglich einen Schemen, der hinter dem in der Schräge stehenden Kleiderschrank verschwand.

Schwarze Federn schwebten durch die Luft.

»Was war das?«, raunte Jasna.

»Professor Leopolds Körper«, sagte Emerick und bedeutete Jasna, sich von einer Seite an den Kleiderschrank heranzupirschen, während er auf die andere ging. »Oder vielmehr das, in das er sich gerade verwandelt.«

»Behaupte bloß nicht, dass er zu einem Raben geworden ist«, sagte Jasna, während eine der schwarzen Federn auf ihrer Schulter landete. Panisch schnipste sie sie weg.

»Denkst du etwa, das, was vorletzte Nacht über Lastage House geflogen ist, waren Raben?« Emerick griff nach einem Holzstuhl und hielt ihn vor sich, wie ein Tigerdompteur im Zirkus. »Der Professor sagt, es seien die treuen Gefolgsleute der Königin gewesen.«

Hinter dem Schrank erklang ein heiseres Zischen.

Die Treppe knarrte, als Morton den Anstieg in Angriff nahm.

»Die Königin …«, sagte Jasna. »Lia hat sie in ihrer Nachricht erwähnt.« Und der Wächter, dachte sie. Als er sagte, ich würde *sie* kennen.

Emerick nickte, ohne den Kleiderschrank auch nur eine Sekunde aus den Augen zu lassen. »Die Königin und ihre Gefolgschaft glauben, dass der Professor weiß, wie dem Occulus beizukommen ist, deshalb haben sie beschlossen, ihn in einen der Ihren zu verwandeln.«

Jasna konnte nicht anders, sie blickte zu dem gläsernen jungen Leopold. Die Gestalt hatte noch mehr Substanz angenommen, nur bewegte sie sich nicht mehr. Sie stand da, die Hände zu Fäusten geballt, das Gesicht verzerrt vor Wut und Sorge. Dann rutschten auf einmal ihre Brauen in die Höhe, der Mund öffnete sich zu einem Schrei und …

Morton öffnete die Tür.

Gleichzeitig zerbarst der Kleiderschrank in zwei Hälften.

Splitter zischten wie Geschosse herum, Kleidungsstücke flogen geblähten Segeln gleich durch die Luft.

In dem Chaos trat eine Gestalt hervor, die Jasna trotz ihrer geschulten Instinkte zurückweichen ließ.

Das Wesen trug noch Hemd und Hose des Professors, darin endeten jedoch die Gemeinsamkeiten. Die Haut der Kreatur war steingrau, die Gesichtszüge waren spitz nach vorn gezogen, die Augen komplett von einem nebeligen Schwarz erfüllt. Das Hinterhaupt war wie nach hinten gezogen und von pechschwarz schimmernden Federn bedeckt. Die vorgestreckten Hände krümmten sich zu Klauen.

»Bitte nicht«, flüsterte Jasna und wich noch weiter zurück.

Der Diener der Königin, der einst Professor Leopold gewesen war, erwiderte ihren Blick. *Du*, sagte er, ohne die Lippen zu bewegen. *Du gehörst mir.*

Dann sprang er vor.

Emerick schleuderte den Stuhl, doch das Wesen blockte ihn im Sprung ab, als sei er nicht aus Eichenholz, sondern bloß aus Pappmaschee.

Dann war die Gestalt über Jasna, noch bevor sie ihre Angst in den Griff bekommen hatte, und begrub sie unter ihrem Leib, der schwer wie Stein war. Das, was von der Nase des Wesens noch übrig war, vibrierte.

Du riechst falsch, sagte der Diener der Königin. *Warum riechst du nach Blut, Haut und Sterblichkeit*?

In nächsten Moment krachte es und das Wesen sackte über Jasna zusammen, nur um sogleich gepackt und zur Seite geschleift zu werden.

Emerick beugte sich über Jasna und half ihr auf die Füße, während Morton sich das verbeulte Tablett schnappte und dem Wesen, als es sich rührte, einen weiteren kräftigen Schlag versetzte. Es sackte endgültig in sich zusammen und blieb liegen.

»Wir müssen dieses Ding fesseln, ein Bums mit dem Teetablett setzt es bestimmt nicht ewig außer Gefecht«, sagte Morton als jemand, der darin geübt war, sogar in Ausnahmesituationen praktisch zu denken.

Jasna kämpfte um ihr Gleichgewicht, innerlich wie äußerlich. »Ich weiß, wie man jemanden fesselt – und zwar so, dass er sich auf keinen Fall befreien kann.«

»Warum überrascht mich das nicht?«, sagte Emerick. »Sag mir, was du brauchst, und ich besorge es dir.«

Packband war gut, Plastikschnur jedoch noch besser. Alles, was man nicht dehnen konnte und was so eng saß, dass sich auch nichts mehr drunterschieben ließ. Etwas, das möglichst unbeweglich war, fast verschmolz mit den zusammengebundenen Gelenken, die man so fesselte, dass der Gefangene sich halb umbrachte, wenn er versuchte, sie zu bewegen. In diesem Fall zog sich eine Halsschlinge bei jeder Regung fester zu, eine äußerst effektive Technik.

Es kostete Jasna einige Zeit, die Kreatur auf einem Stuhl mit massivem Stahlrahmen so festzubinden, dass es ihren Ansprüchen genügte. Vor allem, weil ihre Hände zitterten und jede Sekunde, die sie in der unmittelbaren Nähe dieses Wesens verbringen musste, sie in den Wahnsinn trieb. Es war, als würden Schallwellen von ihm ausgehen, die ihre Gedanken durcheinanderwirbelten, längst vergessen geglaubte Gefühle weckten und ihr die Luft zum Atmen raubten.

Es war einfach zu viel – dieses unheimliche Geschöpf, das trotz seiner Deformation noch an ihren Mentor erinnerte, während jener Teil des Professors, der nicht an den Körper gebunden war, still leidend neben dem Buchregal ausharrte, zur Passivität verdammt. Die verstörende Wirkung, die das Wesen auf sie hatte, und seine noch verstörenderen Worte. Ob Emerick sie gehört hatte? Jedenfalls ließ sich der Junge nichts anmerken, er saß hoch konzentriert neben ihr und assistierte, während sie die Beine des Wesens an die Stuhlbeine band.

»Fertig«, sagte Jasna.

Keine Sekunde zu früh, denn das Wesen erwachte aus seiner Benommenheit, schmiss kreischend den Kopf in den Nacken und begann, nach Leibeskräften an seinen Fesseln zu reißen. Die Fesseln hielten – das war die gute Nachricht. Die schlechte war, dass das Geschöpf sich davon nicht beeindrucken ließ.

»Wenn es nicht aufhört, an den Fesseln zu zerren, wird es sich wegen der Schlaufe um den Hals noch strangulieren«, sagte Jasna.

»Warum hast du diese Schlaufe überhaupt eingebaut?«, fragte Morton mit sorgenzerfurchter Stirn.

»Weil die Leute normalerweise aufhören, an ihren Fesseln zu zerren, wenn ihnen die Luft ausgeht. Und bei einem solchen Geschöpf wollte ich kein Risiko eingehen.«

Emerick stand mit verschränkten Armen und leicht vornübergebeugt neben ihnen, schien aber meilenweit weg zu sein. »Im Arbeitszimmer des Professors gibt es ein Geheimversteck mit Arzneivorräten, dort befindet sich auch ein starkes Beruhigungsmittel.«

»Kannst du Psychopharmaka inzwischen riechen wie ein Spürhund?«, fragte Morton.

Nun, Morton hatte weder mitbekommen, dass Emerick sein Medikament abgesetzt hatte und deshalb über eine überhitzte Wahrnehmung verfügte, noch, dass er mit dem geisterhaften Professor Leopold in Kontakt stand, der Jasna gerade ein trauriges Lächeln schenkte. Offenbar konnte Emerick den Professor in irgendeiner Form verstehen, was ihm seinem Gesichtsausdruck nach jedoch Kopfschmerzen bereitete.

Jasna klärte Morton auf, während Emerick verschwand, um das Beruhigungsmittel zu besorgen. Als er wiederkehrte, beugte Morton sich gerade vor, um seine Schnappatmung wieder in den Griff zu bekommen. Anscheinend versetzte die Vorstellung eines unmedikamentierten Emericks sogar einen Kaltblüter wie Morton in Wallung.

»Alles klar?«, fragte Emerick, wobei er seinem Freund die Schulter tätschelte. »Das mit dem Spritze setzen ist nämlich dein Job. Ich kann das nur bei mir selbst. Wenn ich anderen einen Schuss setzen muss, wird mir schlecht.«

»Schon gut«, sagte Morton und nahm das Medikamentenfläschchen samt Spritzbesteck entgegen.

»Warte, bevor du unserem gefiederten Freund eine Dosis

setzt. Wenn dieses Ding erst einmal weggetreten ist, kann es uns keine Fragen mehr beantworten«, sagte Emerick.

Das Wesen schaute ihn mit irritierend schlauen Augen an. *Wir könnten verhandeln*, sagte es auf seine spezielle Art, von der Jasna nicht wusste, ob die anderen sie ebenfalls verstehen konnten. Aber es war auch egal, was es zu sagen hatte – Jasna wollte nichts davon hören.

Mit einem schnellen Griff nahm sie Morton die aufgezogene Spritze aus der Hand und stach sie in die Halsvene des Wesens, wobei seine lederne Haut unerwartet viel Widerstand leistete. Während Emerick laut fluchte, drückte sie den Kolben nieder, bis die Spritze restlos geleert war.

Das Wesen starrte sie an. Auf der glänzenden Hülle der schwarzen Nebelfelder in seinen Augen konnte sie ihr Spiegelbild sehen. Und auch noch etwas dahinter … ein anderes Bild, das einer Frau in weiter Ferne. Und doch zu nah. Die Königin.

Du bist verkehrt, sagte das Wesen. Dann verschwamm sein Blick.

25

AN DER WEGSCHEIDE

Jasna stand mit Emerick im Arbeitszimmer des Professors, das im mittleren Stockwerk lag. Dort durchsuchten sie den Medikamentenschrank nach weiteren Betäubungsmitteln, während Morton versuchte, es dem Mischwesen aus Vogel und Mensch für seine Gefangenschaft so gemütlich wie möglich zu machen. Es mochte gefährliche Klauen haben, Kleiderschränke in Kleinholz verwandeln, und junge Frauen, die sonst jedem Gegner die Stirn boten, mir nichts, dir nichts zu Boden reißen, aber als gelernter Pfleger bestand Morton auf ein Mindestmaß an Komfort. Sobald der mutierte Professor gesichert war, wollte Morton seinen älteren Bruder Ole darum bitten, auf ihn aufzupassen. Zumindest für ein paar Stunden, in der Hoffnung, dass das Occulus ihnen in der Zwischenzeit Klarheit verschaffen würde. Denn wenn der Professor verwandelt worden war, bestand durchaus Grund zur Hoffnung, dass der Vorgang auch wieder rückgängig gemacht werden konnte.

Im Hintergrund tickte eine altmodische mechanische Uhr und verriet, dass die Zeit aktuell ihr größter Feind war. Nicht nur, was den Professor anbelangte, dessen Mutation allem Anschein nach noch nicht abgeschlossen war. Auch Emerick lief die Zeit davon. Eigentlich hätte er schon längst aufbrechen müssen, um noch rechtzeitig wieder in Lastage House zu sein. Mit jeder verstreichenden Sekunde nahm die Wahrscheinlichkeit zu, dass seine Therapeutin Dr. Julius allein in ihrem Behandlungszimmer aufwachte. Damit würde nicht nur Emericks

Trick auffliegen, mit dem er sich für ein paar Stunden davongeschlichen hatte, sondern auch ihre ganze Rettet-Lia-Mission, aus der nun außerdem eine Professor-Rückverwandlungsqueste geworden war.

Doch von Zeitdruck wollte Emerick nichts wissen, er tat geradezu so, als hätte er eine Zeitmaschine in der Manteltasche. Und Jasna war nicht recht bei der Sache. Das änderte sich auch nicht, als Emerick begeistert darauf hinwies, dass die meisten Fläschchen und Dosen im Medikamentenschrank zweifelsohne vom Schwarzmarkt stammten und einige davon experimentelle Psychopharmaka enthielten. Nach einer Weile tat Jasna nicht einmal mehr so, als würde sie seinem Vortrag über Meskalin vom Peyote-Kaktus, dem angeblichen Mercedes Benz unter dem halluzinogen wirkenden Grünzeug, zuhören.

Schließlich stellte Emerick seine Inspektion des Schränkchens ein. »Bevor sich dieser angespannte Ausdruck in deinem Gesicht noch festbrennt, stelle ich dir lieber eine Frage, bei der ich normalerweise Zuckungen bekomme, weil ich sie schon mindestens eine Million Mal zu hören bekommen habe. Also gut, hier kommt sie: Möchtest du drüber reden?«

Jasna zuckte zusammen. »Du meinst, ob bei mir Gesprächsbedarf besteht, weil mein Freund und Mentor sich in ein unheimliches Vogelwesen verwandelt, nachdem er mit schwarzem Nebel aus einem Flakon vergiftet wurde? Nein, eigentlich nicht.«

Unauffällig steckte Emerick die Schachtel mit getrockneten Kaktusflocken in seine Manteltasche. »Verstehe. Möchtest du dann vielleicht über das Bild reden, das drüben auf der Kommode steht?«

»Welches Bild?«

»Das an der Wand, das du auf gar keinen Fall anschauen willst. Du weißt schon, das mit der eingestürzten Ruine. Es ist schon fast beleidigend, wie wenig Mühe du dir gibst, mich zu täuschen. Aber gut. Warum ist das Motiv eigentlich so unscharf, regnet es da vielleicht?«

In Sekundenschnelle wog Jasna ihre Chancen ab, sich aus dieser Angelegenheit rauszureden. Alle Möglichkeiten, die sie gedanklich durchspielte, endeten damit, dass Emerick sie trotzdem festnagelte. Und möglicherweise würde die Welt ja gar nicht untergehen, wenn sie das Leugnen und Lügen für einen Moment aufgab. In Emericks Welt waren Realität und Wahnsinn ohnehin ein und dasselbe.

»Auf dem Bild schneit es«, sagte Jasna. »Allem Anschein nach mal mehr, mal weniger. Im Moment eher weniger.«

Obwohl diese Aussage natürlich Unsinn war, nickte Emerick. »Verstehe.« Er verschränkte die Arme vor der Brust und senkte die Augenlider auf halbmast, während er das Bild betrachtete. Es war ein schmuckloses Gemälde, nicht mehr als eine Leinwand, die über einen Keilrahmen gespannt und mit Farbe bemalt worden war. Man musste länger hinsehen, um zu bemerken, dass die Farbtupfen ein Eigenleben führten. Ein unaufmerksamer Betrachter hätte vielleicht gedacht, dass es am einfallenden Licht lag oder ihm sein Gedächtnis einen Streich spielte. Emerick war jedoch alles andere als unaufmerksam, und täuschen ließ er sich auch nicht. »Die Farbe ist noch ganz frisch«, sagte er. »Es ist das Bild, an dem Rosamunde gestern in der ›Spielstunde‹ gearbeitet hat: Das ausufernde Schneetreiben, dessen Anblick dich so aus der Fassung gebracht hat. Der Professor muss es gestern Nacht mit nach Hause genommen haben.«

»Ja. Ich habe es abends in seiner Schreibstube gesehen, es lehnte dort an der Wand. Und jetzt ist es hier …«

Emerick strich mit der Schuhspitze eine Teppichecke glatt. »Wenn mich mein Gedächtnis nicht täuscht, hast du bereits dreiundvierzig ›Spielstunden‹ mitbetreut. Und in diesen dreiundvierzig Stunden warst du so langweilig, dass ich kaum einen Gedanken an dich verschwendet habe. Bis dir plötzlich beim Anblick von Rosamundes Schneesturm die Maske vom Gesicht rutschte.«

»Zwei Fehler innerhalb kürzester Zeit, und das nach so vielen

Monaten im Dienst des Professors ohne einen Patzer. Ein Unglück kommt selten allein.« Jasna seufzte. »Zuerst trete ich so unachtsam vor Rosamundes Bild, obwohl mir durchaus klar war, über was für eine Begabung sie verfügt. Und dann lasse ich mich auch noch gehen, ohne einen Gedanken daran zu verschwenden, dass es jemand bemerken könnte. Jemand, der in jeder einzelnen ›Spielstunde‹ hinter seiner Leinwand sitzt, wie eine Spinne im Netz, und dabei alles im Blick hat.«

»In deinem Gesicht konnte man lesen wie in einem Buch«, bestätigte Emerick Jasnas Befürchtung. »Dass ich dich gerade auf dem Schirm hatte, hast du aber eher Orsons Knetkünsten zu verdanken und weniger meinem Spinnenradar. Es war einfach großartig, wie sein Ton-Phallus dir eine mädchenhafte Röte auf die Wangen gezaubert hat. Die Unschuld in Person, einfach umwerfend. Ohne diesen Zwischenakt hätte ich dir als dröger Assistentin natürlich keinerlei Beachtung geschenkt, das war bislang immer die reinste Zeitverschwendung.«

»Schade«, sagte Jasna. »Und dabei meinte Morton, ich sei genau dein Typ.«

Emericks Mundwinkel zuckten. »Stimmt ja auch. Nur habe ich das erst herausgefunden, als du plötzlich ohne Verkleidung dastandst.«

Die Art, wie Emerick sie von der Seite ansah, fühlte sich an, als könnte er, jetzt, da sie auf seinen Plan getreten war, jede ihrer Verkleidungen durchschauen. Seltsamerweise löste das bei Jasna keine Panik aus und auch nicht das Bedürfnis, wieder hinter einer Rolle zu verschwinden. Vielleicht würde sie später für ihre Blauäugigkeit noch büßen, aber in diesem Moment hatte sie das Gefühl, nach einer Ewigkeit aus einem Versteck im Dunkeln hervorzutreten und sich aufrecht und frei dem Licht zu stellen.

Jasna deutete auf Rosamundes Bild. Ein Windstoß jagte über die Leinwand und wirbelte Schnee auf, zeitverzögert, als müsste jemand immer wieder den Pinsel in weiße Farbe tunken, um tänzelnde Flocken zu malen.

»Rosamundes große Gabe besteht darin, im Geist auf Reisen zu gehen«, sagte Jasna. »Ich bin mir nicht sicher, ob sie es mit Absicht macht, aber manchmal sieht sie dabei Orte, die anderen Menschen mal wichtig gewesen sind. Für Gundis von der Essensausgabe hat sie zum Beispiel eine Wiese als Geschenk gemalt. Es war ein ganz schlichtes Bild, blühendes Grün und ein paar Obstbäume. Aber Gundis hatte Tränen in den Augen, obwohl sie ansonsten doch so ein knallharter Brocken ist. Gundis meinte, sie hätte die Wiese fast vergessen, weil es schon so lange her ist. Dabei hätte sie dort die schönsten Stunden ihres Lebens verbracht. Oder das Bild mit dem langweiligen Haus, das jemand geklaut hat. Sie haben es später bei Orson unterm Bett gefunden, er meinte, es gehörte ihm, weil er mal in dem Haus gewohnt hatte. Rosamunde hat die Wiese und das Haus in der Erinnerung der beiden gesehen und sie gemalt. Daher kennt sie Orte, die sie selbst nie besucht hat.«

Emerick gelang das Kunststück, seinen ganzen Körper auf das Bild auszurichten und trotzdem Jasna im Auge zu behalten. »Wenn mich nicht alles täuscht, dann hat Rosamunde auch einen Ort aus deiner Vergangenheit besucht. Nur leider hat der sich nicht als nette Blümchenwiese entpuppt. Deshalb hat sie versucht, das Motiv unter einer Schneelawine zu verbergen. Was nicht funktioniert hat, der Schnee verschwindet nämlich nach und nach. Jetzt weiß ich nicht, was ich faszinierender finde: Die Frage, woher du die Ruine kennst und was sie dir bedeutet. Oder wie es dir so lange gelungen ist, mich über deine wahre Identität als geheime Femme fatale von Lastage House hinwegzutäuschen. Das ist nämlich eine erstaunliche Leistung, mir entgeht sonst nie was.«

Mit ihrer Beschreibung als Femme fatale würde Jasna sich später beschäftigen, jetzt sagte sie: »Kann es sein, dass wir ein kleines bisschen eingebildet sind wegen unserer ach so tollen Auffassungsgabe?«

»Wäre möglich«, gab Emerick zu. »Wobei sich drüber streiten ließe, ob man gleich eingebildet ist, nur weil man aus zahlreichen Erfahrungen weiß, wie sehr man sich von seinen Mitmenschen mit ihrem Einbahnstraßenverstand unterscheidet. Außerdem muss ich meine Fähigkeiten wohl ohnehin neu bewerten, schließlich hast du mich ausgetrickst – im Gegensatz zu Lia, die dich durchschaut hat. Und, wie ich vermute, hatte auch der ehrenwerte Herr Professor Leopold einen Verdacht.«

»Woher willst du das wissen? Hat der Geister-Professor es dir verraten?« Bestürzt fuhr Jasna herum, doch der durchsichtige Professor Leopold war ihnen nicht in das Arbeitszimmer gefolgt. Vermutlich war er vollauf damit beschäftigt, mit Kummermiene zu beobachten, was Morton mit seinem mutierten Körper anstellte.

Zu Jasnas Erleichterung winkte Emerick ab. »Natürlich nicht, aber genau das ist es doch. Der erfolgreiche und überall als eigensinnig verschriene Professor Leopold entscheidet sich für die von Psychologie völlig unbeleckte Jasna als Assistentin, obwohl er vermutlich unter den begabtesten Studentinnen und Studenten von Lastage House hätte wählen können. Allein diese Entscheidung hätte mich stutzig machen müssen.«

Mich eigentlich auch, gestand Jasna sich ein.

Als sie vor einigen Monaten auf dem Schwarzmarkt vor einem Voodoopuppen-Stand mit dem Professor ins Gespräch gekommen war, hatte sie es für eine dieser goldenen Gelegenheiten gehalten, als er nebenbei erzählte, dass in Lastage House eine freie Stelle zu besetzen sei. Er war so freundlich und offen gewesen, dass sie einfach davon ausgegangen war, es wäre ihr Glückstag. Und nicht etwa, dass der Professor etwas an ihr bemerkt hatte, das ihn zu diesem Schritt veranlasste. Geschickt hatte sie seine Brieftasche samt Geld wieder zurück in seine Manteltasche gesteckt, obwohl sie die geklauten Scheinchen im Geiste schon verplant gehabt hatte, und beschlossen, sich in Lastage House vorzustellen. Es hieß, das Irrenhaus hätte ein dichtes Dach und dort würde jeden Tag eine warme Mahlzeit gereicht. Nachdem sie sich viel zu lange auf der Straße durchgeschlagen hatte, klang das nach einer vielversprechenden Abwechslung, fast wie Urlaub. Zu ihrer Überraschung hatte sie den Job bekommen und festgestellt, dass er ihr gefiel. Viel mehr als das: Sie hatte sich wirklich ins Zeug gelegt, um Professor Leopold für seine Freundlichkeit und sein Vertrauen die Assistentin zu sein, die er brauchte. Zumindest hatte sie das bislang gedacht, während sie in Wirklichkeit für ihn wohl bloß eine weitere Patientin war, wenn auch eine mit der Erlaubnis auf Freigang.

Emericks Stimme riss Jasna aus ihren Gedanken. »Der Schneefall auf dem Bild nimmt immer weiter ab, der Wind vertreibt die Wolken.«

Tatsächlich zeichnete sich die Ruine bereits recht deutlich ab, so deutlich, dass Jasna ein Stöhnen unterdrückte.

»Wir sollten gehen«, sagte sie. »Das gilt besonders für dich, Emerick. Dr. Julius wird trotz deines Tablettencocktails nicht ewig schlafen. Und wenn doch, wird irgendwann die Security nach dem Rechten sehen.«

Jasna wollte sich abwenden, doch Emerick hielt sie fest. Alles an ihm verriet, dass ihm nichts mehr egal war als Dr. Julius, während sich vor ihm ein Rätsel ungeahnten Ausmaßes auftat.

»War die Ruine mal eine Kirche?«, fragte er.

Jasna seufzte. Emerick würde nicht lockerlassen, so viel stand fest. In welche prekäre Situation er sich damit brachte, war ihm in seinem Jagdfieber egal. Und sie selbst … So schrecklich der Anblick der Ruine war, so befreiend war es auch, mit jemandem darüber zu sprechen. Jemand, der sie nicht für verrückt erklären würde, obwohl sie ihre Erinnerung selbst im Laufe der Jahre zum Hirngespinst erklärt hatte.

»Die Ruine ist ein mystischer Ort«, sagte Jasna. »Ursprünglich handelte es sich wohl um eine heidnische Kultstätte, die Kirche wurde erst später drübergebaut. Das hätten sie lieber mal bleiben lassen sollen. Es heißt, die Kirche sei im Lauf der Jahre von den seltsamsten Unglücken heimgesucht worden. Und damit meine ich nicht so was Läppisches wie wiederholten Blitzeinschlag immer wieder an derselben Stelle.«

Emericks zitternde Nasenflügel verrieten, wie sehr er sich konzentrierte. »Ein besonderer Ort also.«

Jasna murmelte etwas Unverständliches.

»Wozu wurde er in den fernen heidnischen Zeiten denn gebraucht?«, hakte er nach.

Es hatte wohl wenig Sinn, mit dem Wissen, das Jasna sich über die Ruine zusammengesucht hatte, hinter dem Berg zu halten, während sie vor einem Bild standen, auf dem der Schnee wie durch Zauberhand immer weiter abnahm. Also ließ sie es bleiben. »Nach allem, was wir gemeinsam in den letzten beiden Tagen erlebt haben, würdest du mir bestimmt zustimmen, dass in dieser Welt nicht alles so ist, wie es auf den ersten Blick zu sein scheint.«

»Jep«, sagte Emerick. »Der alltägliche Wahnsinn – mein Spezialgebiet.«

Jasna lächelte schwach. »Es gibt Schichten der Wirklichkeit, zu denen die meisten Menschen keinen Zugang haben. Und wenn sich plötzlich doch einer auftut und sie in eine andere Realität blicken, dann reden sie sich ein, dass es bloß ein Tagtraum war oder sie einen spontanen Anfall von Geisteskrankheit erlitten haben.«

»Diese verdrehte Art, mit der Realität umzugehen, ist wiederum das Spezialgebiet von Lastage House«, sagte Emerick. »Du hast einen rosa Elefanten gesehen? Dann nimm diese Pille und mach ein Schläfchen, danach ist alles wieder gut.«

»Wir können uns also darauf einigen, dass die Realität, wie wir Menschen sie kennen, nicht die einzige ist?« Jasna holte tief Luft. »Zumindest die alten Heiden wussten das. Sie haben ihre Kultstätte nämlich genau an einer Stelle errichtet, an der sich die Realitäten kreuzen und ihre Grenzen durchlässig genug für ein Portal sind. Wenn ich mich nicht irre, dann ist Rosamundes Bild mit diesem Portal verbunden. Es zeigt die Ruine und damit *ist* es irgendwie auch die Ruine. Kein Wunder, schließlich geht es um einen Ort, an dem Raum und Zeit nicht so existieren, wie wir sie kennen. Wenn du Pech hast, öffnet die Ruine ihr Tor und plötzlich schaust du nicht mehr auf das Bild, sondern bist mittendrin.«

Emerick pfiff anerkennend. »Jetzt verstehe ich's: Die Ruine ist ein Reiseportal. Wo bringt sie einen denn hin?«

»Wohin möchtest du?«

Emerick lächelte, aber er wirkte so ernst und offen, als habe auch er sämtliche Schutzvorrichtungen runtergefahren. »Im Augenblick möchte ich dorthin gehen, wo du schon einmal gewesen bist, damit ich dich und dein Maskenspiel verstehe.«

»Das willst du nicht«, sagte Jasna. »Rosamunde hat die Ruine durch meine Augen gesehen – und danach konnte sie gar nicht mehr damit aufhören, weiße Farbe auf ihr Bild aufzutragen.«

Nachdenklich fuhr sich Emerick mit den Händen durchs Haar. »Das Risiko gehe ich ein. Wir beide haben uns einer Aufgabe angenommen, du bist meine Partnerin, ich muss wissen, wie du tickst, wohin dich die Ruine gebracht hat. Warum du jetzt deine Vergangenheit verschleierst, obwohl sie dir so viele nützliche Fähigkeiten beschert hat.«

»Die Frage ist schnell beantwortet«, sagte Jasna. »Der Ort, an den mich das Portal gebracht hat, ist nicht geheimnisvoll, sondern nur brutal und armselig. Seit Der Flut gibt es unzählige Gegenden auf diesem Planeten, in denen alles auf den Überlebenskampf ausgerichtet ist. Ich bin in diesen Alltagskampf als Kind hineingestolpert und wollte nicht sterben – also habe ich von der Frau, die sich meiner angenommen hat, gelernt, wie man überlebt. Und zwar sehr schnell und so gut, dass ich ihr von Nutzen war. Du hast ja auch sofort gewittert, dass mein unschuldiges Aussehen die Menschen glauben lässt, ich könnte kein Wässerchen trüben. Das hat sich meine damalige Lehrerin zunutze gemacht. Zuerst hat sie mich als Köder benutzt, um vermeintliche Jäger in die Falle zu locken und sie zu Opfern zu machen. Später hat sie mich gezielt auf Touren geschickt, weil mir dank meines Aussehens und jungen Alters die Türen nicht vor der Nase zugeschlagen wurden. Und noch später fing sie an, mich anderen Halsabschneidern gegen Gebühr auszuleihen, ein verdammt einträgliches Geschäft mit geringem Risiko, jedenfalls für sie. Sobald sich mir die Gelegenheit bot abzuhauen, bin ich gegangen und nach mehreren Stationen hier in dieser Stadt gelandet. Das ist meine Geschichte, bestimmt gibt es viele ähnliche, sie ist keinen Gang durch das Portal wert. Besonders, wenn man dringend woanders erwartet wird: Bei Frau Dr. Julius in der Therapiestunde.«

Gekonnt überhörte Emerick den letzten Satz. »Und wenn du dorthin zurückkehren könntest, von wo du aufgebrochen bist?«, fragte er stattdessen. Er sprach so sanft, als ahnte er bereits, dass er damit seinen Finger auf einen wunden Punkt legte.

Jasna spürte den Schmerz, der bei der Erinnerung auftauchte, aber sie beherrschte sich. Er war zu vertraut, zu alt, wie eine nicht heilende Wunde, die man schon lange akzeptiert hatte. »Du willst wissen, wie ich in die Ruine geraten bin? Damals war ich noch ein kleines Kind, das ein hübsches Ding aus Kristall gefunden hatte: Eine Nachbildung der Ruine. Nur, dass sich die in meinen Händen zu verwandeln begann.«

»Und wenn wir die Ruine jetzt betreten und nach dem Ort suchen, von dem das kleine Mädchen einst aufgebrochen war? Dann könntest du wieder dorthin zurückkehren, wo auch immer das ist.« Es war ein ernst gemeintes Angebot, über solche Dinge machte Emerick keine Späße. Er würde nicht zögern, sich mit ihr auf die Suche nach ihrem alten Leben zu machen, selbst wenn das bedeutete, dabei durch Raum und Zeit zu irren.

Er ist noch viel faszinierender, als Professor Leopold vermutet hat, dachte Jasna. Und komplett verrückt, wenn auch auf eine gute Weise. »Den Ort gibt es nicht mehr, so wie es das kleine Mädchen nicht mehr gibt«, sagte sie.

»Bist du dir sicher?«

Jasna nickte. »Absolut sicher.«

Mit einer lässigen Geste strich Emerick seinen Mantelkragen glatt. »Also keine Reise in deine so sorgfältig vertuschte Vergangenheit. Dann irgendwo anders hin. In die zerstörte Bibliothek von Lastage House … oder gleich dorthin, wo die Wächterin schläft. Wir dürfen diese Gelegenheit auf keinen Fall ungenutzt lassen, das wäre angesichts unserer Lage fahrlässig.«

»Weil dich deine Neugierde sonst umbringen würde«, sagte Jasna. Während sie dicht neben Emerick stand, konnte ihr unmöglich entgehen, wie er seinen Forschungsdrang zu unterdrücken versuchte. Es war, als wollte er einen Knoten in eine ausgewachsene Python machen. Vor ihr flackerten Bilder auf, wie er unerschrocken an Hexentinkturen schnupperte und Meskalinflocken für Selbstversuche einsteckte. Wie er in fremde Zimmer einbrach, ohne zu wissen, wer sich hinter der Tür verbarg, wie er es planlos mit übersinnlichen Wächtern aufnahm und einem mutierten Professor mit nichts als einem Stuhl in der Hand entgegentrat. Wenn es um eine Herausforderung der besonderen Art ging, war Emerick nicht aufzuhalten. Sollte Jasna nicht aufpassen, würde er die Ruine womöglich noch allein betreten und dann könnte keiner sagen, wohin es ihn verschlug. Es mochte schon sein, dass er an seinem Ziel festhielt, das Rätsel um die schlafende Wächterin zu lösen, während er durch die Ruine irrte. Aber wer konnte garantieren, dass er die Bibliothek, die seiner Meinung nach auch noch in einer anderen Realität existierte, wieder würde verlassen können, wenn er ohne jede Vorbereitung dort auftauchte? Denn dummerweise gab es kein Rückticket, wie sie persönlich hatte herausfinden dürfen an dem verfluchten Tag, als ihre kindliche Neugierde stärker als ihre Vernunft gewesen war. Die Ruine mochte ein Portal sein – jedoch keins, das nach menschlichen Maßstäben verlässlich war. Sie würde nicht zulassen, dass Emerick dasselbe geschah wie ihr damals. Dass er verloren ging.

»Ich zeige dir, wie man die Ruine als Portal benutzt«, sagte Jasna.

26

VERBORGEN

Wie war das noch mal gewesen?

Jasna strengte sich an, um einen Zugang zu ihrer Erinnerung zu finden, denn die Bilder aus diesen fernen Kindheitstagen blieben selbst bei höchster Konzentration so flirrend wie eine Asphalt-Fata-Morgana an einem glühend heißen Sommertag. Schon klar, sie war damals noch sehr jung gewesen und das Jetzt war für die kleine Jasna zu wichtig, als dass Details in ihrem Gedächtnisspeicher hinterlegt worden wären. Rückblickend besteht die Kindheit doch selten aus mehr als ein paar wackligen Schnappschüssen, dem Geschmack frischer Minzblätter und dem Klang einer vertrauten Stimme, die einen daran erinnert, sich gefälligst die Hände zu waschen.

In Jasnas Erinnerung war der Tag, an dem sie die kristalline Miniausgabe der Ruine gefunden hatte, der schönste und sonnigste aller Zeiten. Wenn sie überhaupt mal den Mut aufbrachte zurückzublicken, dann glaubte sie manchmal, dass sie sich diesen Tag nur ausgedacht hatte. Hatte es nach Der Flut jemals auch nur einen perfekten Sommertag gegeben, an dem die Sonne alles in flüssiges Gold kleidete und die einzigen Empfindungen gute Laune und Dankbarkeit für so viel Happiness waren? Und die Ruine … Eben noch ein glitzerndes Schmuckstück für einen Setzkasten, ragte sie im nächsten Augenblick schon überwältigend groß auf, erbaut aus Stein, und warf einen Schatten. Die kindliche Jasna hatte sich über diese unerwartete Verwandlung anscheinend keinen Tick gewundert. Solche

Dinge passierten eben, das Leben war ein einziges Wunder, wenn man ein Kind war.

Mit den paradiesischen Zuständen war es dann jedoch ganz schnell vorbei gewesen, denn mit dem Betreten der Ruine durch einen halb zerfallenen Seiteneingang war das wärmende Sonnenlicht plötzlich verschwunden … und es war, außer in ihren Träumen, nie wieder aufgetaucht. Dafür wurde die Realität so schneidend scharf, dass es in den Augen wehtat. Trotzdem drang Jasna in die klamme Dunkelheit des Gemäuers ein, auch wenn die Freude und der Spaß nur noch gedämpft wahrnehmbar waren. Dafür schlug ihr Herz aufgeregt, ihre Handflächen wurden feucht … Was für ein Abenteuer! Erst, als ein Schatten sich aus der Dunkelheit löste und zu einer Gestalt wurde, begriff die kindliche Jasna, dass sie nicht allein in der Ruine war.

»Hast du dich verlaufen?«, fragte die Gestalt, im diesigen Licht nicht mehr als ein Schemen.

Jasna schüttelte den Kopf. Verlaufen? So eine dumme Frage.

»Und von wo kommst du denn?«

»Von da«, sagte Jasna und zeigte auf den Gang hinter sich, in den sie durch die verfallene Tür geschlüpft war. Doch da war nur verwittertes Mauerwerk.

Die Gestalt legte verständnisvoll den Kopf schief. »In so einem alten Gemäuer verläuft man sich leicht. Wenn du möchtest, nehme ich dich mit. Du musst nur an meiner Seite bleiben, du Sonnenschein. Ich habe mir schon immer eine Tochter gewünscht, eine kleine Jasna. Ein hübscher Name für einen hübschen kleinen Sonnenstrahl.« Dann streckte sie eine Hand mit roten Nägeln aus.

Jasnas Herz pochte so laut, dass es ihr in den Ohren dröhnte. Es war jedoch keine Angst, die ihr Blut in Wallung brachte, sondern Vorfreude – Vorfreude auf ein Abenteuer. Die Welt jenseits des goldenen Lichts war so aufregend, so voller Überraschungen, also nahm sie die ausgestreckte Hand der Fremden, ganz erfüllt von dem Wunsch, noch mehr zu erleben. Außerdem kannte diese Frau den Weg, so viel stand fest. Denn die

Dunkelheit ist nur so lange aufregend, wie man den hell erleuchteten Ausgang im Rücken weiß. Wenn es dunkel wird, dann möchte man gefunden und nach Hause gebracht werden – in der Hinsicht war Jasna wie alle anderen Kinder.

Nur wurde sie nicht nach Hause gebracht, sondern gelangte an den Ort, an den die Fremde unterwegs war – mit Jasna an ihrer Seite.

*

Jasna schob die Erinnerungen beiseite. »Wir machen es so, wie ich es damals als Kind gemacht habe. Wir stellen uns die Ruine auf dem Gemälde als echtes Bauwerk vor, damit sie genau das werden kann«, sagte sie zu Emerick. »Eine Warnung vorweg: Wenn du auch nur einmal andeutungsweise schmunzelst, findest du dich ohne deine schicken Klamotten, dafür aber gefesselt und geknebelt am Straßenrand wieder, mit einem Aufkleber ›Zu verschenken‹ auf der Stirn.«

Emerick zog die Brauen hoch. »Du erwartest jetzt aber nicht von mir, dass ich mit einem Ringelstrumpf des Professors überm Kopf auf einem Bein stehe und altehrwürdige Dichter rezitiere, oder?«

»Allein diese Frage bringt dich schon ganz knapp an deinen Spezialauftritt im Gang-Viertel heran.«

Anstelle einer Antwort machte Emerick lediglich eine Geste, wie er sich den Mund abschloss und Jasna feierlich den Schlüssel überreichte.

Jasna nahm nicht nur den fiktiven Schlüssel, sondern auch noch Emericks Hand. Dann richtete sie ihren Blick nach innen und stellte sich vor, wie sie neben ihm stand, verbunden durch ihre Hände, vor einem Bild, auf dem sich gerade ein erster blasser Sonnenstrahl durch die Wolken stahl und das alte Gemäuer in seinem Schneegewand zum Leuchten brachte. Wenn ihr jemand vor achtundvierzig Stunden diese Szene prophezeit hätte, wäre sie schreiend aus Lastage House geflüchtet, so schnell, als wäre der Teufel persönlich hinter ihr her. Dabei konnte sie jetzt nicht einmal sagen, was sie mehr verstörte: die so einladend schimmernde Ruine, die rasch an Größe gewann, sodass sie schon bald jeden Bilderrahmen sprengte. Oder die Tatsache, dass sie Emericks kühle Hand in ihrer hielt. Durch diese schlichte Berührung war die Aussicht, durch das Portal zu treten, nicht mehr annähernd so schrecklich, wie sie es eigentlich sein sollte.

Ich mache nicht denselben Fehler zweimal, entschied Jasna. Dieses Mal entscheide ich, wohin die Reise geht. Ich führe durch die Dunkelheit, weil ich mich mit der Dunkelheit auskenne.

»Also …«, begann Jasna. »Das mit dem Rezitieren war eigentlich gar nicht so schlecht getippt. Allerdings möchte ich, dass du singst. Und zwar ein Kinderlied.«

Emerick schnaufte. »Echt jetzt?«

»Ein Kinderlied, das dir persönlich etwas bedeutet«, setzte Jasna noch einen drauf.

»Reicht es, wenn ich es summe? Den Text habe ich nämlich vergessen.«

»Dann muss das reichen«, sagte Jasna.

Ein ergebenes Seufzen, und Emerick begann zu summen. Es war nicht gerade eine fröhliche Melodie, sondern eher eine getragene, sodass Jasna sich automatisch fragte, wer ihm dieses Lied wohl früher vorgesungen hatte. Ein melancholisches Kindermädchen? Von allein käme ja wohl kein Kind auf die Idee, eine solch traurig-schwere Weise zu singen. Doch wie es aussah, kam es nicht auf das Lied an sich an. Denn die Ruine wuchs nicht nur immer weiter in die Höhe, sondern wirkte auch nicht länger wie etwas, das von Menschenhand gemalt wurde. Stattdessen hatte es den Eindruck, als blickte man durch uraltes Fensterglas darauf.

»Jetzt denk dich zurück in eine Zeit, in der alles gut war«, wies Jasna Emerick an.

Das Summen verklang. »Wer sagt denn, dass es in meinem Leben jemals so eine Zeit gegeben hat?«

Jasna schluckte. »So etwas gibt es doch immer. Etwa, wenn

du mit Morton nach einem von euren Streichen dem scheußlichen Hausmeister Frogel entkommen bist.«

Treffer. Sie spürte regelrecht, wie Emerick zu lächeln begann. Dann summte sie leise die traurige Melodie, die sie eben von ihm gelernt hatte, aber es kam ihr vor, als reichte das Lächeln auf seinem Gesicht schon aus.

Das Fensterglas, das sich zwischen ihnen und der Ruine befand, wurde dünner und dünner, es schmolz wie Eis in der Sonne. Dann war es so weit. Jasna schloss nun auch ihre inneren Augen, tauchte in die Dunkelheit ein und wartete, ließ es geschehen, was auch immer geschehen wollte.

Wenn man so dastand, ganz ruhig und von Schwärze eingehüllt, konnte man glatt vergessen, dass man einen Körper hatte, dass es überhaupt eine äußere Welt gab. Gut möglich, dass die gute alte Realität sich auflöste, während die Ruine an Kontur gewann. Vielleicht wachte Jasna gerade aus einem Traum auf, den sie als Kind gehabt hatte. War ihr die Welt nicht wie ein Traum vorgekommen, ein böser Traum, der sich im Kreis zu drehen schien? Bevor Jasna sich in dieser Wahrnehmung verlieren konnte, spürte sie Emericks Hand, die nun gar nicht mehr kühl war, sondern warm und anschmiegsam. Fast glaubte sie, die Wärme, die von seiner Hand ausging, wie eine rotgolden schimmernde Lichtquelle wahrzunehmen. Eine Lichtquelle, die einem verriet, dass man nicht allein war. Ihr kam der Gedanke, dass, wenn Emerick für sie ein Licht in der Dunkelheit war, sie selbst wohl auch eins für ihn sein müsste.

Ich bin nicht allein, wenn ich die Ruine dieses Mal betrete, sagte Jasna sich. Mit diesem Gedanken machte sie einen Schritt nach vorn, wobei sie dem Jungen an ihrer Seite mit einem Händedruck zu verstehen gab, ihr zu folgen.

Und Emerick folgte ihr.

Es passierte nichts Außergewöhnliches.

Die Welt stand nicht plötzlich Kopf, sie wurden nicht durch einen farbigen Windkanal geschleudert und sahen die Zeit rückwärts an ihnen vorbeilaufen. Es taten sich keine Paralleluniversen auf, und es durchfuhr sie auch nicht das Gefühl, innerhalb eines Sekundenbruchteils auseinandergenommen und wieder zusammengesetzt worden zu sein. Stattdessen war die Luft bloß eine Spur frischer, mit einem Geruch nach Meer, und unter ihren Füßen veränderte sich der Grund, wechselte von Holzdielen zu Steinplatten. Woran Jasna sich vor allem erinnerte und was sie auch dieses Mal traf, war die Kälte. Als wäre der eigene Körper nicht länger von lebendiger Wärme durchströmt …

Unwillkürlich öffnete Jasna die Augen und sah an sich hinab. Fast rechnete sie damit, dass sich ihre körperlichen Konturen aufgelöst hatten.

Ihre Beine waren jedoch noch da und endeten zu ihrer Erleichterung in ihren Stiefeletten. Sie konnte sich nicht daran erinnern, was sie bei ihrem letzten Besuch in der Ruine getragen hatte, aber es waren ganz bestimmt keine Stiefeletten mit versteckten Klingen gewesen. Woran sie sich allerdings erinnerte, war der steinerne Gang, in dem sie auch jetzt standen. Ein altes Gemäuer, in das durch eingebrochenes Mauerwerk gerade genug Licht fiel, sodass der vor einem liegende Weg erkennbar war.

Jasna lauschte, doch das Einzige, was sie hörte, war Windrauschen … und ein schnell gehender Atem an ihrer Seite.

Als hätte sie etwas Wichtiges vergessen, schaute Jasna neben sich. Emerick stand noch mit geschlossenen Augen da, aber der Ausdruck auf seinem Gesicht verriet ihr, dass er sich überaus bewusst war, dass sich etwas Grundlegendes um sie herum verändert hatte.

Er schien ihren Blick zu spüren, denn er sagte: »Wie sehe ich aus?«

Jasna stutzte. »Warum fragst du das?«

»Wenn das Universum aus verschiedenen Schichten besteht, also wie eine Matroschka … du weißt schon, diese russische Puppe, in der immer kleiner werdende Puppen stecken …

Wenn das Universum nicht nur aus unserer Wirklichkeit besteht, sondern noch aus vielen anderen … Wer sagt mir dann, dass ich in einer anderen Wirklichkeit immer noch der smarte, gut aussehende Emerick bin?«

Jasna musste schmunzeln. »Du siehst aus wie Emerick, wobei sich über die Beschreibung ›gut aussehend‹ diskutieren ließe. Und du redest auch so kryptisches Zeug mit einer Prise Größenwahn, genau wie immer. Soweit ich sehen kann, sind dir keine Hörner gewachsen und dein Körper hat sich nicht in Sternenglanz verwandelt, sondern hat seine übliche Festigkeit. Letzteres weiß ich daher, weil du mir gerade ziemlich physisch die Hand zerdrückst.«

»'Tschuldigung.« Emerick lockerte seinen Griff, ließ Jasnas Hand jedoch nicht los. Vorsichtig öffnete er die Augen. »Ein Gang. Nicht gerade aufregend. Meiner Fantasie nach sollte es hier eindeutig beeindruckender aussehen.«

Jasna brachte kein Wort heraus. Nur ein Geräusch, das nach »uff« klang.

»Weshalb ›uff‹?«

»Deine Augen …«, sagte Jasna. »Sie sehen aus wie weit geöffnete Tore.« Besser konnte sie es nicht formulieren. Manchmal, wenn man jemanden ansah, kam es einem vor, als könnte man in ihn hineinschauen, als läge in seinem Blick eine ganze Welt. Normalerweise passierte es jedoch nur für einen Sekundenbruchteil, weshalb man sich anschließend nicht sicher war, ob es sich nicht einfach um einen dieser sonderbaren Momente gehandelt hatte, die einem geschenkt wurden, winzig klein, weil man mehr davon vermutlich gar nicht aushielte. Jetzt blieb ihr jedoch nichts anderes übrig, denn Emerick konnte den üblichen Schutzwall offensichtlich nicht aufbauen. Selbst von der Seite bekam Jasna mehr von ihm zu sehen, als ihr zustand. Etwas in ihr flüsterte: »Das ist Emerick, seine Essenz, sein ursprüngliches Ich.« Was gab ihr das Recht, es zu betrachten?

Als Emerick ihr merklich verwirrt sein Gesicht zudrehte, wandte Jasna sich schnell ab. Weil sie es nicht ertragen hätte, in seine Tiefe einzutauchen. Weil sie es nicht ertragen hätte, wenn ihre Augen genauso weit geöffnet waren und offenlegten, wer sie war. Sie wusste nicht, welche der beiden Vorstellungen sie mehr erschreckte.

Falls Emerick etwas Ungewöhnliches an ihr entdeckte, sagte er zumindest nichts. Er hakte auch nicht nach. Stattdessen berührte er eine Wand aus grob geschlagenen Steinquadern, als wollte er sich vergewissern, dass sie nicht bloß ein Trugbild war. Jasna hätte zu gern gewusst, wie er mit seinen besonderen Sinnen das Innere der Ruine wahrnahm, ob sie für ihn lediglich ein Gebäude war oder ob ihm seine Wahrnehmung noch ganz andere Dinge zeigte. Andererseits war es wahrscheinlich besser, über einen solchen Ort nicht mehr als nötig zu wissen.

Emerick räusperte sich. »Wenn ich den Gang in die Richtung gehe, aus der wir scheinbar gekommen sind, würde ich dann im Arbeitszimmer des Professors rauskommen?«

»Wenn dieser Raum dein Ziel ist, kannst du auch weitergehen und wirst trotzdem irgendwann dort rauskommen«, sagte Jasna. »Vergiss aber nicht, dass ich unser Ziel bestimme. Ich bin die Reiseleiterin.«

»Vielleicht wäre jetzt der perfekte Zeitpunkt für Nachverhandlungen.«

»Vielleicht wäre es auch der Moment, um dich bewusstlos zu schlagen und wie einen Sack hinter mir herzuschleifen.«

Emerick winkte ab. »Eigentlich bin ich viel zu neugierig, wo du hinwillst, als dass ich es drauf ankommen lassen würde.«

Jasna streckte ihre Hand aus, die Emerick, ohne zu zögern, nahm. »Kluger Junge.«

»Da bin ich mir nicht so sicher«, sagte er.

Jasna konnte kaum glauben, dass sie in dieser Situation wirklich miteinander … ja, was genau eigentlich? Etwa flirteten? »Noch ein Tipp«, versuchte sie, sich auf vertrautes Terrain zu retten. »Wenn wir in den älteren Teilen der Ruine sind, die noch aus der heidnischen Zeit stammen, dann schau in dem Gängelabyrinth immer nur geradeaus. Dort gibt es keine Türen, die die Sicht auf abzweigende Flure oder Räume versperren. In den Räumen kann man Landschaften sehen, die man aus seinen Träumen kennt. Oder längst vergessene Erinnerungen spielen sich wie auf einer Theaterbühne ab, die man nur zu betreten braucht, um wieder mittendrin zu sein. Oder es wird etwas gezeigt, das ein Ausschnitt aus deiner Zukunft sein könnte, allerdings nicht unbedingt das, was du dir erhofft hast. Das sind übrigens die harmloseren Angebote, wenn du verstehst, was ich meine. In der Ruine tauchen noch ganz andere Orte auf, die irgendwie mit der eigenen Lebensgeschichte zusammenhängen.«

»Du meinst Albträume oder schreckliche Orte, die man sich als Kind in seiner Fantasie ausgemalt hat, bis man glaubte, dass es sie wirklich gibt?«, erkundigte sich Emerick. »Oder Reiche, die man wahrnimmt, kurz bevor man in den Schlaf hinübergleitet, und von denen man hofft, dass sie bloß einem komplizierten Gehirn-Reboot geschuldet sind?«

Bislang hatte Jasna es geschafft, Emericks Blick auszuweichen, aber jetzt schloss sie die Augen. Seine Gedanken zielten offenbar in eine verstörende Richtung, während ihre von warmem goldenen Licht erfüllt waren. Vermutlich handelte es sich ohnehin nur um ein Trugbild, entstanden aus dem kindlichen Wunsch nach einem Zuhause. Wie auch immer, als sie damals mit der Fremden immer tiefer in die Dunkelheit der Ruine eingetaucht war, hatte sie einen Blick zurück über die Schulter geworfen. Die Tür am Ende des Ganges, durch die sie gekommen sein musste, hatte einen winzigen Spalt weit offen gestanden. Der hatte jedoch gereicht, um Jasna einen Eindruck davon zu geben, wie ihr persönliches Paradies aussah. In den ersten Jahren nach ihrem Besuch in der Ruine hatte der Wunsch, wieder in dieses flüssige Gold einzutauchen, fast überhandgenommen, in der grauschlammigen Welt, in die es sie verschlagen hatte. Irgendwann war sie an einem Punkt angekommen, an dem sie sich hatte entscheiden müssen, ob sie der Sehnsucht nach diesem Wunschtraum nachhängen oder lieber leben wollte. Man konnte nicht träumen und gleichzeitig in der Welt nach Der Flut bestehen. Sie hatte sich – noch als Kind – fürs Leben entschieden. Mit allen Konsequenzen. Die Erinnerung an die goldige Verlockung hatte sie aus dem Gedächtnis verbannt. Vermutlich hatte sie sich diesen Blick zurück ohnehin nur eingebildet, aber falls ihr diese Welt heute erneut begegnen sollte, würde sie dann widerstehen können?

»Es ist besser, sich nicht ablenken zu lassen«, sagte Jasna schlicht. Sie richtete den Blick auf den Boden zu ihren Füßen und ging los. Emerick schlenderte ein Stück hinter ihr. Verbunden waren sie durch ihre Hände und auch durch ein unsichtbares Band, das sich wie durch Zauberei webt, wenn zwei Menschen beschließen, ein Stück ihres Weges gemeinsam zu gehen.

27

DIE FRAU AM SEE

Der Gang mündete in Räume, die sie hastigen Schrittes durchmaßen. Auch als sich die Wände weiteten und verrieten, dass sie das Schiff der alten Kirche betraten, starrte Jasna weiter konzentriert auf den Boden vor ihren Schuhspitzen und suchte nach einem Treppengang hinab in die Tiefe. Alles andere hätte auch nichts gebracht, sie mussten eintauchen in den unterirdisch liegenden Bauch der Ruine, dorthin, wo die Menschen vor einer Ewigkeit ein Labyrinth aus Gängen in den Boden gestemmt hatten. Zumindest glaubte sie das. Es war auch möglich, dass es das Labyrinth schon lange vor den Menschen gegeben hatte und diese mit Steinen und Torbögen nur versucht hatten, ihm ihren Stempel aufzuprägen. Eigentlich, dachte Jasna, war es wahrscheinlicher, dass etwas anderes das Portal geöffnet hatte. Menschen konnten es nutzen, aber für mehr als das waren sie nicht geschaffen. Die Ruine war ihr eigener Meister. Allein der Magnetismus, mit dem die irdenen Gänge sie anzogen, jeden ihrer Schritte lenkten, dorthin, wo sich die Realitäten überschnitten und überlagerten. Dabei hatte sie ihr Ziel klar vor Augen: Sie würde Emerick dorthin bringen, wo er in Sicherheit war. Vor allem in Sicherheit vor sich selbst und seiner verfluchten Neugierde.

Abrupt hielt Jasna an.

Der Boden unter ihren Füßen bestand nicht länger aus in Jahrzehnten ausgetretenen Steinplatten und gesprungenen Fliesen, sondern aus festgestampftem Lehmboden. Es war auch nicht mehr kühl, sondern nun herrschte eine trockene Wärme, als würde in der Tiefe unter ihnen das Erdreich brodeln. Ein sanfter Schimmer erhellte den Gang, was so weit unter der Oberfläche eigentlich unmöglich sein sollte.

Jasna seufzte. Da war sie kurz in Gedanken versunken – und dann so was. Sie hatten das Labyrinth betreten, während sie ganz mit Grübeln beschäftigt gewesen war. Dabei war es keineswegs ratsam, an einem Ort wie diesem auch nur eine Sekunde unaufmerksam zu sein.

»Wie lange sind wir schon unterwegs?«, fragte Jasna, der jedes Zeitgefühl abhandengekommen war.

Emericks Gesichtsausdruck nach musste er sich ordentlich anstrengen, um eine Antwort zustande zu bringen. »Gefühlt eine halbe Ewigkeit, aber wirklich sagen kann ich es nicht. Die Zeit scheint sich hier unten wie Kaugummi zu dehnen.«

»Oder plötzlich zusammenzuschnalzen«, sagte Jasna. »Ist auch egal, wir sind gleich da.« Sie konnte es in ihrer Brust spüren, dieses spezielle Ziehen. Die Tür, durch die sie treten wollte, lag ganz in ihrer unmittelbaren Nähe, so viel stand fest. Sie wollte weitergehen, doch Emerick hielt sie zurück, nachdem er ihr bislang ohne Zögern gefolgt war. »Nur noch ein paar Schritte, dann sind wir am Ziel«, versuchte sie, ihn aufzumuntern.

»Gleich«, sagte er, jedoch so zart und geistesabwesend, dass Jasna zusammenzuckte, als hätte er sie geschlagen. So fühlte es sich auf einer gewissen Ebene auch an, denn die wachsende Verbindung zwischen ihnen wurde plötzlich schwächer. Sie hielt Emericks Hand, aber sie spürte ihn nicht.

Obwohl Jasnas inneres Alarmsystem ansprang und sie davor warnte, Emerick einen Blick in ihre ungeschützten Augen zu gewähren, drehte sie sich um. Ihre Sorge erwies sich als unbegründet, Emerick beachtete sie nicht. Vermutlich hätte er nicht einmal geblinzelt, wenn sie einen spontanen Strip hingelegt hätte. Seine gesamte Aufmerksamkeit war auf eine ins Mauerwerk geschlagene Öffnung gerichtet.

»Das musste ja passieren«, murmelte Jasna. Sie zog an Emericks Arm, so kräftig sie konnte, doch er stand da wie festgenagelt. »Komm schon, wir müssen weiter, egal, wie interessant dieses Loch in der Wand ist. Es kann nichts Gutes dabei herauskommen, wenn man in der Ruine stehen bleibt. Wer weiß, wer uns findet? Ich bin schon einmal gefunden worden – und das reicht mir für dieses Leben.«

Doch nicht einmal der Hinweis auf ihre Vergangenheit löste bei Emerick eine Reaktion aus. In diesem Moment schien für ihn nur die Welt hinter dem Durchschlupf in der Mauer zu existieren.

Trotz ihres heftigen Widerwillens riskierte Jasna einen Blick auf das klaffende Loch. Es dauerte, bis sie in der Dunkelheit des Raumes, der dahinter lag, etwas erkennen konnte. Offensichtlich war es dort Nacht und nur gelegentlich brach etwas Mondlicht zwischen den Wolken durch. Zu ihrer Verwunderung zeigte sich in seinem blassen Licht ein See, der von Bäumen umstanden war, bis auf einen schön angelegten Vorplatz, der in einen Steg mündete. Auf dem Steg stand jemand, eine Frau, wenn sie sich nicht irrte. Eine ihr Unbekannte, dessen war Jasna sich sicher. Sie war gut darin, Menschen wiederzuerkennen – und diese Körpersilhouette kannte sie nicht, das wusste sie, obwohl die Gestalt einen bodenlangen Kapuzenmantel trug. Daran änderte sich auch nichts, als die Frau sich für einen Augenblick umdrehte und ein Gesicht mit hohen Wangenknochen, eingerahmt von rötlich schimmernden Haarflechten, zum Vorschein kam. Auch die Seenlandschaft war ihr fremd. Obwohl … halt! Fremd und doch vertraut, traf es besser. In Jasnas Erinnerung ratterte es, während sie gebannt auf die Frau, den Steg und den See starrte. Nein, diesen See hatte sie noch nie gesehen, davon war sie überzeugt. Und trotzdem … Dann riss die Wolkendecke weiter auf und der Mond bannte die Schatten zwischen den Bäumen am Ufer. Jasna erkannte eine Statue, die dort stand. Es war eine der beiden, die nun den Eingang von Lastage House zierten, jene aus weißem Stein, die »Il

Canto« – »Der Gesang« – hieß. Daher also das vertraute Gefühl! Es handelte sich um den See von Lastage House, bevor Die Flut ihn über seine Grenzen hinaus ausgedehnt hatte. Anders ausgedrückt sah Jasna gerade in die Vergangenheit.

Genau wie Emerick.

Ob er wohl wusste, was ihm die Ruine als mögliche Ausgangstür anbot?

Ein Schauer kroch Jasna über den Rücken. Natürlich wusste er es! Die Ruine zeigte einem nur, was eh zu einem gehörte: Träume, Fantasien, Wünsche … oder Augenblicke der eigenen Vergangenheit.

Emerick kannte Lastage House noch aus der Zeit vor Der Flut. Als er ein Kind gewesen war und diese Frau dabei beobachtet hatte, wie sie auf dem Steg stand. Um dort was zu tun?

Entschlossen packte Jasna den still dastehenden Jungen, von dessen gewöhnlich brodelnder Energie nichts mehr wahrzunehmen war, so gefangen war er von dem Seebild. Als Jasna jedoch mit einem kräftigen Ruck an ihm zog, kehrte das Leben in seine Gliedmaßen zurück und er schüttelte sie ab, nur um sofort wieder den Mauerbruch und den dahinter liegenden See ins Visier zu nehmen. Nicht einmal einen seiner üblichen Sprüche hatte er für Jasna übrig.

Innerlich auf einiges gefasst, stellte sie sich zwischen Emerick und die Wandöffnung.

Jetzt bekam sie seine Aufmerksamkeit.

Und einen Blick aus seinen Saphiraugen noch gleich dazu. Zu ihrer Überraschung war er jedoch nicht wütend oder gar von Sinnen, sondern wirkte so jung und verletzlich, dass sie es kaum ertrug. Sie erkannte noch viel mehr Facetten seines Innersten, die zu komplex waren, um sie in Sprache zu fassen. Aber selbst wenn es diese ungeschönte Einsicht nicht gegeben hätte, wäre ihr klar geworden, was ihn umtrieb.

»Wenn ich es nicht rechtzeitig zu ihr schaffe«, sagte Emerick, »dann wird sie ins Wasser gehen.«

Sie …, hallte es durch Jasnas Kopf. Die Unbekannte in dem

Kapuzenmantel, mit dem tizianfarbenen Haar. Diese Frau hatte zu Emericks Leben gehört, bevor Lastage House in eine Anstalt für geistig verwirrte Kinder und Jugendliche umgewandelt worden war. Damals war es der Familiensitz der van Blomens gewesen, bis das Wasser die steinreiche und bedeutsame Familie verscheucht hatte. Damals waren Emerick und Morton als Kinder durch den Park gelaufen, mit nichts als Unsinn im Kopf. Als die Welt noch eine andere gewesen war.

Jasna nahm ihren Mut zusammen. »Ist sie denn gesprungen?«

Emerick musste nicht antworten, der Schmerz in seinem Blick reichte aus.

»Wenn du jetzt durch die Bruchstelle in der Mauer schlüpfst und in der Vergangenheit landest, als der junge Mann, der du heute bist … Wird sie sich dann von dir helfen lassen?«

Emerick ließ den Kopf hängen. »Niemand kann Eleonora aufhalten. Wenn sie es nicht dieses Mal tut, dann ein anderes Mal. Aber sie schuldet mir Antworten, so verdammt viele Antworten.«

»Wirst du die bekommen, wenn wir beide jetzt diesen Ausgang nehmen? Denn das sollte schon drin sein, wenn wir uns Der Flut noch einmal stellen müssen. Wenn wir jetzt durch diesen Durchbruch gehen, dann gibt es kein Zurück mehr, so lange bis Rosamunde Jahre später das Bild von der Ruine malt. Falls sie das dann überhaupt tut.«

»Die Feinheiten der Zeitreise sind mir aktuell völlig egal. Was jetzt entscheidend ist … Du würdest mir wirklich folgen?« Emerick klang so überrascht, dass Jasna unter anderen Umständen gelacht hätte.

Sie zuckte mit den Achseln. »Was bliebe mir anderes übrig? Wir sind hier zusammen reingegangen und wir gehen auch zusammen wieder raus. So läuft das, auch wenn ich mir für meine Zukunft etwas anderes wünsche als die Vergangenheit. Die war schon beim ersten Durchleben nicht besonders prickelnd.«

Sichtlich zerrissen stand Emerick da, hochgewachsen, mit scharfen Gesichtszügen, ein Junge kurz vor dem Sprung ins Erwachsenenalter … und doch erkannte man in ihm immer noch ein Kind, dem mit einem Schlag seine Unschuld genommen worden war, in dem Moment, als die Gestalt im Kapuzenmantel in den nächtlichen See gegangen war. Nein, Jasna würde ihn nicht allein lassen, das stand fest.

»Wie soll Eleonora mir Antworten geben, die sie selbst nicht kennt?«, sagte Emerick schließlich. »Es würde immer aufs selbe hinauslaufen, da mache ich mir nichts vor. Die Antworten, die ich brauche, liegen nicht in der Vergangenheit.«

Es fühlte sich an, als würde ein Widerhall des Schmerzes, der in Emerick bei seiner Entscheidung tobte, auch durch Jasna fahren. Sie wollte die Arme ausstrecken, ihn an sich ziehen, wenn schon nicht, um ihn zu umarmen und ihm Trost zu schenken, so doch zumindest, damit sie beide etwas Halt fanden. Aber sie bezweifelte, dass sie die innere Größe besaß, ihre Schwäche einzugestehen, den Wunsch nach Verbundenheit, nach Wärme, danach, dass jemand erkannte, wer sie war, und die Nähe trotzdem aushielt. Nach allem, was sie bislang von Emerick mitbekommen hatte, ging es ihm ähnlich. Sie waren beide Einzelkämpfer, jeder mit einer Mission, darum bemüht, sich nicht in die Karten blicken zu lassen. Was konnten sie einander geben?

Unschlüssig stand Jasna da und wartete ab, bis klar war, dass Emerick die Gelegenheit, in seine Vergangenheit zurückzukehren, verstreichen ließ.

»Möchtest du wissen, wohin ich jetzt gehen würde, wenn ich die freie Wahl hätte?«, fragte Jasna, um sie beide abzulenken. Eben hatte sie tatsächlich noch darunter gelitten, dass die Verbindung zwischen ihnen abflachte, jetzt hielt sie es kaum aus, an ihn gebunden zu sein und seine Gefühle mit einer solchen Intensität zu erleben.

»Lass mich raten«, sagte Emerick, der offenbar keinem Rätsel widerstehen konnte. »Du würdest in das Leben zurückkehren, das du vor dem Betreten der Ruine geführt hast. Du würdest dir dein altes Leben zurückholen, in dem nicht alles ein einziger Überlebenskampf gewesen ist und deine Fähigkeiten missbraucht wurden. Keine Täuschungsmanöver mehr, keine versteckten Waffen und Lügen.«

»Genau daran vermeide ich es normalerweise zu denken – und zwar so verzweifelt, dass ich immer schwer in den Schlaf finde. Professor Leopold hat sich deswegen schon Sorgen gemacht«, gab Jasna zu. »In meiner Erinnerung ist es ein ferner Ort voller Licht, aber ich bezweifele, dass ich dorthin zurückkehren würde, selbst wenn mir der Weg auf dem Silbertablett präsentiert werden würde. Nicht so, wie ich geworden bin. Ich bin vom Licht in den Schatten gewechselt, verstehst du?«

Jasna schenkte Emerick ein schmales Lächeln und ließ ihn die Wahrheit in ihren Augen sehen. Bevor er reagieren konnte, trat sie zur Seite und deutete auf das Loch im Mauerwerk. »Höchste Zeit, dass du einen Blick auf mein Traumziel wirfst, das ich nehmen würde, wenn ich allein in der Ruine wäre und nicht einem bewusstlosen Mädchen mein Wort gegeben hätte, ihm zu helfen.«

Zögerlich blickte Emerick zu der Bruchstelle, fast als erwartete er, dass dort ein inzwischen leerer Seesteg im Mondlicht lag. Doch der Raum auf der anderen Seite der Mauer hatte sich verändert, er war von schummerigem Licht erfüllt und zeigte ein Durcheinander von Schatten, die sich nach und nach in Menschen verwandelten, die einander zuprosteten, schwatzten und lachten.

»Du wärst jetzt gern in einer Studentenkneipe, um dir heftig einen anzutrinken«, stellte Emerick ernüchtert fest.

»Inklusive einer kleinen Zeitreise. Es ist der Abend, an dem du uneingeladen in meinem Schlafzimmer gestanden hast«, erklärte Jasna. »Ruwen hatte mich gefragt, ob ich an diesem Abend nicht mitkommen wollte in die Stadt. Ich habe abgelehnt – und als Belohnung für so viel Enthaltsamkeit habe ich dich und einen nächtlichen Ausflug in den Park bekommen.«

Emerick schnaufte. »Damit willst du mir sagen, dass du lieber mit einem Schleimer wie Ruwen gepanschtes Bier trinken würdest, als mit mir in dieser Ruine einen Seelenstriptease zu veranstalten?«

»Wenn ich eine wirkliche Wahl hätte«, sagte Jasna, »dann wüsste ich nichts von der Aufgabe, die Lia uns anvertraut hat.« Im Stillen gestand sie sich ein, dass sie ohne Emerick auch nichts von dem Funkgerät in Ruwens Nachttisch gewusst hätte, dessen Gegenstück die Weiße Hexe Nanette hatte. »Du bist in dem Augenblick in mein Leben getreten, als sich gleichzeitig die Tür zu einem durch und durch normalen Dasein geöffnet hat. Mit einem Job, Bekannten, mit denen man mal was trinken geht und über die Arbeit redet. Mit denen man sich die Zukunft ausmalt und sich wohlfühlt, eben jeder Menge Normalität.«

»Anders ausgedrückt würdest du dich betrinken, bis auch das letzte Licht im Oberstübchen erlischt, damit Ruwen es trotz seiner Beschränktheit hinbekommt, dich aufzureißen, sodass ihr in naher Zukunft eine glückliche, kleine Vorzeigefamilie gründen könnt.«

»Mir geht es nicht um Ruwen«, verteidigte sich Jasna. »Sondern darum, dass ich ein Eintrittsticket in eine ganz alltägliche Welt in Aussicht hatte.«

Emerick setzte eine arrogante Miene auf. »Ich bin beeindruckt, da hast du dir ja die Gelegenheit auf was wirklich Außergewöhnliches durch die Lappen gehen lassen, während ich nur Rätsel, Abenteuer und neue Welten im Angebot habe.«

Zuerst verspürte Jasna bei Emericks Worten einen Stich, dann begriff sie, dass er sie nicht verletzen wollte. Dahinter steckte etwas ganz anderes: Emerick war eifersüchtig auf Ruwen, weil er, egal, wie sehr er sich auch bemühte, einem anderen Menschen niemals so etwas wie Normalität bieten könnte. Emerick war das lebende Gegenteil von Normalität, also genau dem, wonach Jasna sich sehnte. Mehr Gegenstück zum Strahlemann Ruwen ging nicht. Und diese Einsicht war für Emerick, der ansonsten so selbstverständlich mit seiner Andersartigkeit umging, in diesem Fall schwer auszuhalten.

Während Jasna noch darüber nachdachte, was zur Hölle das alles zu bedeuten hatte, verblasste die Kneipenszene hinter der Mauer, als habe jemand das Licht gedimmt, bis es endgültig erlosch.

»Nur falls du noch nicht von allein draufgekommen bist«, sagte Jasna. »Für mich ist ein ganz normales Leben offenbar nicht vorgesehen, egal, wie sehr ich mich darum bemühe. Ansonsten hätte ich Ruwens Einladung angenommen, anstatt für dich die schlafende Schöne zu geben und mich sogar in einen Heizungsschacht verschleppen zu lassen, der sich als Alices Kaninchenloch *x-rated* herausgestellt hat. Vermutlich bietet keine Bar der Welt genug Alkohol, um mich vergessen zu lassen, was seitdem passiert ist.«

Erst als Emerick vorsichtig ihr Kinn umfasste und es anhob, merkte Jasna, dass sie den Kopf hatte sinken lassen. Er lächelte sie an, vorsichtig, suchend. »Das, meine Liebe«, sagte er, »ist ganz schön verrückt.«

Die klaffende Wunde, die Jasna seit ihrem ersten Besuch in der Ruine in sich trug, schloss sich ein kleines Stück, gerade genug, dass sie Emericks Lächeln erwidern konnte. »Nicht so verrückt, wie das, was ich als Nächstes plane. Es wird Zeit für uns, die Ruine zu verlassen.«

Sofort straffte Emerick sich, als erwartete er, durch den Spalt in der Mauer ein Schlachtfeld betreten zu müssen. »Wohin geht's?«

»Schließ die Augen, ich führe dich.«

Emerick fiel es sichtlich schwer, ausgerechnet jetzt die Kontrolle abzugeben, aber er gehorchte. Als Jasna seine Hand nahm, fühlte sie sich nicht nur warm an, sondern auch vertraut. Dann sammelte sie sich in dem Bewusstsein, dass ihm nicht gefallen würde, was sie vorhatte. Und zwar ÜBERHAUPT NICHT. Aber es musste sein, es war höchste Zeit, den Faden wieder aufzunehmen.

Jasna zog Emerick mit sich durch die Öffnung in der Mauer.

28

NICHTS ALS DIE WAHRHEIT

Die Ruine zu verlassen, war ein Erlebnis der besonderen Art, kein Vergleich zu dem eher entspannten Betreten. Kurz zusammengefasst kam es Jasna so vor, als wäre sie in einem Sekundenbruchteil von riesig auf winzig eingeschmolzen, nur um festzustellen, dass sie in Wirklichkeit kopfstand, um dann von der Ruine – man konnte es nicht anders sagen – im hohen Bogen ausgespuckt zu werden. Tatsächlich glaubte sie, ein »Plopp« zu hören, als sich das Loch in der Mauer hinter ihnen schloss und zu einer weiß getünchten Wand wurde. Einen Herzschlag später war die Ruine auch schon bloß noch eine ferne Erinnerung, so unerreichbar wie der gespiegelte Wolkenhimmel auf einem See. Das änderte jedoch nichts daran, dass sich die Welt drehte, wenn auch nur in Jasnas Inneren.

»Mir ist übel«, jammerte sie.

»Dir ist gleich noch was ganz anderes als Belohnung dafür, dass du mich ausgerechnet hierhergebracht hast.« Die Drohung stammte von Emerick und wurde in ihrer unmittelbaren Nähe ausgestoßen.

Allmählich dämmerte Jasna, dass sie nicht nur an dem Ort aufgetaucht waren, den sie als Ziel angepeilt hatte, sondern auch, wo sie persönlich sich ganz konkret befand, nämlich auf Emericks Schoß, umschlossen von seinen Armen. Mehr als ein »O nein« brachte sie nicht zustande.

»Lass gut sein«, zischte Emerick. »Du hast kurz das Bewusstsein verloren, der Weltenwechsel war wohl etwas zu heftig. Ich habe dich aufgefangen, aber dann ist mir selbst ein bisschen blümerant geworden. Ich dachte, im Sitzen fällt man nicht so hart. Angesichts dessen, wohin du uns gebracht hast, ist eine weiche Landung allerdings mehr, als du verdient hast, du kleine Verräterin.«

Tatsächlich wirkte Emerick angepisst, allerdings nicht so sehr, dass er sie auf den Boden hätte plumpsen lassen. Das war Jasnas Chance. »Ach, komm schon«, wisperte sie. »Wie kann man ein Mädchen auf dem Schoß sitzen haben und ihr gleichzeitig böse sein?« Es war eine dämliche Nummer, aber etwas Besseres bekam sie gerade nicht zustande.

Eine Sekunde verstrich, dann noch eine … Schließlich spürte sie Emericks Atem auf ihrem Haar, vermutlich lachte er, allerdings so leise, dass sie es nicht hörte.

»Ist das ein Angebot?«, fragte er.

Natürlich neckte er sie nur zurück, denn er verstärkte weder seine Umarmung noch schmiegte er seinen Oberkörper an sie. Trotzdem wurde Jasna sich bewusst, dass sie an ihrem Rücken den Rhythmus wahrnahm, mit dem seine Brust sich hob und senkte, dass einer seiner langen Unterschenkel mit ihrem Bein verhakt war und seine Arme sie umfangen hielten, nun jedoch nicht länger so, als gelte es, sie festzuhalten, sondern um sie näher zu ziehen, wenn sie nur das leiseste Zeichen aussendete, dass sie sich das wünschte.

Es war Emerick, der ihr ein Angebot machte, indem er abwartete.

Und sie fühlte sich versucht, es anzunehmen.

Sein Atem lag immer noch auf ihrem Haar, jetzt schwerer, sein Körper war warm und trotz seiner Härte anziehend.

Unwillkürlich atmete sie tief ein. Sandelholz. Unverkennbar. Sie konnte nicht anders, als den Kopf in den Nacken zu legen. Sie musste wissen, ob sie mit diesen Empfindungen allein war oder ob Emerick sie teilte.

Die Magie der Ruine, die Augen wie Tore zur Seele öffnete, war erloschen. Jasna brauchte sie jedoch auch nicht, um zu erkennen, dass die Nähe zwischen ihnen beiden Emerick ebenfalls forttrug.

»Hey«, flüsterte er, wobei seine Lippen ihre Wange streiften.

Jasnas Körper wandte sich ihm zu, wie eine Blume sich nach der Sonne ausrichtet. Es passierte von ganz allein, völlig selbstverständlich, während die Stimme der Vernunft, die sonst immerzu auf alle möglichen Probleme hinwies, nicht länger zu ihr durchdrang. Damit war alles vergessen, was hinter ihnen und was vor ihnen lag, aber auch: Wo sie gerade waren. Ihr Universum verwandelte sich in eine Blase, in der nur sie beide existierten, mit einer Verbundenheit zwischen ihnen, die in diesem Augenblick so intensiv war, dass es nur natürlich schien, sie in einen Kuss zu verwandeln.

Die Nähe zu einem Menschen verändert den Blick auf ihn, je näher man ihm kommt, desto mehr wird er zu dem, der er wirklich ist.

Jasna hätte nie damit gerechnet, Emericks Mund so dicht vor ihrem zu haben, den Bogen seiner Wimpern aus nächster Nähe zu betrachten, die Farbtupfen zu studieren, die sich in seiner Haut mischten, während er ihr half, sich auf seinem Schoß so aufzurichten, dass ihre Gesichter voreinander schwebten.

Es war nicht mehr als ein Moment. Aber er veränderte etwas in ihr. Sie würde ihn küssen – und er würde den Kuss erwidern, das stand fest. So, wie auch feststand, dass sie es sich wünschte, ohne sagen zu können, warum.

»Was ist nur los, Emerick?«

Es war nicht ihre Stimme, die seinen Namen aussprach.

Es war die Stimme einer anderen Frau.

Jasna reagierte schneller als Emerick, der noch nicht so aussah, als wäre er bereit, die Blase, in der sie sich befanden, zerplatzen zu lassen. Doch Jasnas Instinkte waren zu gut trainiert, um nicht sofort zu reagieren. Während ein Teil von ihr sie immer noch auf Emericks leicht geöffnete Lippen hinwies, machte ihr ein anderer, wesentlich nüchternerer Teil klar, dass sie sich in Lastage House befand. Und zwar in einem Behandlungsraum. Hinter einem riesigen Schreibtisch, so wie es aussah. Auf der anderen Seite des Tisches erwachte ihrem Ächzen nach gerade Dr. Julius, Emericks Therapeutin aus ihrem künstlich herbeigeführten Schlaf.

»Die Lady verlangt nach dir, du solltest sie nicht warten lassen«, sagte Jasna mit einem entschuldigenden Lächeln.

Emericks Lippen wurden zu einer geraden Linie, während er sich wieder daran erinnerte, wegen ihrer Ortswahl sauer auf sie zu sein. »Vielen Dank noch mal.«

»So ist es am besten«, flüsterte Jasna, während Dr. Julius in ihrer Benommenheit dem Geräusch nach eben ein Wasserglas umgestoßen hatte. »Jetzt geht es erst mal darum, Lia zu helfen. Alles andere muss warten.«

»Genau das habe ich auch gedacht, als du dich in meinen Armen gedreht hast, um mir deinen Mund zu präsentieren: Pflichtbewusstsein ist alles. Du warst nur schneller als ich.« Mit dieser typisch sarkastischen Bemerkung half Emerick ihr von seinem Schoß. Ein letzter Blick, dann lehnte er sich auch schon unvermittelt vor und hauchte ihr einen Kuss auf die Lippen.

Einen sanften Kuss, nicht mehr. Und doch …

Während Jasna noch zu begreifen versuchte, was eben geschehen war, stand Emerick auf und breitete die Arme aus wie ein Zirkusdirektor in seiner Manege, sofort wieder in seiner Rolle als Patient. »Frau Dr. Julius, das war die beste Sitzung überhaupt. Großartig. Das sollten wir demnächst dringend mal wiederholen.«

Jasna saß auf dem Boden und glaubte, noch einen Nachhall des Kusses zu schmecken. Er war ein Versprechen, als sei damit etwas besiegelt worden. Anstelle der zu vermutenden Panik war da eine Freude, als hätte sie – entgegen jeder Vernunft – alles richtig gemacht. Mit einem Gefühl von Leichtigkeit, das ihr neu war, rutschte sie mit dem Rücken gegen den Schreibtisch und positionierte sich so, dass sie in der Glasscheibe einer Büchervitrine beobachten konnte, was im Raum vor sich ging. Für den Fall, dass Dr. Julius sich dazu aufraffte, ihren bequemen

Sessel in der Sitzecke gegen den Bürostuhl hinterm Schreibtisch einzutauschen, musste sie sich rechtzeitig in Bewegung setzen.

Im Moment sah es allerdings danach aus, als brauchte die Psychologin noch eine Weile, um wieder in die Senkrechte zu kommen, jedenfalls wirkte sie mit ihrem zerzausten Bob und dem suchenden Blick hinter den Brillengläsern arg benommen.

»Emerick …«, setzte Dr. Julius erneut an. »Was machst du denn an meinem Schreibtisch?«

»Ich suche nach Taschentüchern, um die Wasserlache aufzuwischen. Sie haben das Glas umgeschmissen, richtig?«

Eine steile Falte nistete sich auf Dr. Julius' Stirn ein, während sie herauszufinden versuchte, ob das wirklich so geschehen war. Offenbar war das Nachdenken zu anstrengend, denn sie winkte ab und sagte nur: »Richtig.«

Ganz Gentleman schenkte Emerick seiner Therapeutin ein frisches Glas ein und als er es ihr reichte, schaute er zur Vitrine und blinzelte Jasna auf diese Weise zu.

Sie machte sich automatisch noch kleiner und hoffte, dass Dr. Julius sie von ihrem Sessel aus in der reflektierenden Scheibe nicht bemerkte. Emerick hatte wohl einen ähnlichen Gedanken, denn er rückte seinen Sessel dicht neben Dr. Julius, sodass sie, wenn sie ihn ansehen wollte, von der Vitrine abgewendet saß.

Zuerst machte es den Eindruck, als wollte die Therapeutin wegen der Nähe protestieren, aber dann entschied sie wohl, dass es ein gutes Zeichen war. Das Vertrauen eines Schwergewichts wie Emerick zu gewinnen, war sicherlich eine echte Bestätigung für ihre Arbeit.

»Dann hattest du also auch den Eindruck, dass die heutige Sitzung einen Durchbruch gebracht hat?«, vergewisserte sich Dr. Julius, wobei sie leicht lallte.

»Definitiv«, stimmte Emerick ihr im Brustton der Überzeugung zu. Er war wirklich ein guter Schauspieler, wenn er wollte. »Da sollten wir in unserer nächsten Sitzung unbedingt wieder ansetzen. Vielleicht tragen Sie noch mehr Zeit als üblich ein, ich habe das Gefühl, dass unsere langen Sitzungen ordentlich was bringen.«

Dr. Julius nickte so eifrig, dass sie anschließend ihre Brille richten musste. »Das machen wir auf jeden Fall, auch wenn es unüblich ist. Direktor Le Genereuss wird bestimmt eine Ausnahmegenehmigung erteilen, wenn ich ihm von unseren Fortschritten berichte. Deine Familie wird begeistert sein, sobald sie davon erfährt, dass nach der ganzen langen Zeit bei dir endlich etwas in Bewegung kommt. Aber wir können, nachdem sich heute alles so schön ergeben hat, doch noch ein wenig darüber reden, wie es nun weitergeht. Wir haben noch ausreichend Zeit.«

Für eine Sekunde entglitten Emerick die Gesichtszüge. Allem Anschein nach hatte er gedacht, sie seien auf den letzten Drücker zurück nach Lastage House gekommen und er müsste seine Therapeutin nur noch mit ein paar Dankesfloskeln abspeisen, bevor er sich absetzen konnte. Doch in der Ruine veränderte sich nicht nur der Raum, sondern auch die Zeit. Und Jasna hatte einen Sicherheitspuffer eingebaut. Eigentlich hatte sie gehofft, sich aus dem Zimmer schleichen zu können, bevor Frau Dr. Julius aus ihrem Schlafmittelrausch aufwachte. Nun, es würde Emerick nicht schaden, ein wenig zu improvisieren. Auch wenn er das dem Blick nach, mit dem er Jasna zu erdolchen versuchte, anders sah.

»Ehrlich gesagt, bin ich ziemlich erschöpft«, erzählte er seiner Therapeutin. »Unser Gespräch war befreiend, aber halt auch fordernd.«

Ja, er war ein begnadeter Schauspieler. Man konnte förmlich sehen, wie Dr. Julius dahinschmolz.

»Das verstehe ich natürlich«, sagte sie. »Mir ist nur wichtig, dass du daran denkst, wie sehr sich dein Vater auf den Tag freut, an dem du zu ihm nach London kommst und deinen Platz an seiner Seite einnimmst. Seine Briefe sind in der letzten Zeit in dieser Hinsicht sehr deutlich geworden, schließlich wirst du in ein paar Monaten volljährig. Ich will dich natürlich keineswegs unter Druck setzen, Emerick, ich weiß ja, wie wichtig Lastage House aufgrund deiner Kindheit für dich ist. Aber vielleicht ist es an der Zeit, die Vergangenheit loszulassen und nach vorn zu sehen. Mit der richtigen Betreuung und maßgeschneiderten Psychopharmaka wird deine Krankheit gar nicht weiter ins Gewicht fallen. Als Erbe des van Blomen-Imperiums stehen dir alle Türen offen. Natürlich wäre es wunderbar, wenn ihr, du und deine Familie, unseren Stift weiterhin finanzieren würdet, aber du brauchst ihn doch schon lange nicht mehr für deine Heilung. Lass die kindliche Vorstellung, dass deine Mutter tief unten am Seegrund ausharrt, endlich los. Es ist an der Zeit. Du bist jetzt ein junger Mann und innerlich stark genug, um die Wahrheit auszuhalten: Eleonora hat sich umgebracht, weil sie sich wegen ihrer Krankheit für etwas gehalten hat, das sie nicht war. Sie war geistig verwirrt und hat – im Gegensatz zu dir – keine Hilfe bekommen.«

Jasna presste sich die Hand vor den Mund, um kein Geräusch zu machen.

Warum war sie nicht selbst darauf gekommen? Emerick war kein gewöhnlicher Patient von Lastage House, er hatte hier schon lange vor Der Flut gelebt, weil dieses riesige Herrenhaus seiner Familie gehörte. Er war ein Spross der van Blomens und kannte jeden Winkel, weil er seine Kindheit in dem Haus verbracht hatte, mit seinem Freund Morton an seiner Seite. Der Stift war erst später gegründet und mit reichlich Geld aus dem fernen London finanziert worden, weil Emerick als Erbe des van-Blomen-Imperiums mit gewissen Problemen zu kämpfen hatte … wie vor ihm offenbar schon seine Mutter. Wie hatte Emerick selbst es gesagt? Er hätte zu spät begriffen, dass man manchmal besser den Mund hält, was die eigene Wahrnehmung anbelangt, damit die Leute einen nicht für verrückt hielten. Seine feinen Sinne, die ihn Träume anderer Menschen miterleben ließen und ihm verrieten, wer sich hinter einer geschlossenen Tür verbarg, hatten seine Familie dazu gebracht, von Schizophrenie auszugehen. Das – und das Drama, das sich am See abgespielt hatte. Die Gestalt in dem Kapuzenmantel, die Emerick Eleonora genannt und von der er behauptet hatte, sie würde auf jeden Fall ins Wasser gehen, davon könnte man sie nicht abhalten, war seine Mutter gewesen.

So weit konnte Jasna das Gehörte zusammensetzen. Doch dann stockte es. Frau Dr. Julius hatte nämlich noch viel mehr gesagt, nämlich, dass Emerick nicht glaubte, dass seine Mutter ertrunken war. Stattdessen ging er davon aus, dass sie auf dem Grund des Sees ausharrte, also wartete … Auf was? Gefunden und geweckt zu werden?

Wie lautete noch einmal die Aufgabe, mit der Lia sie angeblich beauftragt hatte? »Du musst die schlafende Wächterin unterm See wecken, damit die Königin aufgehalten wird.«

Um was ging es hier wirklich? Um ein bewusstloses Mädchen, schwarze Vögel am Himmel oder doch um eine alte, nicht bewältigte Geschichte? Warum hatte Emerick sich in Wahrheit auf die Suche nach dem Occulus gemacht?

Jasna blickte auf die Vitrinenscheibe und fand die Spiegelung von Emericks Gesicht. Es war so reglos, als gehörte es einer Statue, den Blick ins Leere gerichtet. Was auch immer er in diesem Augenblick empfand, er würde sie nicht daran teilhaben lassen. Vielleicht war es auch besser so. Zwar hatte sie eben noch eine nie gekannte Vertrautheit zu ihm empfunden, aber jetzt war sie sich nicht sicher, ob sie ihn deshalb auch kannte. War es überhaupt möglich, sich auf jemanden einzulassen, wenn da ein Rest von Unsicherheit blieb, egal, wie tief man in den anderen hineinblickte? Oder musste man diese Ungewissheit aushalten können, um vertrauen zu dürfen?

Emerick hatte ihr vertraut, obwohl er ahnte, dass sie ihm etwas vorspielte. Konnte sie das auch tun, nach allem, was sie erlebt hatte?

29

GRÜNE NUDELN

Anton war vor Müdigkeit ganz blass, aber er wollte sich um keinen Preis etwas anmerken lassen. Seine Freundin Milha hingegen war auf Jasnas Schoß eingeschlafen, während sie an Lias Krankenbett saßen. Jasna nahm es als gutes Zeichen, denn beim Abendessen hatte Milha vor Anspannung in einer Tour geplappert, ihre Suppenschale umgestoßen und einen Heulanfall bekommen, als eins der Kinder an ihrem Tisch sie »Psycho-Quasselstrippe« genannt hatte. Es war einfach zu viel für die Kinder. Die allgemeine Anspannung in Lastage House nach dem Besuch der schwarzen Vögel hätte schon gereicht, aber inzwischen kursierten die wildesten Gerüchte, die zartere Gemüter aufwühlten und Unsicherheit schürten. Dass ihre Freundin Lia noch immer auf der Krankenstation lag, war für Milha und Anton der berühmte Tropfen gewesen, der das Fass zum Überlaufen bringt. »Die blöden Vögel«, jammerte Milha. »Die haben Lia geraubt!« Anton hingegen sagte überhaupt nichts mehr, und er aß auch nichts, was noch beunruhigender war als die überdrehte Milha. Und kein Professor Leopold weit und breit, der ansonsten immer wusste, was zu tun war.

Nach dem Abendessen hatte Jasna deshalb kurzerhand beschlossen, mit den beiden Kids der Krankenstation einen Besuch abzustatten, obwohl Yusuf, mit dem sie das heutige Abendessen betreut hatte, ihr deshalb drohte, sie bei der Stationsaufsicht anzuschwärzen, weil sie kein Okay von den Betreuern hatte.

Noch vor Kurzem hätte Jasna in so einem Fall eingelenkt, zu

besorgt darum, Aufsehen zu erregen. Jetzt packte sie Yusuf, diesen elenden Korinthenkacker, am Handgelenk und verdrehte es nur so weit, dass es ihm wehtat, ohne größeren Schaden anzurichten. Vollkommen ruhig sagte sie: »Seien wir doch mal ehrlich. Wir wissen beide, dass die zwei Zwerge erst dann zur Ruhe kommen, wenn sie ihrer Freundin einen Besuch abgestattet haben. Also wozu die Umstände?«

Yusuf hatte wimmernd zugestimmt, und als Jasna sein Handgelenk freigegeben hatte, waren nicht einmal rote Flecken daran zu sehen gewesen. Andernfalls hätte ihr Kollege vermutlich Beschwerde gegen sie eingelegt, aber die Blöße, sich über etwas zu beklagen, das keinerlei Spuren hinterließ, würde er sich bestimmt nicht geben.

Jetzt warf Jasna der reglos im Bett liegenden Lia noch einen Blick zu, sagte »Bis bald, Süße. Träum was Hübsches«, dann schulterte sie die schlafende Milha und nahm Anton an die Hand. Zu ihrer Überraschung ergriff der Junge sie ohne Umschweife, was mehr als untypisch war. Eigentlich mied er Körperkontakt.

»Alles okay mit dir, Anton?«, fragte Jasna, während sie die Krankenstation verließen.

Zu ihrer Überraschung grinste der Junge. »Morgen Abend gibt es Nudeln mit grüner Soße.«

Darum ging es also. Anton hatte sein Spiel »Rate mal, was es in der Zukunft zu essen gibt« wieder aufgenommen. »Perfekt«, sagte Jasna, »dann können wir Lia morgen Abend eine Portion vorbeibringen, vielleicht wacht sie ja auf, wenn du vor ihrer Nase ihr Lieblingsessen futterst.«

»Och«, sagte Anton gelassen. »Das ist nicht notwendig, sie wird morgen beim Abendessen dabei sein. Ich habe es gesehen.« Er sagte das mit einer solchen Gewissheit, dass Jasna der Mund aufklappte.

In diesem Moment kreuzte Morton ihren Weg. Ihre gemeinsame Nachmittagsschicht war derartig mit Arbeit vollgestopft gewesen, dass sie kaum dazu gekommen waren, sich zu unterhalten. Falls Morton wegen ihres plötzlichen Verschwindens in Professor Leopolds Haus sauer war, ließ er es sich nicht anmerken. Wahrscheinlicher war, dass er als Emericks enger Freund solche Eskapaden gewohnt war und zwei Menschen, die sich mir nichts, dir nichts in Luft auflösten, für ihn zum Alltag gehörten. So hatte Morton Jasna nur zugeraunt, dass sein Bruder auf den Professor aufpasste und ihm in regelmäßigen Abständen ein Beruhigungsmittel verabreichte, aber dass das keine langfristige Lösung war. Sie mussten die Sache klären – und zwar schnell! Die körperliche Veränderung des Professors war zwar seither nicht weiter fortgeschritten, aber wer konnte schon sagen, wann der nächste Schub folgte? Oder ob nicht noch mehr Geschenke voller schwarzem Rauch in Lastage House herumstanden und darauf warteten, dass jemand sie fand. Allein bei der Vorstellung wurde Jasna ganz mulmig.

»Gib mir Milha, ich bringe sie und Anton ins Bett«, sagte Morton. »Ich muss eh noch was mit der Nachtschicht besprechen.«

Jasna drückte die schlafende Milha etwas enger an sich, obwohl das Mädchen trotz seiner zierlichen Statur ein ordentliches Gewicht hatte. Doch ihr zarter Geruch und ihre Wärme hatten etwas Beruhigendes, das Jasna guttat. »Ich mach das schon. Wenn ich nicht beschäftigt bin, schlafe ich nämlich auf der Stelle ein.«

»Das mit dem Schlaf wird warten müssen.« Morton sah aus, als würde ihn diese Nachricht halb umbringen, weil er mindestens genauso erschöpft war wie Jasna. »Nanette möchte einen von uns wegen des Occulus in ihrem Quartier sprechen, sie hat wohl Fortschritte damit gemacht. Und ich muss noch gleich zur Übergabe.«

Sofort rauschte das Blut durch Jasnas Adern und verscheuchte die Müdigkeit. Nanette … Nach allem, was passiert war, hatte sie die Französin mit dem magischen Spleen fast vergessen. Jetzt, da sie drüber nachdachte, könnte sie Nanette echt nicht ertragen, dafür waren ihre Nerven zu strapaziert. »Nanettes

Infos kann wer anders abholen. Wenn ich mit meiner Arbeit fertig bin, will ich mir nur noch die Decke über den Kopf ziehen und schlafen.«

»Es klang nicht so, als ob die Neuigkeit, die Nanette hat, lange warten kann«, gab Morton zu bedenken. »Ihrer Meinung nach sollten wir eh Gas geben, die Geschichte mit dem Professor hat unserer Weißen Hexe gar nicht gefallen. Kundschafter, meinte sie, seien eine Sache. Aber die Seele eines Menschen aus seinem Körper zu drängen und diesen zu verändern, damit er das passende Zuhause für ein fremdartiges Geschöpf wird, eine ganz andere. Für eine solche Kunst brauche es Schwarze Hexerei vom Feinsten, es gelte, die Realität gegen ihre Regeln zu verändern. Zitat Nanette: ›Es ist gegen das Gesetz, parbleu!‹«

»Boah«, unterbrach Anton ihre Unterhaltung. »Und als Nachtisch gibt es morgen Abend zur Feier des Tages Vanillepudding mit Himbeeren! Weil sie Geburtstag hat.«

»Wer hat Geburtstag?«, fragte Jasna irritiert.

Anton blinzelte sie genervt durch seine Brille an. »Na, Lia, du Dummerchen. Morgen ist ihr Geburtstag, also ihr neuer Geburtstag … Weil sie ins Leben zurückkehrt. Du solltest mitfeiern, Jasna. Echt, sonst verpasst du was. Die Party wird super.«

Jasna und Morton wechselten einen Blick. Dann reichte Jasna dem Pfleger die schlafende Milha und beugte sich zu Anton runter. »Verstehe, mein Schatz. Aber wenn ich morgen an der Party teilnehmen will, dann muss ich jetzt noch rasch was erledigen. Schlaf schön.«

Der Junge blickte sie ernsthaft an. »Ich schlafe, aber ob ich es schön hinbekomme, weiß ich nicht.«

Jasna widerstand dem Bedürfnis, Anton durchs Haar zu wuscheln. Bevor sie sich abwandte, sagte sie zu Morton: »Dann begebe ich mich jetzt in Nanettes Möchtegern-Boudoir. Hoffentlich verzichtet sie dieses Mal darauf, alles mit ihrem schwülstigen Parfüm einzunebeln. Sonst kotze ich ihr noch auf ihre Samtkissensammlung.«

Morton grinste. »Du kannst ihr ja deine neuste Errungenschaft vorführen, da geht sie vor Neid bestimmt ein.«

Schreckensbleich dachte Jasna, er würde von dem Kuss sprechen, den Emerick ihr geschenkt hatte. Dann begriff sie, dass er die Peitsche meinte. »Schon klar, auf der einen Seite Nanette alias ›Godess of Frenchyness‹ und auf der anderen Seite die knallharte Peitschenschwingerin Jasna. Das ist ja wohl ein feuchter Jungentraum.«

Während Morton lachte, dachte Jasna, dass es vielleicht gar nicht so verkehrt war, ihre Peitsche mitzunehmen. Einen Vorteil hatte es mit Nanette nämlich: Vor diesem Mädchen brauchte sie nicht zu verbergen, wer sie war. Jemand, der immer die passende Waffe zur Hand hatte. Das war ihre ganz spezielle Art von Magie.

30

TEESTUNDE

Es tat gut, Nanettes Reich dieses Mal durch die Zimmertür zu betreten, anstatt sich wie eine kleine Diebin durchs Fenster einzuschleichen. Auch das Haar frisch gekämmt zu haben und ein richtiges Kleid anstelle eines Nachthemds zu tragen, schadete nicht. Jasna hatte es sogar im Rekordtempo geschafft, Wimperntusche aufzutragen, als ginge sie zu einem Date. Aber ganz ehrlich? Nanette war eine Herausforderung, an die kein noch so heißer Junge rankam. Jungs zu beeindrucken, war ein Kinderspiel gemessen an der Französin, die das Wort »aufregend« persönlich erfunden hatte. Nach dem Debakel ihres Kennenlernens hätte Jasna es nicht noch einmal ertragen, mit vom Nieselregen strähnigem Haar und Spinnweben an der Nasenspitze vor diese Venus mit Wallemähne zu treten. Falls das aus ihr eine dusselige Kuh machte, dann war das halt so.

Auf Jasnas Klopfen hin flötete Nanette ein »Momentchen« mit unverkennbar französischem Akzent. Dann ertönte Geklapper. Unwillkürlich fragte Jasna sich, ob die Hexe noch schnell Ruwen durchs Fenster entließ, so wie in der letzten Nacht, als Jasna ihn im nächtlichen Park erwischt hatte. Überrascht stellte sie fest, dass diese Vorstellung ihr nicht länger einen Stich versetzte. Ruwen stand für ein gewöhnliches Leben, von dem sie sich in der Ruine verabschiedet hatte. Zwar wusste sie nicht, wohin die Reise ging, aber weiterhin von diesem Jungen zu träumen, hatte keinen Sinn mehr. Sie hatte ihr Lager gewählt.

Als Nanette endlich die Tür öffnete, gelang Jasna ein freundliches Lächeln. »Morton sagt, es gibt Neuigkeiten zum Occulus?«

Anstatt »Jawohl! Ich, meines Zeichens Meisterin der modernen Hexenkunst, habe das Geheimnis dieses ökkölten Gegenstandes gelüftet« oder wenigstens »A-llo, mon petite« zu hauchen, musterte Nanette sie bloß. Das hatte sie schon bei ihrem ersten Zusammentreffen gemacht, aber dieses Mal hatte es eindeutig eine andere Qualität.

»Willst du mich nicht reinlassen?«, fragte Jasna. Vielleicht hatte sie sich ja so stark aufgehübscht, dass Nanette sie nicht wiedererkannte.

»Natürlich«, sagte Nanette – und starrte weiter.

»Dann müsstest du ein Stück zur Seite gehen, es sei denn, du legst es auf Körperkontakt an.«

Nanette blinzelte und machte Platz. Als Jasna sich an ihr vorbeidrückte, murmelte die junge Frau etwas auf Französisch, was hoffentlich kein Fluch war und Jasna beim nächsten Vollmond die Augenbrauen zusammenwachsen ließ. Andererseits durften Weiße Hexen so etwas nicht, oder?

Als Jasna den mit Kerzen erleuchteten Raum betrat – dieses Mal mit gemachtem Bett – entdeckte sie das Occulus, das auf ein Seidentuch gebettet lag. Also hatte Emerick die Kristallkugel, wie verabredet, vorbeigebracht. Was seitdem alles passiert war … auch zwischen ihnen. Schnell verdrängte Jasna den Gedanken an Emerick. Was immer ihn in Wahrheit antrieb, sie war hier, um auszuloten, wie sie Lia helfen konnte.

»Ich vermute, du hast heute Abend noch was Besseres vor, als mich anzustarren«, sagte sie zu ihrer Gastgeberin. »Deshalb schlage ich vor, du erzählst mir, was du rausgefunden hast, und dann verschwinde ich mit dem Occulus.«

»Wieso verschwinden?«, fragte Nanette, während sie Jasna den Rücken zudrehte und durch einen Vorhang in eine dahinter liegende Nische verschwand.

»Weil …« Es fühlte sich idiotisch an, mit einem leeren Raum zu sprechen.

Weil du die Sache allein durchziehen willst, kam es vom offenen Fenster her.

Dort saß Loreley in bester Sphinxmanier. Allem Anschein nach war die Katze gemeinsam mit Jasna eingetroffen. Deshalb das Fenstergeklapper, Nanette hatte die Samtpfote offenbar erwartet.

»Ich will nichts allein durchziehen«, widersprach Jasna.

»Wie bitte?«, rief Nanette von hinter dem Vorhang.

Konnten Katzen eine Augenbraue hochziehen? Vermutlich nicht. Trotzdem machte es ganz den Anschein, als hätte Loreley den Trick drauf. *Irgendwas an dir ist anders*, verkündete die Katze nachdenklich.

»Könntest du bitte damit aufhören?«, flüsterte Jasna. »Nanette hat mich eben auch schon angestarrt, als hätte ich ein schwarzes Mal auf der Stirn.«

Hat es etwas mit Emerick zu tun?, bohrte Loreley ungerührt weiter. *Ich habe ihm beim Mittag meinen üblichen Besuch abgestattet, aber statt mir die leckeren Sachen von seinem Teller zu geben, hat er bloß Löcher in die Luft gestarrt und mir zum Abschied den Kopf getätschelt. Den Kopf!*

»Wirklich unerhört«, stimmte Jasna zu, obwohl sie keine Ahnung hatte, warum es eine solche Frechheit war, einer Katze über den Kopf zu streicheln. Für sie stand nur fest, dass sie eine derartige Vertraulichkeit bei Loreley niemals ausprobieren würde. Sie hing an ihren Fingern.

Bevor die Katze ihr Verhör fortsetzen konnte, schlüpfte Nanette mit einem Teeservice in den Händen wieder durch den Vorhang. »Hab ich also richtig gehört! Madame Loreley hat sich bereits zu uns gesellt. Wie gut, dass noch etwas Sahne da ist.«

Wenigstens ein haarloser Affe, der weiß, was sich gehört. Zufrieden sprang Loreley auf einen kleinen Hocker und ließ sich ein Schälchen Sahne servieren.

»Worüber habt ihr zwei Süßen denn geplaudert?«, erkundigte sich Nanette, während sie Jasna und sich einen blumig duftenden Tee einschenkte.

Sie ist verunsichert, stellte Jasna verblüfft fest. Mit was, um alles in der Welt, könnte ich ein Kaliber wie Nanette verunsichern? »Über die Frage, wie es nun weitergeht, da du das Geheimnis des Occulus gelüftet hast«, sagte Jasna in der Hoffnung, dass diese Kiste hier möglichst schnell ausgestanden war. Das Kaffeekränzchen entwickelte eine seltsame Dynamik.

Leider ließ Nanette sich beim Hinsetzen Zeit. Zuerst richtete sie ihren leicht transparenten Kaftan, auf dessen goldenen Grund rote Mohnblüten in Übergröße prangten. Dann setzte sie sich auf einen Sessel, als handelte es sich beim »elegant den Popo platzieren« um eine olympische Disziplin. In der Zwischenzeit hatte Jasna ihren Tee runtergestürzt und war kurz davor, vor lauter Unruhe wieder aufzustehen.

Mit abgespreiztem kleinen Finger nahm Nanette ihre Teetasse hoch. »Das Occulus …«, setzte sie etwas zerstreut an.

Ha, ich hab's!, krakelte Loreley. *Es ist ihr Mund!*

Instinktiv schlug Jasna sich die Hand vor den Mund.

Zu spät. Nanettes Augen waren bereits zu Schlitzen verengt, ihr Blick scharf wie ein Skalpell. »Jetzt habe ich es auch gesehen. Was ist das auf deinen Lippen?«

»Was wohl …? Lippenstift«, nuschelte Jasna, ohne die Hand wegzunehmen.

Nanette machte eine wegwerfende Geste. »Ich meine nicht diese rosafarbene Schmiere, sondern das andere. Dieser Hauch Glitzer. Es ist mir gleich aufgefallen, dass sich etwas verändert hat, als du in der Tür standst. Man sieht dich klarer, du hast an Kontur gewonnen, vermutlich weil du dich nicht länger hinter einem Nebel aus Lügen versteckst. Aber da ist noch mehr …« Plötzlich klatschte Nanette in die Hände, als hätte sie eine Rätselaufgabe gelöst. »Emerick hat dich geküsst!«

Kein Wunder, dass ihm heute Mittag der Appetit vergangen war, ließ Loreley vernehmen, unterstrichen mit einem dicken, fetten Katzengrinsen.

Jasna zuckte innerlich zusammen, während ein »Erwischt!« durch ihren Geist hallte. Sie musste sich regelrecht zwingen, die

Hand sinken zu lassen, um nicht allzu ertappt zu wirken. »Mal davon abgesehen, dass es euch nicht das Geringste angeht, was ich mit meinem Mund mache, wollt ihr mich wohl auf den Arm nehmen. Niemand kann sehen, ob man geküsst wurde – oder von wem.«

Nanette ignorierte ihren Einwurf, stattdessen wandte sie sich an Loreley, die gerade eine Pfote in die Sahne tunkte, um dann den Tropfen beim Fallen zuzuschauen. »Hatte Emerick kein Interesse am Essen, weil er mit den Gedanken noch an ihren Lippen festhing?«

»Erstens«, sagte Jasna, »obwohl ich persönlich anwesend bin, sprecht ihr über mich, als wäre ich bloß ein zu begutachtender Gegenstand. Zweitens – und das ist echt ausschlaggebend – hat euch mein Privatleben überhaupt nicht zu interessieren. Mich hier einfach so auszuchecken, das geht gar nicht. Jetzt wird sofort das Thema gewechselt oder die Teestunde ist vorbei.«

Während Nanette nicht mal mit der Wimper zuckte, schlabberte Loreley nachdenklich ihre Pfote sauber, ganz so, als hätte Jasna keinen Piep von sich gegeben.

Jetzt, da du es erwähnst, Nanette …, schnurrte die Katze. *Eigentlich sah Emerick nicht aus, als wollte er sich vor Wonne auf den Rücken rollen und genüsslich alle viere von sich strecken, weil das Leben ihm einen berauschenden Höhepunkt geschenkt hat. Eher im Gegenteil, ich habe ihn noch nie so in sich gekehrt erlebt. Er hat nicht mal mitbekommen, dass direkt vor seiner Nase im Essenssaal ein Medikamententausch stattfand. Dabei gehört es ansonsten zu seinem Lieblingszeitvertreib, den hausinternen Schwarzmarkt zu beobachten.*

»Habe ich es mir doch gedacht.« In Nanettes Augen leuchteten Blitze auf. Wortwörtlich. Im Blick der Hexe zog ein Sturm auf.

Wäre Jasna nicht so sauer gewesen wegen des Einmischens in ihr Privatleben, hätte sie sich vermutlich hinter ihrem Sessel in Sicherheit gebracht. In den Augen schöner Französinnen sollte sich definitiv kein Unwetter zusammenbrauen, das jederzeit zu einer krassen Entladung führen konnte. Wer wusste schon, wie es sich anfühlte, wenn ein solcher Hexenblitz einen traf?

»Ich ahne, was passiert ist«, zischte Nanette. »Du hast Emericks Kuss genommen, und dann hast du ihm wehgetan.«

»Habe ich nicht«, wehrte sich Jasna, bevor ihr klar wurde, dass Verteidigung in einer solchen Situation nach Rausrederei stank. »Außerdem war es nur ein flüchtiger Kuss.«

»Aber du hast ihn genommen«, beharrte Nanette mit ihren Sturmaugen, in denen immer mehr Blitze tanzten. »Um diese Art von Magie zu spinnen, braucht es zwei.«

Jasna sprang aus ihrem Sessel auf, jedoch nicht als Sicherheitsmaßnahme. Nein, sie konnte sich nur gerade so davon abhalten, Nanette bei den Schultern zu packen und ordentlich durchzuschütteln. »Es war bloß ein Kuss, verstehst du? Mit Magie hatte das rein gar nichts zu tun!«

»Und warum liegt dann ein Versprechen auf deinen Lippen?«, hielt Nanette dagegen und hob ihre Fäuste. Fast erwartete Jasna, dass die Hexe ihre Hände öffnete und ein Bündel Blitze auf sie schleuderte, woraufhin sie sich in ein Häufchen Asche verwandelte. »Ich werde nicht zulassen, dass du mit Emerick spielst. Wenn man sich mit einem Jungen vergnügen will – meinetwegen. Amüsement ist das Recht der Frauen, und meiner Meinung nach kann man sich gar nicht oft genug amüsieren. Aber nie, wirklich niemals, küsst man auf diese Art, wenn man es nicht auch so meint. Das ist böse. Das ist verkehrt. Das ist …« Sie sagte etwas auf Französisch, das sehr nach etwas klang, das man nicht mal unterm Schuh kleben haben wollte.

Moment, meine Liebe, mischte Loreley sich ein. *Dein Wutausbruch ist wirklich beeindruckend, aber ich befürchte, du verausgabst dich umsonst. Unser Blondchen weiß nicht, was es angestellt hat. In den wichtigen Dingen des Lebens ist sie wirklich ahnungslos.*

»Wie nennst du mich? Blondchen?«, knurrte Jasna, bereit, Loreley für diese Frechheit eine Dosensammlung an den Puschelschwanz zu binden.

»Ach, Jasna macht doch nur einen auf unschuldig«, sagte Nanette, lehnte sich aber im Sessel zurück. Das Unwetter in ihren Augen verebbte so rasch, wie es sich zusammengebraut hatte. Offenbar hatte sie für blonde Dummchen keine Blitze übrig.

Jasna straffte sich, wobei sie sich etwas albern fühlte, eine innere Kampfhaltung anzunehmen, während ihre Gegnerin das Interesse an ihr verloren hatte und stattdessen überlegte, einen Keks zu knabbern. »Ihr seid beide knallverrückt«, erklärte sie so würdevoll wie möglich. »Außerdem mischt ihr euch in Sachen ein, die euch nichts angehen.«

»Ich erkenne die Wahrheit, wenn ich sie sehe. Das ist meine Aufgabe als Weiße Hexe«, beharrte Nanette. »Und als eine solche darf ich mich nicht einmischen, wenn Menschenkinder eigene Magie spinnen. Aber als Emericks Freundin und Verehrerin sage ich dir: Pass auf, was du tust. Er hat es nicht verdient, dass man mit ihm spielt.«

»Ich spiele nicht mit ihm. Ich wüsste gar nicht, warum ich das überhaupt tun sollte«, sagte Jasna.

Und das von einer ausgezeichneten Lügnerin, die Tag für Tag ganz Lastage House über ihre wahre Identität an der Nase herumführt.

»Jetzt reicht es aber!« Jasnas Wut brandete erneut auf. »Wie und wen ich küsse, geht nur mich was an. Und was sich da zwischen Emerick und mir entspinnt, nur uns beide. Wenn wir uns küssen wollen, dann tun wir das, egal, was ihr beiden Schnüffelnasen davon haltet. Verstanden?«

»Laut genug war es jedenfalls«, sagte eine vertraute Stimme.

Jasna setzte sich vor Schreck in den Sessel.

Emerick betrat gerade das Zimmer. »Vor lauter Brüllerei habt ihr mein Anklopfen offenbar nicht gehört. Wie unangenehm«, sagte er achselzuckend. Als sei alles ganz normal, zog er seinen Mantel aus und setzte sich auf den letzten freien Sessel. Völlig entspannt überschlug er seine langen Beine, nur ein Zucken seiner Mundwinkel verriet, dass er nicht ganz so relaxt war, wie er sich gab. »Könnte ich bitte auch eine Tasse Tee bekommen? Gern mit einem Schuss Zaubersaft. Zum Abendessen gab's mal wieder diese Hagebuttenplörre, völlig untrinkbar.«

»Okay, ich glaub, ich hab's. Das Occulus ist ein Schlüssel in Kugelform, der sich selbst aufschließt und zu einer Tür in eine andere Realitätsschicht wird. Jedenfalls wenn man weiß, wie man ihn bedient, was du dank einiger Hexenexperimente mit dem guten Stück herausgefunden hast. Das Ergebnis besteht darin, dass du dem Occulus eine bestimmte Tonfolge vorsingst und dann legt es los.« Erwartungsvoll sah Jasna Nanette an.

Die Hexe machte einen Schmollmund, nach der Kuss-Diskussion anscheinend immer noch nicht Jasnas beste Freundin, dann nickte sie. »Schlicht ausgedrückt und inhaltlich ziemlich runtergebrochen, aber im Prinzip ist es das, was ich eben recht umfangreich ausgeführt habe. Besonders den Teil mit dem Singen. Es war eine Meisterleistung, die richtige Frequenz herauszufinden, aber nun gut. Ich lege eh keinen großen Wert auf Beifall und Bewunderung für meine Arbeit. Als Weiße Hexe ist man schließlich von Natur aus bescheiden. Im Kern geht es darum, dass die Bibliothek in dieser Realität durch Die Flut physisch zerstört wurde, auf einer anderen Realitätsebene existiert ihr energetischer Abdruck aber weiter. Laut Lia ist er noch intakt genug, um von dort aus unter den See zu gelangen … Was auch immer das genau bedeuten mag.«

»Nachdem so weit alles geklärt ist, werden wir das als Nächstes herausfinden.« Emerick stellte seine Teetasse ab, schnappte sich das Occulus und stand auf, um das Fenster einen Spalt zu öffnen. »Loreley, sei so gut und gib Morton Bescheid, dass wir uns im Obergeschoss des Westflügels treffen.«

Die Katze nickte und verschwand in der Dunkelheit.

»Nanette …«

Die Französin sprang aus ihrem Sessel. »Gib mir eine Sekunde, um mich für die Reise fertig zu machen.«

»Was meinst du mit Reise?«, erkundigt sich Jasna, doch

Nanette war bereits hinter dem Vorhang verschwunden. Mit pochendem Herzen blickte Jasna zu Emerick. »Versteht man in Frankreich unter einer Reise etwa eine Stippvisite, von der man rechtzeitig zur Schlafenszeit wieder zurück ist?«

Anstatt wie üblich mit einer schlagfertigen Antwort aufzuwarten, wog Emerick nachdenklich die Kristallkugel in seiner Hand.

»Ist alles in Ordnung mit dir?«, erkundigte sich Jasna.

Emerick zuckte mit den Schultern. »Ordnung ist etwas Relatives.«

Allmählich wurde Jasna klar, was Loreley beim Mittagessen beobachtet hatte: Emerick stand neben sich. Seine sonstige Wachheit und seine überbordende Lust, alles ganz genau mitzubekommen und an vorderster Front mitzumischen, wurden überschattet. Nur wovon … das konnte sie bestenfalls vermuten. So, wie er das Occulus hielt, war es für ihn nicht nur der Schlüssel, um Lias Aufgabe zu erfüllen, sondern auch eine Tür zu seiner Vergangenheit. Oder vielleicht ging es ihm vor allem darum. Es war eben ein Unterschied, ob man nicht verhindern konnte, dass seine Mutter ins Wasser geht, oder ob man die Chance hatte herauszufinden, ob ihre Wahnideen in Wirklichkeit wahr waren und sie in einer anderen Realität auf einen wartete.

Emerick nahm seinen Mantel und steckte das Occulus in dessen Tasche, bevor er sich das Kleidungsstück überzog. Dann hielt er Jasna die Hand hin, um ihr aufzuhelfen. »Wollen wir?«

Jasna saß reglos da. Wollte sie?

»Wenn ich mitgehe«, sagte sie, »dann gehe ich wegen Lia, damit sie aufwacht.«

»Dann haben wir dasselbe Ziel«, sagte Emerick.

Da war sich Jasna nicht sicher. »Ich möchte eines klarstellen: Egal, was heute Nacht passiert, egal, was wir unter dem See finden, ich werde alles daransetzen, dass dieses Mädchen zurückkehrt. Alles andere und jeder andere muss sich hinten anstellen.«

Emericks Hand zuckte, doch er nahm sie nicht zurück. »Das

ist dein gutes Recht«, sagte er. »Aber es ist auch mein Recht, meinen eigenen Weg zu gehen. Diese Freiheit solltest du mir ebenfalls zugestehen. Wie sieht es aus: Partner?«

Jasna nickte, dann nahm sie Emericks Hand. »Partner.«

Als sie vor ihm stand, war ihm anzumerken, wie es hinter seiner Stirn arbeitete. Es schien, als wollte er noch etwas sagen, ohne recht zu wissen, wie. Ihre Hand freigeben wollte er allem Anschein nach allerdings nicht. »Und danach?«, fragte er vorsichtig. »Wie sieht es zwischen uns aus, wenn diese Sache erledigt ist?«

Von Jasna fiel eine Schwere ab, die sie zuvor gar nicht richtig bemerkt hatte. An ihrer Stelle hielt eine Leichtigkeit Einzug, die allem einen verspielten Anstrich gab. »Lass mich nachdenken … Du stehst auf Herausforderungen und schreckst vor absolut nichts zurück, während ich auf Abenteuer mit einem Touch Crazyness abfahre, auch wenn ich wünschte, dass es anders wäre. Diese Mischung lässt befürchten, dass wir keine Chance haben, einander künftig aus dem Weg zu gehen.«

Emericks Mund blieb ernst, aber in seine Augen schlich sich ein Lächeln. »Vom Schicksal aneinandergekettet.«

»Eher durch deine Kusskünste, wenn man Nanette glauben darf. Sie behauptet, da sei Magie im Spiel gewesen.« Als Emerick fragend die Brauen hob, winkte Jasna ab. »Wie es aussieht, kannst du nicht mal normal küssen, bei dir muss es immer gleich etwas Besonderes sein.«

»Möchtest du diese Behauptung überprüfen?« Obwohl Emerick sich nicht rührte, schien er Jasna plötzlich viel näher zu sein, nah genug, dass sie sich nur strecken und sein Angebot annehmen müsste.

Warum eigentlich nicht?, dachte Jasna und stellte sich auf die Zehenspitzen.

Sie gab ihm einen Kuss, ganz vorsichtig, fast, als erwartete sie, dass etwas Dramatisches passieren würde. Funkenschlag oder das Erklingen unheilvoller Musik. Dann erst begriff sie, dass tatsächlich etwas passierte. Sie küsste ihn nämlich weiter, liebkoste seine Lippen, genoss seine Erwiderung, spürte seinen Atem, als sein Mund sich leicht öffnete, nahm seine Wärme unter ihrer Hand wahr, als sie damit unter seinen Mantel fuhr und sie auf seine Hüfte legte, um besseren Halt zu finden, nein, eigentlich um ihn zu berühren, so wie er es tat, mit seinen suchenden Fingern, die sich unter ihr Haar schoben und sanft ihren Nacken hinaufwanderten, während sich ihr Kuss vertiefte und ihre Lippen verschmolzen.

Mehr Magie, erkannte Jasna, brauchte es nicht.

31

UNGANGBARE WEGE

Das Fundament des Westflügels war vermutlich schon vor Der Flut angeschlagen gewesen. Risse in den Wänden, altersmürbe Fugen, sich absenkende Böden, denn dieser Flügel war auf abschüssigem Grund erbaut worden. Als dann die Wassermassen gegen das alte Gemäuer drängten, gab es dem Druck endgültig nach und brach wie ein Kartenhaus in sich zusammen. Angeblich lagerten in den unter Wasser stehenden Kellern wertvolle Weinkisten der Familie van Blomen und stapelweise versiegelte Rollen, in denen ein während Der Flut ertrunkener Hehler gestohlene Meisterwerke versteckt hatte – nur, um ein paar Beispiele für die Schätze zu nennen, die hier unten vermutet wurden.

Jasna hatte – wie wahrscheinlich viele andere auch – schon öfter mit dem Gedanken gespielt, die gefluteten Kellerräume zu inspizieren. Bestimmt gab es dort unten noch etwas Wertvolles zu entdecken, besonders wenn man geübt darin war, in die richtigen Ecken zu schauen. Angst vor der Dunkelheit hatte sie nicht, aber der Gedanke an dunkles Wasser schreckte sie eindeutig ab. Vor allem hatte sie jedoch ihr Bauchgefühl davon abgehalten, in der Ruine des Westflügels herumzustromern. Das feine Erzittern, das sie im Herzraum wahrnahm, wies nicht nur auf marode Böden und zerborstene Rohrleitungen hin, die wie spitze Lanzen hervorstanden, sondern war zugleich eine Warnung. »Überleg dir gut, ob du in diese Trümmerreste eindringen willst«, sagte das Zittern in ihrer Brust. Dort unten könnte etwas hausen … Was machst du, wenn du nicht willkommen bist?

Diese Frage stellte sich Jasna auch jetzt, während sie dem Lichtkegel einer Taschenlampe folgte. Emerick ging schräg hinter ihr und hielt die Lampe so, dass der Weg für ihre nächsten Schritte ausgeleuchtet war. Mehr Licht durften sie nicht machen, denn obwohl sie noch durch einen Flur des Hauptgebäudes liefen, wollten sie weder die patrouillierenden Wächter noch den Pförtner unten am Wachhaus auf den Plan rufen, wenn er plötzlich Helligkeit in Fenstern sah, in denen nach der offiziellen Schlafenszeit keine Lampen mehr leuchten durften.

Jasna war es ohnehin ein Rätsel, wie es Emerick gelungen war, sich vor der offiziellen Nachtzeit auf Station 4 abzusetzen. Er hatte etwas von einer vorgetäuschten Migräne erzählt, mit der er sich vorzeitig zurückgezogen hatte, um dann einen seiner geheimen Wege durch Lastage House einzuschlagen. Sie vermutete jedoch, dass er sich in Wahrheit mit einem seiner berühmt-berüchtigten Tricks aus dem Staub gemacht hatte. Hoffentlich war nicht ausgerechnet heute der Tag, an dem er aufflog.

Hinter ihnen klimperte Nanette mit Ohrringen, Glöckchenarmband und jeder Menge Halsketten. Als sie gesagt hatte, sie würde sich für eine Reise fertig machen, hatte Jasna damit gerechnet, dass sie mit Stiefeln, einem Trenchcoat mit unzähligen, prall gefüllten Taschen und einem Rucksack voller Hexenkram auftauchen würde. Dass Nanette sich bloß wie ein Tannenbaum mit Schmuck behängte, darauf wäre sie in ihrer wildesten Fantasie nicht gekommen. Die Wachen im Treppenhaus hatte sie auch ganz schlicht mit ihrem Charme abgelenkt, damit Jasna und Emerick unbemerkt hineinschlüpfen konnten. Nanettes Meinung nach griff man auf Hexerei nur zurück, wenn einem nichts anderes übrig blieb. Jasna vermutete eher, dass der flatterige Kaftan, der sich an ihre Rundungen schmiegte, so dicht wie nur irgendwas an Hexerei dran war. Jedenfalls hatten die Wächter geklungen, als könnten sie sich nach der Begegnung mit Nanette nicht mal mehr an ihre eigenen Namen erinnern.

»Was am meisten fehlt, sind die Farben.« Seit Nanette ihr Boudoir verlassen hatte, plapperte sie in einer Tour. Vermutlich kompensierte sie damit, dass sie Jasna und Emerick bei einer gründlichen Überprüfung ihrer Kuss-Theorie gestört hatte. »Die Welt ist so grau und kalt, überall fehlt es an Schönheit. Wir sind Der Flut doch nicht entkommen, um in einem Fegefeuer in Schwarz-Weiß und einem Hauch Schimmel gefangen zu sein. Als wäre das innere Feuer in uns erloschen. Traurig.«

»Du als Angehörige des weiblichen Geschlechts solltest dich mit Beschwerden zurückhalten«, sagte Emerick. »Männer träumen in Schwarz-Weiß, was bedeutet, für die eine Hälfte der Menschheit sind die Nächte genauso dröge wie die Tage.«

»Deshalb sollte den Männern etwas Besseres einfallen, als zu schlafen. Das macht es für beide Geschlechter schöner, nicht wahr? Ihr beide habt ja schon damit angefangen, mehr Farbe in euer Leben zu bringen – mit einer Explosion in Pink und Frühlingsgrün. Mon dieu! Die Chemie zwischen euch stimmt eindeutig, die Küsserei war sehr hübsch anzusehen. Ich bin gespannt, was ihr noch an Farben hinbekommt, wenn ihr fleißig weiterübt.«

Jasna blieb stehen. »Erwähnte ich, dass ich eine Peitsche bei mir trage und für nichts garantiere, wenn ich mir deinen Nonsens noch eine Sekunde länger anhören muss?«

»Du hast eine Peitsche?« Nanette stieß ein anrüchig klingendes »Uuuuulalala« aus. »Dann hoffe ich für jemanden Speziellles, dessen Glück mir am Herzen liegt, dass du damit ganz vorzüglich umgehen kannst. Bei einem solchen Schlagwerkzeug kommt es nicht nur darauf an, dass man es zu benutzen weiß, sondern auch, *wie* man es bei diesem raffinierten Spiel einsetzt.«

»Meiner Meinung nach wurde Jasna dafür geboren, mit Schlagwerkzeugen jeder Art perfekt umzugehen«, sagte Emerick, ganz Gentleman.

»O bitte!« Jasna stampfte mit dem Fuß auf. »Wir sind auf

dem Weg, um mithilfe eines mystischen Gegenstands eine zerstörte Bibliothek zu betreten, um der schwarzen Vogelbrut und ihrer bösen Königin ein Schnippchen zu schlagen. Und euch fällt nichts Besseres ein, als über die allgegenwärtige Tristesse, Farbkitsch und perverse Spielchen zu plaudern.«

»Ich halte einen gut geführten Schlag mit der Peitsche nicht für pervers, sondern für eine Kunstform«, sagte Emerick, als sei ihm Nanettes anzüglicher Unterton entgangen. Ausgerechnet ihm. Als ob. Allein für diese Scheinheiligkeit löste er bei Jasna den Wunsch aus, ihm ordentlich eins überzuziehen. Aber das behielt sie lieber für sich, vermutlich würden er und diese Möchtegern-Hexe ihr bloß das Wort im Mund verdrehen.

»Welche Konversationsvorschläge hättest du denn im Angebot?« Nanette wirkte verboten gut amüsiert.

Jasna schob ihr Kinn vor, obwohl das in der Dunkelheit vermutlich nicht zu sehen war. »Wie wäre es mit etwas mehr Ernsthaftigkeit?«

»Für meinen Teil bin ich bereits auf der Schiene unterwegs«, sagte Emerick. »Ich meinte es absolut ernst, dass die Peitsche in deiner Hand wie für dich gemacht aussieht. Besonders in Kombination mit deinen Stiefeletten. Eine großartige Kombination.«

Nanette versuchte, ein Kichern zu unterdrücken, wobei ihr gesamter Schmuckbehang klimperte.

Jasna hielt mit Zähneknirschen dagegen.

Allem Anschein nach so eindrucksvoll, dass Emerick sich genötigt sah, nachzubessern: »In den Spitzen ihrer Stiefeletten sind Klingen versteckt.«

»Du Glücklicher!«, jubilierte Nanette. »Morton hatte recht, sie ist tatsächlich genau dein Typ. Wenn sie jetzt auch noch richtig küssen lernt …«

Ehe Jasna explodierte, schnappte sie sich Emericks Taschenlampe und marschierte davon. Die beiden anderen folgten ihr – oder vielmehr dem sich schnell entfernenden Lichtkegel, wobei sie miteinander flüsterten.

»Du solltest Jasna nicht reizen«, murmelte Emerick.

»Ich betreibe bloß Konversation.«

»Sie ist viel empfindsamer, als man denkt. Mit deinem Gerede bringst sie in Verlegenheit.«

»Papperlapapp«, zischte Nanette. »Dein Engelchen steht auf Schlagwerkzeuge und spitze Klingen, außerdem habe ich gesehen, wie sie dich geküsst hat. Die weiß nicht mal, wie man ›schüchtern‹ schreibt.«

Jasna beschloss, auf Durchzug zu schalten, ansonsten lief sie Gefahr, Nanette ihre nervigen Klimperohrringe in den Mund zu stopfen.

Glücklicherweise warteten am Ende des Flurs bereits Morton und Loreley auf sie. Morton saß in der Hocke da, den Rücken an die Wand gelehnt und mit geschlossenen Augen, die weiße Katze eingerollt auf seinem Schoß.

»Morton«, sagte Jasna leise. »Bist du eingeschlafen?«

»Ich meditiere«, antwortete er. Als er jedoch aufstand, wirkten seine Bewegungen etwas steif, und auch Loreley brauchte einen Moment, um ihre typische Geschmeidigkeit wiederzufinden.

»Nachdem die Schlafwandlerin hier abgestürzt ist, haben sie eine Sicherheitstür eingebaut.« Morton deutete auf die Tür, die anscheinend mitten im Gang eingelassen worden war. »Mit dem Universalschlüssel kommt man nicht weiter. Das ist ein Job für dich, Emerick.«

»Einen echten Job würde ich das nicht nennen. Es gibt nämlich eine ähnliche Tür, mit der sie den Zugang zum Dachboden verrammelt haben und die bereits meine Bekanntschaft machen durfte. Gebt mir eine Minute.« Emerick pfiff leise vor sich hin, während er sich gut gelaunt am Türschloss zu schaffen machte.

Abwartend schaute Jasna zum Fenster hinaus. Die Nacht war dunkel, nur hin und wieder gaben die dichten Wolkenfelder den Blick auf erste aufblinkende Sterne frei. Soweit sich das feststellen ließ, war weit und breit kein Vogel am Firmament zu sehen. Vielleicht sind sie weitergeflogen, dachte Jasna, ohne es wirklich zu glauben.

»Was denkst du eigentlich über die Vogelschar?«, fragte sie Nanette. »Laut Morton hältst du sie für Kundschafter. Die Kreatur, in die der Professor sich verwandelt, ist aber eher auf Angriff konditioniert.«

War Nanette bis eben noch im Rumalbermodus, weil sie sich sogar auf dem Weg zu einer geheimnisvollen Bibliothek vergnügen wollte, so schaltete sie jetzt hochtourig auf Sachlichkeit um. »Meiner Meinung nach verfügt die Königin über einen ganzen Hofstaat, Diener, eine Leibwache bis hin zum schlichten Fußvolk. Vermutlich hat sie den Professor in ein ihr untertäniges Geschöpf verwandelt, um an die Informationen zum Occulus zu gelangen. Ihr Pech ist nur, dass der Professor keine Ahnung hatte, was sich da in seinem Besitz befand. Wahrscheinlich hätte er es herausgefunden, wenn er die Zeit dazu gehabt hätte. Die Königin war zu ungeduldig – oder ihr läuft die Zeit davon. Vielleicht befürchtet sie, dass diese Wächterin, von der Lia gesprochen hat, erwachen könnte, bevor sie selbst alle notwendigen Vorkehrungen für ihre Ankunft getroffen hat.«

Das ergab Sinn, wie Jasna zugeben musste. Trotzdem kam ihr die geheimnisvolle Strippenzieherin im Hintergrund wie ein Ammenmärchen vor, während der mutierte Professor Leopold sehr real war. Und wenn es die Königin tatsächlich gab? »Wir haben es also mit einer Königin und ihrem geflügelten Hofstaat zu tun, von dem Albträume, schwarzer Nebel und jede Menge Gerüchte im Umlauf sind. Was soll denn das bitte schön für eine Königin sein, wenn sie nicht nur im Märchen existiert?«

Nachdenklich spielte Nanette an ihren Ketten herum. »Wenn ich raten müsste, würde ich sagen, es ist eine Frau, die auf der Suche nach einem neuen Reich ist, das sie beherrschen möchte und das ihr Tribut zollt.«

Emerick fluchte im Hintergrund. Offenbar war das Knacken der Sicherheitstür doch kein easy Job. Morton hatte sich zu ihm gesellt und beriet ihn flüsternd.

Loreley hingegen war ganz Ohr. *Wenn man eine bestimmte Kost bevorzugt, dann ist Lastage House ein gefundenes Fressen*, gab die Katze zu bedenken.

»Was sollte an einem Stift für geistig Verwirrte interessant sein?«, wunderte sich Jasna. »Lastage House verschlingt jede Menge Geld, aber es wirft keins ab.«

Nanette rollte mit den Augen. »Wer interessiert sich denn ernsthaft für Geld, wenn er sich mit Hexerei auf so hohem Niveau beschäftigt? Aus der Perspektive einer Schwarzen Hexe haben dieser Ort und seine Bewohner einen ganz anderen Wert. Das sollte dir eigentlich schon längst klar sein, aber du warst ja zu sehr damit beschäftigt, dein klägliches Lügengebilde aufrechtzuerhalten. Lastage House ist eine sprudelnde Quelle! Schau dir Emerick an oder das kleine Mädchen, dem du helfen willst. Denk an den Baumjungen im Park oder Rosamunde mit ihren wundersamen Bildern. Wie köstlich wäre es für eine Schwarze Hexe, sie alle unter ihre Herrschaft zu bekommen? Bislang blieb Lastage House mit seinen besonderen Bewohnern verborgen, aber der alte Bannzauber ist verflogen und die Königin hat hier ihr zukünftiges Reich gefunden. Sie wird alles dransetzen, es in Besitz zu nehmen. Wir brauchen unbedingt Hilfe.«

»Die schlafende Wächterin«, sagte Jasna.

»Ja«, sagte Nanette. »Sonst wird es vermutlich ein kurzer Kampf.«

Unwillkürlich ballte Jasna die Hände zu Fäusten. »Aber du bist doch eine Weiße Hexe, warum kannst du der Königin nichts entgegensetzen?«

Nanette streckte die Brust raus. »Natürlich werde ich mich der Königin entgegenstellen, wenn wir keine besseren Waffen aufbieten können.«

Und die wird unserer werten Novizin der Hexenkünste ihr kleines Licht ausblasen, fügte Loreley trocken hinzu.

Jasna schnaufte. *Wenn du das so zynisch siehst, frage ich mich, warum du überhaupt mit von der Partie bist, Loreley.*

Ich fresse Vögelchen für mein Leben gern, erwiderte die Katze mit merklicher Selbstzufriedenheit. *Je mehr sie sich wehren und aufgeregt unter meinen Krallen flattern, desto besser.*

»Örks«, machte Jasna.

»Es muss ›Wow‹ heißen – mindestens.« Emerick deutete eine Verbeugung an, während er die Sicherheitstüre öffnete. »Verehrtes Publikum, ich präsentiere voller Stolz den Zugang zur alten Bibliothek.« Irritiert hielt er inne. »Was sollen die langen Gesichter, meine Damen?«

»Du magst doch Rätsel«, blaffte Jasna.

»Und Geheimnisse«, fügte Nanette hinzu. »Warum fragst du also so blöd?«

Männchen, sagte Loreley mit erhobenem Puschelschwanz.

32

DER GLÄSERNE FLUR

Frostklare Luft wehte durch die geöffnete Sicherheitstür, dahinter waren dunkle Baumkronen vor einem tiefschwarzen Nachthimmel zu sehen.

Jasna trat an die Bruchstelle, die direkt hinter der Tür lag. Unter ihr ging es steil abwärts, erst nach gut zehn Metern tauchten die ersten Gemäuerreste auf. Sie lehnte sich gerade weit genug vor, um festzustellen, dass die Überreste wie krumme Zähne in einem weit aufgerissenen Maul aussahen. Ihr war es ein Rätsel, wie die Schlafwandlerin diesen Sturz überlebt hatte. Wenn es allerdings unter Seen schlafende Wächterinnen gab, die auf ihren Einsatz warteten, dann waren ja auch Schutzengel im Bereich des Möglichen. Trotzdem trat Jasna lieber wieder von der Bruchstelle zurück.

Emerick holte das Occulus aus seiner Manteltasche hervor. »Wenn ich um eine Gesangsprobe bitten dürfte?«

Wie es sich für eine Diva gehört, schmiss Nanette ihre Haarpracht zurück und sang die Tonleiter durch. Sehr gekonnt. Dann galt es, erneut künstlerisch wertvoll zu hüsteln, bevor ein heller Ton angeschlagen wurde, der direkt durch Jasna hindurchglitt und in ihr ein kleines Feuerwerk aus Wärme und Wohlgefühl hinterließ, als hätte er eine innere Klangschale berührt. Das ist kein gewöhnlicher Gesang, das muss Hexenkunst sein, dachte Jasna, verwirrt darüber, wie stark Nanettes Stimme sie berührte. Und nicht nur sie allein, wie ein Blick in die Gesichter der anderen bewies. Besonders Morton machte keinen Hehl daraus, dass die Tonfolge, die Nanette anstimmte, ein Licht in ihm entzündete. Emerick kämpfte um ein Pokerface, aber trotzdem flackerte etwas Zartes in seinem Ausdruck auf.

Bevor die Empfindung Jasna hinwegtragen konnte, reagierte das Occulus in Emericks Hand: Zuerst war es nur ein feines Erzittern der Kristallkugel, dann wurde die Schwingung, in die der Gesang sie versetzte, stärker – bis sie, einem Echo gleich, zurückgeworfen wurde und sich kreisförmig fortsetzte. Ein Schall, so fein, dass er sich ungehindert ausbreiten konnte, und gleichzeitig so kraftvoll, dass er spürbar eine Veränderung hinterließ. Als hätte etwas im Programm der Realität einen neuen Code eingegeben.

Verblüfft stellte Jasna fest, dass sie vor Aufregung die Luft anhielt.

Vor ihnen lag noch immer die Nacht, aber inmitten der Frostluft wurde etwas sichtbar: Eine Art Glasgebilde zeichnete sich ab, ähnlich, wie wenn man sich eine bemalte Klarsichtfolie vors Gesicht hielt. Offenbar handelte es sich um die Fortsetzung des Flurs, der in den ehemaligen Westflügel führte. Je länger Jasna hinschaute, desto mehr Substanz gewann der Flur, seine Linien und Details verdichteten sich. Es ließ sich nicht leugnen, vor ihren Augen nahm die eigentlich zerstörte dritte Etage des Westflügels Gestalt an.

Dann fielen aus den Wolkenbergen die ersten Schneeflocken – und schwebten durch den gläsernen Boden des Flurs hindurch.

»Toll, jetzt haben wir den Flur, der zur Bibliothek führt, aber wir können ihn nicht betreten«, sagte Jasna.

»Das muss erst noch bewiesen werden.« Emerick machte einen großen Schritt, um die Türschwelle zu überschreiten.

»Nicht!«

Jasna langte nach Emericks Schulter, im gleichen Augenblick, in dem Morton nach dem Mantelrücken seines Freundes griff. Doch Emerick wich aus und tänzelte eine Sekunde später ein paar Schritte über den gläsernen Boden, gefolgt von Loreley, die aufgeregt Flocken nachjagte.

»Du bist so voll der Angeber!«, rief Jasna. Darauf hinzuweisen, dass Emerick den Naturgesetzen nach eigentlich hätte abstürzen müssen, verkniff sie sich, er drehte nämlich gerade eine Pirouette auf dem durchsichtigen Fußboden. »Wir hätten auch eins von Nanettes Klimperdingern werfen können, um festzustellen, ob das Gemäuer stabil ist. Um die Glöckchen wäre es zumindest nicht schade gewesen.«

Als Nanette gleichzeitig zu singen und sich säuerlich zu räuspern versuchte, kam ein Misston zustande und prompt ging ein Zittern durch den gläsernen Flur, das Emerick fast zu Fall brachte.

»Schön weitersingen«, wies er Nanette an, während er das Occulus hochhielt, sodass immer mehr Details des Flurs sichtbar wurden.

Morton rieb sich die Augen. »Das träum ich doch.«

An den Wänden zeichnete sich das Rosenmuster der im anderen Trakt sonst verblichenen Tapete frisch und klar ab. Auf einer Kommode, deren Details sich nach und nach offenbarten, als fügte ein unsichtbarer Inneneinrichter sie eben erst ein, tauchte eine Vase mit einem üppigen Tulpenstrauß auf. Es gab ein abstraktes Gemälde, eine Kunstrichtung, die Jasna in Lastage House noch nie gesehen hatte. Bestimmt hatte die Familie van Blomen ihre Kunstsammlung mit nach London genommen. Irrsinnigerweise glaubte Jasna, die Farbgebung des Bildes zu sehen, obwohl es lediglich gläserne Konturen besaß. Doch je länger sie in den vom Occulus sichtbar gemachten Flur spähte, desto realer und farbiger wurde er samt seiner Einrichtung für ihre Augen.

Jasna kam ein wenig angenehmer Gedanke: Ob man diesen aus dem Nichts auftauchenden Teil des dritten Stocks wohl auch vom Wachhäuschen aus sehen konnte? Ihr Bauchgefühl sagte Nein, bestimmt musste man innerhalb der Reichweite des Occulus sein, um diese Ebene der Realität wahrzunehmen.

Aber falls das so war, dann lief Emerick für jede Person, die im Park unterwegs war und gerade in seine Richtung schaute, durch die Luft. Oder?

Jasna schaltete die Taschenlampe aus.

»Hey!«, rief Morton, der sich gerade ebenfalls in den inzwischen mit flauschig grünem Teppich ausgelegten Flur gewagt hatte. Völlig unerklärlich schwebten die immer dichter fallenden Schneeflocken weiterhin durch den Boden hindurch und blieben auch nicht auf Mortons breiten Schultern liegen. Er war so durchlässig wie der Grund, auf dem er stand. Allem Anschein nach waren sie im Bannkreis des Occulus umgeswitcht worden.

»Warum machst du das Licht aus?«, fragte Morton. »Die Nacht ist stockduster.«

»Wir brauchen die Taschenlampe nicht länger.« Jasna deutete auf die inzwischen gut sichtbaren Wandlampen, von denen wie auf Kommando plötzlich ein goldener Schein ausging.

»So was.« Morton lachte ungläubig, dann streckte er Jasna eine Hand entgegen. »Jetzt du.«

»Alles klar«, sagte Jasna.

Sie stieß ein stummes Gebet aus, ehe sie sich von Morton über die Schwelle helfen ließ. Dabei tat sie gar nicht erst so, als nähme sie die angebotene Hand nur ihm zuliebe. Ihr Herz klopfte vor Angst so laut, dass er es unmöglich überhören konnte. Das lag allerdings nicht an der Höhe, durch die sie dank Gesang und einer Kristallkugel schritten. Sondern daran, wie selbstverständlich ihr all das erschien. Für Emerick war die Welt von Kindesbeinen an ein Ort voller fantastischer Möglichkeiten gewesen, so wie einige Menschen für ihn ganz selbstverständlich über ungewöhnliche Talente verfügten, die es sonst nur in Manga-Heften gab. Dasselbe galt für Morton, der in Emericks Fahrwasser aufgewachsen war, und Nanette … nun, sie bezeichnete sich selbst als Weiße Hexe, vielleicht war sie bereits als solche auf die Welt gekommen. Woher sollte Jasna das wissen? Ihre einzige Erfahrung der besonderen Art hatte im

Durchqueren der Ruine bestanden, was ihr rückblickend lange Zeit wie der böse Traum eines Kindes erschienen war. Danach hatte es für sie nur den Überlebensmodus gegeben, von Magie keine Spur. Oder doch? Schon bevor sie Emerick begegnet war, hatte sie Gespräche mit einer schnippischen Katze geführt und Statuen angestarrt, als wartete sie nur darauf, dass die endlich zurückblinzelten. Und das war noch nicht alles. Tatsächlich hatte es immer wieder solche Momente gegeben, sie hatte sie bloß beiseitegeschoben, um nicht darüber nachdenken zu müssen. Professor Leopold hatte mehr in ihr erkannt als eine fähige Assistentin, so viel stand fest. Und Lia, deren Welt von märchenhaften Wesen bevölkert war, hatte auf Jasna gesetzt und Emerick mit einer Botschaft zu ihr geschickt. Was sagte das über sie aus? Auch, dass Emerick sie ins Team geholt hatte. Dass er sie geküsst hatte. Als Kind war ihr von ihrer Ziehmutter gesagt worden, sie sei dafür geboren, selbst unter den widrigsten Umständen zu überleben. Sie konnte tricksen, klauen, kämpfen, durchhalten. Dieses Bild von sich hatte sie akzeptiert, aber in ihrem Inneren hatte sie nicht geglaubt, dass das ihr Schicksal war. Lastage House war ihr wie ein Versprechen auf eine zweite Chance vorgekommen. Und jetzt stand sie hier in einem längst von der Zeit getilgten Gebäude.

»Und? Wie gefällt dir der gute alte Westflügel?« Emerick war neben Jasna getreten, während sie in Gedanken versunken den Flur entlanggelaufen war.

»Sehr elegant«, sagte Jasna.

Hinter ihnen ging Morton zusammen mit Nanette, wobei der junge Mann erst leise, dann mit mehr Selbstvertrauen in ihren Gesang mit einstimmte. Plötzlich zog der Duft von brennendem Kaminholz durch die frostklare Nachtluft und Wärme drang ihnen entgegen, obwohl weiterhin der Schnee durch den Flur rieselte. Es herrschte eine Gleichzeitigkeit, als wären sie parallel in zwei verschiedenen Welten.

»Meinst du, wir sollten mitsingen, damit sich der Flügel weiter verdichtet?«, fragte Jasna.

Emerick verzog das Gesicht. »Du weißt ja, dass meine Gesangskünste nicht über lautes Summen hinausreichen. Es wäre besser, hier kein Risiko einzugehen. Wie sieht es bei dir aus?«

»Eigentlich reicht es mit der Dichte doch schon«, wich Jasna aus.

Emerick streckte den Hals und schaute aus dem Fenster, an dem sie gerade vorbeigingen. Unvermittelt blieb er stehen und deutete nach unten.

Erschrocken stellte Jasna fest, dass eine Gruppe Studenten auf die Grundreste des Westflügels zugingen, vermutlich um in ihrem Windschatten zu rauchen. Jetzt, da Jasna sie sah, hörte sie auch Gesprächsfetzen und Gelächter.

»Können sie uns sehen, wenn wir sie hören können?«, flüsterte Jasna.

Emerick zuckte unsicher die Schultern.

»Welcher Gesang?«, hörten sie jemanden aus der Gruppe fragen.

Mehrere Köpfe, auf denen wegen der Kälte Mützen saßen, bewegten sich, suchten nach der Quelle des Gesangs.

Hinter ihnen verschluckte Morton vor Schreck die Melodie.

Sofort verschwand die Wärme aus dem Flur, genau wie der Geruch nach einem brennenden Kamin, während der Boden zu ihren Füßen seine grüne Farbe verlor.

Hastig drehte Jasna sich um. »Nanette, hör auf keinen Fall auf zu singen, sonst machen wir einen Abgang!«

Nanette verdrehte die Augen, als wollte sie sagen: »Das hatte ich auch nicht vor, ihr Amateure.«

Morton, Jasna und Emerick drückten sich ans Fenster, wichen aber gleich wieder zurück, um Loreley Platz zu machen, die auf die Fensterbank sprang. Rauchfäden stiegen in der Dunkelheit auf und Geflüster, offenbar war der Gesang vergessen, doch dann legte jemand aus der Gruppe den Kopf in den Nacken. Im Aufleuchten von Zigarettenglut waren seine vor Überraschung entgleisten Gesichtszüge sichtbar. »Verdammte Scheiße, schaut euch das da oben an!«

Sofort legten alle aus der Rauchergruppe den Kopf in den Nacken und starrten hinauf.

»Sie haben uns entdeckt«, flüsterte Morton.

»Nicht uns«, sagte Emerick, »sondern die da.«

Es dauerte einen Moment, bis Jasna begriff, wovon er sprach. Im Dunkel der Nacht war die Schar schwarzer Vögel kaum auszumachen, außerdem flogen sie unnatürlich dicht beisammen, sodass man sie für eine rasch über Lastage House hinwegziehende Wolke halten konnte. Allerdings hätte es sich um eine sehr tief fliegende Wolke gehandelt, die sich pfeilschnell dem Haupthaus näherte.

»Das könnten Raben sein, so groß und schwarz, wie die sind«, mutmaßte Jasna.

Wie auf ein geheimes Zeichen hin setzte die Vogelschar zum Sinkflug an, brach zur Seite aus und zielte nun direkt in Richtung der Studentengruppe.

Emericks Fingernägel bohrten sich in den Fenstersims. »Ich bezweifle, dass normale Raben solche Augen haben.«

Jasna schluckte. Nein, solche Augen hatte vermutlich keine Vogelart im Naturführer-Lexikon. Trotz der Entfernung waren nämlich statt typischer schwarzer Murmelaugen silbrig funkelnde Stecknadelköpfe zu erkennen, in denen sich die glänzende Oberfläche der Kristallkugel in Emericks Händen spiegelte. In der realen Welt mochten die Vögel noch viele Meter entfernt sein, aber ihre Aufmerksamkeit war auf das Occulus gerichtet. Gleich würde sich herausstellen, ob die gefiederten Kundschafter die Ebenen der Realität auch ohne magische Hilfsmittel wechseln konnten.

Puttputt, kommt schön hierher, ihr fliegenden Braten, raunte Loreley.

»Du würdest diese Biester doch nicht wirklich fressen?«, erkundigte sich Jasna.

Loreley stellte ihr Rückenfell auf. *Pfui, Hundepisse. Wer redet denn von fressen? Ich würde jeden Einzelnen genussvoll zerrupfen, dass die Federn nur so fliegen.*

»Damit kannst du gleich anfangen. Sie kommen«, sagte Emerick.

Die Vogelschar hatte ihren Sinkflug beendet und ging nun auf Konfrontationskurs mit dem Fenster, hinter dem Jasna und die anderen standen.

»Die riesigen Viecher fliegen direkt auf uns zu!«, rief Morton.

Emerick warf die Arme hoch wie ein Dirigent. »Okay, jetzt wird gesungen, was das Zeug hält, damit der Flur an Substanz gewinnt. Singen, und zwar alle.« Dann stimmte er mit einem gut klingenden Bariton in Nanettes Gesang ein. Sofort verschwand der gläserne Schimmer, der bis eben noch über allem gelegen hatte, sodass der Flur wieder durch und durch real aussah.

Morton zog nach, während Jasna es gerade noch schaffte, den Mund aufzumachen, als der erste Vogel heranjagte, das Fensterglas sauber durchstieß … und direkt durch Jasnas Brust schoss, die nicht mehr Widerstand bot als die Luft. Der Vogel ließ einen wütenden Schrei hören und verschwand in der Nacht. Bevor Jasna sich von dem Schreck erholt hatte, rauschte die restliche Schar durch sie und die anderen hindurch, als wären sie nur Projektionen am Nachthimmel. Während die Vogelschar krächzend verschwand, japste die Studentengruppe im Hof unisono nach Luft.

»Das war ja der Wahnsinn«, hörte Jasna eine vertraute Stimme sagen. Es war eindeutig Ruwen. »Was bringt Raben dazu, in der Nacht durch Schnee und Kälte zu fliegen?«

»Nichts, was du Schwachkopf jemals verstehen wirst«, raunte Emerick so leise, dass er die Worte nur an sich selbst gerichtet haben konnte. Laut sagte er: »Die Frage, ob uns jemand aus Lastage House außerhalb dieser Wände entdecken kann, hat sich damit wohl erledigt.«

»Aber der Rauchertrupp hat den Gesang gehört, wenn auch nur wie aus weiter Ferne«, gab Jasna zu bedenken. Das gruselige Gefühl, dass unzählige Silberaugen sie durchaus gesehen hatten und der erste Vogel mit voller Absicht durch ihre Brust gejagt war, behielt sie lieber für sich.

»Deshalb hast du also darauf verzichtet mitzusingen. Und ich dachte schon, du hast Sorge, den Ton nicht zu treffen«, sagte Emerick. Als Jasna ihn fragend anblickte, zuckte er mit den Schultern. »Ich würde nicht behaupten, dass ich sterbensneugierig bin, wie deine Singstimme klingt. Aber ich möchte zu gern wissen, warum du geschwiegen hast.«

»Ich war einfach zu geschockt wegen der Vögel.«

»Ja, das war es bestimmt. Nur der Schock.« Emerick reichte ihr so galant seinen Arm, als ginge es darum, durch einen Park zu lustwandeln.

Jasna hakte sich bei ihm ein, wobei sie Loreleys Kommentar – *Denk dran, ihm ab und zu einen kräftigen Hieb mit der Tatze zu verpassen, damit er sich deiner nicht zu sicher ist* – ignorierte. Der Gang war eh kurz, denn schon nach der ersten Kurve kamen sie zu einer doppelten Flügeltür. Jeder Flügel war mit einem Oval versehen, in dessen Mitte die Initialen der van Blomens prangten. Diese Familie war nicht nur steinreich, sondern offensichtlich auch noch uralt. Seit wie vielen Generationen war Lastage House wohl schon in ihrem Besitz? Oder anders gefragt: In was für einer Familientradition stand Emerick eigentlich?

»Das ist der Eingang zur Bibliothek.« Emerick öffnete einen der Türflügel, der dabei ein feines Ächzen von sich gab, und deutete einen Diener an. »Ladies first.«

Danke, sagte Loreley und spazierte hinein.

»Katzen«, seufzte Jasna, dann betrat sie die Bibliothek, dicht gefolgt von Emerick und dem singenden Duo Morton und Nanette.

33

SING FÜR MICH

Jasna stand ehrfürchtig da, während sich die Bibliothek vor ihren Augen entfaltete, ihre Umrisse detailreicher wurden, die Farben im Spektrum von Dunkelrot, Moosgrün und schön gealtertem Holz Einzug hielten. Die gewiss acht Meter hohen Wände waren bis unter die Decke mit Buchregalen ausgefüllt, in denen es keinen freien Platz zu geben schien, mit Ausnahme der hohen schmalen Rundbogenfenster, die ausgespart blieben. Eine hölzerne Balustrade im oberen Drittel des Raums ermöglichte es, an die höhergelegenen Bücher zu gelangen, die man dann vor einem offenen Kamin, in dem ein Feuer loderte, lesen konnte. Auf einem Beistelltisch dampfte sogar eine Teekanne auf einem Stövchen.

Diese Bibliothek war eine Schatzhöhle für jeden Buchliebhaber, egal, ob er nun Geschichten liebte oder gern in einem bebilderten Werk über Meeresbewohner der Tiefe blätterte. Es war zu schade, dass es diesen Ort in der Welt, in die Jasna gehörte, nicht länger gab, ansonsten hätte sie es sich sofort vor dem Kamin bequem gemacht.

Genau wie Loreley, die gerade einen Teppich in der Nähe des wärmenden Feuers mit ihren Krallen bearbeitete. *Gefällt mir*, sagte sie schlicht.

Emerick strich mit der Hand über einige Folianten, die auf einem Tisch auslagen. »Für diese Räumlichkeiten wurden zwei Stockwerke zusammengelegt, um die imposante Höhe zu erreichen. Von der Statik her war es nicht die beste Idee, die Bibliothek in den dritten Stock zu legen und sie bis in den letzten Winkel mit Büchern vollzustopfen. Eigentlich wundert es mich, dass der Westflügel nicht schon vor Der Flut zusammengekracht ist.«

Zwar klangen Emericks Worte zynisch, aber ihm war anzumerken, dass dieser Ort ihm früher viel bedeutet hatte. Eine Andeutung, wie er als Junge gewesen war, schlich sich in sein Gesicht und berührte Jasna. Da war diese unverstellte Offenheit, von der scheinbar nichts übrig geblieben war, weil aus den fantasievollen Geschichten eines kleinen Jungen vermutlich eines Tages die schwere psychische Störung eines Heranwachsenden geworden war, sodass seine Familie sogar einen Stift gegründet hatte, um ihn sicher verwahrt zu wissen. Unwillkürlich fragte Jasna sich, wie sie wohl zu Emerick stehen würde, wenn die Mission abgeschlossen war. Wie sie überhaupt zu Lastage House stehen würde.

Morton gab ihnen ein kurzes Zeichen. Dann stellte er seinen Gesang ein.

Das Feuer im Kamin flackerte nervös, dann brannte es weiter, sogar ohne seine Farbe zu verlieren.

»Na bitte«, sagte Morton. »Der Raum scheint sich stabilisiert zu haben. Jetzt du, Nanette.«

So schön, wie ihr Gesang begonnen hatte, so zart ließ Nanette ihn ausklingen, ganz vorsichtig, als hätte sie ein Kind in den Schlaf gesungen, das nun weiterschlafen sollte.

In Jasna tauchte das Bild auf, wie der mit dickem Teppich ausgelegte Boden unter ihren Füßen sich auflöste und sie in die Tiefe stürzte, um mit dem Kopf voran neben dem rauchenden Ruwen aufzuschlagen. Während ihr Magen eine Rolle rückwärts machte, blieben ihre Füße allerdings genau da, wo sie waren. Vor Erleichterung ließ sie sich in den nächstbesten Samtsessel plumpsen.

»Eine Tasse Tee für meine Stimmbänder wäre jetzt wunderbar.« Nanette schnupperte an der Teekanne und kräuselte die Stirn. »Earl Grey Tea.«

»Was sonst? Das einzige Getränk, das man in einer so angestaubten Bibliothek zu sich nehmen kann«, sagte Emerick.

»Egal, was es ist, ich gönn mir einen Schluck.« Nanette schnappte sich die einzige bereitstehende Tasse und goss sich ein.

»Ist schon seltsam, wieder hier zu sein«, sagte Morton. »Als sei seit damals kein einziger Tag vergangen. Ich checke mal die Lage oben auf der Balustrade. Dort hat es mir immer schon am besten gefallen, nicht nur wegen des ›Verbotenen Buchregals‹ mit den in schwarzes Leder gebundenen Büchern.« Merklich vergnügt stieg er die schmale Treppe hoch.

Emerick legte das sanft vibrierende Occulus in eine Schale, dann sah er sich um. »Wer weiß, nach welchen Regeln die Zeit an einem Ort wie diesem spielt. Wir sollten uns damit beeilen herauszufinden, wie wir unter den See gelangen. Hier muss es irgendeinen Hinweis oder einen weiteren magischen Schlüssel wie das Occulus geben, um den Zugang zu finden. Wir sind uns ja wohl alle einig darin, dass wir nicht weiterkommen, indem wir einfach in den See springen und bis zum Grund tauchen.«

Jasnas Magen machte eine weitere Rolle, während sie gleichzeitig darüber staunte, mit welcher Ungerührtheit Emerick davon sprach, in den See zu springen. War es wirklich möglich, dass er dabei nicht automatisch an seine Mutter dachte? Du weißt, wie gut er schauspielern kann, erinnerte Jasna sich. Vermutlich hatte er diese Fähigkeit auf die harte Tour erworben: Die Menschen sahen in ihm den Sohn einer Geisteskranken, deren Wahnvorstellungen sie in den Tod getrieben hatten. Und ebendieser Sohn hatte irgendwann auch angefangen, krudes, ja unmögliches Zeug zu sehen. Emericks einstige kindliche Offenheit war ihm zum Verhängnis geworden. Statt nach Der Flut mit seinem Vater nach London zu gehen, war er in Lastage House zurückgelassen worden. Nur war Lastage House kein Zuhause mehr, sondern eine Anstalt voller Pfleger und Psychiater, deren oberste Pflicht darin bestand, den verrückten Erben eines riesigen Vermögens wieder geradezubiegen. Jasna hatte nicht das Recht, Emerick zu verurteilen, und schon gar nicht, in seiner Gefühlswelt herumzustöbern. Wenn er sich hinter seinem Pokerface verbergen wollte, dann würde sie das akzeptieren.

»Die Bibliothek ist riesig und in den Regalen steht ein Buch neben dem anderen. Die Bücher stapeln sich ja sogar in den Ecken. Vielleicht könnte uns das Occulus bei der Suche helfen«, sagte Jasna.

»Das Occulus ist ein Schlüssel, um Türen zu öffnen – nicht mehr und nicht weniger.« Nanette, die ihren Sessel näher ans Feuer gerückt hatte, nippte an der Teetasse. »Ich könnte es mit einer Wünschelrute probieren, aber dazu müsste ich schon genauer wissen, wonach wir suchen.«

»Du hast unter diesem Kaftan eine Wünschelrute versteckt?« Die Frage konnte Jasna sich nicht verkneifen. »Stecken in deiner Frisur etwa auch Tarotkarten oder ein paar Hühnerknochen, aus denen du die Zukunft lesen kannst?«

»Das nicht. Aber ich bin ganz gut darin, lästige Menschen zu hypnotisieren, damit sie brav in einer Ecke sitzen, sich für einen Frosch halten und nichts außer ›Quak‹ sagen. Falls du es ausprobieren möchtest …«

»Ladies.« Emerick hob beschwichtigend die Hände. »Gehen wir noch mal Lias Nachricht durch. Sie hat gesagt: ›Ich wurde gefunden und gebannt. Du musst die schlafende Wächterin unterm See wecken, damit die Königin aufgehalten wird. Der Weg dorthin führt über die alte Bibliothek und der Wegweiser ist beim Professor. Jasna weiß Bescheid.‹« Er warf Jasna einen Blick zu. »Und, weißt du Bescheid?«

Jasna schmiegte sich tiefer in den Sessel. »Lia meinte, dass ich über das Occulus Bescheid weiß. Was ja auch stimmte, obwohl es ein wenig gedauert hat, bis ich dahintergekommen bin. Das war's aber auch schon. Der Rest der Botschaft ist mir genauso ein Rätsel wie euch.« Als Emerick sich mit verschränkten Armen direkt vor sie stellte, wäre sie am liebsten aufgesprungen und geflüchtet. Das war doch lächerlich! »Warum fängst du nicht an, die Buchreihen zu durchstöbern oder hinter die Vorhänge zu gucken?«

»Aus dem gleichen Grund, warum du abwartend im Sessel hockst und Nanette ganz entspannt die Teeblätter im Sieb inspiziert«, sagte Emerick. »Wir wissen alle, dass wir nicht nach einem niedergeschriebenen Zauberspruch oder etwas Ähnlichem suchen. Also, wie kommen wir weiter, Jasna?«

Verunsichert suchte Jasna mit dem Blick nach Morton, der war jedoch zwischen den Regalen im Obergeschoss abgetaucht. Loreley betrieb eifrig Fellpflege und Nanette war plötzlich sehr intensiv mit dem Innenleben ihrer Teetasse beschäftigt. Fast konnte man glauben, der Rest des Teams hätte sich darauf geeinigt, auf Durchzug zu schalten, während Emerick sie in die Zange nahm.

»Ich weiß wirklich nicht, was du von mir willst«, sagte Jasna. »Von uns allen habe ich doch nun echt am wenigsten Ahnung von dem ganzen Hokuspokus.«

Emericks Augen funkelten. »Dass du an deiner Schauspielerei festhältst, wird nach allem, was passiert ist, langsam albern.«

»Ich schauspielere nicht, ich habe wirklich keinen blassen Schimmer.«

»Weil du dich immer noch vor dem versteckst, was du wirklich bist.«

»Und das ausgerechnet von dir, dem Erben des van-Blomen-Vermögens, der eines Tages entscheiden wird, wie es mit Lastage House weitergeht!«

Nun sprang Jasna doch auf und brachte das Kunststück fertig, sich an Emerick vorbeizudrängen, ohne ihn zu berühren. Sie lief zu einem der Bogenfenster und blickte hinaus, als läge die Antwort irgendwo im nächtlichen Park. Der Schneefall hatte weiter zugenommen, hüllte alles in eine weiße Decke und behinderte ihre Sicht. Falls sich die Vogelschar dort draußen sammelte, tat sie es unbemerkt.

Jasna hörte Emericks Schritte, spürte, wie er hinter sie trat, aber sie verbot sich, einzuatmen und seinem Sandelholzduft Raum zu gewähren. Mit jeder Sekunde, die er hinter ihr stand, wuchs jedoch der Wunsch, dass er sie berühren möge. Wenn es um ihn ging, war es nie einfach, so viel stand fest. Sie konnte sich nicht einmal von ihm angezogen fühlen, ohne gleichzeitig wütend auf ihn zu sein … und sich auch ein wenig vor ihm zu fürchten … oder vor dem, was er in ihr sah.

Einer Eingebung folgend schaute Jasna nicht länger nach draußen, sondern betrachtete das Spiegelbild in der Fensterscheibe, das ihr blasses Gesicht zeigte und über ihrer Schulter Emericks mit den hohen Wangenknochen und den stets forschenden Augen unter den markanten Brauen. Er schaute nicht hinaus, nicht auf ihre Spiegelung, sondern auf sie. In diesem Moment war sein Ausdruck nicht länger von Ungeduld und Gereiztheit geprägt, sondern wirkte eher so, wie wenn eine einzelne Schneeflocke auf der Handfläche landet. Während man ihre Schönheit und Einzigartigkeit bewundert, weiß man um ihre Flüchtigkeit. So sah Emerick auf sie, als würde er etwas Besonderes in ihr erkennen, zu fragil, zu zart, um es greifen zu können. Schon fast für ihn verloren, obwohl sie doch nur einen Hauch von ihm entfernt stand.

»Wenn du einen Wunsch frei hättest«, sagte Jasna, »was würdest du dir jetzt wünschen?«

Während Emericks Nasenflügel sich scharf abzeichneten, wie immer, wenn er konzentriert nachdachte, fielen Jasna unzählige Antworten ein: Den Zugangscode zur Küche, das Rezept für den schwarzen Nebel, die Erlaubnis, sich endlich Lias geheimnisvollen Zettel anzusehen, der immer noch sicher in ihrem Ausschnitt steckte – und nicht zuletzt den Weg, der sie unter den See brachte.

Als Emerick den Mund öffnete, rechnete Jasna felsenfest damit, dass er irgendetwas Unmögliches sagen würde wie »Ich wünsche mir die Formel für das Universum« oder »Ab jetzt nehmen alle Menschen wahr, was ich wahrnehmen kann. Und dann möchte ich bitte eine Entschuldigung von meinem Vater hören.« Stattdessen sagte er: »Ich würde dich gern singen hören.«

Okay, das war noch ausgefallener als vermutet. »Warum denn ausgerechnet das?«

»Weil du es nach Kräften vermeidest.«

»Nun, vielleicht solltest du mit deinem Superhirn mal an die Möglichkeit denken, dass ich das aus gutem Grund tue, weil ich nämlich komplett unmusikalisch bin.«

»Dann hätten wir wenigstens was zu lachen, wenn du schief rumkrächzt«, sagte Emerick.

»Und selbst, wenn ich eine ganz normal durchschnittliche Singstimme hätte, wäre es doch auch albern, dafür einen Wunsch zu verschenken«, warf Jasna ein.

»Ich würde es drauf ankommen lassen.« Emerick beugte sich leicht runter, beinahe, als wollte er ihren Nacken küssen. »Wie sieht's aus, erfüllst du mir meinen Wunsch?«

»So ist das mit meiner Frage nicht gedacht gewesen.« Jasna presste ihre Lippen fest aufeinander. Da war sie ja blöderweise in eine Falle getappt, die sie selbst gestellt hatte. Sie stand dumm da, so oder so. Auf jeden Fall war es keine schlechte Idee, Emerick auch ein wenig dumm aussehen zu lassen, wenn sich sein Verdacht, an ihrer Singverweigerung könnte was dran sein, in ein bisschen harmlosem Geträllere ihrerseits auflöste.

Jasna räusperte sich, dann stimmte sie die Tonfolge an, die Nanette für das Occulus gesungen hatte. Etwas Besseres fiel ihr nicht ein.

Bei den ersten Tönen war ihre Stimme noch dünn und nicht vergleichsweise so glockenhell wie Nanettes Gesang. Da Emerick weder grinste noch das Interesse verlor, sang sie weiter, überrascht, wie gut es ihr selbst gefiel. Der Gesang weitete etwas in ihrer Brust und schien dort eine Kraft zu entwickeln, die ihren Körper warm durchströmte und wie ein Kraftfeld von ihr auszugehen schien. Als sei sie mehr, als ginge ihr Gesang über die bloße Wiedergabe einer Tonfolge hinaus. Vorsichtig legte Jasna eine Hand auf die Mitte ihrer Brust. Ja, diese Kraft ging von ihr aus, war ein Teil von ihr und gab ihr das Gefühl, größer und stärker zu sein, als es für eine zierliche Person wie sie der Fall sein dürfte.

Emerick stand da und hörte zu, offensichtlich darauf bedacht, nichts zu tun, was sie irgendwie ablenken könnte. Aber da war etwas, das er nicht verbergen konnte, ein gewisses Leuchten in den Augen, das verriet, dass er ergriffen war. Ein altmodisches Wort, und doch treffend. Sie sang die gleichen Töne, die sie alle inzwischen gesungen hatten – und trotzdem wurde es aus ihrem Mund etwas anderes, eine eigene Sprache möglicherweise.

»Was gibt es denn so Dringendes, dass Sie nach mir rufen, junge Dame?«, fragte eine knarzig-raue Männerstimme.

34

TOTENRUF

Vor Schreck versagten Jasnas Stimmbänder ihr den Dienst und ihr Gesang erstarb – und auch Emerick, der eben noch so konzentriert auf sie gewesen war, zuckte zusammen und drehte dann ganz langsam den Kopf, als wäre er unsicher, ob er die Person, die eben gesprochen hatte, wirklich sehen wollte.

Neben dem Tisch mit den Folianten stand ein Mann, der trotz seines beachtlichen Alters hochgewachsen und hager war. Er trug einen eleganten Anzug und einen Bart, das weiße Haar hatte er zurückgekämmt. Über die Gläser seiner Brille warf er Jasna einen strengen Blick zu.

»Mein liebes Kind, sind Sie von Natur aus schüchtern oder neigen Sie eher zu spontaner Vergesslichkeit? Sie wollten doch etwas von mir und jetzt schweigen Sie.« Gereizt legte der ältere Herr das Buch, in dem er allem Anschein nach gerade geblättert hatte, neben die Schale mit dem Occulus, dem er lediglich einen kurzen Blick gönnte, ehe er Nanette ins Visier nahm, die ihn mit offenem Mund anstarrte. »Nur so nebenbei erwähnt, das ist mein Tee, an dem Sie sich ungefragt bedient haben. In meinem Lieblingssessel übrigens. Das sind ja schöne Sitten, so etwas ist mir in meinen ganzen 87 Jahren in Lastage House noch nicht passiert.«

»Excusez-moi«, hauchte Nanette eingeschüchtert.

»Eine Französin. Verstehe.« Der alte Herr nickte, als erklärte Nanettes nationale Herkunft alles über ihr schlechtes Betragen. »Und wie steht es mit Ihnen?«, wandte er sich an Jasna. »Welche Entschuldigung haben Sie für Ihr Benehmen vorzubringen?«

»Ich ...« Jasnas Stimmbänder meldeten sich zurück, allerdings war ihre Wortfindung noch am Rebooten.

Der ältere Herr fuchtelte mit der Hand durch die Luft, was wohl bedeuten sollte, dass er die Geduld mit Jasna verlor. »Emerick, sei doch so gut und hilf deiner Freundin auf die Sprünge. Ich habe schließlich nicht den ganzen Tag Zeit, hier herumzustehen und mir ein solches Gestammel anzuhören.«

»Großvater?« Emerick sah aus wie jemand, der einen Geist sah. Was offenbar auch der Fall war.

Der sogenannte Großvater schnaufte durch seine römische Nase, genau wie Emerick es manchmal tat, wenn es ihm zu bunt wurde. »Es ist zugegeben ein Weilchen her, seit wir uns das letzte Mal gesehen haben, worüber ich ebenfalls etwas irritiert bin. Aber wenn ich dich erkenne, obwohl du doppelt so groß bist wie bei unserem letzten Treffen, sollte es für dich wohl auch kein Kunststück sein zu wissen, wer ich bin. Wäre es übrigens denkbar, dass du dich an meinem Kleiderschrank bedient hast? Diesen Mantel habe ich immer besonders gern getragen, er stammt von meinem Lieblingsschneider in der Londoner Savile Row.«

Emerick zupfte an seinem Mantel, der also tatsächlich aus dem Kleiderschrank seines Großvaters kam, wie Jasna einmal im Scherz vermutet hatte. Bevor er sich jedoch fing und zu seiner üblichen Selbstsicherheit zurückkehren konnte, stürmte Morton die Treppe von der Balustrade hinab. »Habe ich doch richtig gehört! Herr van Blomen, Sie sind es, wirklich und wahrhaftig! Hier, in dieser Bibliothek.«

»Was für eine Frage ... Wo sollte ich denn sonst sein, wenn nicht hier?« Trotz des leicht schnippischen Tons schlich sich ein Lächeln auf die hageren Züge des alten Mannes. »Gib acht mit der Treppe, Morton, sonst tust du dir noch weh. Du weißt doch, dass du nicht gerade von der geschicktesten Sorte bist. Oh, Junge, du bist aber wirklich groß geworden. Und breit wie ein Schrank. Hat die Köchin Wachstumshormone in dein Essen getan?«

Morton kam kurz vor dem alten Mann zum Stehen, zögerte einen Moment und schloss ihn dann in die Arme, nur, um ihn sofort wieder freizugeben, als befürchtete er, es könnte sonst zu einer Explosion kommen. »'Tschuldigung, Herr van Blomen. Das mit der Umarmung war nur so im Eifer des Gefechts, kommt nicht wieder vor.«

»Immer so ungestüm, die Jugend.« Herr van Blomen räusperte sich – und wenn Jasna sich nicht verhörte, versuchte er, damit ein Lachen zu kaschieren. »Emerick, willst du deinen Großvater nicht ebenfalls begrüßen?«

Emerick rührte sich nicht vom Fleck. »Was machst du hier, Großpapa?«

»Fängst du jetzt auch damit an? Das ist meine Bibliothek, der schönste Platz auf Erden. Wo sollte ich denn sonst sein?«

»Begraben unter ihren Steinen, erschlagen von deiner Sammlung ziegelsteinschwerer Erstausgaben und zerdrückt von einem niederstürzenden Dachstuhl. Sie haben mich bei deiner Beerdigung nicht einmal in den Sarg schauen lassen, weil es angeblich nur Einzelteile zu sehen gab. Platte Einzelteile.«

Herr van Blomen verzog das Gesicht. »Ach, meine Beerdigung, die habe ich geschwänzt. Erst dieses ganze Durcheinander, nachdem Die Flut über uns eingebrochen war, und dann noch so eine pathetische Veranstaltung mit meinem Krokodilstränen weinenden Schwiegersohn, während er sich insgeheim die Hände reibt, weil er jetzt endlich das van-Blomen-Vermögen seinem Imperium einverleiben und sich nach London absetzen kann. So eine Zeitverschwendung ist doch eher was für die Lebenden. Ich habe mir nach dem ganzen Schrecken jedenfalls eine Auszeit zwischen meinen geliebten Büchern gegönnt, bis diese junge Dame anfing, nach mir zu rufen. Ich warte übrigens immer noch auf eine Antwort, warum sie das getan hat. Für den Fall, dass man mich für senil hält.«

»Sie waren seit Der Flut in der Bibliothek?«, fragte Morton.

Herr van Blomen strich sich nachdenklich über den Bart. »So ist es. Aber es kam mir vor, als hätte ich bloß ein paar Minuten in einem Buch geblättert … um dann gestört zu werden. Wenn ich mir dich und Emerick so anschaue, habe ich mich in dem Buch wohl etwas länger als ein paar Minütchen verloren. Nun, das kommt vor, dafür hat man die Bücher schließlich.«

»Dann hätte ich dich in all den Jahren jederzeit wiedersehen können?« Auf Emericks Gesicht spielte sich im Schnelldurchlauf eine Abfolge sämtlicher Gefühlsgroßwetterlagen ab, die es gab, während Loreley sich von ihrem Plätzchen am Kamin erhob, um dem alten Mann um die Beine zu streichen.

»O hallo, Loreley, meine Liebe. Freut mich, dich zu sehen«, sagte Herr van Blomen.

»Wie lange lebt dieses Katzenvieh denn schon?« Jasna hatte die Frage nur für sich aussprechen wollen, aber ihre Stimme hallte so laut durch die Bibliothek, dass Loreley einen spontanen Katzenbuckel machte.

Morton grinste vergnügt. »Schon mal was von den sieben Leben einer Katze gehört? Meiner Vermutung nach hat Loreley statt dieser Leben ein Dauerabo, sie war schon in Lastage House, seit ich denken kann.«

»Eine treue Freundin«, bestätigte Herr van Blomen.

Nanette, die mit absoluter Lautlosigkeit die Teetasse abgestellt und sich aus dem Sessel erhoben hatte, um zu ihnen ans Fenster zu tippeln, als wollte sie sich notfalls hinter Emerick verstecken, flüsterte: »Auch wenn dein werter Großpapa von den letzten zehn Jahren nichts mitbekommen hat, kann er uns vielleicht helfen. Die Toten interessieren sich in dieser Zwischenwelt meist nur nicht sonderlich für die Belange der Sterblichen. Gefühle wie Angst, Wut und Trauer sind für sie, genau wie Zeitdruck, nicht mehr als längst vergessene Träume. Aber sie haben einen besseren Zugang zum Wissen.«

Emerick schluckte. »Mein Großvater hat zwischen seinen Büchern Urlaub gemacht, während ich …« Jasna glaubte, die Worte zu hören, die er für sich behielt: Erst ging seine Mutter in den See, dann fiel Lastage House Der Flut zum Opfer und begrub seinen Großvater unter sich, und danach … Hatte sein Vater ihn mit nach London genommen, wo der Junge sich so verrückt aufführte, dass sein Vater das Haus des Schwiegervaters in einen Stift verwandelte, nur um Emerick zur Ruhe zu bringen? Oder hatte Emerick alles darangesetzt, in dem Haus seiner Kindheit zu bleiben, bei den Menschen, denen er sich nah fühlte, auch wenn sie längst nicht mehr waren? Aber stimmte das denn überhaupt? Emericks Großvater stand schließlich vor ihnen – und seine Mutter war ihrer Meinung nach nur an einen anderen Ort gegangen … unter den See.

»Herr van Blomen, entschuldigen Sie bitte die Störung«, sagte Jasna. »Wir haben die Bibliothek aufgesucht, weil Lastage House von einem Wesen heimgesucht wird, das wir die Schwarze Königin nennen. Es ist bereits zu einigen Unglücksfällen gekommen, deshalb müssen wir unter den See. Wissen Sie möglicherweise, wie man dorthin gelangt?«

»Das ist mal wieder eines von deinen Spielchen, Emerick. Nicht wahr?«, sagte Herr van Blomen. In seinem Gesicht konnte man den strengen Großvater erkennen, der einem trotzdem alles durchgehen ließ.

»Ist es nicht immer ein Spiel?« Emerick klang schicksalsergeben, aber wenigstens hatte er seine Schockstarre abgestreift und ging nun ein paar Schritte auf seinen Großvater zu.

Jasna und Nanette folgten in seinem Windschatten.

Emericks Großvater musterte seinen Enkel eindringlich, während sein Arm zuckte, als wollte er ihm eine Hand auf die Schulter legen. Dass er es bleiben ließ, verriet, wie gut er Emerick kannte. Von ihm ging nämlich jene pulsierende Energie aus, die jeden Moment explodieren konnte. Auch Morton wich unauffällig einen Schritt zurück, während Jasna die Gelegenheit nutzte, Großvater und Enkel aus der Nähe miteinander zu vergleichen. Die Ähnlichkeit war wirklich bemerkenswert, die gleiche hohe Statur, dieselbe Adlernase und diese faszinierenden Augen, die mehr zu sehen vermochten, als wahrscheinlich gut für sie war. Ob die Hellsichtigkeit in allen Zweigen der Familie vorhanden war? Nun, schließlich war es dem alten van Blomen gelungen, sich nach dem Tod seiner körperlichen Hülle nicht in die Ewigkeit zu verabschieden, sondern noch einen Zwischenstopp in seiner geliebten Bibliothek einzulegen.

Als Emerick so stehen blieb, dass der voll beladene Büchertisch zwischen ihnen aufragte, nickte Herr van Blomen. »Du hast schon immer gern gespielt, überall gab es Rätsel, Geheimnisse und Abenteuer. Allerdings habe ich stets gedacht, dass du Lastage House bei der erstbesten Gelegenheit verlassen würdest, um in die Welt hinauszugehen und deine unbändige Neugierde zu befriedigen, mit dem treuen Morton im Schlepptau.«

»Die Welt ist nicht mehr die, die sie war«, sagte Emerick.

Erneut nickte Herr van Blomen. »Gut, dann spiele ich halt mit, wenn du das wünschst. Deshalb habt ihr mich ja offenbar auch gerufen. Ihr wollt also unter den See … was, wenn mir die Anmerkung gestattet ist, in der Familie zu liegen scheint. Möglicherweise kann ich euch weiterhelfen, obwohl ich nicht weiß, wozu das gut sein soll. Morton und ihr anderen, fasst doch bitte mal mit an. Die Bücher, der Tisch und der Sessel müssen beiseitegeräumt werden.«

Ohne Fragen zu stellen, gingen sie ans Werk, sogar Nanette machte sich nützlich, während Herr van Blomen ein stummes Zwiegespräch mit Loreley führte und ihr dabei die Ohren kraulte.

»Und nun den Teppich zusammenrollen«, wies Herr van Blomen sie an, sobald die Arbeit erledigt war.

»Der Teppich« war ein wunderschön gemusterter Perser, der sich problemlos einrollen ließ. Unter ihm kam nicht das typische Eichenholzparkett zum Vorschein, sondern ein großes Bodenmosaik. Sein Motiv zeigte ein von Pflanzenranken gesäumtes Oval, in dem stilisierte Wellen spielten.

»Ein See«, stellte Morton fest.

»Deshalb seid ihr doch hergekommen, wenn ich euch richtig verstanden habe«, sagte Herr van Blomen.

»Das sind wir auch.« Emerick nahm das Occulus aus der Schale, in der er es zwischengelagert hatte, und legte es in die Mitte des Seemosaiks.

Nichts passierte.

Nanette stimmte die spezielle Tonlage an, doch das Occulus vibrierte bloß in gehabter Weise.

»Vielleicht muss man das Mosaik zerschlagen«, schlug Morton vor.

Herr van Blomen hob den Zeigefinger. »Ich warne dich, Freundchen. In meiner Bibliothek wird nichts zerschlagen, sonst gibt es was auf die Finger. Und zwar von mir höchstpersönlich.«

»Haben Sie das Mosaik einfügen lassen?«, fragte Jasna.

Nachdenklich kräuselte Herr van Blomen die Stirn. »Ich wusste bis eben gar nicht, dass es hier überhaupt eins gibt. Ich bin nur einer Eingebung gefolgt, ein Vorteil, wenn man tot ist. Man ist weder aufgeregt noch zwitschern die Gedanken im Kopf durcheinander, der Kanal nach oben ist sozusagen frei.«

»Gut möglich, dass es das Seemosaik nur in dieser Realität gibt«, sagte Nanette.

»Genau so ist es«, sagte Emerick. »Und etwas ist darunter, ich kann es spüren.«

»Also schlagen wir es doch ein?« Morton duckte sich, als er diesen Vorschlag machte, als erwartete er eine Kopfnuss von Herrn van Blomen.

»Wir machen es anders«, sagte Emerick. Dann lief er auch schon die Treppe zur Balustrade hoch, während die anderen sich noch ratlos anschauten. Oben angekommen, kletterte er auf die Brüstung. »Es ist ein See, man muss hineinspringen«, rief er.

»Bist du verrückt? Du wirst dir sämtliche Knochen brechen!«, schrie Jasna.

Fluchend stürmte Morton seinem Freund nach, während Nanette sich – etwas auf Französisch murmelnd – an die Brust griff. Nur Herr van Blomen stand gelassen da, als plante sein Enkel nicht gerade vor seinen Augen einen Selbstmord.

»Es ist ein See«, beharrte Emerick, auf dem Geländer balancierend. »Wir sehen uns auf seinem Grund wieder.«

Dann sprang er.

35

SPRUNG INS UNBEKANNTE

Es gibt Zeit und Raum, aber ihre Regeln gelten nicht immer wie nach dem Lehrbuch. Das wusste Jasna aus eigener Erfahrung in der Ruine – und spätestens seit Emericks schon vor Jahren verstorbener Großvater sie in seiner Bibliothek angeraunzt hatte, hegte sie den Verdacht, dass es zu viele Ausnahmen gab, um noch von Regeln zu sprechen.

Auch jetzt wurden die vermeintlich bekannten Gesetze ausgehebelt, als Emerick zu einem Sprung von der Balustrade in eine Tiefe von gut acht Metern ansetzte. Genau in dieser Sekunde tat sich ein Zeitloch auf, in dem Jasna klar und deutlich vor sich sah, wie er mit einem Kopfsprung durch die Luft sauste, in der festen Erwartung, dass sich das Seemosaik plötzlich in glitzernd weiche Wasserfluten verwandelte. Nur weil er es glaubte. Im Gegensatz zu Jasna. Und deshalb schlug er vor ihrem geistigen Auge auch auf dem steinharten Grund auf, wo er mit zerschmettertem Schädel liegen blieb. Sie sah es ganz deutlich, spürte im Schnelldurchlauf, wie Fassungslosigkeit, Wut und unbändige Verzweiflung durch ihren Körper rauschten, während sie zur Untätigkeit verdammt dastand. Ihre Ohren verrieten ihr das Geräusch, mit dem Emerick durch die Luft schnellte, genau wie das dumpfe Aufschlagen seines Körpers und ein gewisses Knacken, das trotz ihres Gefühlssturms für Übelkeit sorgte. Alles ging unfassbar schnell und war doch von einer grausamen Klarheit.

Während Jasna voller Entsetzen sah, womit Emericks Sprung

enden würde, sprang er tatsächlich, ließ Mortons zupackende Hände hinter sich, genau wie die Balustrade, bereit, in unzählige Mosaikplättchen einzutauchen, nur weil sie die Oberfläche eines Sees zeigten.

Dann schloss sich das Zeitloch genauso unvermittelt, wie es sich geöffnet hatte.

Auf Jasnas Netzhaut war das Bild eines zerschmettert daliegenden Emerick eingebrannt, während ihre Glieder von Adrenalin durchflutet wurden und die plötzlich zur Verfügung stehende Energie genutzt werden wollte, egal wie. Ich schaffe es, rechtzeitig bei ihm zu sein, dachte sie, obwohl es schlicht unmöglich war. Während der Befehl »Vorwärts!« durch ihre Glieder schoss, verfolgte sie Emericks Sturz in die Tiefe.

Dann meldete ihr überhitztes Gehirn noch etwas anderes: Über dem Seemosaik schwebte das Occulus, getragen von seinen eigenen Schwingungen, und unter ihm bewegten sich die steinernen Wellen, buckelten, flachten ab.

Während vor Jasnas geistigem Auge aus Emericks dunklem Haar Blut sickerte, tauchte der echte Emerick in den See des Bibliotheksbodens ein und verschwand in seinen Fluten.

Erst, als das Wasser über ihm zusammenschwappte und weißliche Schaumkronen bildete, stieß Jasna einen Schrei aus.

Etwas spät dran mit dem Kreischen, merkte Loreley an. Die gelassene Haltung, mit der sie vorm Kamin rumlungerte, verriet, dass sie sich keine Sekunde lang Sorgen gemacht hatte. Entweder wusste Loreley mit ihren Katzensinnen mehr als der Rest von ihnen, oder sie war ein eiskaltes Biest.

Allerdings blieb auch Herr van Blomen gelassen. »Was soll man sagen? Der Junge steckte schon immer voller verrückter Ideen.«

Während Jasna noch um ihre Fassung rang, kletterte Morton über die Brüstung der Balustrade, hielt sich die Nase zu … und sprang.

Wie schon Emerick zuvor, verschwand auch er in den Wellen des Mosaiks. Zurück blieb ein ringförmiges Kräuseln.

Jasna wechselte einen Blick mit Nanette, die kreidebleich dastand und so leise sang, dass ihre Töne wohl nur noch das Occulus erreichten. Offenbar war Jasna nicht die Einzige, der bei Emericks Sprung fast das Herz stehen geblieben war. Nanette war zwar eine findige Hexe, aber eine Abenteurerin war sie eher nicht. Erst der Anranzer vom längst verstorbenen Herrn van Blomen und jetzt Aktionen, die durchaus als Selbstmord hätten enden können … Vermutlich würde Nanette nach diesem Ausflug den Rest ihrer Tage mit dem Brauen von Traumsäften und Nerventoniken verbringen.

So zuversichtlich wie möglich nickte Jasna der Hexe zu. »Du solltest hier in der Bibliothek bleiben und weitersingen, damit wir den See auch für unseren Rückweg benutzen können. Das Occulus sollte auf jeden Fall in dieser Schwingung bleiben, bis wir zurück sind. Schaffst du das?«

Nanette verdrehte die Augen, was wohl so viel heißen sollte wie: »Selbstverständlich. Was denkst du denn? Dass ich aus Langeweile anfange, mir die Fingernägel zu maniküren, und euch einfach vergesse?«

So viel zu dem Versuch von gegenseitiger Sympathie.

Jasna trat an das Ufer des Sees und stupste mit einem Fuß die Wellen an. Nichts regte sich.

»Vermutlich gehört ein beherzter Sprung dazu«, regte Herr van Blomen an, der allerdings schon das Interesse an dem Treiben in der Bibliothek verloren hatte und stattdessen in einem der Folianten auf dem Tisch zu blättern begann. Ein Wesenszug der Toten bestand anscheinend in absoluter Sorglosigkeit. Andererseits war er der Großvater von Emerick, den ja auch so schnell nichts aus der Ruhe brachte.

Widerwillig kletterte Jasna auf den Büchertisch und gönnte es sich, einen der Folianten mit der Stiefelspitze beiseitezuschieben. Sofort funkelte Herr van Blomen sie gereizt an. Wenn es um seinen Tee und seine Bücher ging, hörte der Spaß offensichtlich auf. Bevor sie sich noch eine Zurechtweisung einfing, ging Jasna in die Knie und stieß sich zu einem Kopfsprung ab.

Dabei versuchte sie, jeden Gedanken an Wasser zu verdrängen. Tatsächlich fiel es ihr deutlich leichter, in einen steinernen See einzutauchen, als wenn sich dort eine echte Wasseroberfläche gekräuselt hätte.

Glücklicherweise fühlte es sich nicht wie kühles Nass an, in das Jasna hineinglitt, sondern als würde sie durch verschieden dichte und unterschiedlich temperierte Luftschichten gleiten, alles in irisierendem Blau. Dann spürte sie instinktiv, dass ihr fester Grund entgegenkam, und sie rollte sich geschickt ab. Einen Herzschlag später war sie bereits auf den Beinen, in der Hand ihr aufschnappendes Butterflymesser.

»Hervorragendes Reaktionsvermögen«, lobte Emerick, der auf erdig braunem Grund saß und sich die linke Schulter rieb. »Ich wünschte, ich könnte dasselbe von mir behaupten.«

Morton, der neben ihm hockte, hielt Emericks Feuerzeug – die einzige Lichtquelle in der Dunkelheit. »Es musste ja auch unbedingt ein Köpper von der Balustrade sein. Hauptsache, der Auftritt stimmt.«

»Und das von jemandem, der eine stylishe Landung wie der junge Donnergott persönlich hingelegt hat.« Ein wenig unsicher stand Emerick auf, allerdings schaffte er es ohne Mortons angebotene Hilfe.

Jasna atmete tief durch, dann noch einmal. Gerade, als sie dachte, sich unter Kontrolle zu haben, verpasste sie Emerick eine Ohrfeige. »Du hast mich mit deinem Sprung zu Tode erschreckt«, fauchte sie, als er sie fragend ansah. »Mach das besser nie wieder, sonst wünschst du dir anschließend, dir wirklich das Genick gebrochen zu haben.«

»Eigentlich müsste ich jetzt beleidigt sein, weil du so wenig Vertrauen in mich hast. Ich wäre doch niemals gesprungen, wenn ich mir nicht sicher gewesen wäre, dass es klappt.«

»Bullshit. Hast du mir irgendeinen Anlass gegeben, dass ich davon ausgehen konnte, dass der See seine Fluten für dich öffnet? Soweit ich mich erinnere, hast du es einfach getan.« Jasna ballte ihre Hände zu Fäusten.

Sicherheitshalber machte Emerick einen Schritt zurück. Und Morton tat es ihm gleich, während er versuchte, trotz seiner massigen Statur unauffällig auszusehen. Zu ihrem Glück erklang in diesem Moment ein lang gezogenes Mauzen, und dann landete auch schon Loreley auf vier Samtpfoten.

Die Katze sah sich neugierig im Gang um. *Gibt es hier Mäuschen?*, erkundigte sie sich.

»Geh voran und finde es heraus«, knurrte Jasna.

Der Schwanz der weißen Katze zuckte. *Da hat aber jemand gute Laune.* Dann pirschte sie ins Dunkel davon.

»Du hättest Loreley nicht verärgern sollen«, sagte Morton.

»Loreley lässt sich nicht ärgern, sie ist eine Katze«, winkte Emerick ab. »Wir sollten ihr folgen, sie wird schon den richtigen Weg finden.«

Jasna lauschte auf ihr inneres Sonar, um ihre Umgebung auszuloten, und bekam das Bild von einer grabartigen Aushöhlung im Erdreich. Der kieselige, leicht abschüssige Grund unter ihren Sohlen bestätigte diese Vermutung. Die Luft roch moderig und feucht. »Woher sollen wir wissen, dass es überhaupt ein Weg ist? So, wie ich das verstanden habe, sind wir in einen See eingetaucht und befinden uns nun unter ihm.«

»Wir können natürlich auch stehen bleiben und diskutieren, wenn du das für die sinnvollste Strategie erachtest.« Emerick wollte Morton das Feuerzeug abnehmen, zuckte jedoch stöhnend zurück.

»Du kannst deinen Arm nicht benutzen, richtig?« Jasna konnte die Besorgnis in ihrer Stimme nicht unterdrücken. Dann stand sie auch schon neben Emerick. Im schwachen Schein des Feuerzeugs erkannte sie das Problem: die eine Schulter hing deutlich tiefer als die andere. »Du hast dir beim Abrollen die Schulter ausgerenkt. Gut, das haben wir gleich, ich renke sie dir im Nullkommanix wieder ein. Wird mir ein Vergnügen sein, es tut nämlich höllisch weh.«

Emerick wich zurück. »Das reizende Angebot hat mir Morton auch schon gemacht, aber ich verzichte lieber.«

Jasna ignorierte seinen Widerstand. »Leg dich auf den Rücken.«

»Gern ein anderes Mal und an einem gemütlicheren Ort.«

»Wie du meinst«, sagte Jasna, dann schnappte sie sich den Arm, den Emerick vor seine Brust hielt, stemmte gleichzeitig einen Fuß gegen seinen Hüftknochen – und zog den Arm seitlich in die Länge, bis ein dumpfes Knacken ertönte, parallel zu Emericks Gefluche.

»Erledigt«, verkündete Jasna. »Du kannst dich später bedanken.«

Emerick war vor Schmerzen zu sehr damit beschäftigt, nach Luft zu schnappen, als dass er hätte antworten können. Dem wilden Funkeln in seinen Augen nach war das vermutlich auch besser so. Morton unterdrückte ein Grinsen, was Jasna ganz genau sah, als er ihr das brennende Feuerzeug gab.

Unterdessen kehrte Loreley von ihrem Ausflug in die Dunkelheit zurück. *Nur halb gefrorene Frösche, eklige Glibschviecher*, teilte sie enttäuscht mit.

Im Licht des Feuerzeugs bemerkte Jasna etwas Dunkles auf ihrer Stiefelette, das sich als Alge erwies. Roch es nicht auch irgendwie fischig? Während sie sich einen Reim darauf zu machen versuchte, breitete sich um sie herum ein feines silbriges Licht aus, das immer wieder von flackernden Schatten durchbrochen wurde. Trotzdem reichte es aus, um ihre Umgebung zu beleuchten: Sie befanden sich in einer Senke in der Erde, auf deren Grund Kiesel, ein paar größere Gesteinsbrocken und ein verrostetes Fahrrad lagen.

Der Grund eines ausgetrockneten Teichs bei Winteranbruch, dachte Jasna.

Allem Anschein nach war das Wasser weggezaubert worden. Als sie jedoch den Kopf in den Nacken legte, um die Quelle des silbrigen Lichts ausfindig zu machen, fuhr sie zusammen. Das Wasser war nicht weg, es schwebte wie eine durchsichtige Blase über ihren Köpfen, eine bläulich kristalline Substanz, über der der Mond als blasse Scheibe stand. Der Schneefall hatte aufgehört, die schweren Wolken waren nicht mehr als herumeilende Fetzen. Zumindest glaubte Jasna das, bis Emerick sich an ihre Seite drängte. Oder vielleicht war auch sie zu ihm rübergerutscht, ohne es zu bemerken.

»Das sind Vögel, eine riesige Schar von Vögeln«, hauchte er. »Sie sammeln sich über dem See von Lastage House. Genauer gesagt: Über unseren Köpfen, mit nichts als einigen Litern Wasser dazwischen.«

Obwohl Emericks Nähe tröstlich war, verspürte Jasna das Bedürfnis, sich zu verstecken. Wenn sie die Vögel sehen konnten, sahen die Vögel mit ihren Silberaugen sie dann auch? »Es ist höchste Zeit, diese schlafende Wächterin zu finden«, flüsterte sie. »Aber hier unten ist nichts außer Steinen, Algenresten und uns. Irgendwas läuft schief.«

Morton, der ebenfalls näher gerückt war, blickte sich mit merklichem Unbehagen um. »Ich sehe auch nichts weiter, weder schlafende Wächterinnen noch sonst etwas, das uns gegen die Königin helfen könnte. Hat Lia denn keinen Hinweis darauf gegeben, was wir anstellen sollen, wenn wir unter dem See angelangt sind?«

Emerick hielt seinen lädierten Arm. »Leider nicht. Es klang so, als würde es sich von selbst erklären. Ich persönlich habe mit einem weiteren okkulten Gegenstand wie dem Occulus gerechnet, etwa einem Blasinstrument.«

»Und wenn man reintutet, erklingt ein Ton, bei dem der bösen Königin das Gehirn wie Brei aus den Ohren quillt? Falscher Film, Emerick.« Jasna lachte, allerdings in erster Linie, um Stress abzubauen.

»Das mit dem rausquellenden Brei würde mir gefallen«, sagte Emerick, nicht richtig bei der Sache. Er starrte ins Leere – und genau das machte Jasna nervös. Wenn er die Vögel beobachtet oder den Boden abgesucht hätte, wäre das okay gewesen. Aber dieses Starren … »Das Mondlicht ist seltsam«, murmelte er. »Hast du wirklich nur Frösche auf dem Seegrund entdeckt, Loreley?«

Wenn man unter die Steine schaut, findet man bestimmt noch mehr unappetitliches Schleimzeugs. Loreley knurrte offenbar der Magen. Vermutlich hätte Emerick gut daran getan, ihr beim Mittagessen ein paar Leckerbissen zukommen zu lassen, anstatt sie mit Streicheleinheiten abzuspeisen.

Emericks Lippen wurden eine schmale Linie. »Vielen Dank, sehr hilfreich, Loreley. Ich bin echt froh, dass du mit von der Partie bist, mit deiner außergewöhnlich feinen Wahrnehmung, ansonsten wären wir jetzt wohl aufgeschmissen.«

Loreley streckte ihre Katzenbrust raus, wobei nicht klar war, ob Emericks Sarkasmus an ihr abprallte oder sie sich dadurch herausgefordert fühlte. *Vielleicht gibt es ein Stück weiter runter eine Verdichtung*, sagte sie.

»Was meinst du mit ›Verdichtung‹?«, fragte Morton.

»Moment mal.« Hinter Jasnas Stirn klickerte es. »Du kannst Loreley also auch sprechen hören, Morton. Ihr alle könnt das!«

Morton sah sie groß an.

»Nun tu bloß nicht so unschuldig«, fauchte Jasna. »Die ganze Zeit über habt ihr mir das Gefühl gegeben, ich sei verrückt, weil ich mich mit einer Katze unterhalte. Ihr habt mich vorgeführt.«

Morton zuckte mit den Achseln. »Ich für meinen Teil hab bloß auf Durchzug geschaltet, weil ich dachte, Loreleys ewige Stichelei sei dir peinlich. Sie hat ja eine ganz schön scharfe Zunge, unsere Katzendame.«

»Ich fand's amüsant«, gab Emerick zu. »Aber bevor du mir deswegen die Hölle heißmachst, würde ich zuerst gern herausfinden, was es mit diesen besagten Verdichtungen auf sich hat. Danach kannst du gern schlimme Sachen mit mir anstellen.«

»Ach, sei still«, sagte Jasna. Dann stiefelte sie in Richtung Mittelpunkt der Senke, gefolgt von Emerick und Morton, und irgendwo auch von einer leise feixenden Loreley.

In einer Sache hatte Emerick recht: das Mondlicht war wirklich seltsam, was nicht nur an dem immer dichter werdenden Schattentanz der sich sammelnden Vogelschar lag. Das unablässige Flackern zerschnitt die Sicht und machte einen schwindelig. Aber da war noch etwas anderes … Es erinnerte Jasna an das Gefühl, als sie in den Mosaiksee eingetaucht war: Ein Gleiten durch unterschiedliche Strömungen, manche durchlässiger und manche dichter, manche wärmer, manche kühler. Vielleicht lag es daran, dass die Wirklichkeit aus verschiedenen Schichten bestand. Als würde man durch verschiedenartige Gläser blicken. Je nachdem, in welcher Schicht man sich gerade befand, veränderte sich die Wahrnehmung der Realität.

Und dann passierte es auch schon, während Jasna noch angestrengt blinzelte, um von dem Schattentanz nicht verrückt zu werden: Das Mondlicht floss zusammen, als würde es in eine Form laufen und sie mit einer silbrigen Substanz ausfüllen.

Etwas nahm Gestalt an.

Eine beeindruckend große Gestalt, um genau zu sein. Blass schimmernd wie die Oberfläche des Mondes selbst.

Dann trat die Gestalt beiseite und gab den Blick frei auf eine zweite, die dunkler war, wie ihr lebendig gewordener Schatten.

»Die kenne ich doch«, flüsterte Emerick. »Das sind die beiden Marmorfiguren, die am Haupteingang von Lastage House stehen und früher ihren Platz am Seeufer hatten: der weiße Il Canto und der schwarze Il Silencio. Was zur Hölle machen die plötzlich quicklebendig gewordenen Statuen hier unten?«

»Was mich noch viel mehr interessiert«, wisperte Jasna, »seit wann tragen die beiden Flügel?«

36

ENGELSFLÜGEL

Wie ein Kind, das in der Wohnstube den Weihnachtsmann persönlich entdeckt, stand Jasna da. Ungläubig, überwältigt und mit einer gewaschenen Ladung Panik, die ihre Haut zum Prickeln brachte.

Wie oft hatte sie die Statuen betrachtet, mit dem Gefühl, dass sie weit mehr waren als meisterlich bearbeiteter Stein? Irgendwie war da immer ein Zweifel gewesen, dass Menschenhand so etwas überhaupt erschaffen konnte. Il Canto und Il Silencio wirkten zeitlos und auf eine Art belebt, die nichts mit dem zu tun hatte, was Normalsterbliche für lebendig hielten. Als hätten sie die Ewigkeit eingeatmet, dachte Jasna. Lia hatte sie für Engel gehalten, Jasna insgeheim für Wächter, die Lastage House verbunden waren. Jedes Mal, wenn sie durch das Haupttor gegangen war, hatte sie ihren prüfenden Blick auf sich gespürt. Bist du es wert, an diesem Ort sein zu dürfen?, schienen die Statuen zu fragen. Kein Wunder, dass sie jetzt, da die beiden unterm See zum Leben erwachten und ihre mächtigen Schwingen ausbreiteten, zwischen Angst und Faszination schwankte.

Als Jasna sich anschickte, auf die Statuen zuzugehen, hielt Emerick sie fest. »Einen Augenblick, du Draufgängerin. Ich schlage eine kurze Lagebesprechung vor.«

Jasna stutzte. Der sonst so abgefeimte Emerick wirkte wie ein Kind, das vom Weihnachtsmann eine gehörige Tracht Prügel erwartete, wenn es nicht die perfekte Ausrede für einen ganzen Sack voll Unsinn lieferte, den es angestellt hatte.

»Warum denn? Vor uns steht die Lösung für unser Problem – und zwar ausgestattet mit den prächtigsten Schwingen, die man sich überhaupt vorstellen kann«, sagte Morton, dessen Augen begeistert leuchteten. »Ich habe immer schon vermutet, dass den Statuen im Lauf der Zeit die Flügel verloren gegangen sind. Aber das ist jetzt egal, sie sind da und können gegen die Vogelschar der Königin kämpfen. Alles wird gut, jetzt, da die beiden zum Leben erwacht sind.«

Emerick schüttelte den Kopf. »Lia sprach von einer Wächterin, nicht von einem geflügelten Duo, von dem der eine schwarz wie die Nacht ist. Den ich übrigens als Kind schon gruselig fand und sogar einmal an ihm hochgeklettert bin, um ihm die Augen zu verbinden, damit er nicht mitbekommt, wie ich … ähm. Worauf ich hinauswill, ist Folgendes: Der schwarze Kerl heißt ›Das Schweigen‹. Man muss kein Genie sein, um zu blicken, dass das ein Alias für ›Der Tod‹ ist.«

»Und ›Der Gesang‹ steht dann für Leben?«, vergewisserte sich Jasna. Eine interessante Theorie.

»Außerdem gefällt es mir gar nicht, wie die beiden da Stellung bezogen haben«, fuhr Emerick mit sichtlichem Unbehagen fort. »Die interessieren sich null für die Vögel, sondern nur für uns. Fürs Protokoll: Die sind locker einen Meter größer als wir, bestehen aus festem Mondlicht und sind vermutlich im Namen des Herrn unterwegs.«

Morton lachte. »Das ist also dein Problem! Du machst dir Sorgen, weil du nicht der größte Fan von ihrem Chef bist. Emerick, die beiden werden sich nicht die Mühe gemacht haben, von ihren Sockeln zu steigen, um mit dir wegen deiner Nietzsche-Lektüre abzurechnen. Hier geht es um Größeres.«

»Das glaube ich auch«, sagte Jasna. »Wir werden zu ihnen gehen müssen, wenn wir herausfinden wollen, warum sie gekommen sind. Ich für meinen Teil will das, und zwar sofort.« Ohne Emerick die Gelegenheit für weitere Einwände zu geben, ging Jasna los. Dabei schlug ihr Herz, als wollte es noch mal alles geben, ehe es dann einfach vor Stress stehen blieb.

Mit jedem Schritt, den Jasna auf die zum Leben erwachten Statuen zumachte, wurden deren Umrisse klarer. Details zeichneten sich in ihrer Erscheinung ab, während zugleich ein silbrig schimmerndes Licht von ihnen ausging, das dem Mondschein Konkurrenz machte. Reglos standen sie in ihren langen Roben da, deren noblen Faltenwurf Jasna schon früher bei jeder Gelegenheit studiert hatte. Jetzt bekam sie auch die Gelegenheit, sich ihre Gesichter genauer anzuschauen, denn Il Canto blickte nicht länger zum Himmel hinauf, während Il Silencio seinen bislang gesenkten Kopf angehoben hatte. Überrascht stellte Jasna fest, dass sie einander ähnlich sahen mit ihren anmutigen Zügen, die sowohl weibliche als auch männliche Anteile enthielten, sodass sich keine eindeutige geschlechtliche Zuordnung vornehmen ließ. Allerdings war Il Cantos Gesicht schmaler, umrahmt von sanft gewelltem Haar, während Il Silencio einen breiten Kiefer und kurze Locken hatte. Auch wenn man mit dem hellen, eindeutig freundlicher wirkenden Il Canto lieber ein Eis essen gehen würde, hegte Jasna keinen Zweifel daran, dass er (oder sie?) von derselben Kraft beseelt war wie sein schwarzes Pendant. Ihre Schwingen wogten sanft, erzeugten jedoch keinen spürbaren Windhauch.

»Kennt ihr auch so Geschichten, in denen sich die eben noch leeren Augen von Steinfiguren mit Feuer füllen, mit dem sie dann unwürdige Kreaturen zu einem Häufchen Asche verbrennen?«, erkundigte sich Emerick, der zu Jasna aufgeschlossen hatte.

Langsam wurde Jasna seine Beklemmung wegen der Figuren unheimlich. Emerick hatte doch sonst nie Angst, ganz im Gegenteil, er neigte dazu, auf Gefahrenquellen mit weit ausgebreiteten Armen und einem begeisterten Grinsen zuzustürmen. Wenn die beiden Statuen ihm Kopfzerbrechen bereiteten, dann musste da etwas dran sein.

Jasna blieb stehen.

Zugegeben etwas zu spät, denn sie war inzwischen so nah, dass die geflügelten Gestalten sich nur vorbeugen und den Arm nach ihr ausstrecken mussten, um sie zu berühren. Oder sie in Brand zu setzen, weil sie es nicht wert war. »Vielleicht sollten wir doch lieber auf Rückzug und Palaver hinter einem der größeren Steine setzen«, schlug sie vor.

Bildete Jasna sich das ein oder zuckten Il Cantos Mundwinkel bei ihren Worten?

Es war auch egal, denn Emerick schüttelte wider Erwarten energisch den Kopf. »Wir gehen weiter.«

»Für meinen Geschmack sind wir nah genug an den beiden Statuen dran«, sagte Morton. »Der schwarze Il Silencio hat eben so eine fiese Stirnfalte bekommen, als Jasna in den Rückwärtsgang schalten wollte. Ich will denen ja nix unterstellen, aber die sind ein ganzes Stück größer als wir und breiter und außerdem aus Marmor. Wenn die sauer werden …«

»Wir gehen weiter«, beharrte Emerick.

Jasna wollte schon nachhaken, was der plötzliche Meinungswechsel sollte, da bemerkte sie, dass sich das Mondlicht hinter den beiden Statuen erneut verdichtete und tanzende Schlieren zog, deren Schleifen immer enger wurden, bis sich eine Gestalt abzuzeichnen begann. Das also war für Emericks Sinneswandel verantwortlich.

»Gibt es noch eine dritte Statue im Park?«, fragte Jasna.

Morton wich unmerklich zurück. »Nicht, dass ich wüsste.«

Als sich die Mondlichtschlieren wieder auflösten, stand eine schmale, blasse Gestalt da, die einen Herzschlag später in sich zusammensackte, als fehlte es ihr an Kraft, auf eigenen Beinen zu stehen.

Neben Jasna schnappte Morton nach Luft. »Das ist doch …«, brachte er keuchend heraus.

Doch darum konnte sie sich jetzt nicht kümmern, denn Emerick lief bereits los.

Jasna rannte ihm hinterher, ein Kurzsprint, der jedoch abrupt gestoppt wurde. Der weiße Il Canto öffnete nämlich seine steinernen Lippen. Heraus kam ein heller, klarer Ton, unterlegt von einem erschütternden Bass und einer Sattheit, als würde ein ganzer Chor mit einem Mund singen. Jedenfalls erzeugte der Gesang eine solche Schallwelle, als würde man gegen eine unsichtbare Wand laufen. Es passierte jedoch noch etwas anderes, kaum, dass Jasna aufgab, gegen den Widerstand anzukämpfen.

Der Nachhall von Il Cantos Gesang verwandelte sich in ihrem Inneren in Worte: *Wir möchten euch den Rat geben, jeden eurer Schritte gut zu bedenken.*

Jasna sah zu Emerick, der – zum Stehenbleiben gezwungen – eine Haltung eingenommen hatte wie ein Boxer, der nur darauf wartete, jemandem den Kopf einzuschlagen. »Hast du das auch gehört?«, fragte sie.

»Mir dröhnen immer noch die Ohren von diesem seltsamen Laut«, knurrte Emerick. »Auf Il Cantos Gesangskünste kann ich künftig gern verzichten.«

»Er hat gesagt, wir sollen jeden unserer Schritte gut bedenken.«

Emerick warf Jasna einen Blick zu, was ihn sichtlich Kraft kostete. Die auf dem Seegrund liegende Gestalt forderte offensichtlich seine gesamte Aufmerksamkeit. »Ein Tipp also. Na, vielen Dank. Sag deinem neuen Freund, dass ich genau weiß, wohin ich will. Nämlich an ihm vorbei zu Eleonora. Und zwar sofort.«

Entschlossen hielt Jasna ihn fest. »Ich habe auch erkannt, wer dort liegt. Deine Mutter Eleonora ist in den See gegangen, weil sie ihrer Meinung nach einen wichtigen Auftrag hatte. Nun glaubst du, dass das Mondlicht sie zurückgebracht hat.«

»Ich glaube es nicht nur, sondern ich sehe es mit meinen eigenen Augen. Wenn du mich jetzt bitte loslassen würdest?«

Natürlich, dachte Jasna. Und hielt ihn trotzdem fest.

Ein Zucken ging durch die am Boden liegende Frauengestalt, über deren Schultern Strähnen des ungewöhnlichen tizianfarbenen Haares fielen. Sie versuchte, sich aufzurichten, doch es fehlte ihr wohl an der notwendigen Kraft.

»Jasna«, sagte Emerick gefährlich leise. »Ich würde mich nur ungern mit Gewalt von dir losreißen, aber ich werde es tun, wenn du mich nicht sofort freigibst.«

»Gleich«, sagte Jasna. »Lass mich erst etwas probieren. Bitte. Dann lass ich dich gehen.«

Sie nahm Emericks Schweigen als Zustimmung, dann räusperte sie sich. »Ist es erlaubt, eine Frage zu stellen?«, sang sie, so laut es ging.

Il Cantos »Ja« fühlte sich an, als würde sie in der Strömung eines Windrades stehen.

»Wenn ihr uns freundlicherweise noch einen Rat geben könntet, dann würden wir gern wissen, wie wir die schlafende Wächterin wecken können, von der Aurelia sprach.« Jasna ging davon aus, dass die beiden Geschöpfe wussten, worum es ging. Dass sie einfach alles wussten. Das schien ihr ganz selbstverständlich.

Die Wächterin kann nur von selbst erwachen, nicht einmal wir können sie aus ihrem Schlaf holen, antwortete Il Canto, während Il Silencio seinem Namen alle Ehre machte und schweigend danebenstand.

Jasna übersetzte für Emerick und den dazu getretenen Morton.

»Dann ist jetzt ja alles klar«, sagte Emerick. »Meine Mutter ist die Wächterin, die gerade aus ihrem Schlaf erwacht. Sie hat damals, als sie in den See gegangen ist, genau gewusst, was sie tat. Wenn du mich dann bitte zu ihr lassen würdest?«

Da Jasna ihren Griff nicht lockerte, schüttelte Emerick sie ab und ging auf die sich wie unter großen Qualen langsam aufrichtende Frau zu. Als er zwischen den beiden Statuen hindurchschritt, glaubte Jasna, ein Erzittern in der Luft auszumachen, mehr geschah nicht.

Die Frau stemmte sich auf die Unterarme und hob den Kopf, doch ein Schleier aus Tiziansträhnen lag über ihren Augen.

»Sie sieht tatsächlich aus wie Eleonora …«, sagte Morton. »Weißt du, dass man ihren Leichnam nie gefunden hat?« Trotzdem folgte er seinem Freund nicht.

Eine ihren anliegenden Zipfelohren nach schlecht gelaunte Loreley gesellte sich zu ihnen. *Ich halte das für keine gute Idee*, verkündete sie. *Dem Mondlicht ist nicht zu trauen, es ist nicht unbedingt so, wie es scheint.*

Dann habe also nicht nur ich so ein flaues Gefühl im Bauch, stellte Jasna fest. »Ist die Frau wirklich Eleonora?«, sang sie deshalb.

Die Antwort bestand aus Schweigen, so schwer und dröhnend, dass Jasna und Morton sich die Ohren zuhielten.

»Ich habe meine Frage wohl zu leise gestellt«, sagte Jasna.

Loreley gab ein Geräusch von sich, als würde sie ein Gewölle rauswürgen. *Das Schweigen war die Antwort, Dummerchen*, erklärte sie.

In Jasnas Kopf überschlugen sich die Gedanken, während Emerick nur noch ein paar Schritte von der wieder vor Schwäche zusammengesackten Frauengestalt entfernt war. »Wenn sie nicht Eleonora ist, wer ist sie dann?«

Der schallende Gesang von Il Cantos Stimme setzte ein, doch Jasna wartete nicht ab, bis er sich in ihrem Inneren zu Worten formte, dieses Mal verstand sie ihn auch so.

Jasna lief los. »Emerick!«, schrie sie. »Geh weg von ihr, das ist eine Falle!«

37

EIN HAUCH VERGANGENHEIT

Emerick verharrte.

Die am Boden liegende Frau hob scheinbar mit letzter Kraft ihren Arm, als wollte sie Emerick berühren. »Mein Kind«, sagte sie mit brüchiger Stimme. »Mein Kind … Komm zu mir, ich brauche deine Hilfe, damit ich in dieser Welt wieder feste Gestalt annehmen kann. Sonst zerfasere ich wie das Mondlicht, sobald die Wolken sich zuziehen.«

»Eleonora?« Emerick ging auf die Knie und streckte seine Hand aus.

Jasna setzte zu einem weiteren Warnruf an, doch in diesem Moment lief sie zwischen den beiden Statuen hindurch und für einen Herzschlag tauchte sie in ein reines goldenes Licht ein, das sich zwischen ihnen entspann.

Schlagartig kehrte die Erinnerung zurück: Wer sie war, woher sie kam.

Nicht jetzt, dachte Jasna, ich habe dich damals in der Ruine hinter mir gelassen und es gibt kein Zurück. Du und ich – wir gehören nicht mehr zusammen.

Doch ihre Füße blieben trotzdem stehen, als übernahm ein Teil ihres Selbst die Kontrolle, der sich nach ebendiesem goldenen Licht und seiner Wärme sehnte, so sehr, dass ihm alles andere gleichgültig war. Warum all die Mühe, das Elend und der Kampf, wenn wir einfach hierbleiben können, eingehüllt in diesen schützenden Mantel, an dem alles Leid der Welt abprallt?, schien er sich zu fragen. Wie schön wäre es, sich in diesem Licht aufzulösen, endlich schwerelos und frei zu sein, anstatt mühsam auf zwei Füßen umherzutapsen, geplagt von unzähligen Gedanken und Gefühlen, nur, um dann doch nicht genug zu verstehen? Ich möchte frei sein, losgebunden von allem, was mich hier unten hält.

Aber war es wirklich das, was Jasna wollte?

Ja, dachte sie – und das Eingeständnis überwältigte sie beinahe. Ja, ich will all das, ich kann es kaum erwarten. Aber es muss warten, die Wärme muss warten, die Leichtigkeit und die Freiheit. Ich habe sie damals in der Ruine hinter mir gelassen und nach vorn geschaut, in die Dunkelheit, in das Unbekannte. Vielleicht ergibt alles, was seitdem passiert, keinen Sinn, trotzdem bin ich genau deshalb hier.

Hier.

Auf dem Grund eines Sees.

Um die schlafende Wächterin zu wecken.

Und genau das werde ich tun.

Mit einer Willenskraft, die sie sich niemals zugetraut hätte, setzte Jasna einen Schritt vor – und ließ das goldene Licht hinter sich zurück. Ein zweites Mal. Zumindest dachte sie das in diesem Moment.

Emerick hatte die zerbrechliche Frau an sich gezogen und verbarg sie in seinen Armen, ihren Kopf an seine Brust gedrückt. Sanft wiegte er sich vor und zurück, und obwohl Jasna noch nicht nah genug war, ahnte sie, dass er behutsam auf die rothaarige Frau einredete. Sie ermunterte, bei ihm zu bleiben, sich an ihm festzuhalten.

Vollkommen konzentriert umkreiste Jasna die beiden, betrachtete die nackten Füße der Frau, deren Zehen über den Boden scharrten. Immer wieder ging ein Schaudern durch ihren Körper unter dem seidigen Nachthemd, während sich ihre Finger rhythmisch in Emericks Mantelstoff krallten. Nein, sie sah nicht schwach aus. Und auch nicht so, als löste sie sich gleich in blasses Mondlicht auf. Sie genoss es, von Emerick gehalten zu werden, im Zentrum seiner Aufmerksamkeit zu sein, während sie das Gesicht an seine Brust schmiegte.

Jasna warf einen Blick über ihre Schulter, hinüber zu den beiden Statuen und Morton samt Loreley. Dann traf sie schnell ihre Entscheidung und setzte sie sofort in die Tat um.

»Emerick«, rief sie.

Keine Reaktion. Aber damit hatte sie auch nicht gerechnet. Es würde mehr brauchen, um ihn zu erreichen, deutlich mehr. Sie musste ihm etwas bieten, dem er unmöglich widerstehen konnte.

»Möchtest du wissen, was der Zettel bedeutet, den Lia dir für mich mitgegeben hat?«, lockte Jasna. »Der Zettel, den du mir in meinem Zimmer ausgehändigt hast?«

Ein Zucken ging durch Emericks Schultern, während sich die Finger der Frau tiefer in seine Oberarme bohrten.

»Der Zettel, der mich dazu bewegt hat, dir mitten in der Nacht zu folgen. Erinnerst du dich?«

Die sanften Beschwichtigungen, die Emerick der Frau zuflüsterte, versiegten. Stattdessen hörte er zu, was Jasna sagte, das verrieten seine Körperhaltung und das unzufriedene Murren der Frau.

Darauf hatte Jasna gehofft. Sie nahm sich trotzdem die Zeit, betont langsam in ihren Mantelausschnitt zu greifen, als bestände kein Grund zur Eile. Papier knisterte. »Hast du inzwischen herausgefunden, was für eine Botschaft Lia dir mitgegeben hat? Nein, warte, das hast du auf keinen Fall, so gut bist selbst du nicht. Lass mich die Frage anders formulieren: Hast du nach all deinen Bemühungen überhaupt eine Idee, um was es bei der Botschaft gehen könnte? Nur eine klitzekleine? Allein das würde mich schon mächtig beeindrucken.«

Ein Beben ging durch Emericks Rücken, wie bei einem Schlafenden, der mit aller Macht aufzuwachen versuchte, aber von einem Traum festgehalten wurde.

Gemächlich entfaltete Jasna den Zettel. »Möchtest du einen

Blick auf das Stück Papier werfen? Lia wusste wirklich genau, was sie tat, als sie es dir gab. Sie ist so ein schlaues Mädchen. Nun, jetzt ist es an der Zeit, dass ich es nicht länger verbergen muss – weder vor dir noch vor mir selbst. Wirf ruhig einen Blick auf den Zettel. Hier.« Sie hielt das Papier zwischen den Händen gespannt.

Emerick wandte ihr das Gesicht zu, Zentimeter für Zentimeter, wie gegen einen Widerstand.

Dann sah er sie an.

Nein!, schrie es in Jasna, während ihr Körper zurückweichen und den Schock, den sein Anblick ihr versetzte, in Bewegung umsetzen wollte. Sie wollte laufen, fliehen, angreifen, schreien, am besten alles gleichzeitig, Hauptsache, die Verzweiflung in ihr ließ nach. Aber Jasna hielt stand, ertrug den Blick aus Emericks erloschenen Augen, deren eben noch so lebendiges Blau sich in Aschegrau verwandelt hatte, und die Leere in seinem Gesicht. Einen Moment später, das wurde ihr klar, und er hätte auf ihr Angebot mit dem Zettel nicht mehr reagiert. Nicht mehr reagieren können, weil ihm sein inneres Licht geraubt worden war von der Frau, die er immer noch liebevoll in den Armen hielt.

Damit ist jetzt Schluss, entschied Jasna.

Die Peitsche sauste durch die Luft und legte sich wie eine Schlaufe um Emericks Schultern. Jasna zog mit aller Kraft, riss Emerick zur Seite, weg von der Frau, die vor Überraschung über diese plötzliche Bewegung von seinem Schoß glitt. Sofort war Morton da, der sich herangepirscht hatte, griff nach Emerick und zog ihn von der Frau fort, bevor die erneut nach ihm greifen konnte. Ihre Hände glitten ins Leere, dann lag sie der Länge nach ausgestreckt auf dem Bauch.

»Emerick«, wisperte sie schwach. »Ich brauche dich.«

Obwohl Emerick eben noch völlig paralysiert gewesen war, versuchte er, sich beim Klang ihrer Stimme freizukämpfen, doch gegen Mortons Profigriff kam er nicht an.

»Ich denke, wir können jetzt auf das Schauspiel der dahinschwindenden Mutter verzichten«, sagte Jasna, wobei sie die Peitsche so einholte, dass sie sie jederzeit wieder tanzen lassen konnte.

Die Frau zog die Beine unter ihren schmalen Körper, dann richtete sie sich auf und strich ihr langes Haar zurück. Genüsslich leckte sie sich die Lippen. »Schade, das Lebenslicht dieses Jungen schmeckt nämlich außerordentlich delikat.«

»Du hättest ihn fast umgebracht«, stellte Jasna fest.

»Nicht doch«, sagte die Frau. »Ich täte ihm nie mehr zuleide, als er aushalten kann. Er ist ein so schönes Menschenkind, so lebendig in seinem Inneren, so voller Kraft, ein einziger sprudelnder Quell. Warum sollte ich ihn zerstören?«

Jasna betrachtete die Gesichtszüge der Frau, entdeckte die Ähnlichkeiten mit Emerick und sah gleichzeitig viel Fremdes. »Weil das Zerstören in deiner Natur liegt«, sagte sie.

Die Frau stand auf und zupfte an ihrem Nachthemd, auf dessen milchweißem Grund nachtblaue Blumen rankten. Ihre Fußnägel waren schwarz vom Scharren. »Wir sind uns ja noch gar nicht vorgestellt worden«, sagte sie ausgesucht freundlich. »Ich heiße Eleonora.«

Eine von Jasnas Brauen rutschte in die Höhe, während sie den Zettel in ihre Manteltasche steckte. »Ach, tatsächlich?«

»Nun tu nicht so, natürlich weißt du das. Dir entgeht nichts, was mit Emerick zusammenhängt. Du bist seine kleine Freundin, nicht wahr? Deshalb sehe ich es dir auch nach, dass du dich eben auf so drastische Weise in unsere Familienangelegenheiten eingemischt hast.«

Jasna sah zu Morton, der den sich windenden Emerick in den Schwitzkasten genommen hatte. Trotz seines verzweifelten Ringens gab Emerick keinen einzigen Ton von sich.

»Eleonore«, sagte Morton, »war eine recht spezielle Mutter.«

»Ich *bin* eine spezielle Mutter.« Eleonora faltete ihre Hände, als wollte sie beten. Es waren zierliche Hände – und doch hatten sich diese Finger eben noch ohne jede Rücksicht in Emericks Arme gekrallt. »Wenn du meinen Sohn jetzt bitte loslassen würdest, damit er zu mir zurückkehren kann, Morton? Oder möchtest du lieber, dass ich zu dir rüberkomme und dir einen Klaps auf den Hintern gebe? Wie in den guten alten Tagen.« Eleonore lachte, als machte sie einen kleinen Scherz, aber Morton wurde trotzdem blass.

»Ihre Augen …«, sagte er.

»Ich weiß«, sagte Jasna. »Egal, was für Augen Eleonora früher hatte, es waren bestimmt keine schwarzen Löcher ohne Grund.«

Eleonoras Lachen wurde lauter, um dann abrupt abzureißen. Sie hob den Saum ihres Nachthemdes an und ging einige Schritte auf Jasna zu. »Wenn man unten auf dem See ausharrt und darauf wartet, seiner Aufgabe gerecht zu werden, dringt die Dunkelheit irgendwann in einen ein. Du weißt doch bestimmt, wovon ich rede, dir haftet der Geruch von Dunkelheit nämlich auch an. Was ich brauche, um mich zu erholen, ist etwas Licht. Dann kann ich die Aufgabe stemmen, wegen der ihr mich aufgesucht habt.«

»Und das wäre?«, fragte Jasna.

Voller Anmut deutete Eleonora auf die Scharen von schwarzen Vögeln, die unablässig über dem See kreisten. Einige von ihnen brachen plötzlich aus den Reihen aus und stürzten sich im Sinkflug auf das Wasser, um auf seiner Oberfläche aufzuschlagen … und wie tönerne Gefäße, aus denen schwarzer Nebel aufstieg, zu zerbrechen. »Wenn ihr gegen die Schwarzen Krieger mit ihrer Unheil bringenden Fracht bestehen wollt, dann braucht ihr jemanden, der ihnen die Stirn bieten kann: Eine Wächterin, die bereit ist, über Lastage House zu wachen und jeden Angreifer abzuwehren.«

»Und du bist dazu bereit«, sagte Jasna.

»Es ist meine Bestimmung. Ich habe mein Erbe, meine Familie, sogar meinen Sohn zurückgelassen, um diese Aufgabe zu übernehmen. Jetzt ist es so weit. Aber wenn ich für euch in die Schlacht ziehen soll, dann brauche ich eure Hilfe. Sonst werden die Krieger über die Bewohner von Lastage House herfallen und sie ihrem Willen unterwerfen. Noch kreisen sie über dem

See, weil sie verhindern wollen, dass ihr ihnen Einhalt gebietet, aber das werden sie nicht ewig tun, die Nacht ist auf ihrer Seite. Du hast selbst erleben dürfen, was aus Menschen wird, die ihnen ausgeliefert sind. Der Professor, dem du so ergeben dienst …«

»Woher willst du davon wissen?«

»Ich bin die Wächterin von Lastage House, ich weiß alles, was in meinem Reich geschieht.«

»Aber der Professor hat sich nicht innerhalb der Mauern von Lastage House in ein gefiedertes Monster verwandelt«, hielt Jasna dagegen.

Eleonora spitzte die Lippen. »Diese kleine Geschichte hat mir Emerick verraten, als er mich in seinen Armen hielt und mir erlaubt hat, mich an ihm zu stärken. Das Lebenslicht eines Menschen enthält nicht nur seine Kraft, sondern auch seine Gefühle und Erinnerungen. Ich weiß also Bescheid über eure Abenteuer, über das Occulus im nächtlichen Garten, den Besuch beim Professor, den Gang durch die Ruine und über den Kuss, den mein Sohn dir gegeben hat. Dadurch weiß ich auch etwas über dich und den Ort, von dem du stammst. Leider habe ich immer noch keine Ahnung, wie ich dich nennen soll. Jasna ist schließlich nicht dein wahrer Name, richtig?«

Jasna ging über die Frage hinweg. »Wenn du alles weißt, dann verrat mir, was mit Lia geschehen ist. Ich bin nämlich hier, um ihr zu helfen.«

»Die kleine Lia hat zu viel gesehen, zu viel verstanden, denn ihre Seele ist noch klarer als die von Emerick. Und mit den Seelen der Menschen ist es wie mit einem Kristall: Je klarer, desto mehr kannst du durch ihn erkennen. Das Dumme ist nur, dadurch können sie auch gefunden werden, sie sind schließlich wie strahlende Diamanten in der Nacht. Eine große Verlockung für jeden, der sich nach Helligkeit sehnt und diese zugleich zutiefst verachtet. Lia wurde gefunden – aber sie hat auf einen Kampf verzichtet und ist stattdessen geflohen, hinaus aus ihrem Körper, der für die Schwarzen Krieger uninteressant ist. Ein kluges Kind. Sie hat den Kampf jemandem überlassen, der sich auf dieses Geschäft versteht.«

»Jemandem, der seinem eigenen Sohn das Lebenslicht geraubt hat«, wandte Morton ein.

Eleonora lächelte ihn an. »Ich sagte doch, ich brauche eure Hilfe. Und Emerick wird sich schon wieder erholen, ihm steht mehr als genug Licht zur Verfügung. Sag es deinen Freunden, Emerick.«

»Es geht schon wieder«, sagte Emerick, »obwohl mir meine Schultern höllisch wehtun in diesem Klammeraffengriff. Und ich bin auch noch ein bisschen wackelig auf den Beinen. Kannst mich jetzt trotzdem loslassen, Morton.«

»Sicher?«, fragte Morton. »Nur, damit das klar ist: Du bleibst, wo du bist. Ein kleiner Schritt in die falsche Richtung, und du findest dich mit dem Gesicht auf dem Boden wieder, ganz, wie ich es in der Ausbildung gelernt habe.« Zögerlich gab er Emerick frei, der wie versprochen neben ihm stehen blieb und seinen Mantelkragen zurechtrückte. Allerdings blickte er durch die dunklen Ponyfransen, die ihm ins Gesicht gefallen waren, eindeutig zu Eleonore hinüber, als bräuchte es nicht mehr als ein Zeichen von ihr, um ihn erneut in Bewegung zu setzen.

Doch seine Mutter interessierte sich nicht weiter für ihn, ihre ganze Aufmerksamkeit war auf Jasna gerichtet. »Für das, was ich vorhabe, brauche ich mehr«, sagte sie beschwörend. »Ich muss mich in eine Kriegerin des Lichts verwandeln, in eine brennende Waffe, die unsere Feinde blendet. Dein Licht ist eingetrübt, meine Liebe, durch das wenig ruhmreiche Leben, das du geführt hast. Aber jedes bisschen wird mir helfen, die angreifende Übermacht zurückzuschlagen. Dann wird auch deine Freundin Lia in ihren Körper zurückkehren können. Vertrau mir, ich nehme nicht mehr, als du geben kannst.«

Jasna verzog das Gesicht. »Eine Wächterin des Lichts, die darauf angewiesen ist, sich ihre Waffen zu ergaunern.«

»Jasna«, sagte Emerick. »Du willst doch unbedingt, dass Lia

wieder zu sich kommt. Das hier ist deine Chance, ergreif sie, ehe es zu spät ist.«

»Dazu rätst du mir?«

»Gegenfrage: Vertraust du mir?«

Jasna sah ihm tief in die Augen, dann nickte sie.

Emerick gab Morton ein Time-out-Zeichen, das der junge Mann sich jedoch von Jasna bestätigen ließ. Dann schlenderte Emerick zu Jasna hinüber, wobei er sich das Haar aus der Stirn strich. Sein Gesicht war immer noch unnatürlich blass, aber seine Bewegungen waren ganz Emerick, als würde alles wie nebenbei passieren. Lässig, obwohl er durch und durch konzentriert war.

»Das ist doch perfekt«, sagte er. »Du bekommst, was dir so dringend am Herzen liegt: Lia. Und ich löse das Geheimnis um die schlafende Wächterin, das mich gequält hat, seit meine Mutter in den See gegangen ist: Ob sie über ihre Aufgabe die Wahrheit gesagt hat oder nicht. Wenn wir jetzt noch obendrein die schwarze Plage loswerden können – umso besser.«

»Du willst, dass ich diese Frau von meinem Lebenslicht nehmen lasse, damit sie die Dunkelheit in ihrem Inneren überwindet?«, vergewisserte sich Jasna.

»Vertrau mir. Ich sehe den Weg, den wir gehen müssen, ganz klar vor mir.« Emerick umrundete Jasna, stellte sich hinter sie und legte seine Hände auf ihre Schultern. Dann beugte er sich vor und hauchte ihr einen Kuss auf den Nacken.

Jasna erschauerte.

Behutsam tänzelte Eleonora ein paar Schritte vor, dann legte sie sanft eine Hand auf Jasnas Brust. »Ich werde nur ganz wenig nehmen, denn dein Licht ist ohnehin nicht rein genug.«

Als Eleonora sich vorbeugte, musste Jasna das Gesicht abwenden. Der Geruch nach Dunkelheit stieg ihr in die Nase, es roch nach abgestandener Leere, nach kreisenden Gedanken und stechendem Hunger.

Eleonora öffnete ihre blass rosafarbenen Lippen einen Hauch von Jasna entfernt, die aus den Augenwinkeln beobachtete, wie sich vor ihrer Brust ein Lichtwirbel bildete, der in Eleonoras Mund strömte.

Es tat weh. Es schmerzte, ohne dass Jasna sagen konnte, von wo die Verletzung eigentlich ausging. Es riss und zerrte an ihr und zugleich fühlte sie sich, als würde sie auslaufen, verloren gehen.

»Aufhören.« Jasna wollte schreien, doch es kam nur ein Flüstern über ihre Lippen.

»Ganz ruhig«, raunte Emerick ihr ins Ohr, während seine Hände über ihren Rücken wanderten, als würde er sie liebkosen, anstatt sie seiner Mutter darzubieten.

Jasna wollte ausbrechen, der Frau vor sich einen Schlag verpassen, sie wegtreten, doch sie konnte sich nicht rühren.

Hinter Eleonora tauchte Morton auf, streckte die Hände aus, um Eleonora zu packen. Doch sie wirbelte herum und fuhr ihm mit ihren Fingernägeln übers Gesicht, bevor sie sich blitzschnell wieder Jasna zuwandte.

Keuchend taumelte Morton zurück und betastete ungläubig eine blutende Wunde quer über seinem Auge.

»Morton«, wisperte Jasna.

»Gleich«, beschwichtigte Emerick sie. »Nur noch einen Moment, dann hast du es geschafft. Vertrau mir.«

Eleonora hob den Blick. Die eben noch farblosen Lippen waren nun von einem lebendigen Rot durchzogen, die Augen trotzdem nicht mehr als glänzende Schwärze. »Ich brauche noch ein bisschen länger als einen Moment, mein Sohn. Ihr Licht ist genauso widerspenstig wie sie selbst.«

»Dann nimm einen tieferen Schluck«, wies Emerick sie an, als schlüge er einer Katze vor, ihre Zähne zum tödlichen Finale in ihre wehrlose Beute zu bohren.

Eleonora lächelte. »Wie du meinst, aber das könnte deiner kleinen Freundin ein bisschen wehtun.« Dann beugte sie sich wieder vor.

Jasna spürte den schneidenden Schmerz durch sich hindurchfahren, noch bevor er richtig einsetzte. Sie wusste instinktiv, dass ihr eine schwere Wunde beigebracht wurde, als risse man sie auf, um an die Flamme ihres inneren Lichts zu gelangen. Zugleich nahm sie Emericks Körper wahr, der gegen ihren drängte, spürte seinen Atem, seine tastenden Hände. Eine von ihnen glitt in Jasnas Manteltasche. Das Knistern von Papier ertönte, dann bemerkte sie, wie Emericks Brust sich weitete, als er die Luft tief in seine Lungen sog, um dann mit kräftiger Stimme zu sagen: »Hier steht geschrieben: ›Erinnere dich an deinen Namen und erwache.‹ Da du mir vertraust, verrate ich dir deinen Namen, er steht mir ganz klar vor Augen, jetzt, da du sämtlichen Schutz aufgegeben hast.«

Dann flüsterte er Jasna etwas ins Ohr. Keine Laute, keine Silben, sondern einen Klang, der in Jasnas weit aufgerissene Brust strömte und sich dort auszubreiten begann wie flüssiges Gold. Sie war dieses Gold, sie erinnerte sich. Sie war es immer gewesen. Die Heimat, an die sie sich erinnerte, das war sie selbst, sie trug sie in sich.

Jasna erwachte.

Eleonoras Augen weiteten sich, während sie versuchte, den goldenen Strom, der in ihren Mund floss, zu unterbrechen, doch es gelang ihr nicht. Winselnd versuchte sie, ihre Hände in den golden schimmernden Fluss zu schieben, aber er strömte durch sie hindurch, ergoss sich in ihre geöffneten Lippen, erfüllte ihren schmalen Körper von innen heraus mit einem Licht, das durch sie hindurchzustrahlen begann, bis Morton sie packte und wegschleuderte. Sein eines Auge war zugeschwollen und blutverschmiert, tief klaffende Wunden zogen sich über Stirn und Wangen, aber er sah zu allem entschlossen aus.

»Wie kannst du Jasna so was antun? Ich werde dir deine verlogene Zunge rausreißen, Emerick«, drohte Morton, um dann innezuhalten, als ihn das Licht berührte, das von Jasna ausging. Es hüllte sie ein, bis sie in einem goldenen Oval zu stehen schien, während es sie zugleich durchdrang. Die Quelle in ihrer Brust wurde stärker und stärker, je länger sie frei floss.

»Genau das, worauf ich gehofft habe – und noch viel mehr«,

sagte Emerick, während er Jasna freigab und zur Seite trat, obwohl er es sichtlich genoss, in ihrem Lichtschein zu stehen. Hatte er eben noch wie ein schaler Abklatsch seiner selbst gewirkt, so brizzelte nun wieder diese spezielle lebendige Energie in ihm, als wartete er nur darauf, die Welt zu erobern. »Wie sieht's aus, Morton? Willst du immer noch ausprobieren, ob du an meine Zunge rankommst? Wobei ich in diesem Fall darauf hinweisen möchte, dass ich nicht gelogen habe, als ich Jasna um ihr Vertrauen bat. Ich wusste genau, was ich tue, nachdem ich unter dir Riesengorilla wieder zur Besinnung gekommen war. Alles, was Jasna brauchte, war eine anständige Motivation, um endlich aus ihrem Schneckenhaus rauszukommen. Nur deshalb habe ich sie überredet, sich auszuliefern.«

»Du hast sie deiner gierigen Mutter regelrecht auf dem Silbertablett serviert. Die Frau ist völlig von Sinnen.« Morton tastete nach den Verletzungen an seinem Auge, die beim Sprechen offensichtlich schmerzten. Allerdings musste er feststellen, dass sie zu bluten aufgehört hatten. Ein feiner goldener Nebel lag über der sich schließenden Wunde.

»Meine Mutter?«, fragte Emerick. »Die ist nicht hier – und selbst wenn sie es wäre, hätte sie sich niemals an jemandem vergriffen. Eleonora glaubte an das Gute und Schöne, an das Paradies, das sie wiederfinden wollte. Das Gegenteil von dem, worauf unsere Besucherin es abgesehen hat, nicht wahr?« Er sah zu der Frau, die Jasna eben noch ihr Lebenslicht rauben wollte und sich dabei eine Überdosis eingefangen hatte.

Die vermeintliche Eleonora kämpfte gegen das goldene Licht an, das immer stärker durch sie hindurchschien, bis Teile von ihr abzuspringen begannen. Ihre Hülle löste sich vor ihren Augen auf. Zurück blieb eine Frauengestalt, die Haut blass schimmernd wie Sternenstaub, gehüllt in einen Mantel aus blauschwarzem Haar, glänzend wie nasser Lack. Auf ihrem Kopf trug sie eine Krone aus Rabenfedern.

»Die Schwarze Königin«, keuchte Morton.

»So könnt ihr mich gerne nennen«, antwortete die Frauengestalt mit einer hallenden, leeren Stimme, ohne die Lippen zu bewegen. »Eigentlich hatte ich angenommen, wir könnten unsere Angelegenheiten auf angenehme Weise lösen. Aber, wenn ich ehrlich bin, ist mir ein Kampf ohnehin lieber. Fließendes Blut ist viel berauschender als schnödes Lebenslicht.« Ein blasser Arm kam zwischen den Haarfluten hervor, die bis auf den Boden reichten. Ihre Finger endeten in schwarzen krallenartigen Spitzen. Mit dem Zeigefinger deutete sie auf Morton. »Du hast es gewagt, mich anzufassen. Deshalb wirst du die Ehre haben, als Erster zu sterben, hier unterm See. Ich werde euch töten, alle beide, und dann werde ich das Licht eurer Freundin zum Erlöschen bringen. Hörst du mich, Wächterin? Du magst dich im Augenblick für unbesiegbar halten, aber du irrst dich, ich habe schon viele von deinem Schlag kennengelernt und ich kann dir verraten: Du bist nur ein kleines Licht. Es wird mir trotzdem ein Vergnügen sein, es dir auszublasen. Hörst du?!«

Allem Anschein nach nicht, denn Jasna war völlig gefangen in dem goldenen Licht, das sie umhüllte, den Kopf leicht in den Nacken gelegt, als lauschte sie einer Melodie, die nur für ihre Ohren bestimmt war.

Die schwarz-rot eingefärbten Lippen der Königin verzogen sich zu einem Lächeln. »Das war schon immer das Problem des Lichts, es berauscht sich allzu gern an seiner eigenen Herrlichkeit. Ansonsten würde es mich und meine Gefolgschaft schon lange nicht mehr geben. Es ist das Gleiche wie mit euren beiden geflügelten Freunden dort drüben: Sie besitzen so unendlich viel Macht, aber aus einem mir unerfindlichen Grund machen sie keinen Gebrauch davon. Dabei bräuchte Il Canto sich nur umzudrehen und seinen Gesang anzustimmen, dann würde ich zusammenbrechen unter der Last seiner Erhabenheit. Oder Il Silencio, dem die Wahrheit gehört. Sein Blick ist für mich nicht zu ertragen, er ist wie ein Spiegel, in den man schaut. Sie wissen es, ich weiß es. Aber sie stehen nur da, unbeteiligte Zuschauer am Rand des Spektakels. Gut, ich werde ihnen ein Spektakel liefern, bevor ich dieses Reich als Siegerin verlasse, um unter den Seelen von Lastage House meinen Tribut zu fordern. Wie gesagt: Du darfst mit dem Sterben beginnen, weil du mich ohne Erlaubnis berührt hast.«

Mit einem Satz sprang die Schwarze Königin auf Morton zu, den Arm wie ein Schwert erhoben. Emerick warf sich dazwischen, lenkte die krallenbewehrte Hand ab, die statt Mortons Hals lediglich Emericks Brust touchierte. Emerick wollte herumwirbeln, zum Angriff übergehen, kam aber ins Stocken und sackte in sich zusammen. Ungläubig fasste er sich an seine blutende Brust und rang nach Luft.

Die Krallen der Königin waren mühelos durch Kleidung und Haut gedrungen.

»Seine Lunge ist verletzt«, sagte Morton entsetzt.

Die Schwarze Königin leckte ihre blutbeschmierte Hand ab. »Ich hoffe doch sehr, dass er es noch einmal auf die Beine schafft. Das wäre ein zu schneller Sieg.«

»Das ist kein Sieg«, sagte Morton und schlug der Königin ins Gesicht.

Unglücklicherweise stand diese nicht mehr dort, wo sie sich eigentlich befinden sollte, als Mortons Faust durch die Luft sauste. An der Stelle blieb nur ein sich rasch auflösender schwarzer Nebel, während hinter ihm ein raues Lachen erklang.

»Menschen«, seufzte die Schwarze Königin, packte Morton von hinten, riss seinen Kopf zur Seite und biss in seinen freigelegten Nacken. Als der junge Mann in sich zusammensackte, ließ sie von ihm ab, die untere Gesichtshälfte rot verschmiert.

»Bringen wir es zu Ende.«

Die Schwarze Königin schritt langsam auf Jasna zu, die immer noch in ein nicht hörbares Geräusch versunken dastand. Zentimeter für Zentimeter näherte sich die Königin mit ihrem krallenartigen Zeigefinger Jasna, tauchte seine Spitze in ihr goldenes Licht ein. Das Schwarz der Nagelspitze begann zu glühen, hielt jedoch stand.

»Siehst du? Du bist zu schwach, um es mit mir aufzunehmen. Ich muss nur schnell sein und deine physische Hülle zerstören, dann hast du verloren. Eine weitere Wächterin, die kaum, dass sie sich ihrer wahren Macht erinnert, in Nutzlosigkeit verfällt. Wie möchtest du sterben, Flackerlichtlein? Soll ich dir die Kehle herausreißen oder ist dir ein glatter Stich ins Herz lieber? Ich könnte dir auch deinen zarten Nacken brechen, aber ich mag es lieber, wenn Blut fließt. Moment, ich weiß es! Ich werde dich einfach der Länge nach aufschneiden, das wird ein Fest.« Sie hob den Arm.

Etwas Weißes schoss vor, sprang der Schwarzen Königin ins Gesicht und riss ihr die Krone vom Kopf, ehe sie die krallenbewehrte Fellkugel zu fassen bekam und sie zu Boden schleuderte, wo Loreley reglos liegen blieb.

»Katzen«, schauderte die Schwarze Königin. »Diese Biester habe ich noch nie ausstehen können. Ich befürchte, das war euer gesamtes Aufgebot. Oder will eure lächerliche Hexe noch einen Versuch starten? Es wäre mir eine Freude, ihr die Augen auszukratzen, bevor ich ihren hohlen Schädel spalte. Immer noch keine Reaktion, Wächterin? Dabei war Emerick der festen Überzeugung, du seist die beste Kämpferin, die er sich überhaupt vorstellen kann. Jemand, der angreift, ohne zu zögern, der immer die richtige Waffe wählt. Schade, dass er auf seine letzten Atemzüge miterleben muss, dass er sich getäuscht hat.«

Die Schwarze Königin ließ ihren Arm auf Jasna hinabzischen wie ein Fallbeil, das im goldenen Licht Funken spie. Doch die Krallen fanden kein Ziel, es war, als wäre Jasna nicht mehr als eine Projektion.

Jasna blinzelte, dann lächelte sie. »Danke«, sagte sie freundlich. »Jetzt habe ich es verstanden.«

»Gar nichts hast du verstanden!« Die Schwarze Königin bebte vor Wut. »Du hast verloren!«

»Wer nicht kämpft, kann nicht verlieren. Warum sollte ich auch? Wo ich bin, kannst du nicht sein, das ist die Wahrheit«, sagte Jasna. Sie ging auf die Königin zu, die sofort einen weiteren Streich ausführte, um erneut ins Leere zu schlagen. Jasna ging an ihr vorbei, hob Loreley auf, ohne innezuhalten, bis sie bei Morton ankam und ihm eine Hand auf die Schulter legte. »Könntest du mir bitte mit Emerick helfen?«, fragte sie.

»Ich kann nicht«, flüsterte Morton.

»Natürlich kannst du. Spürst du das denn nicht?«

Ein Ruck ging durch Morton, dann stand er auf. »Wie kann das sein?«, fragte er.

»Die viel wichtigere Frage ist: Wie konnte es sein, dass ihr verletzt worden seid?«, sagte Jasna. »Lastage House wird beschützt, euch kann von einer wie auch immer gefiederten Königin kein Leid zugefügt werden, wenn ihr es nicht gestattet. Sie gehört nur in unsere Welt, wenn wir es zulassen. Aber wir müssen jetzt gehen, Nanette ist mit ihren Kräften am Ende und das Occulus kann diesen Raum nicht länger offen halten. Hilf Emerick auf die Beine, er glaubt immer noch, sterben zu müssen. Der Junge hat zu viele dramatische Romane gelesen.«

Morton packte Emerick, der weiterhin nach Luft rang, obwohl seine Augen bereits wieder blitzten.

»Und was ist mit Loreley?«, fragte Morton.

Jasna verdrehte die Augen. »Das Biest lässt sich nur gerne schleppen. Das war übrigens ein gelungener Auftritt, Frau Fellknäuel.«

Es war mir eine Ehre, schnurrte Loreley, die wie ein nasses Handtuch in Jasnas Armen hing. *Außerdem war es amüsant zu sehen, wie die Krähe sich aufgespielt hat. Aufgerüschtes Federvieh. Pah.*

Emerick schwankte auf Jasna zu und sie erlaubte ihm, sich auf sie zu stützen. Von hinten pirschte sich die Schwarze Königin heran und rammte ihre Krallen in seine Seiten. Kurz zuckte Emerick zusammen, aber mehr auch nicht. »Du hättest mich ruhig etwas früher aufklären können«, sagte er. »Es fühlt sich ätzend an zu ersticken.«

»Tut mir leid«, sagte Jasna. »Es hat eine Weile gedauert, bis ich verstanden habe, was mir ein Vöglein namens Lia über die wahre Natur der Königin gesungen hat. Unsere kleine Freundin hat sich zwar versteckt, aber sie beobachtet uns aus diesem Versteck heraus und wenn man genau hinhört, erklingt ihre Stimme.«

»Lia sprich also mit dir«, stellte Emerick mit einem leicht eifersüchtigen Ton fest. »Und was hat unsere Freundin Erhellendes zu verkünden?«

Jasna schlang einen Arm um Emerick, als würden sie zusammen eine Straße entlangschlendern und nicht unter einem See von einer unheimlichen Gestalt angegriffen werden. »Das Occulus hat uns hierhergebracht – oder zumindest jene Teile von uns, die in dieser Zwischenwelt existieren können. Hier gelten andere Regeln, hier trifft Licht auf Dunkelheit. Und wo das Licht ist, kann die Dunkelheit nicht sein. Wo ich wache, verliert die Schwarze Königin ihre Macht. So einfach ist das.«

Auf Emericks Stirn bildete sich eine steile Falte. »Normalerweise wäre ich da auch von selbst draufgekommen, schließlich kenne ich mich mit billigen Romanweisheiten aus, wie du gerade so charmant betont hast.«

»Bestimmt wärst du das, du bist ja schließlich einer von der schlauen Sorte«, sagte Jasna.

»Gold steht dir übrigens.«

»Danke. Dir auch. Es betont deine Wangenknochen.«

»Dann sollte ich künftig immer ganz dicht an deiner Seite gehen, damit ich in deinem Lichtschein baden kann.«

Jasna nickte. »Unbedingt.«

Morton räusperte sich. »Ich will ja nicht drängeln, aber können wir jetzt gehen? Ich bekomme langsam Druck auf den Ohren und eine gewisse Dame wird mir immer unheimlicher. Schaut sie euch an.«

Die Schwarze Königin hatte ihre Angriffe eingestellt und starrte sie stattdessen hasserfüllt an. Als Jasna und Morton mit Emerick in ihrer Mitte auf die beiden Engelsstatuen zugingen, folgte sie ihnen wie ein Schatten.

»Dann sehen wir uns außerhalb dieses Raums wieder«, hallte die Stimme der Schwarzen Königin zu ihnen herüber. »Dort, wo nicht das Licht zählt, sondern die Verletzlichkeit eurer sterblichen Hüllen«, sagte sie, als sie die Statuen erreichten. »Und dann wirst du nichts dagegen tun können, dass euer Blut fließt und ich mich an euch satt trinke. Dass ich mir diejenigen zu Untertanen mache, an denen euer Herz hängt, und anderen raube, was sie zu etwas Besonderem macht, indem ich ihr Licht an meine Gefolgsleute verfüttere.«

Jasna schüttelte den Kopf und trat einen weiteren Schritt zurück, durch jene magische Schnittstelle zwischen den beiden geflügelten Gestalten hindurch, die wie auf ein geheimes Zeichen hin einer Glasscheibe gleich sichtbar wurde. Jasna legte ihre Hand auf das Glas und es füllte sich mit goldenem Licht, das in die Höhe emporrann und sich über die gesamte Kuppel ausbreitete. »Tut mir leid«, sagte sie zu der Schwarzen Königin. »Aber du kannst nicht mit uns gehen.«

Die Schwarze Königin legte von der anderen Seite ihre Hand auf das Glas, schwarzer Nebel begann, sich auszubreiten. Oben über dem See stürzten die restlichen Vögel wie auf ein geheimes Zeichen hin nach unten – und zersprangen am Wasserspiegel zu nichts. »Du kannst mich hier nicht zurücklassen«, zischte die Königin. »Sag den beiden Engeln, dass sie mich passieren lassen müssen.«

»Du musst nur erwachen, dich erinnern und die Dunkelheit in dir vergessen, dann darfst auch du passieren«, sagte Jasna, dann drehte sie sich um und ging.

Der Wutschrei der Königin begleitete sie noch einen Augenblick, dann setzte der Gesang von Il Canto ein und die Strömung seiner Stimme umspülte sie wie Wasser, trug sie zurück, fort von dem sich verschließenden Raum unter dem See.

38

EINE OFFENE TÜR

Es gab grüne Nudeln zum Abendessen.

Genau wie Anton es vorhergesehen hatte.

Und Lia schmeckten sie offensichtlich großartig, das Mädchen verschlang nämlich bereits seine zweite Portion.

Jasna schaute Lia beim Schlingen zu, den Arm auf der Lehne des Krankenbetts aufgestützt, weil ihr sonst der vor Müdigkeit bleischwere Kopf auf die Brust gesackt wäre. Innerlich war Jasna jedoch hellwach und erfüllt von einer Zufriedenheit, wie sie eigentlich nur eine mit Hühnerlebermousse vollgestopfte Loreley zustande brachte. Jasna kratzte es nicht mal, dass Milha verträumt in der Nase bohrte und Anton sich unablässig darüber beschwerte, dass der Hocker, auf dem er neben Lias Krankenbett platziert worden war, bestenfalls für Zwerge taugte. Von seinem Ministuhl aus sehe er nur die Zacken von Lias Papierkrone, aber er wolle die ganze Lia. Außerdem wolle er eine zweite Portion Nachtisch, das sei schließlich eine Party, weil Lia wieder aufgewacht war. Und dann forderte er auch noch eindrücklich, dass Jasna mit dem blöden Grinsen aufhörte und ihm stattdessen endlich mal zuhörte!

Jasna grinste noch breiter, geradezu buddhamäßig.

Es war die beste Geburtstagsparty ever – und Lia hatte sie sich wirklich verdient, schließlich hatte sie mit dem Aufwachen gewartet, bis Jasna es an ihr Bett geschafft hatte.

Lia erwachen zu sehen, hatte Jasna tief berührt. Sie hatte die kühle Hand des Mädchens gehalten und dasselbe getan, was

Emerick für sie getan hatte, als sie es nicht aus eigener Kraft geschafft hatte, zu sich selbst zu finden: Jasna hatte Lia bei ihrem Namen gerufen. Aurelia. Es war ein Rufen gewesen, das sie noch vor ein paar Stunden für unmöglich gehalten hätte, ein Rufen, das sich in konzentrischen Ringen ausbreitete, wie wenn ein Stein ins Wasser fiel. Ein Rufen, das die Grenzen zwischen den Realitäten mühelos überwand und mit dem Jasna auch Emericks Großvater gerufen hatte, ohne zu wissen, was sie tat. Das brauchte es auch nicht, der Ruf fand seinen Weg von allein – und so drang er bis zu jenem Ort vor, an dem das Mädchen das Wichtigste von sich versteckt hatte, damit die Schwarze Königin es nicht finden und brechen konnte. Nun kehrte es auf Jasnas Ruf hin zurück und floss wie Sonnenlicht in den schlafenden Körper hinein, bis er erfüllt war mit einem Schimmern, das verriet, dass Lia wieder da war.

Das Mädchen hatte die Augen aufgeschlagen und gesagt: »Du hättest dir ruhig noch etwas Zeit lassen können, mich zurückzuholen. Es war gerade so schön.«

Jasna hatte Lia verständnisvoll in die Arme genommen. »Hier zu sein, ist auch schön«, hatte sie ihr zugeflüstert.

Lia hatte sich zurückgelehnt und Jasna angesehen, wie es vielleicht sehr alte Seelen taten, aber wohl kaum Mädchen mit einer Vorliebe für Glitzerbilder und Freundinnen, die ungeniert in der Nase bohrten.

Einen Moment lang schien die Zeit stillzustehen, dann hatte Lia gelacht und etwas von einem Bärenhunger erzählt, der unbedingt jetzt und sofort gestillt werden müsste.

Nun am Abend aß die Kleine immer noch, alberte mit ihren Gästen herum und warf Jasna gelegentlich einen Blick zu, als wären sie Verbündete in einem Spiel, von dem nur sie beide wussten.

Dabei war Jasna sich keineswegs sicher, ob sie wirklich begriff, was sich unter dem See ereignet hatte. Die Entscheidungen, die sie getroffen hatte, aus einem tiefen Vertrauen heraus, von dem sie zuvor gar nicht gewusst hatte, dass sie dazu bei ihrer Geschichte imstande war, kamen ihr mit jeder verstreichenden Minute unverständlicher vor. Eine Erinnerung, glasklar und doch wie ein sich schnell entfernender Traum. Das hier war die Realität, dieses Krankenzimmer mit seinen abgestandenen Gerüchen und dem grellen Neonlicht.

Erst, als die Tür des Kleiderschranks sich wie von Geisterhand öffnete und Emerick in seinem Dandylook heraustrat, war die Realität wieder sehr viel mehr, als das, was man mit seinen bloßen Sinnen wahrnahm.

»Hey, Emerick«, begrüßte Anton den unerwarteten Gast. »Du bist spät dran, ich habe dich schon vor zehn Minuten erwartet.«

Emerick zuckte die Schultern. »Wurde von schwatzenden Security-Leuten aufgehalten, die sich die Zeit damit vertrieben haben, die Wände zu stützen. Nachdem sie die letzten Tage nonstop die Wachsamkeit in Person waren, scheint jetzt plötzlich Laissez-faire angesagt zu sein. Auf jeden Fall wünsche ich einen guten Abend.«

»Ich dachte, du kennst keinen Weg auf die Krankenstation«, sagte Jasna, die sich ihre Verblüffung über Emericks unerwarteten Auftritt nicht anmerken lassen wollte.

Der legte noch mal eine Schippe an Lässigkeit drauf und fegte Staubflusen von seiner Schulter. »Mein Großvater hatte einen heißen Tipp für mich, wie man sogar die als uneinnehmbar geltende Krankenstation infiltrieren kann.« Er stellte sich neben die auf der Bettkante sitzende Jasna, sodass seine Hüfte ihr Knie berührte. Dann schenkte er ihr ein Lächeln, das in seinen Augen leuchtete, bevor er dem »Geburtstagskind« Lia zunickte. »Und, wurde der Auftrag zufriedenstellend ausgeführt, Eure Königlichkeit?«

Lia schob sich kichernd die Papierkrone aus der Stirn. »Durchaus zufriedenstellend, mein Lieber. Sie haben vorzügliche Arbeit geleistet, ganz wie erwartet. Magst du vielleicht ein paar kalte Nudeln? Ich kann nicht mehr.«

Emerick nahm den Teller entgegen und fing zu Jasnas Unglauben tatsächlich an, die restlichen Nudeln aufzuessen.

Anton hüstelte von seinem Hocker aus. »Ich will ja nicht die Stimmung versauen, aber Schwester Doro stellt gerade ihren Kaffeebecher weg und wird sich auf den Weg zu uns machen. Ihrer Meinung nach ist jetzt Schluss mit der Party, wir gehören alle ins Bett. Ich sag's ja, Emerick, du hättest schon vor zehn Minuten da sein sollen. Jetzt musst du schnell weg, sonst flippt Schwester Doro aus.«

»Macht nichts«, sagte Emerick. »Ich bin eh nicht gut im Feiern. Haben Eure Herrlichkeit etwas dagegen, wenn ich mir Jasna ausleihe?«

Lia winkte bloß mit einer Serviette, während sie sichtlich erschöpft und zufrieden ins Kissen sank. »Ihr dürft euch zurückziehen, wir sehen uns morgen in der ›Spielstunde‹. Und danke noch mal fürs Retten.«

Emerick nahm Jasnas Hand und half ihr auf. Draußen im Gang ertönte das Poltern von Clogs. Zweifelsohne war Schwester Doro im Anmarsch. »Ich würde vorschlagen, wir beide nehmen den Weg durch den Kleiderschrank. Keine Sorge, ich habe bereits sämtliche Spinnweben eingesammelt.«

Jasna schickte Lia einen Handkuss, ermahnte Anton, Schwester Doro nicht zu beklugscheißen – das mochte die resolute Frau überhaupt nicht – und Milha … sie sparte sich einen Kommentar für das geistig entrückt dasitzende Mädchen, das nicht einmal Emericks Auftritt mitbekommen hatte. Dann schlüpfte sie in den leeren Kleiderschrank und gerade, als Emerick ihr folgte, hörte sie Milhas zartes Stimmchen sagen: »Seht ihr auch den Jungen, der gerade im Kleiderschrank verschwindet? Wo kommt der denn plötzlich her, ist er ein Geist?«

Hastig zog Emerick die Tür zu, genau in dem Moment, als Schwester Doro ins Zimmer stürmte.

»Da ist ein großer Junge im Kleiderschrank«, informierte Milha sie.

»Wir müssen hier sofort weg«, wisperte Jasna. Das wäre es ja, zu guter Letzt mit Emerick im Kleiderschrank entdeckt zu werden, ohne erklären zu können, was zur Hölle sie darin machten oder wie ein Patient von der Geschlossenen dort überhaupt hineingeraten war.

Im spärlichen Licht, das durch einen Spalt in den Schrank fiel, erkannte Jasna, dass Emerick den Mund öffnete, gerade als Schwester Doro Milha erklärte, dass sie eindeutig zu viel vor sich hin träumte. Als Beweis riss die Krankenschwester die Schranktür auf.

Jasna starrte Schwester Doro an.

Die starrte durch sie hindurch.

Emerick räusperte sich. »Falls es dir entgangen sein sollte: Wenn ich singe, dann lieber leise.«

»Danke für die spannende Info, aber ich befürchte, es steht leider gerade ein ganz anderes Thema an. Wir wurden entdeckt.« Jasna blickte wie gebannt die gereizte Schwester Doro an, die über kindische Spinnereien schimpfte. Es war diese Art von »Ich kann nicht hinsehen, wie du den Stachel rausziehst, aber ich kann auch nicht wegsehen«, die Jasna erstarrt hielt. Nur reagierte Schwester Doro gar nicht auf den Anblick zweier Personen, die nichts, aber auch absolut gar nichts in besagtem Kleiderschrank zu suchen hatten.

»Also, was meinen leisen Gesang anbelangt, damit wollte ich sagen …« Emerick seufzte, als Doro die Schranktür zudonnerte, weil der miefige Geruch nicht auszuhalten sei. »Könntest du die Salzsäulenerstarrung jetzt bitte aufgeben? Ich komme mir lächerlich vor, wenn ich ein Geständnis ablege, während deine Aufmerksamkeit eindeutig woanders ist. Doro ist ganz klar eine beeindruckende Frau, aber ich hoffe doch, dass ich für dich trotzdem interessanter bin. Nicht nur, weil ich definitiv die bessere Frisur habe.«

»Sondern auch weil du ein Occulus hast, mit dem du offenbar immer besser umgehen kannst«, ergänzte Jasna. »Du hättest gleich sagen können, dass die Kristallkugel in deiner Manteltasche steckt, anstatt mich vor Panik einfrieren zu lassen.«

»Entschuldige, aber ich musste mich zwischen Reden und Singen entscheiden. Wäre die Wahl auf Reden gefallen, würden wir jetzt immer noch reden – und zwar mit der Drachenzähmerin Schwester Doro, der Stationsleitung und Dr. Julius als meiner behandelnden Ärztin, von Direktor Le Genereuss ganz zu schweigen.«

Jasna hob die Hand. »Wenn du nicht singst, dann schweig«, zitierte sie frei das Motto der beiden Statuen von Lastage House.

»Ist das der berühmte Wink mit dem Zaunpfahl?«

»Gegenfrage: Ich weiß, du machst aus Prinzip alles anders und nichts jemals normal. Aber ein Date in einem muffigen Kleiderschrank? Nenn mich verwöhnt, aber ich erwarte mehr.«

Emerick hob eine schwarze Braue. »Du unterschätzt mich.« Damit deutete er auf die Hinterwand des Schranks, in der plötzlich eine Tür eingelassen war.

Jasna verschränkte die Arme. »Was liegt hinter dieser Tür?«

»So viel sei schon mal verraten: Keine Kneipe, in der billiges Bier ausgeschenkt wird, mit dem wir auf unsere künftige glückliche Vorzeigefamilie anstoßen könnten.«

»Ich erwähnte schon, dass du ein Snob bist?«

»Bislang indirekt.«

»Emerick …«, drohte Jasna.

Ergeben deutete er einen Diener an. »Meine neusten Forschungen haben ergeben, dass es solche Türen auf dieser Realitätsebene von Lastage House in fast allen Räumen gibt. Und sie führen allesamt in die Bibliothek meines Großvaters.«

Beim Gedanken an die Bibliothek durchfuhr Jasna unwillkürlich ein Schaudern, als die Erinnerung an die Ereignisse der letzten Nacht zurückkehrten.

Die Strömung, die sie unter dem See erfasst hatte, ließ sie wie einen Korken hochschießen durch das Mosaik des Bibliotheksbodens und spülte sie samt einer kreischenden Nanette in einer mächtigen Welle hinaus ins Treppenhaus. Dort, hinter der sich mit einem Rums verschließenden Sicherheitstüre, kamen sie benommen zu sich. Obwohl sie kreuz und quer im Flur verstreut lagen, hatten sie das Gefühl, als hätten sie das Hauptgebäude nie verlassen, als wäre alles, was sich hinter der Sicherheitstüre abgespielt hatte, nur in ihrem Kopf geschehen. Tatsächlich stand die Gruppe aus quatschenden Studenten immer noch im Windschatten der Hausmauer, inzwischen bei der Frage angekommen, was am nächsten Wochenende anlag. Wie viel Zeit war vergangen? Fünf Stunden oder fünf Minuten?

»Das war die absolut mörderischste Achterbahnfahrt aller Zeiten«, stöhnte Morton, nachdem es ihm als Erstem gelungen war, seine Gliedmaßen unter Kontrolle zu bekommen und sich aufzusetzen.

Jasna murrte zustimmend. Mehr war nicht drin, sie brauchte noch einen Moment, um das Gefühl loszuwerden, auseinandergebaut und dann irgendwie verkehrt wieder zusammengesetzt worden zu sein.

Währenddessen nuschelte Emerick etwas über »Ist das wirklich der richtige Körper, in dem ich stecke?«.

Nur Nanette hatte ein Lächeln im Gesicht, das vermutlich nicht einmal nach einer Nacht mit Casanova breiter ausgefallen wäre. »Diese Energie, die durch uns hindurchgeflossen ist und uns mitgerissen hat … Das reinste Champagnerbad, ich habe mich wie ein Blubberbläschen gefühlt, das unter Hochdruck aufsteigt. Und dann …« Das folgende Seufzen verriet mehr über Nanettes Begeisterung, als Jasna lieb war.

»Ich gehe jetzt zur Krankenstation, um nach Lia zu schauen«, wechselte Jasna rasch das Thema.

»Gib mir noch eine Sekunde«, bat Emerick. Vor ihm lag das Occulus auf dem Boden, und als er es aufhob, ging ein Ruck durch seinen Körper. Sichtlich mitgenommen ließ er sich mit dem Rücken gegen eine Wand sinken und schloss die Augen. »Ist euch auch so speiübel?«

Jasna musste grinsen, obwohl die Koordination der dafür notwendigen Gesichtsnerven eine Herausforderung darstellte. »Lass dir ruhig Zeit. Oder hast du vergessen, dass du zwar in unsichtbare Bibliotheken gehen kannst, aber nicht auf die Krankenstation? Ich kann dort auftauchen, ohne dass sich jemand über meinen Besuch wundert. Aber du solltest zusehen, dass du vorm Kontrollgang der Nachtschicht wieder auf deinem Zimmer bist.«

Emerick wollte etwas erwidern, wandte sich dann jedoch hastig ab und gab ein würgendes Geräusch von sich.

»Wie damals auf dem Rummelplatz«, sagte Morton. »Emerick mag ansonsten ja ein ganz Abgebrühter sein, aber sobald er auf den Kopf gestellt und kräftig durchgeschüttelt wird … Bis er sich wieder einbekommt, dauert es erfahrungsgemäß noch eine Weile. Ich bring ihn auf sein Zimmer, sobald er einigermaßen aufrecht stehen kann. Geh du zu Lia, das hast du dir verdient.«

Gut, dass Jasna immer noch schmunzelte, weil das Aufhören zu kompliziert war. »Dann sei so lieb und sorg auch dafür, dass Nanette die Nacht nicht auf dem Flurboden verbringt. Die Energieströmung hat unsere Hexe komplett ausgeknockt und auf Wolke sieben geschickt. Ach ja: Und kette Emerick bitte an sein Bettgestell, damit er heute Nacht nichts Dummes mehr anstellt.«

Morton rieb sich die Hände. »Wird mir ein Vergnügen sein.«

Als Lia erwacht war, hatte Jasna gehofft, dass es nun eine Pause von den Unvorhersehbarkeiten geben würde oder wenigstens eine Verschnaufzeit, um in Ruhe darüber nachzudenken, was ihr alles passiert war und – viel wichtiger – wer sie denn überhaupt war, nachdem sie die Verkleidung als harmlose Assistentin abgelegt hatte. Dass sie nun durch einen Schrank in eine längst zerstörte Bibliothek gehen sollte, um dort von einem verstorbenen Großvater angeblafft zu werden, stand ehrlich gesagt nicht auf ihrem Tagesplan.

Nachdenklich kaute Jasna auf ihrer Unterlippe. »Du hast dich nach unserem Ausflug noch mal in die Bibliothek begeben, obwohl du nach der letzten Rückkehr ausgiebig …« Sie deutete mit der Hand einen Schwall an, der aus ihrem Mund kam.

Emericks Nasenflügel bebten, mehr verriet seine Mimik nicht. »Ich weiß nicht, wovon du sprichst. Ich bin heute Morgen bester Stimmung in meinem Bett aufgewacht. Nachdem ich die Handschelle, mit der ich ans Gestell gefesselt war, aufgebrochen hatte, habe ich das Occulus in meiner Manteltasche gefunden und ein paar Experimente damit angestellt.«

»Habe ich dich deshalb auf deiner Station nicht angetroffen?«, erkundigte sich Jasna. Sie hatte Emerick, sobald es der Tagesablauf von Lastage House zuließ, einen Besuch abstatten wollen, aber die Stationsschwester hatte sie abgewimmelt.

Emerick tat, als müsste er scharf nachdenken. »Das muss wohl zu dem Zeitpunkt gewesen sein, als ich ein Telefonat mit meinem Vater geführt habe und anschließend eine längere Unterredung mit Direktor Le Genereuss hatte. Die beiden waren durch den Bericht von Dr. Julius etwas aufgeschreckt, und es war eine Herausforderung, die Wogen zu glätten.«

»Trotzdem wird sich jetzt wohl einiges für dich ändern, nachdem Dr. Julius deine Heilung verkündet hat«, vermutete Jasna.

Wider Erwarten schüttelte Emerick den Kopf. »Bis zu meinem 18. Geburtstag bleibt alles, wie es ist. Darauf habe ich nachdrücklich bestanden. Danach wird wegen Großvaters Testament eh vieles anders, dann gehört Lastage House und alles, was sich darin befindet, mir. Dann entscheide ich, wie es mit dem Stift weitergeht. Bis dahin genieße ich aber meine Freiheit.«

»In einem Krankenzimmer auf der Geschlossenen?«

Emerick ließ das Occulus in seiner Hand kreisen. »Kommt immer auf die Perspektive an. Wie sieht's aus, Lust auf einen Besuch in der Bibliothek?«

Jasna zog die Nase kraus. »Und ich dachte, ich werde mindestens zu einem Date auf dem Mond eingeladen.«

»Das habe ich für Mitternacht eingeplant, gleich nach einem romantischen Spaziergang durch die Unendlichkeit. Aber jetzt gibt es erst mal Tee.«

»Eine Frage noch vorab, die mich schon den ganzen Tag über

beschäftigt hat«, bremste Jasna Emerick aus, als der das Occulus anhob. »Könnte es sein, dass deine Mutter, unabhängig von dem, was letzte Nacht passiert ist, unter dem See ist? Die Welt jenseits unserer Realität scheint ja viele Türen zu haben und das Occulus könnte möglicherweise auch die aufschließen, hinter der sich Eleonora befindet.«

Anstatt, wie Jasna befürchtet hatte, sich mit einer flapsigen Bemerkung aus der Affäre zu ziehen, lächelte Emerick sie an. Ungewohnt liebevoll, als läge ein Glanz über ihr, den nur er sehen könnte und der ihn ausgesprochen glücklich machte.

»Ich gehe fest davon aus, dass Eleonora irgendwo da draußen ist«, sagte er. »Und wenn es an der Zeit ist, werden wir uns wiedersehen. Aber jetzt steht erst einmal ein Besuch in der Bibliothek an.«

Galant wie ein Gentleman aus den guten alten Zeiten reichte Emerick Jasna seinen Arm – und sie nahm ihn, nur um ihn gleich wieder loszulassen, als Emerick die Luft ausstieß, als würde ihre Berührung ihm Schmerzen bereiten.

»Habe ich dir wehgetan?«

Emerick lächelte. »Kein bisschen, ich muss mich nur daran gewöhnen, wie intensiv es sich anfühlt, dich zu berühren. Dein Licht ist zwar so gedimmt, dass du nicht mehr wie eine goldene Erscheinung aussiehst, aber seine Kräfte stecken immer noch in dir.«

»Dann fühlt es sich also nicht unangenehm an?«, vergewisserte sich Jasna.

Im Kleiderschrank war es recht schummrig, deshalb ließ sich nicht erkennen, ob Emerick rot anlief. »Eher das Gegenteil. Ehrlich gesagt: Komplett das Gegenteil. Möchtest du dich trotzdem bei mir einhaken?«

Jasna überlegte. Das komplette Gegenteil von unangenehm, hatte er gesagt. Ganz darum bemüht, die Fassung zu wahren. Emerick hatte immer alles unter Kontrolle, nicht wahr? Sie konnte nicht widerstehen. Bevor er ahnte, was sie vorhatte, richtete sie sich bereits auf den Zehenspitzen auf, während sie eine Hand um seinen Nacken legte, um ihn an sich zu ziehen. Dann küsste sie ihn.

Keine Goldfunken, keine Geigen, sondern all das, warum man einen Menschen küsste, der wie ein unwiderstehlicher Magnet auf einen wirkt. Echte warme Lippen, etwas spröde und weich zugleich, der sanfte Widerstand, den sie einem boten, um sich dann einladend zu öffnen. Ein Spiel, eine Verbindung, so alt und jedes Mal einzigartig, dass Jasna fast vergaß, warum sie Emerick in diesem beengten Kleiderschrank an sich zog, während Lia draußen mit Schwester Doro um Noch-fünf-Minuten-Wachbleiben verhandelte.

Als sie ihn wieder freigab, erinnerte sie sich beim Anblick seines Gesichtsausdrucks jedoch sofort, warum sie ihn geküsst hatte. So sah er also aus, wenn er alles fallen ließ und völlig unverkleidet dastand. In diesem Moment erkannte sie mit einer zuvor ungeahnten Tiefe, dass sie die richtige Wahl getroffen hatte, als sie ihm gefolgt war – auch wenn sie es für Lia getan hatte, so doch auch für sich selbst. Weil sie bei diesem Jungen frei war, frei von jeder Verstellung. Liebevoll legte sie ihm die Hand auf die Brust.

»Ich … ich meine, du …«, stammelte Emerick und wusste dann offenbar nicht weiter.

»Ein Tee wäre jetzt genau das Richtige«, sagte Jasna.

Die Bibliothek sah so aus, als wäre nie ein gewaltiger Strom durch sie hindurchgerauscht. Sogar der Teppich lag wie gehabt da und verdeckte das Seemosaik. Das Feuer glimmte im Kamin, es duftete beruhigend nach Büchern und frisch aufgekochtem Tee. Der Ohrensessel war vors Feuer gezogen worden, offenbar konnte Emericks Großvater es gar nicht warm genug haben.

»Geh ruhig schon mal vor«, sagte Emerick, immer noch mit einem verräterischen Glanz in den Augen. »Ich … muss mir erst noch dieses Buch hier anschauen.« Damit schlug er einen backsteindicken Wälzer über Theorien der Zeitrechnung auf.

Jasna gönnte ihm den Moment, um seine Fassade wieder so

weit aufzubauen, dass er vor seinen Großvater treten konnte, ohne heikle Fragen beantworten zu müssen. Jasna selbst freute sich überraschenderweise darauf, den alten Herrn wiederzusehen. Als sie jedoch neben den Ohrensessel trat, saß dort nicht Herr van Blomen.

»Guten Abend, Jasna«, begrüßte sie stattdessen der junge Professor Leopold. »Darf ich Ihnen eine Tasse Tee anbieten?«

Jasna war unfähig, auch nur einen Pieps von sich zu geben.

»Entschuldigen Sie, meine Liebe. Wie unbesonnen von mir«, plauderte der Professor. »Es war ja wohl anzunehmen, dass Emerick Ihnen nicht verrät, dass Sie mich hier antreffen würden. Das hätte unseren jungen Freund schließlich um sein Vergnügen gebracht.«

»Ich muss doch bitten, ich vergnüge mich gerade ausschließlich mit verquasten Zeittheorien«, rief Emerick.

»Professor Leopold«, fand Jasna endlich ihre Sprache wieder. »Aber warum sind Sie hier?«

»Und nicht in dem Krankenhaus, in das mein Körper heute Vormittag vom freundlichen Pfleger Morton gebracht wurde«, ergänzte der Professor mit einem Lächeln, das Jasna so schmerzlich vertraut war. »Ich fürchte, ich habe den Nachmittag nicht überlebt. Und da schien es mir angemessen, Emericks Einladung in die Bibliothek anzunehmen. Sein Großvater braucht etwas Gesellschaft, um sich daran zu erinnern, wie es hinter der Bibliothekstür zugeht, und wieder etwas salonfähiger zu werden. Und womöglich, haben wir überlegt, lässt sich in diesen Räumlichkeiten auch eine Art ›Lesestunde‹ für interessierte Bewohner von Lastage House einrichten.«

Jasna sank auf den Schemel, der zum Sessel gehörte. Dann trank sie ihren Tee in einem Zug aus. »Gibt es hier irgendwo eine versteckte Schnapsflasche? Ich könnte jetzt einen Drink gebrauchen.«

Professor Leopold blinzelte durch seine Brillengläser. »Es tut mir leid, ich wollte Sie nicht überfordern. In meiner Jugend mangelte es mir an Geduld, das macht sich jetzt wieder bemerkbar. Lassen Sie uns das Thema wechseln, ich freue mich nämlich sehr, Sie in diesem Zustand zu erleben. Wie schön, dass Sie sich endlich dazu entschlossen haben, Ihre Verkleidung abzulegen und zu Ihrer wahren Natur zu stehen. In den letzten Wochen hatte ich die Hoffnung schon fast aufgegeben, dabei braucht ein Ort wie Lastage House dringend Unterstützung.«

»Dann haben Sie also gewusst, dass ich nicht bloß eine langweilige Assistentin bin, sondern …«, Jasna fiel es schwer, es auszusprechen, »… eine Wächterin?«

Der Professor zog die Augenbrauen hoch. »Ich habe Sie nicht eine Sekunde als langweilig empfunden, sondern als Herausforderung. Mir ist noch nie jemand begegnet, der sein Innerstes so tief in sich vergraben hatte – und trotzdem schien es durch Sie hindurch, wenn man genau hinsah.«

»Dann wussten Sie es die ganze Zeit, genau wie Lia und Emerick.« Jasna konnte es immer noch nicht glauben. »Eine Wächterin …«

»Wenn Sie es so nennen möchten – warum nicht? Es gibt viele Namen für das, was in uns Menschen wohnt und uns daran erinnert, woher wir kommen und worin unsere Aufgabe besteht. Das Wichtigste ist, dass wir diesen Kern wiederfinden.«

»Das konnte ich erst, nachdem Emerick mir meinen richtigen Namen zugeflüstert hat«, sagte Jasna.

»Ist das so?« Der Professor nippte an seiner Teetasse. »Würden Sie mir Ihren ›richtigen‹ Namen dann einmal verraten?«

Jasna dachte angestrengt nach. »Er kommt mir nicht über die Lippen, obwohl ich ihn immerzu in mir höre wie ein feines Raunen, das von weit her zu mir durchdringt. Ein Klang, die Essenz dessen, was ich bin, selbst seitdem ich mich für den Gang durch die Ruine entschieden habe und einen anderen Namen annahm.«

Der Professor lächelte. »Das Leben ist voller Rätsel. Und das Schöne: Ihres fängt gerade erst an. Genießen Sie es. Wenn Sie mich jetzt entschuldigen würden? Ich werde von einem Patienten erwartet.« Damit stand er auf, deutete eine altmodische Verbeugung an und verschwand durch eine Tür, die Jasna zuvor noch gar nicht aufgefallen war.

Emerick schlenderte auf Jasna zu, dann griff er zwischen die Polster des Ohrensessels und zog einen silbernen Flachmann hervor. Er schraubte den Deckel auf und schnupperte. »Whiskey. Was sonst bei meinem Großvater? Zweifelsohne die Geheimzutat in seinem Tee.« Dann reichte er ihn Jasna.

»Seit wann hast du gewusst, wer ich in Wirklichkeit bin?«, fragte sie.

»Ich hatte so eine Vermutung, als du vor Rosemundes Bild für einen Augenblick die Maske fallen gelassen hast.« Emerick dachte nach. »Und dann die Ruine, die Frage, woher du kommst, oder vielmehr, dass du deiner Meinung nach dorthin nicht zurückkannst. Da haben wir nicht über einen Ort gesprochen, das war mir klar – im Gegensatz zu dir. Nachdem du dann den Weg zwischen Il Silencio und Il Canto durchschritten hattest, war es nicht mehr zu übersehen. Jedenfalls wenn man weiß, wie man hinzuschauen hat.«

Vor Kurzem hätte Jasna noch genervt aufgestöhnt, wenn Emerick sich auf seine kryptische Weise ausdrückte. Jetzt nahm sie den angebotenen Flachmann und trank einen Schluck. »Schmeckt wie Hustensaft.« Sie gab ihn Emerick zurück. »Kannst du dich noch an meinen richtigen Namen erinnern?«

Emerick sah sie so offen an, mit dem gleichen Blick wie in der Ruine. »Ich hatte ihn nie vergessen.« Dann nahm er einen Schluck und verzog das Gesicht. »Eindeutig Hustensaft. Was hältst du davon, wenn wir mit dem Occulus einen Versuch starten, einen Weg in Madame Frenleyns Küche zu finden? Es bringt mich noch um, dass ich an dieser Hürde bislang gescheitert bin.«

Jasna nickte. »Einverstanden. Eine weitere Portion grüner Nudel kann nicht schaden.«

EPILOG

Die Nacht ist voller Schatten und schnell dahinziehender Wolken. Schwärzlichen Fetzen gleich breiten sie sich aus, sammeln sich, verdichten ihre Form, bis sie zu Schwingen werden.

Unzählige schwarze Schwingen am Nachthimmel.

Fliegt los und sucht, erklang die Stimme der Schwarzen Königin. *Sucht nach dem Licht an Orten, an denen es noch schwach und ohne Wissen von seiner Kraft ist, damit ich es für uns nehmen kann, bevor es erwacht.*

Ein gleichzeitiges Flügelschlagen wie ein machtvolles Ja ertönt.

Wind frischt auf, lässt die dunklen Wolken zerfasern.

Doch die Schwingen gleiten bereits durch die Nacht, geleitet vom Geschmack nach Wärme und Helligkeit wie eine süße, lockende Erinnerung.

Licht, flüstert es in der Dunkelheit. *Wo ist das Licht?*

ENTDECKE
NEUE WELTEN
MIT PIPER FANTASY
Mach mit und gestalte deine
eigene Welt!
PIPER
www.piper-fantasy.de